集美大学文学院行健学术丛书
第二辑

中国现代文学思潮的萌端：

1896 —1916

管雪莲　著

中国社会科学出版社

图书在版编目（CIP）数据

中国现代文学思潮的萌端：1896~1916／管雪莲著.—北京：中国社会
科学出版社，2014.8

ISBN 978-7-5161-4607-1

Ⅰ.①中… Ⅱ.①管… Ⅲ.①文艺思潮-研究-中国-1896~1916

Ⅳ.①I209.6

中国版本图书馆 CIP 数据核字（2014）第 171632 号

出 版 人　赵剑英
责任编辑　任　明
特约编辑　乔继堂
责任校对　徐立峰
责任印制　何　艳

出　　版　中国社会科学出版社
社　　址　北京鼓楼西大街甲 158 号
邮　　编　100720
网　　址　http://www.csspw.cn
发 行 部　010-84083685
门 市 部　010-84029450
经　　销　新华书店及其他书店

印刷装订　北京市兴怀印刷厂
版　　次　2014 年 8 月第 1 版
印　　次　2014 年 8 月第 1 次印刷

开　　本　710×1000　1/16
印　　张　22.5
插　　页　2
字　　数　366 千字
定　　价　64.00 元

总序：在遥远的海滨

苏　涵

　　展现在您面前的这套丛书，是由一个居住在遥远海滨的学术群体——集美大学文学院的教师致力于各自学科的研究，近期所推出的部分学术成果。这套丛书的内容涉及中国古代文学、中国现当代文学、语言学、文艺学、比较文学与世界文学等若干学科方向，分界交融，见仁见智，各立一说，从不同角度体现着这个学术群体所作出的勤劳而智慧的工作。

　　这套丛书之所以能以这样的形式出版，并且冠以"集美大学文学院行健学术丛书"之名，又是由于一个必须铭记的事实：它是由吕行健先生捐资设立的集美大学文学院行健学术基金资助出版的。吕行健先生是集美大学文学院的校友，毕业后曾经留校工作，后来求学京都，驰骋商海，再将自己所获得的财富回报于母校，支持母校的学术事业，其行其意都令人感佩。

　　当然，不论是这个学术群体所作出的努力，也不论是吕行健先生对母校学术研究的支持，都与集美大学源远流长的精神传统与学术传统有着密切的关系。

　　远在 1918 年，著名的爱国华侨领袖陈嘉庚先生就在他的家乡——集美创建了集美师范学校，1926 年又在集美师范学校设立了国学专门部，我们将此视为集美大学的前身 。虽然，那个时候，这"前身"仅仅是师范学校的格局，而非陈嘉庚先生期望的"大学之规模"，但是，却有着卓越的教育理念与学术思想。这些，都绝非我们今天所认识的同等学校可比拟的，甚至值得我们今天具有"大学之规模"的诸多学校管理者借鉴与思考。

　　在当时的集美学校，校主陈嘉庚先生不仅倾尽自己在海外经营获得的财富，在内忧外患的年代里，倾力支撑集美学校的发展，而且倡导以最优厚的待遇聘任优秀教师，支持他们的学术研究。先后聘任过诸如国学家钱穆、文学家王鲁彦和汪静之、教育学家朱智贤和罗廷光、哲学家王伯祥和杨筼如、生物学家伍献文、经济学家陈灿、地理学家盛叙功等到校任教。这些或盛名于当时，或享誉于后来的学问大家，在这里教书，在这里做学问，培养了一批批杰出的人才。翻开至今保存完好的当年出版的《集美周刊》，几乎每一期上都刊登当时师生的学术论文、文学作品，以及大量的学术活动与教学活动的报道，可以感受到一种扑面而来的学术气息，感受到朴实而充满灵性的学术研究品格。

20 世纪 50 年代之后，陈嘉庚先生创建并维持了近半个世纪之久的集美学村里门类众多、规模巨大的所有学校，逐渐归属于国家所有，并以"大学之规模"迅速发展，才有了今天作为福建省重点建设高校之一的集美大学，也才有了今天正在蒸蒸日上的集美大学文学院。

正是在这样的地方，我们的教师融洽相处，切磋砥砺，致力学问，锐意进取，不断提升着自己的学术境界，也不断扩大着自己的学术影响。到目前为止，我们学院已经拥有中国语言文学一级学科硕士学位授予权，拥有一大批颇具影响或崭露头角的优秀学者。他们在中国古代小说、中国戏曲文学、古代文艺理论与批评、西方小说史、英美当代文学、现当代文学批评、现当代纪实文学与乡土文学、应用语言学、文字学、方言学、文艺学基本理论、民间文艺学等研究方向上都取得了优异的成绩。尤其值得一提的是，这个学术群体有着非常明晰的学术发展理念，那就是：以中国语言文学的基础研究为主体、为根基，做扎实的学问；以现实文化问题研究为辅翼、为延伸，增强学术研究对社会现实的介入可能。在这一学术理念的引导下，我们近年不仅获得了一大批国家社科基金、教育部社科基金、省社科基金项目，而且获得了来自社会的有力支持，正在开展着大方向一致而又丰富多彩的各种系列研究。

也正是因为这样，我们才决定组织出版全由我们教师自己研究而推出的"集美大学文学院行健学术丛书"。我们计划，这套丛书，每年一辑，每辑可以根据情况编排不同的数量。而每一辑的丛书，既可能是不同作者在不同方向上的撰著，也可能是围绕相同或相近方向，不同作者的各抒己见。但不论如何，我们都希望它成为一个见证，从一个角度见证我们学院教师的学术努力，见证我们不断向更高境界前行的足迹。

我们不可能停留在学术研究的某一个层面上，维持现状，我们期待的是在这个前行的过程中，不断地向自己挑战。因为只有这样，才有学术上的真正创造和持续发展。

虽然我们遥居海之一隅，但是，这里不仅有着由陈嘉庚先生亲手创建并在后来日益扩大、愈臻优美的校园，而且有着陈嘉庚用一生的言行所体现的伟大精神为我们注入持而不竭的精神动力，我们一定能够不断地达到我们追求的一个个目标。

从集美大学文学院的楼顶望去：近处，红顶高楼林立于蓝天之下，湖泊花园散布于校舍之间，白鹭翔集，群鸟争鸣，正乃自然与人文交融为一的景象；远处，蓝色大海潮涌于鹭岛之外，连通着广阔的台湾海峡，交汇汹涌的太平洋洋流——有时暖气北上，幻变成风雨晴阴，有时台风遥临，呼唤出万千气象，恰是天地造化之壮观。置身于斯，不生江湖之远的感慨，反而令人常常想起李白的名句："阳春招我以烟景，大块假我以文章"。

是为序。

2012 年 6 月 29 日

于集美大学文学院

序　言

　　管雪莲的新著问世，嘱我写序。提起笔来，不由得想起这本书的由来，感触良多。管雪莲是 2007 年毕业于厦门大学文艺学专业的博士生，虽然不是我指导的，但上我的课，所以也算我的学生。当时我承担了一个"中国现代文学思潮史"的课题，除了校内外的一些教师外，几个在读的本专业博士生也参加了写作团队，管雪莲也在其中。我的写作宗旨是运用现代性理论，重新确定文学思潮概念，把文学思潮当作文学对现代性的反应，从而清除来自苏联的创作方法论的影响。同时，也重新梳理中国现代文学思潮的历史，打破苏联文学理论影响下的传统文学史叙述。应该说，几个博士生都很好地完成了自己承担的写作任务，管雪莲也是如此，这与他们比较深刻地领会了我讲授的现代性与文学思潮的理论是分不开的。其他几个博士生都是我指导的，写作任务与毕业论文一致，并不构成额外的负担；只有管雪莲不是我指导的，写作任务与毕业论文并不一致，因此参加课题写作就成为额外的负担，显得十分紧迫。即使如此，她还是很好地、如期地完成了课题写作任务，这使我感到十分欣慰和满意。后来，经过多年的磨砺，这本书稿终于完成出版，定名为《现代中国文学思潮史》。

　　管雪莲承担的部分是中国现代文学思潮的发端部分，它包括了晚清民初萌发的诸多文学思潮。这些初期的文学思潮仅为滥觞，还没有蔚为大观，因此往往被忽略或者误读，这就影响了对五四及以后的文学史的叙述。管雪莲正确地指明了中国面临的实现现代性和现代民族国家的双重历史任务，并且依据这一历史规定性展示出启蒙主义、革命古典主义以及唯美主义（现代主义前身）等文学思潮的发生，从而为中国现代文学思潮归本溯源。现在，管雪莲把她承担的这部分写作内容加以充实、深化，并且独立成书出版，标志着她关于这个领域的研究已经趋于成熟。我为她的成长而感到高兴。管雪莲天资聪慧，勤奋治学，有很好的潜力和光明的前途，我谨借新著出版之际，向她表示祝贺和祝愿。

学术是寂寞的事业，在世风奢靡，学风浮躁的当下，能够安心治学，需要强大的定力。我辈已老，盼望后生承传薪火，中国学术孰几有望。是为序。

杨春时

2013 年 12 月 22 日于厦门大学

目　　录

绪论　1896—1916年:中国现代文学思潮的发生 ……………………（1）

第一节　"文学思潮"辨析 …………………………………………（2）

第二节　1896—1916年:中国现代文学思潮的发生 ………………（17）

第一章　初具雏形的启蒙主义文学思潮 ………………………（45）

第一节　什么是"启蒙主义文学"? …………………………………（45）

第二节　启蒙主义文学的流播:从欧洲到明治维新时期的

日本 ……………………………………………………（58）

第三节　清末民初启蒙主义文学的发展脉络 ……………………（65）

第四节　清末民初启蒙主义文学的理论成果 ……………………（73）

第五节　清末民初启蒙主义文学的创作成果 ……………………（104）

本章小结 ………………………………………………………（146）

第二章　革命古典主义文学思潮的萌芽 ………………………（148）

第一节　什么是"革命古典主义文学"? ……………………………（148）

第二节　清末革命呼声中古典主义文学思潮的萌芽 ……………（162）

第三节　清末民初革命古典主义文学思潮的理论主张 …………（178）

第四节　清末革命古典主义文学思潮的创作成果 ………………（198）

本章小结 ………………………………………………………（216）

第三章　浪漫主义文学的微弱发声 ……………………………（218）

第一节　审美主义思想与浪漫主义文学 …………………………（218）

第二节　清末民初引进审美主义思想的理论成果 ………………（227）

第三节　浪漫主义文学作品在清末民初的微弱发声 ……………（246）

本章小结 ………………………………………………………（255）

第四章　清末民初大众文学思潮的兴起 ……………………………（256）

　　第一节　"大众文学思潮"概念辨析 ………………………………（256）

　　第二节　清末民初大众文学思潮的兴起 …………………………（278）

　　第三节　清末民初大众文学思潮的理论主张 ……………………（291）

　　第四节　清末民初大众文学思潮的创作成果 ……………………（305）

　　第五节　本章小结 …………………………………………………（317）

结语 ……………………………………………………………………（320）

参考文献 ………………………………………………………………（324）

后记 ……………………………………………………………………（346）

绪论　1896—1916 年:中国现代
文学思潮的发生

　　1928 年，鲁迅在《三闲集·扁》中写过这样一段话："中国文艺界上可怕的现象，是在尽先输入名词，而并不绍介这名词的函义。……于是各各以意为之。看见作品上多讲自己，便称之为表现主义；多讲别人，是写实主义；见女郎小腿肚作诗，是浪漫主义；见女郎小腿肚不准作诗，是古典主义；天上掉下一颗头，头上站着一头牛，爱呀，海中央的青霹雳呀……是未来主义……等等。还要由此生出议论来。这个主义好，那个主义坏……等等。"① 初读这一段话，感觉其中的语意含蓄而狠绝，忍不住便要哈哈大笑，大赞鲁迅笔端的妙趣。然而待到自己进行文学思潮研究时再读这段文字，却是不免汗流浃背，仿佛幽暗中有一双眼睛那样的犀利又带着审判的意味，督促我在使用这些文学思潮的名词和概念时切莫以意会意、望文生义，乱用一通。相似的警醒之句还有1935 年胡适在《今日思想界的一个大弊病》一文中提出的："名词是思想的一个重要工具。要使这个工具确当，用的有效，我们必须严格的戒约自己：第一、切不可乱用一个意义不曾分析清楚的抽象名词……"②，等等，前人的谆谆教诲言犹在耳，因此，本书研究工作开始的第一步便是要扎扎实实地对这些概念的内涵和外延进行界定。

---

　　①　鲁迅：《三闲集·扁》，人民文学出版社编：《鲁迅全集》第 4 卷，人民文学出版社1993 年版，第 87 页。

　　②　季羡林编：《胡适全集》第 22 卷，安徽教育出版社 2003 年版，第 304 页。

第一节 "文学思潮"辨析

一 关于"文学思潮"的诸种定义

文学思潮是个从西方文学研究中引进的概念，文学思潮研究是从西方文学研究中引进的批评范式和研究范式，是西方文学理论在中国文艺批评界引起重视和模仿的又一个案例。

"思潮"这个词是梁启超译介到中国来的，而关于"文学思潮"的较多关注则是从 20 世纪 20—30 年代开始的，当时日本学者橱川白村的《文艺思潮论》、本间久雄的《欧洲近代文艺思潮论》被翻译到中国，中国学者也有一些相关著作如孙席珍的《近代文艺思潮》、黄忏华的《近代文学思潮》、徐懋庸的《文艺思潮小史》、谭丕谟的《文艺思潮之演进》、蔡振华的《中国文艺思潮》、朱维之的《中国文艺思潮史略》、李何林的《近二十年中国文艺思潮论（1917—1937）》等。

这些著作都是介绍欧洲文艺思潮的发生发展的，它们的出现让中国现代文坛飞舞起的各种新奇的文学思潮概念，和晚清时期人们接触到西方文学中的文学思潮但仍以中国传统的文学流派思想去理解、把它们称为"写实派""理想派"不同，这时在五四新文学思想的洗礼下，文学研究者已经懂得文学思潮是"主义"而不是"派"，他们对古典主义、浪漫主义、新浪漫主义、写实主义、新写实主义、未来主义、表现主义等都有涉略介绍，也都注意到世界观对于文学思潮的重要意义，并期望在"进化论""科学主义""唯物主义"等思想指导下对中国近现代新文学的性质作出分析等；但这个时期总体上说对文学思潮的理论研究是薄弱的，人们在使用这些概念时知其然不知其所以然，存在许多模糊乱用现象，而且后来随着中国文学介入国家救亡运动，理论界的主流声音也转变为为救亡文学呐喊，"现实主义"取得了享有尊荣的地位，同时对现实主义的探讨取代了针对各种主义的众声喧哗，文学思潮的概念也黯淡下去。另外，这一阶段也有很多是从"时代主题"或阶段性的历史时期来理解文学思潮，如"戊戌文学革新思潮""近代文艺思潮""'五四'文学思潮""近二十年来文艺思潮"等的相关著作，这类著作往往挂有思潮史的虚名，其内容仍然是按照时间顺序或政治主题来陈列的作家作品现象描述，缺乏对思潮史之内在逻辑的把握。

文学思潮研究再次引起学界关注是在 20 世纪 80 年代，王瑶在 1980 年提出要从"文学思潮与文学流派的关系"这一角度来进行现代文学研究，此提议引发学界的高调回应，之后多次召开全国性文学思潮研究会议，文学思潮研究遂成为现代文学研究的一个新的学术增长热点，论文和著作也层出不穷。1997 年出版的刘增杰《云起云飞——20 世纪中国文学思潮研究透视》一书中记载："据不完全统计，仅在拨乱反正、学术复苏的 1979 年至 1984 年间，有关文学思潮的研究论文每年就达百篇左右"①，"新时期以来出版的不同类型的文学思潮史著作和从不同角度研究文学思潮流派的著作共计二百余部"②。而如今，在百度上随便一搜索就可以找到 279000 多篇和文学思潮相关的文档，带"文学思潮"字样的著作亦达 600 多部，可谓成果极其丰硕。相较于 20 世纪 20—30 年代的第一个繁荣期，这个时期的文学思潮研究不但体现在量的飞跃上，也体现在质的提高上，尤其是 20 世纪 90 年代之后，其中最显著的是随着对西方文学理论的逐步深化理解，人们慢慢摆脱了文学研究中的政治之囿与道德之囿而能从文学本身出发，吸收国外学者波斯彼洛夫、竹内敏雄、韦勒克等人的理论分析，在文学思潮研究上逐步获得了一些相应的学科意识，要求建立规范的文学思潮学，而不是随意模糊使用这些概念，亦即要求"文学思潮"研究的理论化和学科规范化。

当然，学界取得的要对"文学思潮"进行理论化、对这一概念的本体进行清晰界定的这一共识，并不说明他们在理解这一概念的内涵和外延上已经取得了一致，实际上，何谓"文学思潮"仍然是有五花八门的答案，较有代表性的解释有以下一些。

（一）1979 年上海辞书出版社《辞海》中的解释

鉴于《辞海》的权威性与它被使用的普泛性，这里首先介绍并评述

---

① 刘增杰：《云起云飞——20 世纪中国文学思潮研究透视》，上海文艺出版社 1997 年版，第 125 页。

② 同上书，第 142 页。

下这个词条。它认为：

> 文艺思潮是在一定的历史时期内，适应时代、社会的变动和阶级斗争的需要而在文艺上形成的一种思想潮流。一种文艺思潮的兴起和发展，总要同旧的文学思潮发生尖锐的斗争；在有阶级的社会里，文艺思潮的发展是阶级斗争在文艺上的反映。①

这个定义很有时代的鲜明印记，是阶级斗争论在文艺理论研究中的反映，强调"阶级性"是文艺的根本特性，这与把阶级性看作人的根本特性的观点是一致的。从这一思路出发去划分文学思潮很多创作变成了"阶级性"的类比或对比，而其中的创作个性、美学原则在阐释中被忽略掉了。因为文学根本没有自主性，它只是时代、社会、阶级斗争的一种被动的、机械的附属物。就像胡有清在《品格·角度·整合——现代文学思潮研究中的几个问题》中所总结的那样："80年代以前对现代文学思潮发展的脉络存在这样的规范化认识：思潮史就是思潮斗争史、阶级斗争史、就是马克思文艺思想指导下的无产阶级革命文学和一切资产阶级小资产阶级文学之间、和反动文学之间的不断斗争的历史。在这种认识的指导下形成了相应的思潮研究的单一化格局。"②《辞海》和《现代汉语词典》中对"文学思潮"的词条解释都是这种单一化格局的再次体现。

（二）1986版《中国大百科全书·中国文学》卷中的解释

> 指一定历史时期和一定地域内形成的与社会经济变革和人们的精神需求相一致的，具有广泛影响的文学思想和文学创作的潮流。……它不只是在个别或少数作家的创作中有所反映，而是表现为许多有影响的作家，通过各种各样的方式，自觉地实践某种共同

---

① 上海辞书出版社编：《辞海》，上海辞书出版社1979年版，第1536页。
② 胡有清：《品格·角度·整合——现代文学思潮研究中的几个问题》，《文学评论》1996年第2期。

的文学纲领，形成一种普遍的文学趋向。①

这个定义虽然不再以阶级性来论人的思想性，政治性淡化到几乎没有，但它仍然把人们的精神需求单一化，似乎在一定时间空间内人们的精神需求是高度一致的，文学样式或有不同但都万物归一最后都归到那个共同的精神需求上，所谓普遍的文学趋向就是文学的共同思想趋向，缺乏对多元的文学样态的真正理解。而且"文学纲领"的提法也有待商榷，有一些文学思潮可能并没有指定什么具体可执行的文学纲领，但是会趋同于某种精神观念，但精神观念不一定以纲领的方式来加以确定。正如韦勒克所言："如果要以一个有意识地形成的纲领作为标准的话，那么英国就不存在浪漫主义文学思潮。"②

而同一年陈剑晖在《文艺思潮：关于概念和范畴的界说——新时期文艺思潮漫论之一》一文中提出：

> 文学思潮是这样一种现象：在历史发展的某一个特定时期，由于时代生活的推动，社会思潮的影响，哲学思想的渗透，一些世界观、艺术情趣先进的文学艺术家，在共同或先进的文艺思路的指导下，以共同或先进的题材、表现手法创作了一大批艺术风格接近的文艺作品，这些作品不仅具有鲜明的时代和个人特色，而且在社会上产生广泛影响，形成了某种思想倾向和潮流（有的是运动），于是，我们便称它为文艺思潮。③

这个定义从文学思潮的发生条件上，看到了和文学思潮联系最为紧密的思想部分：世界观、哲学思潮等，这确实是比前面的定义更加地关注

---

① 中国大百科全书出版社编：《中国大百科全书·中国文学》，中国大百科全书出版社1986 年版，第 995 页。

② ［美］R. 韦勒克：《近代文学批评史》第 2 卷，杨自伍译，上海译文出版社 1989年版，第 186 页。

③ 陈剑晖：《文艺思潮：关于概念和范畴的界说——新时期文艺思潮漫论之一》，《批评家》1986 年第 1 期。

到了文学的本身，因为，虽然说文学是整个社会环境或者说整个世界中的一个部分，社会的变动会带动文学的变动，但文学思想的变化往往是经由了世界观、哲学观的中介才拨开人与现象之间的迷雾，获得某种较为清晰的认识和判断。人置身于这个世界，并不必然地认识这个世界，世界观、人生观就是我们认识世界的思想工具，文学的变革也必须依赖这个工具。因此，陈剑晖的文艺思潮观看到文艺思潮发生的思想条件，这一点是非常好的，但其所强调的"先进性"会让人联想到来自政治标准或道德标准的判断，按照这个判断，那些不符合"先进性"的文艺现象就有可能湮没在文艺思潮之外。

（三）1993 年版的邵伯周《中国现代文学思潮研究》的解释

> 文艺家（个人或群体）从某种观点（哲学的、美学的、社会学的、心理学的、语言学的、政治的等等）出发，对文学的本质、功能和价值等根本问题作出回答，并形成一种理论体系和审美原则，在一定时期内产生广泛的影响，同时体现在他本人或其他一些作家的创作中。这些创作在题材、思想倾向、创作方法和艺术风格各方面都有很大的一致性，在一定的历史时期内产生广泛的影响，这就是文学思潮。①

这个定义较好地注意到了文学与相关学科的思想联结，与陈剑晖的文艺思潮观比起来邵伯周对思想的理解也更为宽泛，并注意到文学本身才是文学思潮问题的中心，认识到文学的独立性质，文学援引相关的学科思想是要探讨文学的本质、功能和价值，这个解释较为符合文学理论作为一门独立学科的规范意识，而不是把文学作为某种政治观点或社会观点的演绎与诠释。

（四）1995 年马良春、张大明主编的《中国现代文学思潮史》（上、下）中的解释

> 是在历史发展的某一特定时期具有广泛影响、形成倾向和潮流的创作意识和批评意识。它有一定的社会思潮、哲学思潮作基础，

---

① 邵伯周：《中国现代文学思潮研究》，学林出版社 1993 年版，第 7—8 页。

有一定的文学理论批评思想做指导，有一批创作方法、艺术风格相近的文学作品来具体体现，这三方面缺一不可。①

这个定义的特点在于清晰界定了文学思潮作为一个结构体有三个组成部分，而且这三个部分的共同任务就是趋向那个中心的精神实体——某种创作意识和批评意识。根据这句话的中心语，文学思潮的本质是某种"意识"，并且清楚地指出了文学思潮作为某种"意识"是由一定的社会思潮、哲学思潮作基础，并由这个基础转化出文学理论批评思想作指导，最后体现在创作方法、艺术风格相近的作品中。这个定义也是以文学为本位的一个定义，摒除了阶级论、道德论等的立场，注意到了文学思潮的"意识"本质并分析了它的结构组成，都是非常棒的理论成果；不过同一个文学思潮是否一定要求创作方法和艺术风格的相近，这一点有待商榷，也就是说，既然文学思潮的本质是某种"意识"的话，那么"意识"的表现形态是不是可以多样化？

（五）1999 年朱德发《中国百年文学思潮研究的反观与拓展》一文中的解释

> 文学思潮是在特定历史时期，文艺理论家或作家们在相同或相近的世界观、人生观、价值观、美学观指导下所形成的文学潮流。它灌注并体现于文学运动形态、文学理论形态和文学创作形态。②

这个定义同样指出了文学思潮的三维结构，和马良春、张大明版的定义相比，前者的多元维度是平行的，后者的多元维度是层级推进的。把文学思潮作为一个结构性的整体，从系统的角度来分析的还有 1999 年卢铁澎《文学思潮的系统构成》，他认为：

---

① 马良春、张大明主编：《中国现代文学思潮史》，北京十月文艺出版社 1995 年版，第 6 页。

② 朱德发：《中国百年文学思潮研究的反观与拓展》，《烟台大学学报》1999 年第 1 期。

　　　　文学思潮系统构成的范围广及文学活动的整体。可以说，文学思潮是在文学理论、文学创作和文学接受等领域中构成的共同观念系统。①

　　卢铁澎在文学思潮研究方面较为系统，发表过多篇文章对文学思潮概念的定义、内涵、外延等进行分析判别，他从系统论的角度来界定文学思潮的确更符合理论表述的规范，比描述性的定义更具有概括性；同时卢铁澎还提出文学思潮的系统是一种精神性结构，有美学要素与历史要素，有理论要素与非理论要素，这些都是非常值得借鉴的理论成果。2000年陆贵山《中国当代文学思潮》也定义文学思潮为："作为语言艺术的文艺领域的精神潮流。"② 这种理解强调一定文化语境当中文学出现了理念上的"新质"，是这些精神新质的规定性区别了各种不同形态的文学思潮的呈现。

　　（六）2009年杨春时《现代性与中国文学思潮》一书的解释

　　　　文学思潮是大规模的文学运动，是一定时代产生的共同的审美理想在文学上的自觉体现。从根本上说，文学思潮是文学对现代性的一种特定反应。③

　　与前面的定义较为一般地使用"意识""精神观念""一定历史条件"等较含糊的意指性词语相比，杨春时这个定义的突出之处是明确地用"现代性"概念把"文学思潮"的内涵与外延确定下来，具体来讲就是：文学思潮是现代性的产物，现代性发展给文学思潮的形成、发展创造了各种可能条件，而文学思潮则是文学对现代性做出的审美回应，不同的文学思潮是文学对不同的现代性内涵做出的回应，现代性是发展变化的，文学思潮也就会有不同形态的变迁。"现代性"既是文学思潮发生的必备的历史条件，因为它可以指涉具体的历史时间和历史活动；

　　① 卢铁澎：《文学思潮的系统构成》，《人文杂志》1999年第3期。
　　② 陆贵山主编：《中国当代文学思潮》，中国人民大学出版社2002年版，第21页。
　　③ 杨春时：《现代性与中国文学思潮》，三联书店2009年版，第18页。

"现代性"也是文学思潮的本质"意识"或"精神潮流"，因为它也指涉具体的精神价值观念。而在更详细的展开阐述中，杨春时先生又从现代性的理论视角出发，从历史的规定性、逻辑的规定性、美学的规定性三个方面论证了现代性与文学思潮之间的关系，从而形成了一个明晰的、逻辑严密的、完整的概念界说。这个结论是他的美学研究和文学现代性研究在文学思潮领域的一个理论结果。

二 本书的"文学思潮"概念

韦勒克曾经说过："理论问题的澄清，只能在哲学的（即概念的）基础上得到解决。"[①] 但人们也不得不承认，许多理论问题的概念界定都是一件非常困难的事情，"文学思潮"的理论化也是如此。讲起来，"文学思潮的'概念'问题，亦不外乎'内涵'与'外延'两部分。其'内涵'的确立，须对其所具有的'特性'与基本的'构成因素'属性进行分析；'外延'的划定，则主要是厘清它与那些容易与自身发生'边界性''构成性'等矛盾夹缠的相似性'家族'的分界线"。[②] 但在实际上，这个内涵和外延如何界定就是各种观点分歧之所在，纵观以上所列举的这些文学思潮定义，他们各有思想来源和哲学立场，因此在对文学思潮的内涵和外延界定上各有侧重点，本书将在综合吸收这些已有理论成果的基础上说明自己所使用的"文学思潮"概念。

（一）文学思潮的历史境域是现代性

首先，从文学思潮的发生机制来说，特定的文学思潮必须与特定的社会语境相关，亦即它具有一定的历史性特点。韦勒克、沃伦在《文学理论》中强调文学思潮"它不是一个理想类型或一个抽象模式或一个种类概念的系列"，而是

一个以埋藏于历史过程中并且不能从这过程中移出的规范体系

---

① René Wellek, *Concepts of Criticism* , New Haven and London：Yale University Press, 1963, p. 68.

② 席扬、温左琴：《"定义"歧异与"认知"溯源——关于"文学思潮"概念界说的几个问题》，《盐城师范学院学报》（人文社会科学版）2005 年第 1 期。

所界定的一个时间上的横断面。这些规范、标准和惯例的被采用、传播、变化、综合以及消失是能够加以探索的。①

此话应该怎样理解？从正面的字面意思来看，就是一个时代有一个时代之文学，理解文学思潮一定要把握住它的历史时间。那么，17世纪的欧洲是古典主义的时代，18世纪的欧洲是启蒙主义和浪漫主义的时代？文学思潮与历史时间一一对应无法分离？可是如果真是这样，那么韦勒克在别处论述过古典主义文学思潮在20世纪美国的复兴岂不是超越了这种时间上的一一对应关系。而另一个研究文学思潮的理论家波斯彼洛夫说：

> 不同民族文学历史上的共同阶段性的区别，不可能是机械的。以上所举的例子表明，各民族文学在先后不同的时期经历了自己发展的类似阶段，并在或长或短期间不同程度地表现出这些阶段的特点。例如，在意大利文学中人文主义在十五世纪出现繁荣，在英国文学中则是在十六世纪后半期，而在俄国文学中类似的倾向只是在异常微弱的程度上，在十七世纪后半叶才表现出来。又如古典主义，在法国文学中于十七世纪中叶已蓬勃发展，在俄国文学中则在十八世纪下半期才稍有发展。所有这一切都以每个民族历史生活情况的差异为转移。……各民族文学发展阶段的共同性，常常与它们共同的按年代顺序的分期不相符合。②

韦勒克和波斯彼洛夫实际上都在提醒我们不要机械化地去理解文学思潮的构成。的确，我们应该想到"时间不仅仅是一种自然过程，也是一种历史现象"。③这种历史现象可以理解为是由一些限定因素和条件组合而成的场域情境，可称之为历史境域。一定的文学思潮是和一定的

---

① ［美］韦勒克、沃伦：《文学理论》，刘象愚等译，三联书店1984年版，第306—307页。

② ［苏］格·尼·波斯彼洛夫：《文学原理》，王忠琪等译，三联书店1985年版，第167页。

③ 杨春时：《现代性与中国文学思潮》，三联书店2009年版，第22页。

历史境域中的问题意识相关的，因此，时间作为一种自然过程是变动不居流逝不见的，但如果我们把"一个时间上的横断面"理解为是一种特定的历史境域，那么，这种历史境域及其中的问题意识的再现则极有可能催生同样的文学思潮，也正因为这样，文学思潮才可以发生位移，几百年来西方文学思潮的多种样式才有可能在 20 世纪的中国再次出现。

那么，这个历史境域有没有特殊要求？在谈到文学思潮发生的社会语境问题时，一般的定义都用了一个含糊的词语"某个特定历史时期"，而杨春时在《现代性与中国文学思潮》中明确指出，文学思潮的出现必须有"现代性"这个条件，他认为："文学思潮是在特定的历史条件下发生的，而这种特定的历史条件的根据就是现代性。"[①]在他看来，文学思潮是在"现代性"的历史境域中对自己的历史性的体认，是文学面对现代性的不同问题意识的种种回应，比如欧洲文学思潮从文艺复兴时期开始酝酿，到 17 世纪时形成第一个成熟的文学思潮——新古典主义——这个文学思潮是为呼吁现代性并要求建立现代民族国家的一种文学回应，而启蒙主义这个文学思潮是对启蒙现代性内涵的解读与回应……我们作为一个在历史发展后面的人来回溯这段历史，发现西方文学思潮在时间的阈限上的确是以这样的态势发展下来的，而文学思潮概念被引入中国后，也没有人发现中国古代文学中自身的文学思潮，而是借用了西方 18—19 世纪的"浪漫主义"与"现实主义"去指代一些相关的作家作品，如李白是浪漫主义，杜甫是现实主义——这里且不去深究这样的指代存在什么样的问题，仅仅是描述一下这个现象，说明古代确实没有成型的文学思潮。

至于这个历史现象的深层原因，则可以从文学思潮的"思"和"潮"两个方面来解答。从"思"的角度来说，现代性确立了"人"的主体性，人获得了主体性之后，人所进行的文学活动才有可能取得主体性，获得在整体社会活动当中的独立性，这时它才有可能自觉地参与对具体历史境域的整体价值判断，从而体认自己的历史性，而各种现代性知识学说又为文学的独立判断提供价值之眼，各种学说的意识形态化亦即观念体系化是不同文学思潮得以分殊确立的思想保证。传统社会确实

---

① 杨春时：《现代性与中国文学思潮》，三联书店 2009 年版，第 22 页。

也有个别"主体性"意识较强的文学之人，但微弱的个体在传统的条件下没有办法带动整个文学活动的独立主体意识，文学只能作为政治或道德的附庸或点缀而存在，没有办法以独立意识回应社会，因为他们只是社会大传统中的小概率事件。

从"潮"的角度来说，能称之为"潮"者，务必像梁启超所言："凡文化发展之国，其国民于一时期中因环境之变迁与夫心理之感召，不期而思想之进路同趋于一方向，于是相与呼应汹涌如潮焉。凡'思'非皆能成'潮'，能成'潮'者，则其'思'必有相当之价值，而又适合于其时之要求者也。凡时代非皆有'思潮'，有思潮之时代必文化昂进之时代也。"① 这段话限定了文学思潮之"思"有质的要求、"潮"要有"量"的要求。从"量"的方面来说，一种文学运动的效果要做到这种及时的感召呼应并要汹涌如潮，要这样大规模地具有广泛社会鼓动性，没有现代传媒制度和现代文化市场体制的出现是不可能的，因此，传统文学有"思"也很难成"潮"，它们往往是相对静态地在小圈子里传播的，会形成某种集社，比如复社；会形成某种文学流派，比如公安派、桐城派，等等，但他们的影响难以超出文人雅士的封闭交流圈。

总之，从"思"和"潮"两方面来看，文学思潮所需要的社会条件、作者条件、思想条件、文学条件、传播条件等都在现代性的历史境域中完备。

（二）文学思潮的本质内涵是现代性的"主体性"

从文学思潮的内涵来看，本书非常认同从"精神""观念""思想"层面来理解文学思潮的观点。如竹内敏雄在《文艺思潮论》一书中把文学思潮定义为："作为语言艺术的文艺领域的精神潮流。"② 而且他还指出这种精神潮流是客观精神——"它是由历史所给予的精神水准与心理存在"③，"作品不过是文学思潮的'沉淀物'"，文学思潮并不是这

①　梁启超：《清代学术概论》，东方出版社 1996 年版，第 118 页。

②　［日］竹内敏雄：《文学思潮论》，见［日］河出孝雄编《新文学论全集》第 5 卷《文学思潮》，东京河出书房 1941 年版，第 1 页。

③　［日］竹内敏雄：《文学思潮论》，见［日］河出孝雄编《新文学论全集》第 5 卷《文学思潮》，东京河出书房 1941 年版，第 20—21 页。

些沉淀物个体的总和，而是"在于其背后不断流动的活生生的实在的精神之流"。[①] 韦勒克也谈到文学思潮可以被理解为"一种'包含某种规则'的观念，一套规范、程式和价值体系"。[②] 陆贵山认为："作为观念系统的文学思潮在本体上是个精神性结构"。[③] 在以上表述中，竹内敏雄非常准确地界定了文学思潮的核心内涵是一种客观精神，这种客观精神是由"历史"所给予的精神水准与心理存在，再次强调了文学思潮在内涵上的"历史性"，在本书中，这种"历史性"又可以更具体地界定为"现代性"，也就是说，文学感受到了自身与现代性历史境域的现实关联，又从现代性的种种价值判断与精神潮流中汲取精神养料，对所处历史境域作出文学上的反应，在文学领域中形成不同向度的精神之流、形成为不同形态的文学思潮。

本书在这里还要更加把"现代性"确立为"主体性"，现代文学实际上就是在文学的领域探索建设主体性，不同的文学思潮实际上就是在奉行不同的"主体性"原则，是关于"主体"言说的各种价值体系。比如说，17 世纪的古典主义文学思潮对应于当时社会在建立民族国家时期的社会思想，把人的主体性理解为人的理性，同时认为个人主体性的建立必须在国家的主体性建立的基础之上。18 世纪的启蒙主义文学思潮则是围绕着要建设一个以个人主义为基础的、以"自由"为价值旨归的理性主体性。18 世纪浪漫主义文学思潮是要纠正理性主体性的偏颇而建设一个情感主体性。19 世纪批判现实主义文学思潮是要批判社会对主体权利的伤害。20 世纪的现代主义文学思潮则是从非理性状态展现主体与世界之间的荒诞关系，后现代文学思潮则是在解构主体性。不同的主体意识及其相应的价值言说贯穿在整个文学思潮发展的每个阶段中。因此说，文学思潮的本质内涵是由现代性而获得的，因为现代性的确立本质上就是主体性的确立。

---

① ［日］竹内敏雄：《文学思潮论》，见［日］河出孝雄编《新文学论全集》第 5 卷《文学思潮》，东京河出书房 1941 年版，第 47 页。

② ［美］R. 韦勒克：《文学思潮和文学运动的概念》，刘象愚选编，社会科学文献出版社 1989 年版，第 254 页。

③ 陆贵山：《中国当代文学思潮》，中国人民大学出版社 2002 年版，第 21 页。

三　文学思潮的美学原则和文学性

当然，文学思潮作为一种文学活动并不是什么现代性观念的直接的逻辑演绎，也不是任何现代性观念的简单宣言；它始终只是在某种现代性精神的指导下，以"文学"的方式去把握与时代生活的联系，展示出自己某种独特的用文学进行的对世界的认识和在世界中的体验。这种"文学的方式"就是说任何文学思潮都有着自身的美学追求，有一套相应的在具体的"美的原则"指导下的编码规范和编码程序。

比如古典主义文学思潮，是一个现代性从萌芽到确立前这段时期的文学思潮，它的现代性追求是体现在渴望一个维护社会现代性发展的政治体制与道德体制上，他们的古代社会为模本寻求政治规范与道德规范，于是在文学上便崇尚"古典"文本范式、模仿以"自然"为名称的规范化人性、恪守"三一律"。而浪漫主义文学思潮出现在现代性全面确立的时期，它的现代性追求是要挽救个体生命不被社会理性规范所损害，促进个体生命中诗性向度的发展，那么在文学上，他们便注重个性化的情感表达，在形式建构上允许主观多样化，要求废除古典主义的清规戒律。而在除此之外的现实主义、自然主义、唯美主义、新浪漫主义等等文学思潮中，我们仍然可以看到其美学原则和内在精神追求之间的辨证统一。

因此，我们可以说，文学思潮的内涵是由现代性历史所给予的客观精神和与之相应的美学追求结合而成的一套观念体系，它有时并不一定从表面上严格恪守一套规则，但一定会体现出精神上的相通，让人有迹可循。

四　文学思潮的家族相似概念辨析

关于文学思潮的外延问题。文学思潮研究作为一种研究范式在具体实践时常常被单向化为或是文艺思想研究，或是文学主题类型研究，或是文学风格类型研究，或是创作方法类型研究，或是文学流派研究，这些都是容易与文学思潮的外延边界相混淆的概念，有必要对它们之间的关系进行说明。

1. 从文学思潮与文艺思想之间的关系来说，文学思潮是一种精神潮流和与之相应的美学追求相结合而成的观念体系，它会渗透到文学理论、文学批评、文学创作、文学接受的各个领域，而单纯的文艺思想研究往往变为仅仅是文学思想研究，不能涵盖文学思潮的全部。

2. 从文学主题与文学思潮的关系来说，文学主题的选取当然会和一定的精神追求相关，但是它们之间的关系不是一一对应的关系，也就是说，同一个文学主题可能可以对应多种内在精神追求，而同一个精神追求也可以有多个主题表现。

3. 从文学思潮与文学风格之间的关系来说，文学风格是一种作品形态分析，就像卢铁澎在《文学思潮与文学风格》一文中指出的："文学思潮属于文学活动系统中的观念层面，是一种精神性结构，具有抽象性。而文学风格无论是个体风格还是群体风格，都是通过文学作品体现出来的创作特征、审美风貌。……具象性是风格的主要特点"。① 而且，文学风格虽然也会研究这种具象风貌背后的精神气质，但研究重点主要是作家的独特个性气质，而文学思潮研究的精神气质则主要是客观的历史精神气质。

4. 从文学思潮与创作方法的关系来说，"文学的创作方法也就是艺术地认识并表现社会生活的方法，包括如何选择题材、提炼题材以至于孕育形象、描写形象等"。② 从这个定义可以看出，创作方法的概念更容易和创作风格接近，它们都可以脱离具体的历史条件而仅从创作原则、创作特点、形象特点等方面来分析，而文学思潮的历史规定性则确立了它是一种历史性的活动，只有在具体的历史境域中才能进行探讨，而且它注重的是它的精神内核如何散发渗透到这些外在的理论形态和作品形态当中去。

5. 从文学思潮与文学流派的关系来说。波斯彼洛夫说："文艺学家常常使用'思潮'和'流派'这两个术语，有时就像使用同义词一样。"③ 他认为："文学流派在各民族文学发展史的开端就存在，而文学思潮则是在相对来说较晚的发展阶段上并永远是在某些流派文学的思想

---

① 卢铁澎：《文学思潮与文学风格》，《国外文学》2002 年第 2 期，第 18—23 页。

② 蔡仪：《文学概论》，人民文学出版社 1979 年版，第 250 页。

③ ［苏］格·尼·波斯彼洛夫：《文学原理》，王忠琪等译，三联书店 1985 年版，第 173 页。

艺术内容的基础上形成的。"① 其实，文学流派与文学思潮比起来是要更为松散的，文学思潮是要有内在精神实质的统一性的，文学流派可能更多是从创作风格、创作主题等艺术外观中去寻找统一点。

中国大百科全书在解释文学流派这个概念时也强调：

> 文学流派通常表现为由思想和艺术的共性而不一定有纲领上的共性联系着的作家集团，出现文学流派并不一定能形成文学思潮。②

同时参考百度百科上的词条：

> 文学流派是指文学发展过程中，一定历史时期内出现的一批作家，由于审美观点一致和创作风格类似，自觉或不自觉地形成的文学集团和派别，通常是有一定数量和代表人物的作家群。

中国古代的文学运动通常就是以文学流派的形式发生的，文学流派强调的是作家群体自觉或不自觉形成的组织性，如古典时代的公安派、桐城派，中国现代文学中的文学研究会、创造社、新月社等；而文学思潮强调的是观念内核的统一性，并不在乎现实组织性，一种文学思潮可能跨越不同的文学流派，同样是启蒙主义文学思潮在法国则为百科全书派，在德国则为狂飙突进派，一个文学流派也可能包含有多种文学思潮倾向，如现代文学史上的京派和海派，里面都包含有不同文学思潮倾向的成员。

至此，我们可以来总结一下本书所使用的文学思潮概念：（1）文学思潮是一种具有历史规定性的文学活动，它在现代性的历史境域中生发，现代性为文学思潮的产生提供了必备条件，也为文学思潮的形态变迁提供发展动力——这个必备条件包括了社会的急剧变动、现代学科领域的独立分化与文学的独立、稿酬制度与作家的职业化、现代文化市场

---

① ［苏］格·尼·波斯彼洛夫：《文学原理》，王忠琪等译，三联书店1985年版，第205页。

② 《中国大百科全书·中国文学Ⅱ》，中国大百科全书出版社1986年版，第955页。

与读者文化消费的便捷化、现代传媒与文学空间的公共化等。（2）文学思潮是由它的精神实质来加以判定的，从内涵上来说文学思潮是由现代性历史所给予的客观精神和与之相应的美学追求结合而成的一套套观念体系，具体来说就是关于"主体性"问题的一套套特定观念体系，不同的文学思潮以不同的主体性哲学思想为基础。（3）从组织方式来看文学思潮是个结构体，构成文学思潮的特定观念体系会渗透体现在文学理论、文学批评、文学创作、文学接受的各个领域。（4）每个文学思潮都有自己的美学原则，但是不一定要形成规范或类似的艺术规则。（5）从文学思潮的影响力来看，它必须具有一定的规模，而且是开放性与社会化的。（6）现代性是复杂多元充满了变动和矛盾的，与之感应的文学思潮因此也是有多种形态的。

第二节　1896—1916 年：中国现代文学思潮的发生

一　清末民初的现代性与中国文学现代意识的萌生

从晚清到民初这个阶段开始谈中国现代文学思潮的萌生，恐怕要遭到旧的文学思潮史专家的指责，因为按照过去通行的看法，由晚清以迄民初的各种文艺动荡，只不过是在西学东渐的大背景下，传统文学思潮向现代文学思潮的过渡，比如马良春、张大明主编的《中国现代文学思潮史》就在其绪论中强调了这一点；陈伯海主编的《近四百年中国文学思潮史》在讲"20 世纪中国文学思潮"史时直接从五四时期讲起；其他如吴文淇的《近百年来的中国文艺思潮》，易叶的《中国近代文艺思潮史》，刘增杰、关爱和的《中国近现代文学思潮史》，魏绍馨的《中国现代文学思潮史》，邵伯周的《中国现代文学思潮研究》，张光芒的《中国近现代启蒙文学思潮论》等书，也都基本上持上述看法，强调晚清文学的"过渡时期"性质。以上是过去那种以唯物主义史观和政治观来看待文学分期的一种思维方式，而且从语意上说，过渡论更强调"绵延"，就是说晚清文学起到了很好的从古代文学到现代文学的绵延作用，认为文学从古代到现代是同一个历史进程。

但是本书的观点是晚清是个古典文学终结和现代文学萌芽的时期，

那个时期的宋诗运动、桐城派、清流派的诗歌古文创作是古典文学的晚照，现代文学对这些文学思想及其文学创作原则是批判排斥的，这个传统在20世纪的现代文学发展中并没有被接续。现代文学所承接的是晚清文学当中的那些现代性追求的部分，是由维新派人士、革命派人士等倡导的以西方现代文学/日本现代文学为参照系的新质文学。因此，本书强调的是一种新质文学的萌端，而且这种文学思潮的概念意识正是从西方或转道日本来的，中国传统文学中并没有这一概念。关于晚清文学思潮的性质问题，正如朱寿桐在《19与20世纪中国文学思潮比较论》中指出的："中国文坛在20世纪可谓思潮迭起，热闹非凡，而在19世纪的绝大部分时间内则是潮歇汐落，一派沉寂。不过这仅限于表面的热烈程度而言，其实19世纪的中国文坛不仅曾涌动过各类思潮，而且在许多方面都开了20世纪文学思潮的先河，只是19世纪文学思潮更多地藏伏在平心静气的理论探讨和温柔敦厚的创作实践之中，多属于潜在的、隐性的思潮，与20世纪那种以声嘶力竭式的倡导和剑拔弩张式的论争为主体的显性的甚至是泛化的思潮形成了鲜明的对比。"① 这段话指出了在19世纪存在着一些较为低调的文学思潮，而且这些文学思潮和20世纪现代文学的各种文学思潮是同源同质的关系；而不像在人们的一般印象中，"'近代文学'与'现代文学'从没有做过有板有眼的'交接工作'，作为这种粗疏的交接的直接后果，20世纪最初的十多年在文学和文化上几乎乏善可陈，更谈不上什么思潮的涌动了"。②

的确，随着各种研究角度的深入，我们会发现：从19世纪末到20世纪最初的十多年，在文学和文化上已经潜藏着、孕育着、萌动着文学和文化变革的各种现代性要素，为"五四"这个巨大的时代变革做出了充分的准备，文学的思潮化发展是其中的一个动向。

波斯彼洛夫在他的《文学理论》中论述过："文艺学家观察文学发展所有以前的阶段时，没有谈到这些阶段内存在的各种思潮，显然是因为在任何一种民族文学中，从埃斯库罗斯时代到莎士比亚时代，都没有

---

① 朱寿桐：《19与20世纪中国文学思潮比较论》，《南京大学学报》（哲社版）2000年第2期，第70—78页。

② 同上。

明确地形成思潮。品达和索福克勒斯、薄伽丘和拉伯雷、塞万提斯和莎士比亚是在没有思潮的情况下创作的。"① 文学思潮是一种具有历史规定性的文学活动，"文学思潮是现代性的产物，是文学对现代性发展所做出的自觉的审美反应"。② 传统社会没有文学思潮，它的出现，必须要有"现代性"这样一个特定的历史条件。对于中国来说，被西方现代性强势入侵并引发中国社会现代性的历史时间是在晚清，中国文学开始现代性追求的时间也是在晚清，这点学术界基本都已经公认。但"晚清"的起始年限具体应该落实到哪一年哪一月却没有定论，有的学者如"曾朴在《译龚自珍〈病梅馆记〉题解》中称龚氏为'新文学的先驱者'"。王德威在《被压抑的现代性：晚清小说新论》一书中认为是太平天国前后，有的学者如杨联芬在《晚清至五四：中国文学现代性的发生》一书中认为是甲午中日战争之后 19 世纪的最后几年，"朱自清的《中国新文学研究》、吴文祺的《新文学概要》、余慕陶《七十年来的中国社会与中国文学》都认为新文学的胎，早孕育于戊戌变法以后，逐渐发展、逐渐生长，至五四时期而呱呱坠地"。③

本书比较认同把时间划到甲午战争之后甚至是戊戌变法之后的说法，因为"1898 年前，人们对西方的政教伦理了解得相当有限，西方社会科学名著的译本还非常少见，想要让国人理解并支持用以变法的西方政治制度几乎是不可能的"。④ 有学者经过历史考察，发现日本社会一直非常关注中国清朝，因此中国自鸦片战争以来的各种遭遇和动向都会及时被日本掌握；而中国则一直做着天下帝国的迷梦，对周边国家一直以鄙视的态度有意识地忽略，导致在甲午战争之前，中国对日本明治维新了解得是少之又少。其实梁启超早在《戊戌政变记》一文中就指

---

① ［苏］格·尼·波斯彼洛夫：《文学原理》，王忠琪等译，三联书店 1985 年版，第 172 页。

② 杨春时：《文学思潮：一种现代性反应》，《粤海风》2006 年第 4 期，第 4—6 页。

③ 王飚、关爱和、袁进：《探寻中国文学从古典到现代的转型历程》，《文学遗产》2000 年第 4 期，第 4—23 页。

④ 李华川：《晚清知识界的卢梭幻象》，见孟华等《中国文学中的西方人形象》，安徽教育出版社 2006 年版，第 63 页。

出："吾国四千余年大梦之唤醒，实自甲午战败割台湾偿二百兆以后始也。"① 这之后，中国的有识之士才在"四千年未有之变局"的震惊中自觉地去探索西方现代性之"本"，也就是章太炎所说的："自从甲午以后，略看东西各国的书籍，才有学理收拾进来。"② "数月以来，天下移风，数千万之士人……争讲万国之故，及各种新学，争阅地图，争讲译出之西书。……旧藩顿决，泉涌涛奔，非复如昔日之可以掩闭抑扼矣。"③ 至此，社会秩序动荡进入深层的心灵秩序动荡，对西方文化思想的抗拒、对中国传统本体思想的维护，到这个时候已经被甲午中日战争的失败无情摧毁，传统价值体系摇摇欲坠，从西方译介过来的各种新学成了人们组构新体系的重要思想支柱。基于这样的原因，华裔学者张灏在《梁启超与中国思想的过渡（1890—1907）》一书中认为："在从传统到现代的中国文化转变中，19世纪90年代中叶至20世纪最初十年里发生的思想变化应被看成是一个比'五四'时代更为重要的分水岭。"④

当时《申报》也有文章对中国社会各界的"风气日开""生机勃勃"发出了这样的感叹："人心奋发，积习之变，未有如今日之速者矣！"⑤ 从这些描述可以看到当时西学热潮的情形及其引发的快速社会变动效应，但同时也必须指出，19世纪的这最后几年，无论是现代性对中国文学造成的影响还是中国文学对现代性的回应学习，两个方面都还处于一个萌芽阶段，是一个源头的开启，影响力相对于成熟期来说是比较微弱的，如果是从"思潮"着眼，在文学行动上要形成有组织、有理论、有刊物、有作家作品的规模性的现代性追求则要等到1902年

① 梁启超：《戊戌政变记》，见林志均编《饮冰室合集·专集》之一，中华书局1989年重印本，第1页。

② 章太炎：《演说辞》，转引自汤志钧编《章太炎年谱长编》（上册），中华书局1979年版，第27页。

③ 梁启超：《戊戌政变记》，见林志均编《饮冰室合集·专集》之一，中华书局1989年重印本，第26页。

④ ［美］张灏：《梁启超与中国思想的过渡（1890—1907）》，崔志海等译，江苏人民出版社1971年版，第218页。

⑤ 《论中国改行新政之速》，《申报》1898年9月5日。转引自汪林茂《晚清文化史》，人民出版社2005年版，第198页。

开始，然后延至民初。

这是因为，从文学思潮发生的准备条件来说，太平天国运动前后这段时间，中国人虽然已经在强大的西方文明前吃了几次败仗，如马克思曾说的中国在第二次鸦片战争后："天朝帝国万世长存的迷信受到致命打击，野蛮的，闭关自守的与文明隔绝的状态被打破了"①，但这些并未从根本上撼动民族文化的根基，在儒家文化中心主义的思维支配下，他们对自身文化体系仍有绝对的自信，他们称西方入侵者为"蛮夷"，并普遍地认为西方的强大仅仅在"船坚炮利"，在于工业技术上超过中国而已，"以为中国一切皆胜西人，所不如者，兵而已"②，"绝不承认欧美人除能制造能测量能驾驶能操练之外，更有其他学问"。③ 这就是1861 年以来开展洋务运动的思想基础和心理基础，并在这种认识下于1862 年迅速地建立了中国第一个现代兵工厂——安庆军械所，这是中国社会面对帝国主义入侵的最初反应。等到"1876 年，郭嵩焘在游记中写下：'现代的夷狄，和从前不同；他们也有二千年的文明'，还激起了满朝士大夫的公愤，直闹到奉旨毁版，才算完事"。④ 可见，在这个时期人们面对陌生的现代性事件仍然使用的是习惯性思维，对西方现代性的震惊只是情绪上的。

《中国的现代化》的主编罗兹曼指出："从一方面来看，中国具有辉煌的文化传统，在人文科学和自然科学方面获得过人类历史上最引人注目的成就，其政治体制的权威性也是举世无双的，这种权威一直可以追溯到两千多年前，它曾多次显示出有无与伦比的能力去动员技术和资源以应付特定的挑战。"⑤ 但同时事情的另一面就是，"19 世纪之前使得中国如此伟大的东西，恰恰被证明也就是后来严重地阻碍着中国实现现代化转换的东西。从这个意义上来说，中国今天面临的困境乃是先天注

① 中共中央马克思恩格斯列宁斯大林著作编译局编：《马克思恩格斯选集》第 2 卷，人民出版社 1995 年版，第 2 页。

② 林志均编：《饮冰室合集·文集》卷 1，中华书局 1989 年版，第 78 页。

③ 同上书，第 65 页。

④ 吴其昌：《梁启超传》，百花文艺出版社 2004 年版，第 17 页。

⑤ ［美］吉尔伯特·罗兹曼主编：《中国的现代化》，国家社会科学基金"比较现代化"课题组译，江苏人民出版社 1998 年版，第 633—634 页。

定的。中国作为'中央之国'，其自我独立的政治和文化运转体系，以长期未受到挑战而闻名于世。但也正因为如此，中国对自身体系地位的下降并无感知，而且直到现代挑战不可避免地降落到它的大门口之时，都未能领悟到这种挑战的性质"。① 和几乎同时遭受西方资本主义扩张侵略的敏感的日本相比，中国社会的上上下下显示出了令人遗憾的迟钝，对日本的经验也尚未有闲心去关注。

在这种情况下，既然人们固守着传统的文化观念不去改变，那传统的文学条件也就不可能遭到动摇，而且在洋务派对实学的强调下，文学根本就不被重视，风靡当时的新学，称为实学、致用之学、时务之学，其中并不包括文学。时人王韬对此有过描述：

> 其谈富之效者，则曰开矿也，铸币也，因土之宜，尽地之利，一若欲民而足国非此不可。至于学问一端，亦以为西人所尚化学、光学、重学、医学、植物之学，皆有专门名家，辨析毫芒，几若非此不足以言学，而凡一切文学词章无不悉废。②

可见对文章、对文学的鄙薄在当时的思想界非常具有代表性。甚至在维新派刚开始活动的时候情况也依然如此，其中的原因引谭嗣同的话来解释就是："处中外虎争、文无所用之日，当总裹互纽，脀立方刚之年，行并其所悔者悔矣。"③ 谭嗣同宣称要抛弃全部旧学之诗，他悲愤地对友人说：

> 天发杀机，龙蛇起陆，犹不自惩，而为此无用之呻吟，抑何靡与？三十年前之精力，敝于所谓考据辞章，垂垂尽矣！施于今，无

---

① ［美］吉尔伯特·罗兹曼主编：《中国的现代化》，国家社会科学基金"比较现代化"课题组译，江苏人民出版社1998年版。

② 王韬：《上当路论时务书》，见范文澜等编《中国近代史资料丛刊·戊戌变法》第1册，上海人民出版社2000年版，第148页。

③ 谭嗣同：《三十自纪》，见蔡尚思、方行编《谭嗣同全集》（增订本上册），中华书局1998年版，第55页。

一当焉。愤而发箧，毕弃之。①

　　典型的文学无用论。何启、胡礼垣也说过："今者四方告病，盗贼蜂起，失地失权，一月数见，内外交逼，无过此时，而犹谆谆然讲文体之盛衰，论笔阵之强弱，其去时务二字亦云远矣。"② 严复认为西方之所以强盛是因为它们"先物理而后文词，重达用而薄藻饰"，中国之所以贫穷衰弱是因为"其学最尚词章"，词章之道，虽能极海市蜃楼、恍惚迷离之能事，却无补于救贫救弱。③ 梁启超也告诫说："若夫骈丽之章，歌曲之作，以娱魂性，偶一为之，毋令溺志。"④ 总之，这是一个文学遭受冷落的时代，即便有冯桂芬、王韬、黄遵宪这样有点觉醒意识的文人，也是极个别且微弱的现象，且他们对自己的观点也不坚定。

　　对文学开始重视，并把它当作开通民智的利器是甲午之后维新人士的举措。许多学者因此认为 19 世纪的最后几年是中国文学追求现代性的开始，是很有道理的。甲午中日战争的失败在朝野上下最让人震惊的结果是，它打破了中国士人对几千年文化的迷梦，人们痛恨日本却又不得不痛定思痛去思考最近改宗西方的日本人身上所发生的变化，人们第一次认识到西方文明的优越不仅在器物上，更在制度、文化思想等方面。康有为说："尝考泰西人所以富强，不在炮械军兵而在穷理劝学。"⑤ 作为学生的梁启超亦应和说："泰西之强，不在军兵炮械之末，而在其士人之学，新法之书。"⑥ 还有比康、梁更激进决绝的严复，他直接提出：

---

　　① 谭嗣同：《三十自纪》，见蔡尚思、方行编《谭嗣同全集》（增订本上册），中华书局1998 年版，第 81 页。

　　② 何启、胡礼垣：《新政真铨》，转引自赵慎修《旧民主主义革命时期文学思潮的变迁》，《中国社会科学》1984 年第 1 期。

　　③ 严复：《原强》，见《严几道诗文钞》第 1 卷；《救亡决论》，见《严几道诗文钞》第2 卷，上海国华书局民国十一年版。

　　④ 梁启超：《万木草堂小学学记》，见林志均编《饮冰室合集·文集之二》卷三，中华书局 1989 年影印本，第 35 页。

　　⑤ 康有为：《康有为全集》第 2 册，姜义华、张荣华点校，中国人民大学出版社 2007 年版，第 95 页。

　　⑥ 梁启超：《饮冰室文集·教育》（上），中华书局 1994 年版，第 64 页。

体用者，即一物而言之也。……故中学有中学之体用，西学有西学之体用。分之则两立，合之则俱亡。①

王汎森曾指出："严复在中国传统和西方之间划下了黑白分明的界线，他极力主张中国已远不如西方，尤其是在文化领域。"② 严复这种惊世骇俗的言论马上引起维新派知识群体的高度认可，在残酷的现实和严复的一系列学理面前，一种新知识态度取代洋务运动的"器械兵工之说"与张之洞的"中体西用"说而成为舆论界的"领导性论述"。

出于这种认识，19 世纪的最后几年，在康有为、梁启超等人鼓动下，一系列以传播西学、讨论变革、倡导启蒙为宗旨的思想文化阵地纷纷涌现："1895 年，北京和上海强学会先后成立；1896 年，梁启超、黄遵宪、汪康年在上海创办《时务报》；1897 年，梁启超在上海创办大同书局，严复等在天津出版《国闻报》及《国闻汇编》。1898—1899 年，严复对中国思想界影响最大的两部译著《天演论》和《群己权界论》出版，……西方现代文化、思想及其价值观，作为'文明'即现代性的范本，被介绍到中国；输入新学，开启民智，成为维新思想界寻求的中国社会救亡图存的前提"。③

在这种大局势的影响下，文学因为被看成传播西学、开通民智的法宝而受到关注，文学无用变成了有用。1897 年，梁启超与康有为、严复、夏曾佑一起强调小说具有"使民开化"的作用；1898 年，流亡日本的梁启超在自办的《清议报》上发表《译印政治小说序》，号召国人仿效日本倡导政治小说，以"小说"新民。1899 年，梁启超在《夏威夷游记》中明确提出"诗界革命"与"文界革命"的口号，要求文学师法欧美、日本，以欧洲启蒙思想来改造中国文学。这是中国文学第一次突破传统，追求现代的尝试。虽然，无论是诗界革命、文界革命在当

---

① 严复：《与〈外交报〉主人书》，见王栻编《严复集》第 3 册，中华书局 1986 年版，第 558—559 页。

② 王汎森：《傅斯年：中国近代历史与政治中的个体生命》，三联书店 2012 年版，第 2 页。

③ 杨联芬：《晚清至五四：中国文学现代性的发生》，北京大学出版社 2003 年版，第 2 页。

时提出之后并没有在全社会造成很大的反响，对小说的重新认识也停留在一个含糊朦胧的阶段。但它们的重要之处在于为一个更大的文学变革潮流做好了先期的积累。我这里所说的"更大的文学变革潮流"，指的是由 1902 年的"小说界革命"所引发、由"新小说"所代表的晚清"启蒙主义文学思潮"。这也是中国第一个初具雏形的文学思潮。

不仅如此，1902 年之后，随着启蒙主义这个文学思潮在中国滥觞，西方其他思潮的文学思想也随之传入，与中国当时的实际相结合，酝酿出了多种中国式的思潮、思想。比如，与中国刚觉醒的民族意识相结合的、带有浓厚"革命"气息的古典主义思想；与一种非功利的纯文学意识相结合的审美主义思想，还有微弱的浪漫主义文学的发声；以及辛亥革命后随着市民社会的发展而出现的与中国市民生活相结合的、以大众为本位的现代大众文学思潮。

二　1896—1916 年：清末民初文学思潮发生的现代性条件

1896 年，晚清知识界启蒙思想风起云涌，1898 年，中国文学开始它的现代转向，而几年后的 1902 年，是中国文学现代转型的具有里程碑意义的一年。自维新运动以来一直萌动在维新人士心中的文学变革终于在这里获得了蜕变的契机，可以作为其标志的事件是梁启超《论小说与群治之关系》的发表。在这篇文章中，梁启超借鉴日本启蒙文学发展的经验，从"新民"的立场出发向国人宣告了"小说为文学之最上乘"这样一个石破天惊的观点，倡导国人进行"小说界革命"。与先前几乎没有反响的"诗界革命""文界革命"相比，梁启超提倡"小说界革命"更大胆地反叛了传统，但却在晚清社会激起了一个为小说立论、翻译与创作的高潮，并由此而导致了一个初具雏形的、类似欧洲与日本启蒙主义文学的思潮。这是为什么呢？要解答这个问题，还是得回到文学思潮得以产生的"现代性"这个条件中去。

（一）解构中的传统政治图景导致社会人心思"变"

从政治背景来说，甲午中日战争之后严重的后遗症、维新变法运动失败酿成的戊戌六君子事件、民族主义与国外入侵势力对抗而酿成的庚子事变等再一次给中国带来毁灭性的打击，20 世纪开始的 1901 年，中国传统社会秩序进入了一个更加剧烈动荡的时代。在这种情况下，传统价值信念的正当性与权威性均遭到严重动摇，相应地，以西方现代性思想为指导的思变心理在这时候却得到普遍的肯定。

正如一些学者所说，现代性的扩张战争到来之前，"中国历史的发展则从未被这种颠覆性的剧变动摇过。尽管整个国家曾多次遭到入侵，并两度为外来王朝所统治，但这些入侵只是扰乱而并非改变中国。中国有史以来所经历的，仅仅是局限于传统框架的皇朝的兴替，而并非大规模的碎裂和新生"。[①] 中国的传统秩序是一个超稳定的结构，以一直未受到严重挑战而闻名，尽管它在历史上也不乏外敌入侵，但是随着易姓换主，很快就能重归天下大定，所谓一治一乱的历史循环论就是这样总结出来的。

这种情况一直持续到 1840 年，而在中国人的思想中则持续到 1894—1895 年。因为甲午中日战争的重创，1894—1895 年之后，经过康有为、梁启超、谭嗣同等维新派人士的大力宣传，国人渐知中国体制的不足，但并没有达到人心思变的程度，对于引进西方政治体制的举动，国中仍以反对派、保守派居多。维新变法失败以后，1900 年义和团运动和清廷保守顽抗势力组合，其结果在历史教科书上的描述是八国联军攻陷北京，大肆烧杀抢掠，义和团失败，慈禧太后、光绪皇帝仓皇逃往西安。这样的表述中可能掩盖了很多的历史细节，不过这无妨后来人去感受庚子国变所加重的全民族的危机感，也进一步加速着传统社会的瓦解。

但真正瓦解了人们对传统制度的信仰的，却是清王朝自 1901 年开始的改革。因为这场改革在慈禧太后的主持下，在西安以光绪帝名义颁布了一道懿旨，其中对祖宗成法进行了猛烈的抨击，认为中国要改变目前积弱的状态，只有师法欧美，所谓"法积则敝，法敝则更，惟归于强国利民而已"，"懿训以为取外国之长，乃可补中国之短"。[②] 这种从最顽固的最高统治者那里发出的向西方学习的公然号召、对祖宗成法的公

---

① ［美］斯塔夫里·阿诺斯：《全球通史》，董书慧等译，北京大学出版社 2005 年版，第 361 页。

② 转引自李扬帆《走出晚清：涉外人物及中国的世界观念之研究》，北京大学出版社 2005 年版，第 339 页。

然抛弃，在中国这样一个崇尚权威的社会里能引起什么样的反响是可想
而知的。

蒋廷黻在《中国近代史》中评价说："戊戌年康有为要辅助光绪帝
行的新政，这时西太后都行了，而且超过了。"① 从扑杀改革到主持改
革，慈禧太后的变化反映了时代之变，潮流之变，在"西方现代文明"
挑战前中国传统不得不变。在清廷宣布改革之后，传统文化及制度对思
想的控制无疑已经被打开了闸门，对西方现代思想的汲取也就获得了一
种普遍而正当的鼓励。其中的情形，梁启超在 1901 年 10 月的《维新图
说》中有过描述：其时维新之语，已"弥漫磅礴于国中，无论为帝，
为后，为吏，为士，为绅，为商"，均以维新为时尚，"吾昔见中国言
维新者之少也而惊，吾今见中国言维新者之多而益惊"。"自义和团动
乱以来，包括政府官员、知识界、绅士及商人阶级在内的人士，几乎普
遍地确认，向西方学习是十分必要的，反对西式教育的人几乎不见
了。"② 有人对当时的西学之热有过这样的总结：

> 告以尧舜禹汤文武周孔之道，汉唐宋明贤君哲相之治，则皆以
> 为不足法，或竟不知有其人。近日南中刊布立宪，至有四千年史一
> 扫而空之语。惟告以英德法美之制度，拿破仑、华盛顿所创造，卢
> 梭、边沁、孟德斯鸠之论说，而日本之所模仿，伊藤、青木诸人访
> 求而后得者，则心悦诚服，以为当行。③

这段话所描述的是晚清人们崇尚西学、以西方经验为参照而寻求救
国之路的热切程度，比起人们已经非常熟悉的五四全盘西化论，可谓旗
鼓相当。而其对自身传统文化的否定和五四时期那些激进者相比亦是伯
仲之间了。这充分说明在清廷改革的推动下，在国内已经逐渐形成一股
对以西方文化为参照的社会变革的自觉意识，这时倡导"小说界革

---

① 蒋廷黻：《中国近代史》，上海古籍出版社 2001 年版，第 71 页。

② 徐雪筠等译编：《上海近代社会经济发展概况——海关十年报告译编》，上海社会科学
院出版社 1985 年版，第 164 页。

③ 故宫博物院明清档案部编：《清末筹备立宪档案史料》上册，中华书局 1979 年版，第
306 页。

命"，借文学来宣扬新学思想，很容易将这股意识结合进去。

（二）西方现代思想学说的结构性输入

从思想背景来讲，随着卢梭、孟德斯鸠、伏尔泰、达尔文、赫胥黎等人的社会学说不断介绍引进，这个时期对西方启蒙思想有了进一步了解，亦即对现代性思想有了进一步了解，而且经过翻译者、介绍者有意识的文化建构策略，这个时期输入的西方思想学说是以文艺复兴以来到18 世纪的启蒙学说，而且是综合政治、经济、人文等各方面，形成结构性输入的局面，在这些学说的导引下，中国知识界、文化界开始出现比较统一的"新民"呼声。

说起来，西方人现代性思想的输出与他们的现代性侵略行为比起来是要更为人道和更为温情的，因为这两者属于不同的团体不同的领域，现代性侵略行为的主要成员是军队、商人、政治家，而现代性思想输出的主要成员是那些传教士，传教士不但翻译一些书籍传给中国社会，同时他们也会做一些公益的慈善行为，尽管如此，中国社会还是没有在较广的范围内接受他们的影响，毕竟他们来自敌对阵营。能够成为中国社会舆论领袖的还必须是中国人，如康有为、严复、梁启超等，不过，这些维新派人士早年所感兴趣的是进行日本式的君主立宪制改革，走的是一条自上而下的政治路线。

维新变法失败后，以梁启超为代表的维新派激进分子对戊戌政变进行了反思，总结失败的经验，梁启超认识到中国的国事如果没有民众的兴起，是办不成的，但庚子年的义和团事件又让普遍的士人对中国民众的愚昧有了切实而沉痛的感触。因此，在日本启蒙思想家福泽谕吉、德富苏峰、加藤弘之等人的影响下，梁启超等意识到引进欧洲的启蒙思想比引进欧洲的政治制度更为重要。1902 年，他在《新民说》里明确提出：

　　苟有新民，何患无新制度，无新政府，无新国家。非尔者，则随今日变一法，明日易一人，东涂西抹，学步效颦，吾未见其能济也。夫吾国言新法数十年而效不睹者何也？则于新民之道未有留意者也。①

在这段话中，梁启超认为，维新变法之所以没有收到实际的效果，其根本的原因在于中国社会对"新民之道"未曾留意，他提出革新民众的思想比革新政治制度更为重要，也就是说，在当时的中国，留意"新民之道"，发动思想启蒙运动才是救亡图存的根本出路。这是一种将历史问题聚焦于思想文化的思维路径。"新民"本来是儒家固有的一个术语，但从 1901 年后梁启超大量译介西方启蒙思想家培根、康德、孟德斯鸠、卢梭等的著作中可以看出，"新民"所指代的是一场汲取西方启蒙精神的核心内容和价值趋向，以对中国传统文化和民族文化心理习惯进行批判的价值重建运动，它的意义并不能等同于儒家"新民"概念所强调的思想文化教育和道德熏陶。②

梁启超倡导"新民说"，以此培养"国民元气"，这就是此后人们一直不断议论的改造国民性的问题，他认为只有从思想启蒙入手，去除民众的无知和愚昧，才是解决中国问题的关键，他认为苟有新民，何患无新制度？同样，孙中山领导下的革命派人士也把"开民智"与"兴民权"联系起来，认为只有"开民智"才能改变中国固有民众的"奴隶根性"，造就独立自由的能掌握国家权力，从而成为国家主人的一代新国民。在思想界对启蒙的呼声日渐高涨的情况下，梁启超借鉴欧美及日本等国启蒙时期的文学主张，借此打破中国旧有文学传统，当然是振臂一呼、应者云集，水到渠成了。况且在这股浪潮的推动下，西方文化大量输入，文学变革有了更多的现代知识背景，也更容易做出新的成就来。

据《日本译中国书综合目录》一书的统计，"从 1868 年到 1895 年，中译日文书八种，几乎全是自然科学；1896 年至 1911 年中译日文书 958 种，其中自然科学（含应用科学）172 种，约占总数的 18%，社

①　何擎一编：《饮冰室合集·专集》卷 35，中华书局 1994 年版，第 47 页。
②　在儒家经典著作《大学》里，"新民"就是一个重要概念，它指的是以儒家道统思想为指导的对民众的驯服；而在梁启超的价值体系里，"新民"已经是渗透了西方启蒙学说的观念。无论是在思想核心上或是价值目标上都已经发生了实质性的变化。

会科学 786 种，约占总数的 82%"。① 这里可以说明两个问题：（1）自
1896 年开始清末思想界已经全面转向对西方社会科学学说的关注，启
蒙正式展开；（2）因为当时的社会历史条件所限，不管是维新派人士
所引进的启蒙思想学说还是革命派人士所引进的启蒙思想学说，它们基
本上都经过了日本脱亚入欧思潮的筛选，有着浓重的日本选择特色，是
经过日本文化人咀嚼和日本实践经验的，这也是中国现代性思想引进初
期一个很明显的特点。

（三）　以现代报纸、杂志为中心形成的文化公共领域及其集聚效应

从文学思潮发生所需要的文化传播条件来说，由于西方扩张主义在
中国文化、经济方面所造成的"现代"影响②，这一时期在中国的租界
和通商口岸地区，也出现了比较成形的、以国外经验为参照的新型文化
传播空间。

这种新型文化传播空间的最大特点是，以各种报纸杂志为生产基
地，与市场经济的运营规则相结合，引进西方的现代传媒和现代稿酬制
度，形成一种便捷、快速的市场化交流模式。这种交流模式加之以清廷
改革中的废科举、兴学堂、选派留学生、引进西学等举措，一方面培育
出了中国最早的作家群；另一方面也培育出了现代文学第一批文学消费
者。当文化交流进入一个产业化的市场，也就极大地拓宽了文化交流的
范围。1902 年之后中国文学思潮的迅速成形在很大程度上就得益于这
一条件。

关于现代传媒条件的兴起，最早可以溯源到 1857 年 1 月 26 日（清
咸丰七年正月朔日）在上海创刊的第一份现代中文报刊《六合丛谈》，
该刊虽然创办于上海，但其传播目标地点却定在全国，尤其以当时五个
通商口岸为重，其目的是乘清廷当时较为宽松的对洋政策来华进行大面
积思想传播，主编亚历山大·韦烈亚力（Alexander Wylie）在阐述其宗
旨时说："通商设教，仅在五口，而示人足迹为至者，不知凡几，兼以

---

① 转引自郑大华编著《晚清思想史》，湖南师范大学出版社 2005 年版，第 448 页。
② 参阅［美］费正清等《剑桥中国晚清史》（上），中国社会科学院历史研究所编译室
译，中国社会科学出版社 1985 年版，第 314 页。

言语各异，政化不同，安能使之尽明吾意哉？是以必须书籍以通其理，假文字以达其辞。"① "今予著《六合丛谈》一书，亦欲通中外之情，载远近之事，尽古今之变。见闻所逮，命笔志之，月各一编，罔拘成例。务使苍穹之大，若在执掌；瀛海之遥，如同衽席。"②《六合丛谈》虽然信心满满，但终因水土不服仅维持一年多便告停刊。

此后，1861 年创刊的、由字林洋行出资、美国传教士伍德担任主编的《上海新报》一直占据上海的中文报业。受到《上海新报》的启发，1872 年 4 月 30 日（清同治十一年三月二十三日）英国商人安纳斯脱·美查（Ernest Major）又于上海创办了《申江新报》（后改名为《申报》），这份报纸于 1949 年 5 月 27 日才被迫停刊，坚持时间长达 77 年，期间不断扩大经营，变革传播手段，如 1876 年 3 月 3 日《申报》面向中下层读者群增加出版通俗副刊《民报》（周三刊），1884 年 5 月 8 日增办中国第一份时事画报《点石斋画报》（旬刊），之后又创设申昌书局并出版《古今图书集成》等图书杂志，《申报》的这一系列行为催生了中国现代文学市场的发端。

1868 年 9 月 5 日（同治七年七月十九日）在上海创办的《中国教会新报》（后改名为《教会新报》，1874 年又改名为《万国公报》）也有相当之影响，经营到了 1907 年 12 月，共有 750 卷 237 册。在这些洋人办刊的引导下，办报、办杂志渐渐成为一种风潮，至 20 世纪初年晚清社会的这个新型文化交流市场已经规模较为巨大，看王德威在《想象中国的方法》一书中引述过的这些结论："晚清的最后十年里，至少曾有一百七十余家出版机构此起彼落"；"照顾的阅读人口，在二百万到四百万之间。"③ "而晚清最重要的文类——小说——的发行，多经由四种媒介：报纸、游戏、刊物、杂志与成书。"④ 而据刘增合统计，"1905 年至民国初年，先后发行的报刊达 600 余种。"⑤ 出版机构仅 1906 年上

---

① 《六合丛谈小引》，刊于 1857 年 1 月 26 日《六合丛谈》。

② 同上。

③ 王德威：《想象中国的方法》，三联书店 1998 年版，第 4 页。

④ 同上。

⑤ 刘增合：《媒介形态与晚清公共领域研究的拓展》，《近代史研究》2000 年第 2 期。

海书业公所挂号的就有 119 家。① 仅商务印书馆 1902—1911 年间出版的图书就有 1001 种。②《中国近代文艺报刊概览·引言》中记载:"近代文艺杂志有 133 种,文艺报纸 76 种,另有未见原件的文艺报纸、杂志 68 种。"③ 从这样一些数据与资料里面,可以推测出,这种庞大的出版机构在读者群体间所能达到的影响能力,是传统文人雅士的封闭交流圈根本无法与之相比的。在这个现代文化交流空间里,一种文学思想的提倡和反馈,如果符合时代发展的需要,就很容易做到相互呼应汹涌如潮。"小说界革命"及其所引起的中国启蒙主义文学思潮便是一个很好的例子。

晚清的这个新型文化空间是与国际联结的,是世界现代文化传播体系中的一个组成部分。因为晚清的精英知识分子流亡日本或留学日本,当时有一些重要的报纸、杂志是在日本创办的,如梁启超的《清议报》《新民丛报》《新小说》;革命派的《民报》;以及大量的以地方名称命名的留学生报纸如《浙江潮》《江苏》,等等。有资料显示,电影在法国正式放映后的第二年即 1896 年,已经进入中国市场,在当时上海徐园的又一村进行了放映。据一般的电影史介绍,中国电影的诞生是在 1905 年,当时的北京丰泰照相馆拍摄了中国第一部影片《定军山》,由著名京剧演员谭鑫培主演。④ 这也从一个侧面说明当时中国文化空间的现代特点以及它与国际文化空间的联结状态。

清末这些文化公共空间的存在意义非常巨大,它已经可以算作中国早期公共领域的建立,因为它实际上是酝酿政治变革、思想变革和文学变革的策源地,各种"体制外"的声音众声喧哗,实现了哈贝马斯所说的"从一言堂的君权神授到公共合理讨论的飞跃,独断型话语让位给了平等对话"。⑤ 而所谓的公共领域,"是社会中的一个空间,它是存在

---

① 潘建国:《档案所见 1906 年上海地区的书局与书庄》,《档案与历史》2001 年第 6 期。

② 庄俞等编:《最近三十五年的中国教育》,上海商务印书馆民国二十年版,第 273 页。

③ 祝均宙、黄培玮:《中国近代文艺报刊概览·引言》,转引自郭延礼《传媒、稿酬与近代作家的职业化》,《齐鲁学刊》1999 年第 6 期。

④ 林少雄:《影视鉴赏》,上海人民美术出版社 2012 年版,第 13 页。

⑤ 曹卫东:《交往理性与诗学话语》,《文学评论》1998 年第 4 期。

于私人的和国家的领域之间的市民领域，但它还是一个话语的领域"。①
如梁启超在《敬告我同业诸君》中清晰地把自己办报的使命定为"向
导国民""监督政府"②，梁氏一生利用报刊发表自由言论可谓功德赫
赫，他所办的几种报纸都是几欲风行天下，对中国舆论界产生重大影
响。而"严复所作的《救亡决论》等五篇政论，在《直报》发表后，
又很快为梁启超主办的《时务报》转载，随即流传全国。《天演论》部
分章节在该报的刊出，更是引起了数百年未有的巨大反响"。③

又如 1903 年，章太炎、邹容在上海创办《苏报》，章太炎在该报上
发表了《驳康有为论革命书》、为邹容的《革命军》作序，明确提出反
满革命的激烈主张，他们因此入狱，邹容死于狱中，而章太炎则是利用
上海租界的舆论功能迫使清廷屈服，轰动一时。苏报案因此成为现代新
闻史上的一个极其重要的事件。而经常代表民间舆论的《申报》则被
评论为"标志着一种以报刊为代表的独立于官方的社会舆论势力开始走
向成熟"。④

在《傅斯年：中国近代历史与政治中的个体生命》一书中，王汎森
在谈到清末民初各种学说论述竞争媒体空间时说："清季的保守派似乎
还不大能熟练地掌握新型传播媒体及横向组织，但是到了民初，保守派
也开始组团体、办报刊，推展各种活动来与新派相抗。这时候谁的论点
说服人，谁的立论坚决（有时候是武断），谁的观念与社会的脉动相照
应，便在各种'论述'的争衡中逐渐胜出，一旦它获得'群聚效应'，
这个'领导性论述'便逐渐上升到全国舞台的中央。"⑤ 这段话透露出
的信息也让我们对清末民初媒体空间的活跃状态有一种感性认识，不管
它是清末的新派掌握领导性论述，还是到了民初保守派与新派争衡领导

---

① Gerard Delanty，*Modernity and Postmodernity：Knowledge，Power and the self*，SAGE Pub-
lictions Inc.，2000，p. 91.

② 梁启超：《敬告我同业诸君》，见《饮冰室合集·文集》第4册第11卷，上海中华书
局1936年版，第36页。

③ 张宜雷：《报馆、学堂与天津近代文学》，《天津大学学报》2011年第5期。

④ 刘志琴主编：《近代中国社会文化变迁录》第1卷，浙江人民出版社1998年版，第
382页。

⑤ 王汎森：《傅斯年：中国近代历史与政治中的个体生命》，三联书店2012年版，中译
本序第4页。

性论述，其中一个不变的事实就是：通过报刊媒体，言论才可能成为领导性论述，才有可能获得群聚效应——这点，正是文艺思潮形成所需要的。

古代文学交流限制在较为封闭的文人圈里，很难产生社会化、规模化的影响，可是现代社会的文学动辄风靡天下，就拿清末时期刚开始的现代文化市场来说，仅以《小说林》为例，"杂志《小说林》所载的小说《孽海花》在社会上影响极大，不到一二年，竟再版至十五次，销行至五万部之多。时萌先生在《中国近代文学大系·小说集一·导言二》中也提到，小说林社成立20余月中就印小说四五十种，且有些小说常因购者太多，而重印四五版。这种状况正是晚清小说繁荣兴盛的一个缩影。"① 比《小说林》更强悍的还有《清议报》《新民报》《新小说》《民报》等。而从报刊分布空间的广泛性来说，仅是刊载小说的近代报刊的地域分布就有："上海、无锡、香港、杭州、苏州、北京、重庆、常熟、成都、金华、福州、广州、保定、天津、南京、汉口、宁波、绍兴、桂林、汕头、芜湖以及海外的日本。"② 这些数据可以从一个侧面反映出当时文学交流的公共空间是社会化和开放性的，已经具有较大的规模，且通过阅读小说能配合舆论界的集聚效益。

1906年清廷宣布预备立宪，在《宣示预备立宪先行厘定官制谕》中宣称要"大权统于朝廷，庶政公于舆论，以立国家万年有道之基"。③满清王朝本来就是一个舆论控制严酷的王朝，残酷的文字狱简直到了匪夷所思的地步，但在清末经由报纸、杂志这些现代传媒条件所形成的舆论发展最后终于导致清廷承认了民间舆论的公共空间，此时已经能充分说明当时中国传媒具有了公共领域的性质。这并不是说清廷有多么进步，和他们那些疯狂进行思想迫害的先帝有什么不同，而是中国的社会性质在进行转变，代表传统专制主义王朝的满清政府再也没有能力去进行舆论专制了，言论自由也终于不再限制在租界、日本、东南亚等地的报馆，而可以在整个中国扩散，尤其是向专制主义的堡垒北京扩散。到

---

① 方晓红：《晚清小说与报刊媒体发展之关系》，《江海学刊》1998年第5期。
② 陈大康编：《中国近代小说编年》，华东师范大学出版社2002年版，第6页。
③ 《宣示预备立宪先行厘定官制谕》，见故宫博物院明清档案部编《清末筹备立宪档案史料》（上），中华书局1979年版，第44页。

了这个阶段，思想争锋的升级、思想理路的清晰化、思想传播的快捷、舆论公开化等都为文学思潮的形成和发展准备了充分的条件。

（四）作家的职业化与文学的独立

作家的职业化和文学的独立是一个文化上的现代事件。不管是西方还是中国，传统作家都是附属于政治体制的，有着明显的"宫廷"特色。以中国来说，作家的职业化与文学的独立主要得益于传统官僚体制的瓦解与现代文化市场的兴起。

中国古代有着让欧洲人叹为天下无双的文官体系，这些文官可以说都具有一定的文学创作才能，但他们从不以为作家这个身份是他们的主职，古人说诗可以"兴、观、群、怨"，作用不可谓不大，曹丕在《典论·论文》中还说过"文章乃经国之大业，不朽之盛事"。① 好像文学被捧到无以复加的重要位置，然而这都不是真正的主流思想。曹丕的弟弟曹植被谢灵运封为才高八斗，但他以为诗文不过小道，他的追求在于政治，在于成为曹操的接班人。同样地，大诗人屈原、李白、杜甫等都没有以这个为专业己任，而是把主要的精力用来追随帝王，幻想着在君臣相遇的乌托邦里如何发挥自己治国平天下的政治才能，"诗人"不过是乌托邦破灭时他们的身份，像鲁迅说的是帮忙不成时期的闲活；戏曲家、小说家更不用说了，那是等而下之，遭人鄙视的。从大范围来说，中国古代的文人更看重的是体制身份，是对权力轴心的依附关系。但是到了晚清，颓败的官僚体制已经无法向社会吸纳那些思想敏锐的文人，比如康有为、梁启超这样的文人就是游离在体制之外的。而 1905 年清廷宣布废除科举制更是对传统文官制度的摧毁性改革，没有了科举制度，社会上的文人群体就丧失了进入政治体制的通道，他们只好回归文化本身。从传统观念来看，这是极大的不幸，但以现代观念来看，却又是机遇与挑战并存。

这个机遇就是传统文官体制被瓦解了，但现代文化市场出现了。在这个文化市场中，他们可以通过写作获得稿酬，"稿酬制度的确

---

① 曹丕：《典论·论文》，见韩湖初编《古代文论名篇选读》，中国书籍出版社 1998 年版，第 103 页。

立，不仅大大刺激了小说创作与小说翻译的发展，而且对于作家（特别是小说家）的职业化起了很大的促进作用，为职业作家的出现奠定了经济基础"。① "《新小说》杂志在稿酬制度的确立方面起了倡导和示范作用。1906 年 11 月《月月小说》创刊，它在第二号上也刊出了《月月小说征文启》：'如有佳作小说，愿交本社刊行者，本社当报以相当之酬劳。……如有科学、理想、哲理、教育、家庭、政治、奇情诸小说，若有佳本寄交本社者，一经入选，润资从丰。'在此之后四个月创刊的《小说林》杂志（1907 年 2 月创刊）更明确规定：凡小说入选者，'甲等每千字五元，乙等每千字三元，丙等每千字二元'。之后，小说付稿酬则形成制度。"② 这些传统文人在遭遇政治通道被关闭后，却在经济体制里得到新的发展空间，最初的时候他们很多人是被逼无奈、心情苦闷的，但慢慢就适应了这种新型社会现象。

中国最早的一批职业作家有梁启超、林纾、王韬、李伯元、吴趼人、刘鹗、黄小佩、柳亚子、包天笑、徐念慈、徐枕亚、周桂笙、周瘦鹃、罗孝高、李涵秋、陈景韩、伍光建等，涵盖了清末四个不同的文学思潮。职业作家的出现，对中国现代文学脱离对体制的依附、作家自由表达观点、文学获取独立之价值都具有重要意义，这和西方文艺复兴以来的文学变化条件是类似的。但也不可否认，脱离政治体制进入文化市场也会导致对市场的依附，受市场规则的支配，遭致一些损害文学独立性质的文学现象出现，因此必须处理好艺术性和商业性这对矛盾。

（五）初步形成有现代意识的文学接受群体

从文学接受者的角度来说，由于甲午之后社会上兴办各种学会和团体、留学潮，以及国内废科举、兴办男女新式学堂的教育举措，到晚清的最后几年已经形成了一个接受西学成长起来的知识群体。

---

① 郭延礼、武润婷：《中国文学精神·近代卷》，山东教育出版社 2003 年版，第 232 页。

② 郭延礼：《传媒、稿酬与近代作家的职业化》，《齐鲁学刊》1999 年第 6 期。

他们的知识储备和阅读水平都对晚清民初文坛的繁荣有非常重要的作用。

　　"各种学会和团体的出现，是清末的一个很引人注目的现象。"①这些兴起的学会和团体是在国家危势不断加剧的情况下，社会上出现的一些爱国团体，其目的在于救国，但救国就需要人才，而人才培养的主要方法就是组织学会，康有为在代张之洞所作的《上海强学会序》中说："夫挽世变在人才，成人才在学术，讲学术在合群。"②"戊戌时期的学会，自组于 1895 年的北京强学会始，前后 3 年，共有六七十个。这些学会分布于全国 18 省中的 12 省约 30 个城市。"③ 随着 1901 年清政府开始推行新政，"短短几年间，各地以新知识界进步人士为主体的社团纷纷建立，……引起了士绅官民关系调适重构的社会变动"。④ 这些学会、团体在传播新学、培养新式人才方面起到了最早的教育作用，对社会知识阶层思想的开化有重要的积极作用。

　　另外，自洋务运动开始，清政府就着手派留学生出国学习，可是成效不大。但 1901 年后，中国留学生的数量一改往日零散、断续的低迷状态，呈现出突发性的骤然跃进态势，形成一股很大规模的留学潮，就如鲁迅所形容的，年轻人感觉到只余一条出路那就是到国外去。在这股热潮中，其中以日本毗邻中国，文化渊源较为接近，经费节省，日本的传统历史经验和日本的快速崛起对于同样处于后发现代性的东亚国家中国来说具有较强的模仿学习意义等原因，留日成了当时留学生的主要选择。

---

　　① 赵利栋：《清末新式学务团体和教育界的形成：以江苏省为中心》，见中国社会科学院近代史研究所政治史研究室、苏州大学社会学院编《晚清国家与社会》，社会科学文献出版社 2007 年版，第 205 页。

　　② 张之洞（由康有为代作）：《上海强学会序》，见中国史学会编《戊戌变法》（四），上海人民出版社 1957 年版，第 331 页。

　　③ 赵利栋：《清末新式学务团体和教育界的形成：以江苏省为中心》，见中国社会科学院近代史研究所政治史研究室、苏州大学社会学院编《晚清国家与社会》，社会科学文献出版社 2007 年版，第 206 页。

　　④ 桑兵：《清末新知识界的社团与活动》，上海三联书店 1995 年版，第 273—275 页。

"从 1896 年清政府派遣十三名留日学生后的十余年，中国出现了留学日本的狂潮。"① 据《晚清思想史》介绍："据《日本留学中国学生题名录》统计，1898 年，在日本的中国留学生仅为 77 人，但到 1905 年就达到了八千多人，形成了一股所谓'航东负笈，络绎不绝'的留日热潮。'学子互相约集，一声向右转，齐步辞别国内学堂，买舟东去，不远千里，北自天津，南自上海，如潮涌来'。"② "出国留学人数达到 2 万余人，仅 1906 年在日本的留学生即达 12000 余人。"③ 这批留学生中就有后来学贯中西的一代大师王国维，五四新文化运动的主力鲁迅、胡适、周作人、郭沫若等。大批的留日学生既为《清议报》《新民丛报》《新小说》《民报》《国粹报》等这些富有影响力的刊物准备了一个庞大的读者群，另一方面他们中的一些人也自己组织办报，积极热情地参与到救亡图强的运动中来。

除了留学日本外，美国和法国也开始成为中国青年人留学的主要选择，如 1908 年，美国返还部分庚子赔款在中国办学兴教，并以一年两批的规模组织中国学生去美国留学，据统计总人数达千人以上，去法国的规模也不相上下，这些都有助于西方文化思想在中国社会进一步产生深刻影响。

"与此同时，由于清末'新政'中新式教育的推广，特别是科举制度的被废除，促进了新式学堂如雨后春笋般地在全国各地涌现。据学部统计，1904 年全国学堂总数为 4222 所，学生 92169 人；1909 年学堂总数猛增到 52346 所，学生达 1560270 人。"④ "至 1912 年时，全国各类新式学堂总数达到 87272 所，在校学生 293 万余人。"⑤ 从这些数据中可以推断出，晚清最后十年一个不同于旧式文人和封建士大夫的新型知识分子群体已经形成。这些新型知识分子群体的成长，才激发出晚清知识界对新知识如饥似渴的状态，梁启超他们在日本所办刊物转回国内才有可能销量动辄过万。

---

① 王春南：《清末留日高潮与出版近代化》，《南京大学学报》（哲社版）1992 年第 1 期。

② 郑大华编：《晚清思想史》，湖南师范大学出版社 2005 年版，第 267 页。

③ 李喜所：《近代中国的留学生》，人民出版社 1987 年版，第 127 页。

④ 同上。

⑤ 汪林茂：《晚清文化史》，人民出版社 2005 年版，第 324 页。

（六）建立世界文学的观念，学习西方文学的发展范式

从文学自身的发展来说，现代西方文学思想的输入，不但打破了中国文学长期以来封闭式的发展状态，使得中国文学开始融入世界，建立起了世界文学的观念；而且给中国文学的发展提供了一种全新的范式，思潮式的发展便是其中之一。

首先来说一下什么是"世界文学"的观念。人们在讲到世界文学的时候常常会引用歌德的那句经典名言"越是民族的，越是世界的"，似乎是在说越是代表本民族的经典作品就越具有世界范围的认可。后马克思主义批评家詹姆逊认为大家对歌德的这句话存在很多误解，他说：

> 人们通常认为"世界文学"应是由一些经典作品组成，它们能超越直接的国家、民族语境而打动形形色色的读者，然而实际上歌德和其他人倡导'世界文学'时的用意并不是这样。要是我们细读歌德在这方面的零散文字，我们会发现他心目中的"世界文学"指的是知识界网络本身，指的是思想、理论的相互关联的新的模式……我认为"世界文学"的含义是积极地介入和贯穿每一个民族语境，它意味着当我们同别国知识分子交谈时，本地知识分子和国外知识分子不过是不同的民族环境或民族文化之间接触和交流的媒介。①

很显然，这段话要说明世界文学的概念首先指的是不同民族间的文化联结网络，詹姆逊引用了歌德在《论文学艺术》中的一段话来加以佐证，歌德写道："人们都有机会、有条件接触他国异地的思想并与之沟通，最终才能产生出普遍的世界文学；各民族都要了解所有民族之间的关系，这样每个民族在别的民族中才能既看到令人愉快的方面也看到令人反感的方面，既看到值得学习的方面也看到应当避免的方面。"②

---

① ［美］弗雷德里克·詹姆逊：《马克思主义与理论的历史性》，见张旭东编《晚期资本主义的文化逻辑》，陈清桥等译，三联书店 1997 年版，第 47—48 页。

② ［德］歌德：《论文学艺术》，范大灿等译，上海人民出版社 2005 年版，第 379—380 页。

既然，世界文学观念指的并不是对文学艺术品质的一个评判，而是指世界各民族间的文化联结网络状态，那么我们完全可以说，清末文学家已经建立了世界文学观念，中国现代文学在其萌芽时期就融入了世界文学体系。

传统文学到晚清已经走到了一个终点，各种主流文学样式都出现了衰落的迹象。洋务运动之后长达几十年的文学否定现象，对传统文学更是一个残酷的终结令。临危就得思变，尽管这场文学变革并不是出自于文学本身的目的，而是出自开民智、鼓民力、争国权的新民需要，但文学确实是在这种情况下发生了质的转变：1897 年之后，在刚引进的西方现代文学思想的感召下，中国文化界开始了对启蒙主义文学思想的关注，中国文学也在这一思想的指引下，开始了自身对现代性的追求，中国文学具有了一种世界性的眼光和未来性的眼光。

中国传统文学在以往的发展过程中，也出现过很多次代际更替，如先秦散文、汉赋、唐诗、宋词、元曲、明清小说的说法，就是对主流文学型类更替的简要概括。但是，这些文学的型类变化并没有脱出中国文化的发展范畴。自身也没有要冲决中国文化的意思，历来的文学运动还有很多直接以复古为旗帜的，如唐宋八大家的古文运动，还有明朝文学从"茶陵派"到"前后七子"，再到明末的复社几社，都以复古相标榜；所谓文必称先秦、诗必称唐宋，什么革新都要回到古人那里去。

晚清时期产生的这次文学变革却不同，它表现出一种明显地要融入世界文学的愿望，对传统持激烈的批判态度，并急于用西方文学的价值观念取而代之。这也就是晚清文学之所以被王德威称为"现代"的意识，他说："晚清之得称现代，毕竟由于作者读者对'新'及'变'的追求与了解，不再能于单一的、本土的文化传承中解决。相对的，现代性的效应及意义，必得见著 19 世纪西方扩张主义后所形成的知识、技术及权力交流的网络中。"① "清末文人的文学观，已渐脱离前此的中土本位架构。面对外来冲击，是舍是得，均使文学生产进入一国际的（未必是平等的）对话的情境。"② 从这儿可以看出，中国文学由传统转向

---

① 王德威：《想象中国的方法》，三联书店 1998 年版，第 7 页。

② 同上。

现代的过程，也是中国文学开始转向世界文学的过程。

而中国文学向世界文学的融合，在中国文学内部催生了这样一些新的特征：（1）文学从"宫廷"走向"舆论"；（2）用进化论的观点解释文学的发展变化；（3）小说成为文类中心；（4）以"启蒙"为核心的现代西方思想成为文学传播的新"道"；（5）建立起世界文学的思维框架，抛弃传统文学发展的模式，转而模仿欧美及日本的各种文学行动，从而转换出文学思潮的发展思想。因此，从这个意义上说，中国文学现代性的开始，也是中国文学思潮萌生的开始。

三　清末民初文学思潮的基本类型

以上已经说明了晚清延至民初的文学思潮萌生是"现代性"的产物，但是，文学思潮不仅仅是现代性背景下被动的产物，从文学思潮本身的精神实质来说，它又是对现代性的自觉的审美反映。晚清民初的文学思潮，虽然说除了启蒙主义和通俗文学还比较繁荣兴盛外，其他的如"革命"古典主义、审美主义只是为后来文学思潮的发展开创了一条线索，但是，这种与现代性紧密相关的实质是一开始就已经具备的。

（一）启蒙主义文学思潮是在配合维新派知识分子对启蒙现代性的呼唤中诞生的，主要代表人物有梁启超、严复、林纾、黄遵宪、康有为、蔡奋、狄葆贤、丘逢甲、李宝嘉、吴沃尧、陆士谔、刘鹗、曾朴、麦孟华、麦仲华、韩文举、罗普、浴血生、侠人、于定一、周桂笙、欧阳钜源、连梦青、侠民、陈景韩等；主要文学运动有诗界革命、文界革命、小说界革命；主要刊物有《时务报》《清议报》《新民丛报》《新小说》《大同报》等，代表作品较多，尤其是小说方面成绩最为显著，有政治幻想类小说、官制批判类小说、林译西方世情小说、侦探小说、教育小说、科学小说，影响都非常大。

属于启蒙主义文学阵营的人其具体政见或有不同，但都主张文学要发挥开启民智、改良群治、作"新民"宣传工具的社会作用，并认同西方启蒙理念、批判封建主义、呼吁现代性。仔细翻阅"小说界革命"的理论与"新小说"的作品，其中绝大多数都鲜明地体现出这种意向：引进欧洲启蒙精神、批判中国的传统文化秩序、呼吁建立现代人权，相信进化论，以西方的自由、民主、科学等观念为精神要素帮助国人养成君主立宪制的国民之资格。他们通过官制批判小说、教育小说来揭露自身社会的种种弊端，又通过政治幻想类小说、西方世情小说、侦探小说、科学小说等向国人展现一幅幅现代文明图景，引导人们根据小说的想象去进行自我主体的现代塑形。

但同时由于这是中国社会刚刚引进西方启蒙思想的初始阶段，且又以救亡图存的使命为导向，因此在晚清，对西方启蒙思想家的学说都进行了有意识的选择性改编。比如无论是严复的进化论还是梁启超的"新民"说，其典型的特征都有一种社群主义倾向，他们即便在内心里认可"个体"中心的现代启蒙观，但在具体的语境中表述出来就会选择一种倾向于社群主义的观点，这和日本启蒙之初的境况是接近的。社群主义的集体观念比专制主义体制下的集体观念要进步，它主要是要求在一个自由民主社会中的个人必须有团体观念和国族观念。这种思想倾向体现到具体的文学思想中，就强化了民族团体、国家主义的话语描写，也开创了一个"国民性批判"的母题，五四启蒙主义文学中那种愤时忧国的强调，那种不断重提的国民性话题，与此实在是不无关系。

（二）晚清启蒙主义的这种"集体主义""国家主义"取向特点，使得它常常和"革命"古典主义的思想资源搅和在一起。革命古典主义文学思潮的兴起和晚清革命派的一些社会行动密切相关，其代表人物有章炳麟、柳亚子、高旭、邹容、陈天华、黄小佩、包天笑、陈佩忍、秋瑾、陈去病、刘师培、黄伯耀、叶小凤、陈范、何海鸣、马君武等，其发表作品的主要刊物有《一声钟》《二十世纪大舞台》《二十世纪之支那》《民报》《二十世纪之中国女子》《二十世纪军国民报》《二十世纪报》《人权报》等。相比启蒙主义文学思潮的以"新民"为核心，古典主义文学思潮的政治追求则更为直接，那就是呼吁革命建立一个新的民族概念基础上的现代民族国家。现代民族国家是现代性发展的政治形式，但是在晚清，现代性对中国的冲击，是在西方扩张主义的政策下形成的，向西方学习现代性的目的，就是要建立一个反抗西方侵略的现代主权国家，所以，中国这种"革命"的古典主义文学既有汲取西方现代性思想的部分，也有明显的排斥西方现代性思想、激发民族主义的部分——这和日本当时的"脱亚入欧"现代思想动向也有紧密关系，他们崇尚西方现代文明，激烈否定中国文明到一种极端的地步——章太炎就是其中一个著名的理论代表。在黄小佩的小说或戏曲中，也已经体现着一种鲜明的民族主义意识。倡导革命，倡导建立现代民族国家，既引进现代性又反抗现代性（侵略），这些特点，可以说 30 年代以左翼文学所代表的"革命古典主义"在这里已经可以听到它的先声。

（三）与以上两种紧密配合着时代潮流的兴趣不同，这个时期的中国人也开始了审美主义的引进和浪漫主义文学的微弱发声。审美主义是一种对理性现代性持反思与批判态度的思潮，在西方，主要的代表是浪漫主义与现代主义。审美主义文学思潮的要旨是从情感与灵魂深处发起对现代性之历史理性的反抗，要超越现代性的局限，在晚清社会这显然是太过超前而不合时宜的，晚清社会也不具备相应的历史条件，因为超越现代性是要发生在现代性发展成熟之时的。但作为一个现代性后发国家，当时有一些学者就从他人的经验中为中国引进了审美主义的浪漫主义文学思想，代表人物有王国维、成之、黄人、徐念慈、曾朴、苏曼殊、寅半生、当时的周树人和周作人等，他们主要在《教育世界》《小说林》或一些影响较小的报刊上发表文章。

他们的主要成果是提出了纯文学观念，强调虚构的本体性地位，有一种强烈的精英意识和经典意识，有一种个人英雄主义色彩。因为启蒙与救亡的迫切任务压倒了一切，具有超越品格的审美主义、浪漫主义在中国现代文学的发展史上始终都没有形成大的气候。但自中国文学开始现代转型之后的每个阶段，都有少数坚持审美主义的浪漫主义者存在。有时是体现在浪漫主义者的作品中，有时体现在现代主义者的作品中。

（四）晚清结束，民国开始。但辛亥革命的成功并没有兑现出一个光明理想的新中国，反而出现了一些为帝制复辟所进行的返传统行为。社会上对变革渐渐失去了热情，以启蒙主义、革命古典主义为导向的文学高潮也渐渐落幕。在这种情况下，随着北京、上海、广州等地市民生活的繁华，尤其是上海，以鸳鸯蝴蝶派为代表的现代大众通俗文学开始崛起，刊物众多，作品数量相当可观，主要成员有王钝根、周瘦鹃、徐枕亚、李定夷、吴双热、姚民哀、孙玉声、范烟桥，等等；晚清民初通俗文学所观照到的个体生死爱欲、对社会国家的安危忧虑、对民间社会习俗的新解等都与具体的社会现实紧紧相扣，是为市民大众心声，与当时社会的感性现代性追求保持一致。这种现代通俗文学其实是大众文学，也是现代性的产物，它属于感性现代性的一部分。它描绘人们在这种新的城市生活状态中的感性体验，是替市民摹画他们的心声，是对现代性中的感性层面的回应。但由于这种文学缺乏精英文学的反思观念，过于追求票房效应，一直没有得到正统文学话语的肯定，因为正统文学话语是精英话语。直到在改革开放的市场经济条件下，中国社会开始正面肯定感性现代性，大众得到了"精英"的重视，大众通俗文学才在文学的市场领域和文学的研究领域再次走向繁荣。

四　小结

经过以上对"文学思潮"的概念考察和现象考察，我们可以确认文学思潮作为一种文学运动、文学思潮研究作为一种文学研究范式都是现代性思维的产物。

文学思潮的产生，需要独立的文学学科意识、多元的意识形态话语体系、快速便捷的文化传播环境以及较广泛的受众群体等条件，这些都必须在现代性开始发展的社会环境中才出现。文学思潮是在具备以上条件的现代环境中，文学所体现出的对自己与历史境域间关系的思考及美学上的反映。

基于以上观点，本文认为文学思潮在中国也不是自古就有的，而是到了晚清时期中国在被动而迫切地引进现代性、发展现代性的社会条件下，维新派人士、革命派人士以及社会上一些开明文人接受在欧美及日本文学的启发，学习他们所接触到的西方启蒙主义、古典主义、审美主义、浪漫主义、现实主义等之后才有了文学思潮的发展模式。因此，对于本书来说，文学思潮的研究就是要研究这些具有"现代"特质的文学行动，而不是去关注整个晚清民初时期的所有文学活动，这和中国文学之文学思潮概念的来源、它的内涵，以及它的存在领域是一致的。本书称这些文学思潮为现代文学思潮，既指这些文学思潮时间处在"现代"，也指其价值内涵的"现代"，是框定文学思潮由"现代"而来之意。

本书的结论是在多方参照并吸收了前人理论成果的基础上提出的，有个人理解的偏见，欠妥之处，期待各位同行批评指正。

第一章　初具雏形的启蒙主义文学思潮

启蒙主义文学是伴随着18世纪欧洲的启蒙运动产生的，在英国以斯威夫特、笛福、菲尔丁等人的游历小说为代表，在法国以百科全书派（Encyclopedist）的哲理小说或戏剧作品为代表，在德国以狂飙突进运动的文学作品为代表；19世纪中后叶，启蒙主义文学随着西方侵略扩张主义的政策与现代性思想一起传到亚洲，在明治维新时期的日本文坛引发热潮，1898年后经由梁启超等人的译介和宣传这波热潮开始影响到中国文学的发展，引导了中国文学从古典到现代的转变，并于五四新文化运动时期取得辉煌成果。

第一节　什么是"启蒙主义文学"？

启蒙主义文学作为一个文学思潮概念，在欧洲的文学研究当中并未得到重视，有的学者提出说："在欧洲人所撰写的文学史当中，'启蒙主义'并不被看做是一种文学现象或文学思潮，比如1989年由艾晓明、周发祥两位学者领衔翻译、由外国著名学者编写的'文学批评术语丛书'（北京昆仑出版社）中，《古典主义》《浪漫主义》《表现主义》《现实主义》《象征主义》《自然主义》《现代主义》《达达和超现实主义》都被详尽论述，而唯独没有'启蒙主义'卷，只是在《浪漫主义》一书中仅用一节的篇幅加以介绍而已。这说明在西方人的思想意识里'启蒙主义'并不是一场文学运动，而是一场思想运动。如此一来，中国现代启蒙主义文学运动是否能够成立，也就值得我们重新去加以思考了。"[1] 这确实是研究中国现代启蒙主义文学思潮首先要斟酌的甚为棘

---

[1]　宋剑华、张冀：《"启蒙主义"与中国现代文学》，《贵州社会科学》2007年第1期。

手的问题，因为我们承认欧洲启蒙主义文学是源头，如果这个源头被证明是不存在的，那我们接下来的论述就没有任何意义。

首先，对于这个问题本章要指出"不被重视"并不等于"不存在"。上述一段引文正好可以作为一个论据，古典主义、浪漫主义、表现主义、现实主义、象征主义、自然主义、现代主义、达达和超现实主义被详尽论述，是因为它们被高度重视；启蒙主义不被重视因此只在《浪漫主义》部分用一节的篇幅加以介绍，但它被介绍了——这证明它存在。其实很多介绍或评论西方文学的著作里都承认在古典主义到浪漫主义之间有个启蒙主义。

其次，作为文学实践的启蒙主义为什么不被研究者重视？这一方面是因为启蒙主义文学是作为启蒙运动的一个附属分支存在的，启蒙运动的意义影响实在过于强大，在一定程度上遮蔽了人们对启蒙主义文学的单独关注，比如波斯彼洛夫就曾表示启蒙主义是一种思想方式，"把启蒙运动作为文学本身发展的特殊阶段是没有任何道理的"[1]；另一方面是启蒙主义文学作品表现出来的往往是思想性大于艺术性，在艺术表达方面缺乏创见，容易与当时文坛的古典主义文风或浪漫主义文风划不清边界，不需要文论家进行烦琐的阐述，比如《人文主义、启蒙主义是一种文学思潮吗?》这篇文章在否定启蒙主义文学思潮时就提到了它的"文学特征不够鲜明"[2] 这个原因；还有就是启蒙主义文学的作者群体构成中有一部分是启蒙思想家，如狄德罗、伏尔泰等，他们的文学创作是为了阐发其启蒙理念的，文学本来就被他们当作一种传输思想的载体，思想传播的目的达到了之后文学创作就缺乏内在动力，另有一部分作者是短暂地写过一些启蒙主义的作品，后来又转向了浪漫主义的创作，如卢梭、歌德、席勒，文学倾向复杂。总之，就是启蒙主义文学存在期限较为短暂，人们认为启蒙文化普及了的时候启蒙主义文学时代就结束了。

再次，不被重视并不等于影响消失。启蒙主义文学思潮在西方文学

---

[1] ［苏］格·尼·波斯彼诺夫：《文学原理》，王忠琪等译，三联书店1985年版。

[2] 富扬：《人文主义、启蒙主义是一种文学思潮吗?》，《广西大学学报》1984年第4期，第14—15页。

传统当中并不是一个特别重要的文学现象，但不能因此我们就下判断说
它在脱离西方文学语境的条件下仍然只能局限在这样狭小的影响带里，
甚至影响完全消失——毕竟文学思潮的流播演变有原型、有模仿对象，
但不是像复印机的工作结果一样能把印制品和原件整得丝毫不差，它不
是必然呈现为完全同一的样子。我们应该好好地领会韦勒克和沃伦提出
的文学思潮，"它不是一个理想类型或一个抽象模式或一个种类概念的
系列"①，它是与具体的历史情境紧密结合并必须要在历史情境中去加
以理解的一种"精神的性质"，在实际的文学流变发展中文学思潮的
"精神性质"会和具体的文学发生条件和文学接受条件相结合，在具体
情境的磨砺下形成新的规模和变革后的形态。

　　最后，把清末民初由维新派人士发动并参与的、以"诗界革命"
"文界革命"和"小说界革命"等为主体的文学运动定性为启蒙主义，
在学界也有一定的共识，如张光芒著有《中国近现代启蒙主义文学思潮
论》、王向远著有《中日启蒙主义文学思潮与"政治小说"比较论》、
王学钧著有《中国近现代启蒙主义文学思潮的变迁》、季桂起著有
《"众声喧哗"中的高亢主调——论清末民初的启蒙主义文学观》，等
等，只不过关于"近现代""现代"和"启蒙"等核心语汇在内涵的理
解上尚有一定争议，而且没有把启蒙主义文学思潮的历史规定性和在中
国语境下的特殊形态阐释清楚。

　　本章下面就"启蒙主义文学思潮"的概念作出分析。

一　启蒙主义文学的历史语境：现代·现代性·启蒙运动

　　每一种文学思潮都有它的历史规定性，这种历史规定性须由与它相
关的知识体系来共同加以说明，与启蒙主义文学相关的一套知识体系是
思想文化上关于现代、现代性、启蒙运动的具体阐述。

（一）现代：时间概念和价值概念

　　"现代"首先是一个时间概念，最初的语义是相对于古代、近代等

---

　　① ［美］韦勒克、沃伦：《文学理论》，刘象愚等译，三联书店1984年版，第306—
307页。

概念来使用的，用于指称某个历史阶段，在较有共识的理解中，西方人现代的时间阈限是从 14 世纪就开始发端的，从这个时期开始"西欧地区人们生活的方方面面发生了深刻的变化，出现了与欧亚乃至全球传统农业文明有着本质差别的一种新的充满活力、扩张性的文明——现代文明，从而开始了我们今天所说的现代化进程。这一进程的速度日益加快，它一直持续到现在，并决定了当代世界的发展"。① 由于划为"现代"的时间进程中发生了很多推动西方现代文明的伟大历史事件，如马丁·路德的宗教改革运动、文艺复兴运动、启蒙运动、工业革命、英国革命、法国大革命、德意志统一、美国独立运动，等等——这一系列事件被历史学家看作资本主义文明兴起、人类社会进入一种新质时代的标志性进程，因此"现代"从一个时间概念进而成为一个描述历史性质的价值概念，在这种概念表述下，东方人进入"现代"的时间就延退到 19 世纪中叶（日本）或者 19 世纪末 20 世纪初（中国）。

（二）现代性：现代问题的精神实质

后来人们又把问题扩大到对"现代性"的研究，研究人士指出，现代之所以被称为现代，并不只是因为时间上距离"当下"更近，不是一种简单的时间进程的切割，而更重要的在于其出现了与传统社会迥然不同的性质和状态，这种性质和状态被具体命名为"现代性（modernity）"，《朗曼当代英语词典》对"modernity"一词正是这样解释的："the state or quality of being modern."②

"现代性"这个概念出现后，它就成了划分传统/现代的核心标志，因此，"现代"并不是指一个固定统一的时间，它是个价值概念，是对社会性质和时代精神的价值内涵的分析，就像法国思想家米歇尔·福柯在《什么是启蒙》一文中所谈到的那样，现代性应该被指认为一种态度，而不是一个历史时期。这种"态度"，"指的是与当代现实相联系的模式；一种由特定人民所作的自愿的选择；最后，一种思想和感觉的

---

① ［美］斯塔夫里·阿诺斯：《全球通史》，董书慧等译，北京大学出版社 2005 年版，第 369 页。

② *Longman Dictionary of Contemporary English*，Harlow and London：Longman Group Limited，1978，London. p. 700.

方式，也是一种行为和举止的方式……无疑，它有点像希腊人所称社会的精神气质（ethos）。因此，与努力区分'现代'与'前现代'或'后现代'相比，我认为试图找出现代性的态度——甚至从它形成开始——如何发现它自己与'反现代性的态度'的斗争是更为有益的"。①福柯所强调的是，与认识作为具体历史分期的"现代"相比，认识现代社会的整体精神气质是更为重要的。

与此观点相类似，舍勒也把精神世界的整体转变做为现代性的一个充要条件，他把现代性定义为一场社会"总体转变（Gesamtwandel）"，他认为："这种转变，既包括社会制度（国家形态、法律制度、经济体制）的转变，也包括精神气质的结构转变，所以，现代性从本质上就是深层的'价值秩序（Wertangeor dnung）'的位移和重构，是一种现代的精神气质、体验结构的生成，和一种新的现代型的价值秩序的成形②"。也就是说，现代性全方位地改变了社会性质和这个社会中的"人"的性质。

从社会的根本性质上说，现代性意味着从圣化世界到世俗世界的位移。马克思在《共产党宣言》中曾经这样描述过：

> 生产的不断变革，一切社会关系不停的动荡，永远的不安定和变动，这就是资产阶级时代不同于过去一切时代的地方。一切固定的古老的关系以及与之相适应的素被尊崇的观念和见解都被消除了，一切新形式的关系等不到固定下来就除旧了。一切固定的东西都烟消云散了，一切神圣的东西都被亵渎了。③

马克思通过对古代社会与现代社会的对比，看到了古代超稳定的圣化社会与现代变动激荡的世俗社会之间的差异。古希腊的世界是奥林匹斯山众神主宰的世界，中世纪是上帝主宰的世界，它们都属于圣化世

---

① ［法］米歇尔·福柯：《什么是启蒙》，见汪晖、陈燕谷主编《文化与公共性》，三联书店1998年版，第430页。

② 转引自刘小枫《现代性社会理论绪论》，上海三联书店1998年版，第19页。

③ ［德］马克思、［英］恩格斯：《共产党宣言》，中共中央马克思恩格斯列宁斯大林著作编译局译，人民出版社1971年版，第27页。

界。圣化世界的本质是按照神意、圣意来组织国家体制，强调神、上帝的绝对地位，以神为中心，人在神或上帝面前是卑微地匍匐在地的。圣化社会有一套稳定的观念和见解来维系个人与社会之间的关联。

中国传统社会也是圣化社会，我们的神是"天"，皇帝是天子、是圣上，皇帝所设立的国家体制是奉天承运，追求天人合一，宋明理学甚至提出人欲净尽、天理长存，那些有能力对社会产生深远影响的人被称为圣人，如孔子和孟子；中国的圣化社会由于没有建立起超验世界的维度，所以在表面上它会彰显出世俗社会的经验色彩，然而其结构核心是围绕圣化权威的，所谓"普天之下，莫非王土；率土之滨，莫非王臣"，这种天下归于一人之强权的合理性从何而来，从天意神授而来，把权威神秘化。日本明治维新时期的思想家福泽谕吉批评中国说：

> 中国人拥戴绝对的专制君主，深信"君主为至尊至强"的传统观念太深……在专制神权政府时代，由于天子一遇到日食就举行辟席以及观天文来卜吉凶等等，人民也就尊崇这种作风，因而愈视君主为神圣，并愈加陷入愚昧，现在的中国就是这种风气。①

福泽谕吉是引领日本实现现代化转型的重量级思想家，他的头像被印在1万日元的纸币上。他的这段话指出了中国传统社会是圣化社会，附属在这个圣化社会结构中的人民是愚昧懦弱的。但在真正的世俗社会中，是人的中心取代了神的中心，人把自己封为万物的灵长，在最具个人色彩的日常感性生活中让人的享乐取代对神的奉献，在公共生活领域以人的理性为根据而不是以各种神谕为根据去创建各种合理的政治制度、经济制度、法律制度、文化制度……现代世界仍然有宗教，但"神的世界变成了由我们所设定的东西"②，人的智慧变得高于一切，我思故我在，理性以及由此组构出的知识成了主宰这个世界的绝对力量。

众所周知，神的超自然的力量是不证自明的，而人如何能如此狂妄

---

① ［日］福泽谕吉：《文明论概略》，北京编译社译，商务印书馆1959年版，第17页。
② 转引自［德］于尔根·哈贝马斯《现代性的哲学话语》，曹卫东等译，译林出版社2004年版，第21页。

地去和神争夺世界的主宰权？在古老的巴比伦塔传说中，得意的人群正要接近自己的胜利时，神轻轻一挥手便让人失败了。难道这不能给人以足够的警示吗？其实人类并没有忘记这一警示，他们也深知建立人对世界的主宰权的艰巨，但是他们终于还是克服了在神意面前的诚惶诚恐，在文艺复兴时期人们通过历史搜索找到了对人自身力量的自信，斯塔夫里·阿诺斯这样描写那个时期的观点："文艺复兴时期的人是他或她自身命运的塑造者，而不是超自然力量的玩物。人们不再需要关注超自然的力量，相反，生活的目的是为了发展自己本身的潜能。阿尔贝提（1404—1472）写道，'只要人们愿意，没有什么是做不到的。'"①

　　当然，文艺复兴时期的这种"人"的自信仅仅是一个源头，是一些早期觉醒者的呐喊，主要成就体现在文学、艺术和科学发现方面。真正坚定了西方人对人自身力量之信心的是科学革命和因此而来的工业革命，它们所带来的物质生活的巨大变革和惊人的财富生长速度让人目眩神迷，其间的重要意义在于它不但深深地影响了西方人的整体生活方式，同时也从深层结构上影响了西方人的思想方式。赫伯特·巴特菲尔德写过这样一段话：

　　　　所谓的科学革命……使得自基督教兴起以来的一切都变得黯然失色。与之相比，文艺复兴和宗教改革运动都仅仅具有插曲式的意义，仅仅是中世纪基督世界体系中发生的内部更替……科学革命作为整个现代世界和现代思想的起源如此赫然地显现，以至于我们通常对欧洲历史时期的划分已经成为一种时代错误，成为一种障碍。②

　　的确，现代世界和现代思想的明确确立和科学革命、工业革命的伟大成果密不可分，正是在科学革命和工业革命带来的现代化了的物质现实前，理性取代上帝成为创造的源泉，科学上升为"科学主义"，社会

---

　　①　［美］斯塔夫里·阿诺斯：《全球通史》，董书慧等译，北京大学出版社2005年版，第371页。

　　②　同上书，第477页。

知识精英取代神成了人们崇拜的偶像。

（三）现代性的确立与启蒙运动

现代性是由社会知识精英人物主导的社会变革，先行觉醒的精英自觉地承担起改造社会总体性的伟大使命，这个伟大使命的中心任务便是对每个个体进行思想与灵魂的系统改造。这其中暗含的逻辑关系正是美国学者英格尔斯说过的：

> 一个现代国家，要求它的全体公民关心和参与国家事务和政治活动。一言以蔽之，那些先进的现代制度要获得成功，取得预期的效果，必须依赖运用它们的人的现代人格、现代品质。无论哪个国家，只有它的人民从心理、态度和行为上，都能与各种现代形式的经济发展同步前进，相互配合，这个国家的现代化才真正能够得以实现。①

每一个启蒙思想家都认同每个"个人"的现代化是社会总体性现代化的根本。可是人有精英和大众之分，前者是理性和智慧的化身、是人类的引导者；后者往往是愚昧和无知的、对自身和社会进程缺乏认知能力的，因此前者要对后者负起引导和教育的作用，帮助他们摆脱无知、无识、无能的状态——这就是现代性的启蒙运动（The Enlightenment），是一种由社会人群中的精英主导的、意在改变普通民众愚昧状态、用人的理性之光来提高人类总体力量的全民理性启迪运动。

启蒙运动意义深远，关于它的定义，人们往往引用恩斯特·特洛尔奇的观点，他指出：

> 启蒙运动是欧洲文化和历史的现代时期的开端和基础，它与迄至当时占支配地位的教会式和神学式文化截然对立。……启蒙运动绝非一个纯粹的科学运动或主要是科学运动，而是对一切文化领域

---

① ［美］阿历克斯·英格尔斯：《人的现代化》，段陆君译，四川人民出版社1985年版，第5—6页。

中的文化的全面颠覆，带来了世界关系的根本性移位和欧洲政治的完全更改。……启蒙运动的基础在十七世纪以及更往前的文艺复兴，其繁盛期在十八世纪，衰落于十九世纪。①

这段话说明了启蒙运动与现代性的一致性，启蒙运动的历史时间，以及启蒙运动的价值意义。启蒙的意图是由科学带动的，但它的范围远远超过了科学领域，可以说它是在社会全部领域所作的颠覆性改造。

很多学者论述过启蒙运动在现代性进程中的绝对意义，刘小枫说："启蒙运动的重要性首先在于，它不是欧洲历史的一个暂时性插曲，而是划时代的全面更改生活世界：它给一切可称之为现代思想和社会生活之问题盖上了日戳。在启蒙时代，种种现代性问题才开始萌生，而种种解决这些问题的尝试亦随之出现；……现代性问题的出现和积累及其解决阐释的不断更新，构成了现代思想的基本语境，这一基本语境的形成从启蒙时代开始。②"因此，根据启蒙运动在西方现代社会的决定性作用，研究者一般把启蒙运动所提倡的理性精神作为现代性的核心精神，按照这种观点，现代化过程就是人作为现代个人化主体的理性化过程和社会历史结构的理性化过程。

二　启蒙主义文学的价值追求

启蒙主义文学的价值追求是由启蒙运动的价值追求决定的，启蒙运动的核心价值是建设现代主体性，建设现代主体性的关键在于对人的理性能力的培育。因此启蒙主义文学有明显的理性主义倾向。康德在《回答这个问题"什么是启蒙运动"?》这篇文章中说："启蒙运动就是人类脱离自己所加于自己的不成熟状态。不成熟状态就是不经别人的引导，就对运用自己的理智无能为力。③""必须永远有公开运用自己理性的自由，并且唯有它才可以带来人类的启蒙。④"一言以蔽之，启蒙运动是由理性所统摄的对社会的整体造反，启蒙运动也是由理性所主导的对人

①　刘小枫：《现代性社会理论绪论》，上海三联书店1998年版，第175页。

②　同上。

③　[德]康德：《历史理性批判文集》，何兆武译，商务印书馆1991年版，第22—23页。

④　同上。

的灵魂的深刻改造。"通过理性人创造了人自己的世界，在这个世界里他和他的同伴都感到安归家中。①"

古典主义文学也追求理性，布瓦洛明确提出一切文学要凭理性获得它的光辉，有人因此认为古典主义文学也是启蒙运动的一个部分，其实这是混淆是非的，古典主义文学思潮所尊奉的理性是古典时期的集体主义理性，主要内容是在政治上要服从绝对王权、道德上要服从社会礼制、舍小我保大我、遵循传统和规范、善与恶之间有绝对清晰的界限，古典主义文学的功能就是要进行政治教化和道德教化，它处处凸显出对个体意识和个人情感的压制，在权威面前没有任何个体原则和个体自由，个体被束缚在集团、国家等的等级秩序中。而启蒙运动所倡导的理性则具有这样几个不同的规定性：

第一，它是建立在个人主义基础上的理性。当"人"本身成为社会发展的中心和目标后，每一个独立的个体便从古典社会的集体复数当中浮现出来，黑格尔看到"现代充斥着关系到自我的结构"②，一个个具有个体意味的"自我"成了现代的原则。米兰·昆德拉曾在《小说的艺术》中如此诗意地描述道：

> 当上帝慢慢离开那个领导宇宙及其价值秩序、分离善恶并赋万物以意义的地位时，唐吉诃德走出自己的家，他再也认不出世界。世界没有了最高法官，突然出现在一片可怕的模糊之中；唯一的上帝的真理解体为数百个被人们共同分享的相对真理。就这样，诞生了现代的世界，还有小说，以及和它一起的形象和范式。……塞万提斯使我们把世界理解为模糊不清，要面临的不是一个绝对真理，而是一堆相对的互相对立的真理（这些真理被并入人们称为角色的假想的自我中）……③

塞万提斯的《唐·吉诃德》是现代性发展在文艺复兴时期的表述，

---

① ［美］埃·弗洛姆：《为自己的人》，孙依依译，三联书店1988年版，第57页。

② ［德］于尔根·哈贝马斯：《现代性的哲学话语》，曹卫东等译，译林出版社2004年版，第19页。

③ ［捷］米兰·昆德拉：《小说的艺术》，董强译，上海译文出版社2004年版，第4页。

通过把小说与现代社会进行精神结构的对比，米兰·昆德拉发现了维系其中的一个关于生命价值的奥秘，那就是"个体"或者"自我"成为价值判断的唯一来源，个体必须独立起来，再不要屈从于任何权威，要以成熟的"自我"来直接面对世界，这个成熟的"自我"的伟大力量就来自于个体理性。"无论如何，现代性总是意味着对自我的理解由群体主义向个人主义的一个重大转变。①"

　　第二，它是把"自由"视为人的精神生命的理性。法国启蒙思想家卢梭有一句经典名言"人生而自由，却无往不在枷锁之中"，实乃启蒙思想的精粹。美国正是在这种思想的基础上把自由女神当作它的国家形象。为了打破那些束缚在人身上的枷锁，让独立的个体在真正的意义上享有自由，启蒙思想家提出了为挣脱自然界枷锁的科学规划，提出了为挣脱等级制牢笼的、以平等为原则的现代法律制度和现代民主政治体制，提出了为打破财产特权而设立的市场自由竞争机制。启蒙的全方位的社会图景规划都是以"个体自由"为核心要义的，自由是建立"主体性"的本质要求，平等、民主、博爱都是为保护自由而存在的，这样，才凸显了人的中心意义，一切的思想、体制或者制度都要在这个尺度的衡量下去判定其是否具有存在的合理性。在启蒙时代的启蒙主义文学作品中，作者往往高呼科学理性和人文理性的合理性，引导读者对人作为一种个体伟大力量的体悟，对那些成为个体自由之枷锁的封建制度、传统习俗、社会偏见都进行了尖锐的讽刺和批判。著名政治学家萨拜因说：

　　　　从这一过程中（作者按：启蒙运动）便产生出一种自觉，一种个人的生活和内在性的意识，而这是古代希腊人从来不曾有过的。人们正在缓慢地为自己制造灵魂。②

　　这里不是说古希腊人不热爱自由，而是说在现代社会人是从内在性的角度去认识自由，启蒙运动要现代主体制造的是一个关于"自由"

---

① ［美］大卫·雷·格里芬：《后现代精神》，王成兵译，中央编译出版社1998年版，第5页。

② ［美］乔治·霍兰·萨拜因：《西方政治学说史》，盛葵阳等译，商务印书馆1986年版，第179页。

的灵魂。

　　第三，启蒙理性从大类上讲包括科技理性和人文理性，实际上涵括了全社会所有领域的思考法则和行动法则。启蒙是一种人类社会的全面规划，科技理性和人文理性是它的两翼。尽管在后现代主义理论中启蒙主义的理性法则遭到了严厉的批评和指责，但对启蒙理性的批评实际上也是对启蒙理性的一种发展。

　　第四，启蒙现代性的理性精神是本着一种进化论原理向未来敞开的。罗斯诺指出："现代性是作为一种许诺把人类从愚昧和非理性状态中解放出来的进步力量而进入历史的。"① 现代性理性包含着对"现代"的强烈历史意识，使"现在"与"过去"处于决裂状态，并不可逆转地指向未来；"进化论"上升为一种意识形态，"现代"成为"一种受现代科学鼓舞而对知识的无限进步和朝着更美好的社会和道德无限前进的信仰"②；未来被预设为是更光明、更先进的；传统则被作为一种黑暗的、落后的、不合理的、束缚人的存在而遭到激烈批判，反过来意识到自我现代性的人会对自身与世界都提出强烈的求新求变意识，反叛一切规范的经验。通过这些观念，现代性"所表示的不再是一种超历史的泛时间刻度，而具有特定的历史—文化内涵，其核心是指一种全球性背景下的，以自由主义思想为轴心的文化品格，其所重视的不再是过去的光荣传统，而是指向未来、代表着进步和创新的现在"。③

三　启蒙主义文学的特点

　　在欧洲，启蒙主义文学思潮是作为启蒙运动的一个主要分支而出现的，它发端于英国的游历小说，在法国达到全盛，其典型代表是法国18 世纪那些启蒙思想家尤其是百科全书派代表人物的文学理论及创作。之后又向其他国家蔓延，如在德国有以莱辛、歌德、席勒等为代表的"狂飙突进运动"，在俄国有从罗蒙诺索夫到普希金到车尔尼雪夫斯基

---

　　① ［美］波林·罗斯诺：《后现代主义与社会科学》，上海译文出版社 1998 年版，第 5 页。

　　② 哈贝马斯观点，转引自徐岱《现代性话语与美学问题》，《社会科学战线》2002 年第 1 期。

　　③ 徐岱：《现代性话语与美学问题》，《社会科学战线》2002 年第 1 期。

的启蒙主义文学，还有意大利的启蒙主义文学，等等。可以说，任何一个从传统转向现代的国家都会出现启蒙主义。启蒙主义文学是直接鼓吹现代性的文学，它以启蒙理性，尤其是以其中的人文理性为主导，一方面批判封建主义与教会制度的愚昧和危害，一方面宣传科学、自由、平等和博爱等现代性思想。随着启蒙主义思想传入东亚，明治维新的日本和维新运动后的中国社会开始进行后发式的启蒙运动，也明确要求发挥文学在这次启蒙运动中的作用，尽管中国和日本作为亚洲国家，和欧洲诸国的文化存在着较大隔阂和差异，但在当时的情况下，日本明治维新时期的政治小说和中国清末的"新文学"变革都明确以18世纪西方的启蒙文学作为主要师承的对象。

启蒙主义作为一个文学思潮，有以下几大共同的特点：第一，启蒙运动是文艺复兴反封建、反教会斗争的继续和发展，相应地，启蒙主义文学也猛烈抨击封建主义和教会制度，认为它们是两股严重阻碍现代性发展的力量，狄德罗把它们形象地比喻为"拴在人类脖子上的两大绳索"，启蒙的任务就是要砸破这两大绳索，让人获得生活自由和信仰自由，如孟德斯鸠的《波斯人信札》有2/3的篇幅都在抨击时政，揭露教会思想对人的蒙蔽性。

第二，坚持宣扬启蒙理性，启蒙理性包括工具理性精神和价值理性精神，具体来讲就是宣扬科学、民主、自由、平等、博爱、发展、进化、冒险等观念，其核心都指向自由。启蒙理性与古典主义宣扬的理性既有相通之处，又有所不同。古典主义的理性是现代民族国家的初级形式"绝对主义国家"的意识形态，它不是以个体的人为本位，而是以国家为本位，强调道德和社会责任。而启蒙理性以个体的人为本位，宣扬天赋人权、自由平等的思想观念。还有，古典主义所坚持的理性是永恒普遍的，而启蒙主义的理性是进化发展、向未来无限趋向完美的。坚持启蒙理性精神就是启蒙主义文学思潮的核心精神之流，是竹内敏雄在定义文学思潮时所强调的客观精神，它可以被不同作者不同风格的作品所表现，比如笛福在《鲁滨孙漂流记》中展现了一个富有现代启蒙理性的鲁滨孙，如何运用当时的"现代"文明工具，把一个荒岛改造成一个"文明世界"；菲尔丁在《汤姆·琼斯》中主要是用一种流浪汉小说的风格，以弃儿汤姆·琼斯和乡绅女儿苏菲亚的爱情故事及他的旅行冒险为线索，旨在对当时社会的不平等现象和不自由的婚姻现状进行理性的分析和批判；伏尔泰在《老实人》中通过老实人的种种不幸遭遇来分析社会不公的根源，揭露封建制度和宗教战争的反人道立场；卢梭的《爱弥儿》则是正面地表达了一种理性的人生观和教育观。

第三，启蒙现代性是一种平民精神，因此启蒙主义文学思潮也具有十分明显的平民化倾向，在作品中基本上是以资产阶级知识分子和平民作为主人公，而不像古典主义文学那样倾向于表现贵族阶级，这和它的自由、平等、民主思想是紧密相连的，是启蒙现代性价值追求在人物塑造上的表现。

第四，启蒙主义文学因为要配合启蒙的任务，在题材上往往选取那些蒙昧落后的现象进行讽刺和批判，以期引起读者的关注和理性分析，但受启蒙运动对理性抱以高度乐观精神的鼓舞，在这种讽刺和批判中往往也昂扬着一种对理性思想乐观的主调，尤其是对未来的理想蓝图有很美好的信念，比如说鲁滨孙发现自己被抛弃在荒岛，经历短暂的绝望考验后马上被一种理性的乐观主义精神所鼓舞，在岛上生活 28 年，终于凭着机遇和理性智慧返还英国。菲尔丁在《约瑟夫·安德鲁斯》《弃儿汤姆·琼斯的故事》《大伟人乔纳生·魏尔德传》等一系列小说中笔调轻松幽默，不乏对当时社会生活丑陋面的讽刺，但总体上仍然洋溢着乐观主义的精神。

第五，风格多样化。启蒙主义文学在创作风格上是对古典主义文学的反驳，随着启蒙运动的发展，古典主义的宫廷倾向和它的僵化的教条原则，都遭到了启蒙作家的反叛和否定，启蒙主义文学在打破古典主义的束缚、探索文学发展新方向上，都做出了重要的贡献，教育小说、游历小说、哲理小说、流浪汉小说、笔记体，等等，风格不一而足。除此之外，启蒙主义还没有发生主观性与客观性的分离和对立，因此客观的描写和主观的抒情、说理融为一体。

第二节　启蒙主义文学的流播：从欧洲到明治维新时期的日本

赛义德有一篇著名的文章，名为《旅行中的理论》（Traveling Theory），文中以卢卡契的"物化"理论在不同时代和不同地区的流传接受，说明了理论旅行与阐释变异之间的关系。对于我们的这一论题而言，赛义德的观点足以警示我们：研究启蒙主义文学思潮一方面固然要严格把握它的质的规定性，抓住那些核心要点；同时也要充分考虑到它会因具体国情的不同而发生些许的形态变异，展现出启蒙主义文学的不同面相。

一　启蒙主义文学的欧洲时期

启蒙主义文学的面相是随着它流播地的文化特殊性和国情特殊性而有所不同的，但其核心精神却必须一致。韦勒克、竹内敏雄在研究"文学思潮"这个概念的时候都反复论证了"精神观念"在整个思潮运动当中的灵魂地位、统摄地位。启蒙主义文学的"精神观念"上文已经作过分析，本节在这里主要描述启蒙主义文学在流播过程中的主要面相，以便更加清楚地证明清末民初文学思潮的启蒙主义属性以及它与世界文学发展的对应关系。

有人说，任何一个国家在实现现代化转变的过程中都会发生启蒙主义，因此它的旅行地点是非常广泛的。在本书中，笔者把启蒙主义文学的流播分成两个大的区域来评述，即欧洲时期和亚洲时期，欧洲时期以英国、法国、德国、意大利、俄国等为代表，亚洲时期主要以明治维新时期的日本以及清末民初的中国为代表。对于欧洲社会来说，启蒙运动、现代性的确立是从他们本身的传统文化当中催生出来的，不管现代性多么激烈地对传统持一种"历史决裂意识"，但其很多思想资源其实都是在传统当中就潜藏着的，吉登斯就主张不要夸大现代与传统之间的断裂，也就是说，现代性是内在于欧洲传统当中的，以前被遮蔽了，现在把它挖掘出来并把它奉上绝对价值的地位。而对于亚洲国家来说，现代性则是完全的异质文化，而且是一种以强者的姿态侵害自己的文化，其中的文化隔阂、受挫的民族情感等都使得东方启蒙主义文学与西方启蒙主义文学呈现出显著的差异性。

西方的启蒙主义文学随着现代化的步伐在各个国家逐渐发生，首先是英国，"启蒙主义在 17 世纪英国资产阶级革命时期已露出端倪"。[①]
英国是工业革命和现代政治革命完成得最早的国家，人民对现代伟大的
历史功绩体验较深；培根、霍布斯、洛克、赫胥黎等建构起了哲学、科
学、社会学等多科学的现代思想学说。在文学上，英国对文艺复兴以来
的人文主义继承发挥得最好，莎士比亚就是其杰出代表，哈姆雷特是人
文主义的人物典范。人文主义奠定了启蒙主义的基础，启蒙主义是对人
文主义的进一步深入化、清晰化、条理化、全景化。在这种背景下，启
蒙主义文学率先在英国出现是自然的事情。英国启蒙主义文学展开的时
候，国家已经建立了君主立宪制，因此，英国的启蒙主义文学作家如笛
福、斯威夫特、理查生、菲尔丁等，并没有在作品中出现集中批判封建
制度的特点，而是沿着人文主义作家的文学传统，重点在于表现现代个
体的人格特点和社会诉求，总体而言是较为温和的。比如鲁滨孙在家的
时候他要对抗的压制性力量是父亲，被阻隔在海岛上他要对抗的压制性
力量是野人，而他要争取的是一个人的自由和权利。斯威夫特的讽刺小
说《格列佛游记》里幻想了奇奇怪怪的大人国、小人国等，但着重的
都是把英国社会当中一些不合理的部分以夸张的手法变形在小说中，而
不是对国家制度的总体批判。著名的"逃离拉普特岛"，讲述的重点是
拉普特岛人对理性的偏执导致了对生命感觉的忽略。

在轰轰烈烈的启蒙运动的开展中，法国的启蒙主义文学于 1750 年
之前就显露出了"文学中最突出的现象是新的启蒙思想逐渐出现和形
成"[②]，在 1750 年至 1789 年间达到最辉煌的阶段。著名的启蒙主义文
学家很多都是启蒙思想家，如孟德斯鸠、伏尔泰、卢梭、狄德罗、博马
舍，等等。法国启蒙主义文学兴盛的时代资产阶级民族国家政体还没有
建立，法国启蒙主义文学的一个突出特点就是对国家机器的猛烈抨击，
伏尔泰流亡英国时期一开始对莎士比亚非常感兴趣，他写了很多文章赞
赏莎士比亚的才华，然而随着他对法国政治批判的深入，他对温和地进
行个体人格思索和社会批判的莎士比亚改变了态度。法国需要的是更激

[①] 黎跃进：《十八世纪欧洲启蒙主义文学思潮辨析》，《衡阳师专学报》（社会科学）
1990 年第 2 期。

[②] 柳鸣九：《法国文学史》（上册），人民出版社 1979 年版，第 285 页。

烈的对专制暴政的批判，伏尔泰、狄德罗、卢梭、博马舍的作品中都共同体现出这个特点。当然他们也注重对现代个体的建构，启蒙主义的文学始终还是要围绕到现代主体性的建立上来的，只不过他们认为这个时期阻碍实现主体性建构的最大障碍就是专制暴政，因此安放在这里的力量比例就更大些。与英国式的温和的启蒙主义文学比较起来，法国的启蒙主义文学是比较激越的，恩格斯曾经指出："法国启蒙思想家不承认任何种类的外界权威。宗教、自然观、社会、国家制度等一切都受到最无情的批判。"① 这些特点在文学作品中不但体现在那些抨击专制暴政的人物话语里，也体现在卢梭那种不惜以自我为范本的现代批判文本《忏悔录》里——卢梭既是鼓吹启蒙现代性的重要理论家，也是对启蒙现代性进行激烈批判的重要理论家。

德国的启蒙主义文学较英、法晚，有较明显的悲情的特点。德国在政治经济方面较当时的英国和法国来说都要落后，但德国的启蒙哲学取得了辉煌的成果：沃尔夫、鲍姆加登、康德、席勒、费尔巴哈、黑格尔，都是现代哲学史上的璀璨明星，尤其是康德和黑格尔。但德国启蒙主义文学的发展却比这思想的启蒙运动要早，莱辛的《汉堡剧评》对古典主义文学规则进行了激烈的否定和批判；歌德的《少年维特之烦恼》探讨了自由与束缚的问题，维特深感社会处处存有难以冲破的禁锢，很得卢梭的风范；席勒《阴谋与爱情》探讨了自由爱情遭到封建社会等级制偏见的扼杀。维特、露伊斯、费尔迪南这几个德国狂飙突进时期的小说人物结局都是自杀，给德国启蒙主义文学带来一种悲情的特点。

在英、法、德启蒙主义文学的影响下，欧洲其他国家也产生了启蒙主义文学。如意大利的哥尔多尼的戏剧，波兰维亚·奥勃杜维奇的作品，挪威易卜生的戏剧，匈牙利贝贤叶的启蒙小说，俄国的冯维辛、拉季谢夫的创作，等等。启蒙主义文学在任何一个开始现代化变革的国家都会出现，但也都持续不久，很快就被其他文学性更强的文学思潮所取代，文学毕竟不是思想的传声筒。

---

① ［英］恩格斯：《反杜林论》，中共中央编译局编译，人民出版社1999年版，第13页。

二　启蒙主义文学在日本明治维新时期

19 世纪中叶之前，规划、宣扬现代性的启蒙运动只在欧美世界流行传播，作为东亚国家的日本和中国，用现代所谓全球化的眼光来看则是完全与世隔绝。19 世纪中叶，欧洲人的舰队打破了这种隔绝，带来了西方资本主义在亚洲的扩张，在这突如其来的变故面前，日本以其海岛国家的敏感性迅速地反应过来，率先向西方学习，在明治年间兴起了一个"自由民权运动"——日本的启蒙运动，鼓吹欧化，宣扬近代西方的科学与人文理性精神。同时，为推进自由民权运动，在福泽谕吉、中村正直等人的倡导与实践下，日本文学也掀起了一个启蒙的高潮，它"以自由民权为魂灵，以变革儒家劝善惩恶文学观和旧的戏作文学形式为主要内容，以宣传近代西方的人本主义精神、倡导自由平等启蒙思想、推进自由民权运动为目的"。① 日本在学习欧洲文明的一开始，就把中国作为现代化的反面镜子来参照，福泽谕吉认为汉儒之学是日本现代化的思想障碍，他多次对孔子依附于国家体制的思想和行为进行讽刺批判。

东方与西方，古典性与现代性，是性质完全不同的两种文明特质，日本人在明治维新之初就清楚地意识到了，日本的现代化改良运动因此取得成功，同时期的中国知识界却困在中学为体、西学为用的迷局里不清楚任何文明现象背后都有精神实质，怎能随意嫁接。

英国历史学家赫伯特·巴特菲尔德在论述启蒙运动的世界意义时曾经指出启蒙运动在极其广泛的区域"证明了生命力如此强大，并在其活动中发挥了多方面作用，从最初它就自觉地担任了一个指挥的角色。可以说，它已经开始控制了其他因素——正如中世纪基督教在渗透到生活和思想的各个角落后开始支配其他事物一样。因此，当人们谈及最近几代人中被传入日本等东方国家的西方文明时，我们不是指希腊—罗马哲学和人文主义思想，也不是指日本的基督教化，而是指在 17 世纪后半

---

① 方长安：《选择·接受·转化——晚清至二十世纪 30 年代初中国文学流变与日本文学关系》，武汉大学出版社 2003 年版，第 16 页。

叶开始改变西方面貌的科学、思维模式和文明的所有工具"。① 明确指
出日本近代文化与欧洲启蒙运动之间的关系。

当然，我们在看到日本近代文化与欧洲启蒙运动之间关系的同时，
也要看到其中的差异，吉尔伯特·罗兹曼把全世界范围的启蒙现代性区
分为"早发内生型"和"后发外生型"，"前者是在很长一段时间内，
循序渐进地转变了本国的各种本土因素，而后者则在很大程度上依靠借
鉴外来模式并迅速扩张或更换现存结构"。② 日本经验模式及其随后的
中国模式都属于后发外生型。作为"后发外生型"的国家，由于现代
性经验并不来自于自身文化，因此就存在一个如何看待自身文化与如何
看待现代性文化的问题，对于日本来说，更加存在一个在中国传统文
化、日本传统文化、西方现代文化之间寻找一个身份确证的问题。经过
日本启蒙思想家的抉择，日本明治维新的思想界作出了"脱亚入欧"
的决定。

有学者指出，日本所谓的"脱亚入欧"，实际上就是"脱中入欧"，
也就是他们把日本本身当作一个变动的本体，在 19 世纪中叶以前的传
统社会中他们主要是接受中国文化的影响，而 19 世纪中叶以后他们决
定要摆脱中国的影响转而全面接受西方世界的启蒙现代性思想，为了使
这个新的转变更加彻底，日本明治维新思想家福泽谕吉等在崇尚西方现
代思想的敬语中同时对中国传统文化及中国社会进行抨击，中国形象在
日本明治维新后一落千丈。按照新殖民主义的话语逻辑，日本思想界为
了申明他们对西方现代文化的忠诚归属，他们对中国进行了东方化描
述，"东方"就意味着愚昧、落后，是启蒙的理性之光还未照耀到的地
方。更有甚至大肆宣扬对中国的鄙视和侵略，如大沼枕山、森春涛、三
岛中州、本田种竹、森鸥外等，日本自明治维新之后的这种脱中入欧思
想对日本现代文学产生了源远流长的影响，而且借由日本现代文学对中
国现代文学变革的影响而丝丝入扣地传到中国；而其罪恶的军国主义思
想也激起中国作家、文学界人士对它的否定和反抗。

---

① 转引自［美］斯塔夫里·阿诺斯《全球通史》，董书慧等译，北京大学出版社 2005 年
版，第 485 页。

② ［美］吉尔伯特·罗兹曼主编：《中国的现代化》，国家社会科学基金比较现代化课题
组译，江苏人民出版社 1998 年版，第 5 页。

　　有句经典的跨文化传播诘问："孩子洗澡的水脏了，难道要把孩子和洗澡水一起倒掉吗？"其实这个比喻不是非常恰当，因为在很多时候，跨文化传播中文化的各种特质并不像"孩子"和"洗澡水"那样让人一目了然容易区分，实际的情况往往是文化的复杂情况让我们无从分辨，或者在操作上无法分辨，因此往往是精华和糟粕同现。不管是福是祸，总之，日本思想界及其文学界的这一"脱中入欧"经验在甲午战争之后于1897年输入中国，在中国维新派人士当中产生巨大反响，由此引发了启蒙主义文学在中国的萌芽。郑匡民在《梁启超启蒙思想的东学背景》中就论证道："梁启超来到日本后，在'肆日本之文，读日本之书，畴昔所未见之籍，纷触于目，畴昔所未穷之理，腾跃于脑，如幽室见日，枯腹得酒'的情况下，'日本的伏尔泰'福泽的书应是先读之书。而福泽之书，又深深的影响了梁启超，并通过梁启超介绍给中国读者，对中国的近代发生了深远的影响。"① 何止是福泽谕吉，明治维新主要的启蒙思想都通过梁启超对中国知识界产生重要影响。梁启超在《论译书》中道出自己取道日本文坛的理由就是："日本自杉田冀等始以和文译荷兰书，泊尼虚曼子身逃美，归而大畅斯旨。至今日本书会，凡西人致用书籍，靡不有译本，故其变法灼见本原，一发即中，遂成雄国。"②

　　但从文学发展本身来说，其实在这个时期，日本启蒙文学高潮已过，文坛上已经开始流行从欧洲引进的现实主义与浪漫主义，文学也从与政治的紧密关系中解脱出来，开始更多的纯文学领域的探索。但从中国当时在内忧外患的压力下迫切需要变革传统、发展现代性的现实出发，维新派人士还是选择了有助于"新民""化民"的启蒙主义作为中国文学向现代变革的导向。自此之后，随着维新派"新民"运动的展开与深化，1902—1909年间，启蒙主义在中国也形成了一个以"新民"为宗旨的小有规模的文学思潮运动，1909年之后慢慢消退，直到中国启蒙第二代力量从国外留学回来引发了全面启蒙的五四新文化运动。

---

　　① 郑匡民：《梁启超启蒙思想的东学背景》，上海书店出版社2003年版，第62页。

　　② 梁启超：《变法通议》，载1897年《时务报》，转引自徐志啸《近代中日文学的影响与交流》，《中州学刊》1999年第4期。

第三节　清末民初启蒙主义文学的发展脉络

一　发轫阶段：1896—1901 年弃旧图新的尝试

大致时间是在 1896 年至 1901 年，也就是甲午之后 19 世纪的最后几年。这个阶段的主要成绩是在日本启蒙主义文学的影响下，改变了受洋务运动影响而存在的文学误国论或文学无用论，同时开始了以西方及日本启蒙主义文学为参照的弃旧图新的尝试。

在维新运动刚进入筹备的那几年，文坛上还普遍地流行着文学无用或文学误国的看法。这是和洋务运动崇尚实学、主张从"器物"技术层面向西方学习的观点相关的。虽然 1842 年中英《南京条约》签订后，中国社会就门户洞开，传教士蜂拥而至，西学亦大量输入，但整个社会在"师夷长技以制夷"思想的引导下，输入的都是关于算学、光学、化学等具体的自然科学，简单地把向西方学习理解为学习它的发达工业的奇技淫巧。当时人从中西文明的对比当中称："西国格物考工而万象出"，"中国文胜于质而百弊生"①；中国"道术既裂，群尚文饰，儒风陵替"，应该"务崇质实，毋骛声华"②。在这一时期，虽然他们认为中国在文学或文明方面是要优越于这些外国"蛮夷"的，但同时他们又发现中国的这种"文"在面对"船坚炮利"的攻击时确实没有任何作用；因而产生了否定传统文学的想法。维新派人士起初也持这种看法，1895 年，康有为在上清帝书中指出"士知诗文而不通中外"为天下大弊③；而谭嗣同则表示要尽弃全部"旧学之诗"，因为现在"天发杀机，龙蛇起陆，犹不自惩，而为此无用之呻吟，抑何靡与？"④ 甲午

---

① 《湖南龙南致用学会章程序》，见中国史学会主编《中国近代史资料丛刊·戊戌变法》第 4 册，上海人民出版社 1953 年版，第 466 页。

② 《武昌质学会章程》，见中国史学会主编《中国近代史资料丛刊·戊戌变法》第 4 册，上海人民出版社 1953 年版，第 442 页。

③ 康有为：《上清帝第四书》（1895），见汤志钧编《康有为政论集》，中华书局 1981 年版，第 986 页。

④ 谭嗣同：《莽苍苍斋诗补遗》，转引自陈平原《中国现代小说的起点》，北京大学出版社 2005 年版，第 6 页。

重创之后，对传统文学的冷落和鄙薄更是可见一斑。

为什么会这样呢？在中国过去的正统观念里，诗可以兴、观、群、怨，文可以载道，文学是有着非常好的社会教育作用和群体黏合作用的，它们和中国社会"长治久安""和谐稳定"的思想结合在一起，并不是没有用的，在曹丕的《典论·论文》里，文学甚至被提到"经国之大业，不朽之盛事"的地步，就是清朝的龚自珍也借用诗文倡导"我劝天公重抖擞，不拘一格降人才"，文学还是可以作为思想的一个载体发挥宣传的工具的。而且中国作为一个礼仪之邦，对文学的重视是其中较为显著的一个方面，在长期以来的夷夏之辨中，华夏民族之所以远胜蛮夷之族，其原因就在于华夏民族是有文化的民族，是有着辉煌的文学传统熏陶的民族。然而这时它们确实没有用了，曾经令人引以为傲的文化资本突然间变成了令人羞愧难当的负担，对传统文学的攻击开始不绝如缕。

传统文学无用论的第一个阶段在洋务运动时期，其原因是它不能和数学、化学、电学、农学、商学等学科一样立竿见影收到实用性的效果；传统文学无用论的第二个阶段是维新运动开始之后，这个时候认为传统文学没有用的原因恰恰在于它们曾经是兴、观、群、怨的载道文学，是服务于传统儒家文明的文学。当传统儒家文明受到现代性挑战而显得束手无策的时候，传统文学也就相应地与这个时代很不相适应了。由此可见，当中国社会遭遇到现代性冲击之时，中国文学也陷入了难以融合现代性的困境。

但如果用求新求变、大胆探索的视野来看待中国文学的变革，现代性就既是挑战，也是机遇。因为随着这种挑战的深入，人们对现代性的全新性质就会愈加了解，因而也更了解自身的需求。还在洋务运动期间，王韬曾经对国内学习西方那些器物之学的热潮表现出极大期待，他兴奋地说："以中国之广大而师西方之长，集思广益，其后当未可限量，泰西各国，谁得而颉颃之？"[1] 但甲午中日战争中国终究还是失败了，随着对西方国家的进一步了解，一些较为激进的知识分子开始意识到西方文化也有它的"本"。1895 年，严复在天津《直报》上陆续发表

---

[1]　王韬:《变法下》，见《弢园文录外编》卷1，弢园藏版刊，1897 年。

《论世变之亟》《原强》《辟韩》《原强续篇》和《救亡决论》，深入解说西方文化的深层动因是"以自由为体，以民主为用"，提出要以西方文化为榜样鼓民力、开民智、新民德，并对中国的传统体制与传统文化进行了激烈的批判；1895 年，严复译著《天演论》也初次出版①。严复的这些翻译作品，传达了他对西方现代科学和文化知识的深刻体悟和深深的渴求，在译本中蕴含着他明确的文化建构策略，那就是用"物竞天择"的社会达尔文主义来唤起国内民众放弃抱残守缺的固守传统行为，以及用西方从政治、经济到文化的结构性知识介绍来唤起国内知识界对西方现代新知和理想的向往。这在当时的知识界引起极大震动，引起梁启超、谭嗣同等维新派人士的高度认同和强烈共鸣。

1896 年，梁启超接受好友黄遵宪的邀请担任《时务报》主笔，他在《时务报》上发表了以《变法通议》《西学书目表》等为代表的 60多篇文章。梁启超的"新文体""报刊体"使得《时务报》很快风行天下。他自己在《清议报一百册祝辞并论报馆之责任及本馆之经历》中陈述："甲午挫后，《时务报》起，一时风靡海内。数月之间销行至万余份，为中国有报以来所未有。举国趋之，如饮狂泉。"② 戊戌变法前夕在侍读学士徐子静向光绪皇帝推荐康有为等人的奏折中，徐子静对梁启超的推荐词是："英才亮拔，志虑精纯，学贯天人，识周中外。其所著《变法通议》及《时务报》诸论说，风行海内外，如日本、南洋岛及泰西诸国，并皆推服。"③ 这说明梁启超在介入晚清政权之前，其作为现代型公共知识分子的公共影响已经通过《时务报》产生了。深得其中之味的梁启超在 1898 年流亡日本后很快又办起了另一份宣扬启蒙思想的报刊《清议报》，梁启超说："倡民权、衍哲理、明朝局、历国耻；此四者，实惟我《清议报》之脉络之神髓，一言以蔽之，曰广民

---

① 严复《天演论》最早出版时间有争议，一说是 1895 年 3 月由陕西味经书处初印，一说是 1898 年 6 月由湖北沔阳卢氏慎始基斋私自木刻印行问世，为第一个通行本。但从公共影响来说，应该是 1898 年的通行本刊行后所产生的效果。

② 梁启超：《清议报一百册祝辞并论报馆之责任及本馆之经历》，见林志均编《饮冰室合集·文集之六》，中华书局 1989 年影印本，第 52 页。

③ 丁文江、赵丰田编：《梁启超年谱长编》，上海人民出版社 1983 年版，第 120 页。

智振民气而已。"① 继续发挥舆论领袖的作用，这个时期的梁启超其人气完全超过康有为。

在这股风潮之中，代表了西方现代文明之"本"的历史学、社会学、政治学、哲学书籍经由日本输入中国，其中也有少量的文学。启蒙主义文学因为具有与呼吁"现代性"相匹配的功利主义性质而进入了中国人的视野。从文学史的资料上可以看到，1897 年以后，在康有为、严复、梁启超、黄遵宪、夏曾佑等人的言论中，文学无用的观念不再被提及；反之，频频出现的却是以欧美、日本启蒙文学为参照的一种文学"化民"论。而且，除了在言论上进行倡导以外，他们还身体力行在各种文体上开始了以西方为参照、弃旧图新的尝试。维新派人士因为这一系列社会行动和文学行动，被后人称为："中国近代意义上的知识精英群体诞生的标志。"② 当然，由于这是一个刚刚接触西方文学的时代，中西文明的异质性在短暂的时间内很难得到融合，所以中国文学之弃旧图新的尝试往往是在师法日本中得以具体实现的。

日本明治维新启蒙思想家福泽谕吉的观点是："汲取欧洲文明，必须先其难者而后其易者，首先变革人心，然后改革政令，最后达到有形的物质。按照这个顺序做，虽然有困难，但是没有真正的障碍，可以顺利达到目的。倘若次序颠倒，看来似乎容易，实际上此路不通，恰如立于墙壁之前寸步难移，不是踌躇不前，就是想前进一寸，反而后退一尺。"③ 我们可以看到，近代中国所做的正是次序颠倒的这个，历史实践既然证实了福泽谕吉的理论，东渡日本的梁启超及其启蒙团队成员很快接受文化启蒙、开民智变民心为第一要义的观点也就很自然了。

中国和日本一样，传统文学观念对诗很重视，在明治维新期间就有人写作了很多的反映现代社会变革的新诗，给了黄遵宪很大触动。梁启超、谭嗣同、康有为等都做过"新学之诗"的试验基本以失败告终，因为新学之诗的做法，只是强行地用旧诗的形式去灌输一些西方文明的概念，用梁启超自己的话来说就是"颇喜捃扯新名词以自表异"④。他

---

① 丁文江、赵丰田编：《梁启超年谱长编》，上海人民出版社 1983 年版，第 272 页。
② 许纪霖、陈达凯主编《中国现代化史》，学林出版社 2006 年版，第 128 页。
③ ［日］福泽谕吉：《文明论概略》，北京编译社译，商务印书馆 1997 年版，第 14 页。
④ 梁启超：《饮冰室诗话》，人民文学出版社 1959 年版，第 49 页。

们既不很明白新学的精神，也不很明白新诗的本质，用中国的旧诗去改装西方的学问，满篇新名词，非常令人费解，甚至出现了"苟非当时同学者，断无从索解"①的情况。既然这种新学之诗，连一般的士大夫都读不懂，当然就更不可能起到启迪民众的作用了。维新派人士所提出的"觉世之文"也就是指一种新型的适合于宣传启蒙思想的报刊文体，不过在当时也停留在言文分离的要求上。这个时期的总结人物是梁启超，1899 年，梁启超通过在日本将近一年的反思与考察，在《夏威夷游记》中对新学之诗与觉世之文作了深刻的检讨，正式标举出"诗界革命"与"文界革命"的口号，要求"以旧风格含新意境""以欧思入文"。而在此前的一年，在日本启蒙小说《佳人奇遇》的启发下，他综合1897 年以来他自己以及康有为、严复、夏曾佑等对小说化民的观点，写了《译印政治小说序》，肯定了小说的启蒙功能。

二　1902—1909 年：清末启蒙主义文学的高涨

晚清启蒙主义文学的高涨是一系列内忧外患的历史事件促成的：1900 年义和团事变造成庚子国乱，1901 年庚子国乱后迫于救亡的压力清廷开始宣布改革，而同时欧洲各种新学思想通过日本，如火如荼地向国内传输。1902 年，梁启超创办《新民丛报》《新小说》等刊物，发表《新民说》《新民议》《论保教之说束缚国民思想》《饮冰室诗话》《新中国未来记》《论中国学术思想变迁之大势》《新史学》《法理学大家孟德斯鸠之学说》《天演学初祖达尔文之学说及其传略》《论泰西学术思想变迁之大势》《地理与文明之关系》《亚洲地理大势论》《论小说与群治之关系》《论佛教与群治之关系》《中国专制政治进化史论》等文章，创新民说，造成巨大影响。严复 1902 年翻译出版了英国亚当·斯密的《原富》，1903 年翻译出版了法国斯宾塞的《群学肄言》、英国约翰·穆勒的《群己权界论》和《穆勒名学》，1904 年翻译出版了英国甄克思的《社会通诠》，1905 年翻译出版了法国孟德斯鸠的《法意》，1906 年翻译出版了耶芳斯的《名学浅说》。维新派的启蒙运动走向深入，其所接受和介绍的思想"基本上是西欧资本主义发展初期文艺复兴到启蒙时

---

① 　梁启超：《饮冰室诗话》，人民文学出版社 1959 年版，第 49 页。

代的价值观念"。①

在这样一个背景当中，维新运动以来的对诗、文的变革努力依然在继续，如诗歌方面延续梁启超在"诗界革命"中所指出的方向，出现了以康有为、梁启超、黄遵宪、丘逢甲、夏曾佑等为代表的新诗派，其中黄遵宪的诗歌取得较大成功，理论方面的代表作品是梁启超所著诗歌论著《饮冰室诗话》，1902 年起在《新民丛报》上连载发表；在文体变革方面，1902—1904 年间，梁启超的"新文体"风格也基本成熟，并且用这种"新文体"把各种新的观念、新的理想通过《清议报》《新民丛报》等向社会发散，产生很大影响；但真正把文学启蒙推向一个高潮的却是配合梁启超"新民"理论的"小说界革命"。

1902 年，在自办的《新民丛报》上，梁启超开始连载"新民说"的系列文章，较为系统地向国人介绍他的道德和政治理想。在这几年，梁启超对日本明治维新时期的历史已经有了更深入的了解，通过日本而接触到的西学书目也大幅度增多。在这种思想变化的背景下，在"新民"说中他提出了一个重要的观念，即：变革民众的思想比变革政治制度更为重要。梁启超说："苟有新民，何患无新制度，无新政府，无新国家。非尔者，则随今日变一法，明日易一人，东涂西抹，学步效颦，吾未见其能济也。夫吾国言新法数十年而效不睹者何也？则于新民之道未有留意者也。"② 在这个时期，他更加坚定了"求文明而从精神人，如导大川，一清其源，则千里直泻，沛然莫之能御也"③ 的信念。出于这种认识，他大力鼓吹中国的新民运动，继《新民丛报》后又创办《新小说》，宣扬启蒙思想。并写作了具有启蒙主义文学宣言意义的《论小说与群治之关系》。

发挥第一个阶段维新派人士提出的小说化民论，梁启超《论小说与群治之关系》一文在一个史无前例的高度上肯定了小说启蒙救国的功能，他认为："欲新一国之民，不可不先新一国之小说。故欲新道德，

① 李欧梵：《现代性的追求》，生活·读书·新知三联书店 2000 年版，第 236 页。

② 梁启超：《饮冰室合集·专集之三十五》，何擎一编，中华书局 1994 年版，第 47 页。

③ 梁启超：《饮冰室合集·文集·国民十大元气论》，何擎一编，中华书局 1994 年版，第 62 页。

必新小说；欲新宗教，必新小说；欲新政治，必新小说。"① 此言一出，应者云集，之后论及小说启蒙功能的文章是连篇累牍，如《论小说与社会之关系》（《时报》，1905 年）、《论写情小说与新社会之关系》（松岑，1905 年）、《学校教育当以小说为论智之利导》（耀公，1907 年）、《小说之功用比报纸之影响为更普及》（亚荛，1907 年）、《小说种类之区别实足移易社会之灵魂》（棣，1907 年）、《论小说之势力及其影响》（陶祐曾，1907 年）、《论小说与改良社会之关系》（天僇生，1907 年）、《小说发达足以增长人群学问之进步》（耀公，1908 年），等等，这些文章在梁启超的影响下，从各个侧面大力弘扬小说的社会功能，把小说与"救亡与启蒙""治国安邦"这样崇高的使命相提并论。

在这种情况下，识时务的士大夫就很容易认同梁启超《论小说与群治之关系》的另一观点："小说为文学之最上乘。"② 梁启超此文发表后，小说在人们心中的形象焕然一新，很快就有理论家纷纷响应小说地位的这一变革，如《小说原理》（别士，1903 年）、《论文学上小说之位置》（楚卿，1903 年）、《小说丛话》（饮冰、侠人等，1903 年）等就是当时比较有代表性的文章。基于这一变革，人们开始关注小说的艺术特性，在艺术形式上对小说进行探讨，由于 20 世纪初的几年，随着知识界对启蒙运动的深入认识，西方文学、美学和哲学书籍大量引进中国，改变了晚清及至民初的小说理论的知识背景和理论资源。这样，在沿着梁启超开启的对小说进行艺术规律研究的思路上，就出现了许多现代美学的特征。有些理论家在自己的论文中将小说与科学、历史等进行对比梳理，具体细致地界定小说的文学性质并巩固小说在现代文学的重要地位。当理论成为一种风气，常常就会有意想不到的神力。20 世纪初的"新小说"理论影响就是如此，梁启超的"小说为文学之最上乘"的口号在上海广泛传播后，一批著名的作家和翻译家如李伯元、吴趼人、林纾等人相继表态，以示跟随时代前进，新的知识分子不断加入创作队伍。轰轰烈烈的启蒙主义小说创作从此就兴盛起来，在 1903 年和

---

① 陈平原、夏晓红主编：《二十世纪中国小说理论资料》，北京大学出版社 1997 年版，第 50 页。

② 同上。

1909 年分别取得两个高潮。

"小说界革命"以及紧跟其后形成的晚清及民初几年的小说理论研究与创作热潮，乃是由晚清文化启蒙运动所引发的文学革命运动，它表现出以文化激进主义的态度对本土传统价值观念和民族文化心理进行根本性的否定，并意欲以西方文化价值观念取而代之。在这场充满忧患的启蒙运动中，小说第一次被视为文化变革的一个重要方面，又同时被看作实现启蒙目的的重要的甚或是根本的手段，而且或多或少地要由它而获得价值支持和观念内涵。

三　启蒙主义文学在民初的消退

晚清以"启蒙主义"为导向的文学革命在经过了 1903 年和 1909 年两个创作高潮后，慢慢落幕。这与当时发生的一系列社会事件有重大关系。

1911 年辛亥革命爆发，1912 年共和制的形式在中国建立，袁世凯做了大总统。在《莅临时大总统任誓词》中，他宣誓"深愿竭其能力，发扬共和之精神，涤荡专制之瑕秽"，"永不使君主政体再行于中国"。[①]但实际上，他在帝国主义的支持下，一面屠杀革命党人，一面加紧准备恢复帝制。他买通美国政客古德诺，日本政客有贺长雄发表文章，胡说"中国如用君主制，较共和为宜"，鼓吹中国应由袁世凯做皇帝。国内一些保守主义分子如"筹安会"的骨干杨度、孙毓筠、严复等人秉承袁的旨意也起来呼应，宣传"君主实较民主为优，而中国则尤不能不用君主国体"，公开主张袁世凯复辟。在这种中外舆论的造势下，1915 年袁世凯称帝。

在文化上，这个时期各种思想交杂，"既许信仰自由，却又特别尊孔；既自命'胜朝遗老'，又在民国掌钱；既说应该革新，却又主张复古：四面八方几乎都是二三重以至多重的事物，每重又各自相矛盾。一切人便都在这矛盾中间"。[②]在这种社会思想混乱的状态下，封建遗老

---

① 白焦：《袁世凯与中华民国》，中华书局 2007 年版，第 18 页。
② 鲁迅：《热风·随感录五十四》，见《鲁迅全集》第 1 卷，人民文学出版社 1981 年版，第 417 页。

遗少们掀起了一股尊孔复古的逆流，为袁世凯称帝、张勋复辟效劳。在华的帝国主义分子也推波助澜，宣传"孔子与基督为友"，以实行其精神文化上的侵略。大多数人对革命、对革新产生怀疑，甚至是颓废的情绪。启蒙主义的文学在这个阶段已经失去了它的中心地位。通俗文学取代它占领了文化市场，南社的许多革命诗人也转而写作通俗小说，形成风靡一时的"鸳鸯蝴蝶派"。

但是这个阶段启蒙主义文学也并非无所作为，也没有完全销声匿迹。它主要的文学活动是对前期发展的总结以及对通俗文学的批判。从总结方面来说，晚清启蒙主义这种开启民智的观点被继续发挥，但从文学的艺术及哲学思想方面加以补充，比较有代表性的是管达如的《说小说》。而在对通俗文学的批判方面，主要的有梁启超的《告小说家》（1915）、天笑生的《〈小说大观〉宣言短引》（1915）、吴曰法《小说家言》（1915）。

不过，令人可喜的是，在晚清启蒙主义文学变革经过一个短暂的低谷后，一个更大规模的启蒙运动却在酝酿之中，1915 年，陈独秀创办《新青年》，在胡适等一批海外留学生的共同努力下，高举"科学"与"民主"的旗帜，向封建顽固派及通俗颓废派展开进攻。为五四启蒙主义文学拉开了帷幕。

第四节　清末民初启蒙主义文学的理论成果

晚清民初文学变革的主流是功利主义的，因为在社会遭遇了"四千年未有之变局"的情况下，如果文章仅仅是"娱魂调性之具"，那么，现在中国因"天发杀机，龙蛇起陆，犹不自惩，而为此无用之呻吟，抑何靡与？"[①] 面对晚清民初时期中国古典文学的余波，梁启超指出："至于今日，而诗、词、曲三者皆成为陈设之古玩"，斥责制造"古玩文艺"的作者是"社会之蟊"。[②]

---

① 谭嗣同：《莽苍苍斋诗补遗》，见蔡尚思等编《谭嗣同全集》（上），中华书局 1981 年版，第 81 页。

② 转引自叶易《近代文艺思想论稿》，复旦大学出版社 1985 年版，第 111 页。

　　维新派人士认为，作为在这个危难时代应运而生的文学，它必须与救亡、图强以及政治改良等历史任务紧密联系在一起。从这个角度出发，在西方与日本启蒙文学的影响下，他们倡导变革文学，使其成为传播文明、启迪愚昧的利器。在晚清这场以启蒙为导向的文学变革当中，许多仁人志士参加了对新文学的探讨，其中主要的代表是：梁启超、康有为、严复、夏曾佑、黄遵宪、裘廷梁、楚卿、麦梦华、狄葆贤、曼殊、侠人、余定一等；主要刊物为：《清议报》《新民丛报》《新小说》。主要思想内容为以下几点。

一　批判传统文化和专制主义

　　启蒙主义文学是一个坚持功利主义的文学思潮。它的历史任务是要破除封建迷信，宣扬启蒙主义的理性思想，这两者都是为呼吁现代性、发展现代性服务。在西方，启蒙运动时期是现代性经过一定的积累并开始全面发展的时期，但封建势力与教会制度仍然作为强大的障碍力量存在着。为了突破现代性发展的障碍，启蒙运动的思想家对这一障碍力量进行了猛烈的抨击。同时诉诸文学作品，用形象生动的语言对封建势力与教会制度进行极大的嘲讽。比如法国著名的启蒙思想家狄德罗著有《修女》《宿命论者雅克和他的主人》《拉摩的侄儿》。在这三部小说中，《修女》批判修道院的黑暗与腐败；《宿命论者雅克和他的主人》批判了法国社会的封建制度及封建思想；而《拉摩的侄儿》则通过作者和拉摩的侄儿的对话，控诉了封建贵族制度下的不合理现象。总之，启蒙主义文学呼应启蒙运动的思想，"要求破除宗教迷信，摧毁宗教偶像，反对贵族特权，主张在法律面前人人平等，进而推翻封建统治，建立合乎资产阶级理想的社会"。① 启蒙思想家对传统的彻底批判使得后人在研究现代性问题时提出"历史裂变意识"，它"通过与过去（传统）的对立或分离来确定自身"。② 鲍德里亚在《遗忘福柯》中宣称："现代性是一种独特的文明模式，它将自己与传统相对立，也就是说，与其他一

① 朱维之、赵澧主编：《外国文学史》，南开大学出版社1985年版，第185页。
② 汪晖：《汪晖自选集》，广西师范大学出版社1997年版，第6页。

切先前的或传统的文化相对立。"①

在晚清，虽然现代性的发展与欧洲启蒙时代相比较，还非常的微弱，它在这一阶段主要的是体现为在内忧外患的局势下无奈而又艰难地开始对西方现代性进行接受与消化，所以对现代性的认识不可能像欧洲那样系统和深刻。但是由于现代性不是中国本土孕育出来的，而是在国家处于列强环伺、强敌压境的屈辱状态中人们痛定思痛的一种理性选择行为，觉醒着要对中国进行启蒙的人们对旧制度、旧传统更有着一种急迫推翻的愤慨心理。通过自林则徐、魏源、郭嵩焘、郑观应以来到康有为、严复、梁启超、谭嗣同等人那些晚清放眼看世界的著作，社会上的有识之士已经对欧洲的议会制度、民权思想、自由、平等等有了些许知识上的印象，日本的迅速强大又提供了一个后起之强者的经验模本，理论与现实的双重说明，致使维新派人士在甲午之后已经对封建制度和传统思想产生质疑，并在一定程度上提出批判，而且这种批判在经由了戊戌政变、庚子之乱、清廷改革等重大事件后变得更为激烈。他们深刻地认识到中国传统体制及其文化与现代性的异质性，严复尖锐地讥讽中体西用说为"牛体马用"②，他孜孜不倦地翻译了八本介绍欧洲社会思想、政治思想、科学思想的名著，以结构性的思想输入全面说明了欧洲现代性是"以自由为体，以民主为用"。和中国传统文化是风马牛不相及，牛体怎么能马用？两者的本质根本就不同，驴和马或许可以杂交，但产生的后代却是没有繁殖能力的骡子。

黄遵宪提出："识时贵知今，通情贵阅世"，"今之世异与古，今之人亦何必与古人同？""欲弃去古人之糟粕，而不为古人所束缚。"③ 谭嗣同本来旧学渊源颇厚，但他自称："三十之年，适在甲午，地球全势忽变，嗣同学术更大变。……长与旧学辞矣。"④ 旧学被他当作网罗之学，《仁学》是他为扫荡桎梏冲决网罗而作。在《仁学》中他猛烈抨击

① 转引自［美］道格拉斯·凯尔纳、斯蒂文·贝斯特《后现代理论》，张志斌译，中央编译出版社1999年版，第145页。
② 傅军龙等著：《晚清文化地图》，团结出版社2006年版，第215页。
③ 转引自管林、钟贤培、陈新璋《龚自珍研究》，人民文学出版社1984年版，第172—173页。
④ 蔡尚思等编：《谭嗣同全集》（上），中华书局1981年版，第259—260页。

中国几千年来的君主专制体制以及三纲五常等思想，他说："由是二千年来一伦，尤为黑暗否塞，无复人理，沿及今兹，方愈剧矣。夫彼君主犹是耳目手足，非有两头四目，而智力出于人人也，亦果何所恃以虐四万万之众哉？则赖乎有三纲五伦字样。"[1] 他赞赏法国大革命那种杀尽天下君主的做法，尖锐地指出二十四史君民倒置，不过是姓氏族谱。其激烈程度连梁启超都惊叹，而且重点是，谭嗣同并不是情绪化地抨击，而是用了英国君主立宪制的社会政治理论与卢梭《社会契约论》的新型政治理论来反观中国传统专制制度而发的愤慨之论。和福泽谕吉批判中国君臣一体的专制体制时一样已经站立在现代启蒙的立场上。

1902 年，梁启超在他的《新民说》中，从理论上系统地提出了一个重要的反叛传统专制主义的观点，他认为中国自秦以来的这种王权制度，是一种压制性的制度，"它不仅窒息了振兴中国所必需的活力，而且还必然导致它自身的失败"[2]。在《拟讨专制政体檄》中，梁启超写道：

> ……我辈实不可复生息于专制政体之下。专制政体者，我辈之公敌也、大仇也。有专制则无我辈，有我辈则无专制。我不愿与之共立，我宁愿与之偕亡。使我辈数千年历史以脓血充塞者谁乎？专制政体也。使我数万里土地为虎狼窟穴者谁乎？专制政体也。使我数百兆人民向地狱过活者谁乎？专制政体也。专制政体之在今日，有百害于我而无一利。……[3]

在上面这段话里，梁启超以其慷慨激愤的笔调宣示了自己与专制主义制度不能共存亡的决裂态度。梁启超发表"新民说"时已经通过日本知识界获取了更为系统和详尽的现代西方政治学说。福泽谕吉曾经把中国长期的至尊至强合为一体的中央集权制专制体制视为中国不能走向现代化转化的重要原因，在这种思想指导下，他以及他的追随者对传统

---

① 蔡尚思等编：《谭嗣同全集》（上），中华书局 1981 年版，第 337 页。

② 张灏：《梁启超与中国思想的过渡（1890—1907）》，崔志海等译，江苏人民出版社1993 年版，第 56 页。

③ 傅军龙等著：《晚清文化地图》，团结出版社 2006 年版，第 284 页。

秩序里的一些重要的文化价值观和文化制度提出质疑和挑战，并讽刺孔子把依附于这种体制看作是一种天经地义，不能算作一位有智慧的人。梁启超受日本启蒙思想家的影响是较多的，当康有为从一个激进的维新改良领袖转变为保守的保皇党时，梁启超写作了《保教非所以尊孔论》一文，他对康有为"保国、保教、保种"的政治主张予以严厉批驳，尖锐地指出中国两千余年来的文化专制主义与孔教的关系，认为孔教是束缚中国人自由思想的根本原因。在《新民说》第十一篇《论进步》中他又以笔锋常带情感的高昂论调呼吁道：

> 然则救危亡求进步之道将奈何？曰，必取数千年横暴混浊之政体，破碎而齑粉之，使数千万如虎如狼如蝗如螟如蛾如蛆之官吏失其社鼠城狐之凭借，然后能涤肠荡胃以上于进步之途也！必取数千年腐败柔媚之学说，廓清而辞辟之，使数百万如蠹鱼如鹦鹉如水母如畜犬之学子毋得弄舌摇笔舞文嚼字为民贼之后援，然后能一新耳目以行进步之实也！①

这些铿锵激昂的语言明确地把传统的封建主义政治及文化，视为当日中国谋求进步、走向现代的绝对负面力量。这些思想波动，随着报刊的出版、学校的兴建和学会的成立，扩展到愈来愈广的中国士绅阶层，成为中国思想启蒙运动的重要组成部分。就像胡适先生在《四十自述》中回忆的："梁启超的主张，最激烈，态度最鲜朗，感人的力量也最深刻。"②"梁启超当他办《时务报》的时代已是一个很有力的政论家；后来他办《新民丛报》，影响更大。二十年来的读书人差不多没有不受他的文章的影响的。"③

在文学领域，梁启超等人同样贯彻了这一批判传统的思想。他们指出，过去之所以鼓吹道统，无非是"依托孔子""行其压制之术"；提

---

① 胡适、周作人：《论中国近世文学》，海南出版社1994年版，第39—40页。
② 张建伟：《温故戊戌年》，作家出版社1999年版，第379—380页。
③ 胡适：《五十年来中国之文学》，见胡适、周作人《论中国近世文学》，海南出版社1994年版，第34页。

倡文统，就是让人们"章摹句效，终身役于古人"。① 结合梁启超在《新民说》中对传统文化之奴隶根性的批判，可以看出，维新派人士已经看到了传统载道文学的目的是重复教化，是培养压制体制下的顺民——这就尖锐地提出，启蒙是为了启迪人们依靠理性使自我强大起来摆脱奴隶的状态，启蒙文学不是封建载道文学。他们认为，这种传统的文学思想已经造成了中国群治的腐败与中国国民的愚昧，也导致了中国今日无法应对列强的挑战。在《论小说与群治之关系》这篇文章中，梁启超罗列出造成中国群治之腐败的四种思想及二十多种表现，上至官下至民，并认为这些腐败思想是通过旧小说得以传播的，在中国社会已经造成中国民众不可得救的局面。旧小说因此成为中国群治腐败之总根源，使得：

> 其人之食息于此间者，必憔悴，必萎病，必惨死，必堕落，此不待蓍龟而决也。②

梁启超这里首要地是批判旧小说思想，但是应该看到暗含在他的语言风格下的逻辑，新小说是为了新民，是为了给中国民众灌输一套新的人格理想和社会价值观，那么，批旧小说也就是为了批旧小说影响下的民众思想，这些思想被梁启超命名为中国群治之腐败思想。梁启超这种观点发表后，得到很多理论家与小说家的赞同与响应，从此之后，从晚清到五四，再由80年代新时期所接续，中国启蒙主义始终坚持着对封建思想以及由此造成的国民奴隶根性的批判。这种情况正如李欧梵在评论现代文学时所总结的：这些人"从道德的角度把中国看作是'一个精神上患病的民族'，这一看法造成了传统与现代性之间的一种尖锐的两极对立性：这种病态根植于中国传统之中，而现代性则意味着在本质上是对这种传统的一种反抗和叛逆，同时也是对新的解决方法所怀的一种知识上的追求"。③

① 转引自叶易《近代文艺思想论稿》，复旦大学出版社1985年版，第17页。

② 梁启超：《论小说与群治之关系》，见陈平原、夏晓红主编《二十世纪中国小说理论资料》，北京大学出版社1997年版，第53页。

③ 李欧梵：《追求现代性》，三联书店2000年版，第177—178页。

　　而在此之前，传统文化是中国文人的立命之所，晚清文坛的宋诗派、桐城派、清流派等拟古主义者自不必说，就是被梁启超、曾朴等维新派人士认为变革意识较强烈的新思想先锋龚自珍，"其用以'讥切时政，诋排专制'的理论依据和工具也还是春秋公羊学"①，除此之外，他还常常引用古例来对时政进行鞭策，非常强调古训的强大指挥能力，动辄"夏之既夷""商之既夷"②，"古者未有……"③，"中国自禹、箕子以来……"④，在社会改革上信奉"智者受三千年史氏之书，则能以良史之忧忧天下"⑤。在文学创作上"龚自珍虽有挣脱宋诗藩篱之举，时常流露出自我表现的热忱、兴趣与意志，但总体来说他更愿意将自己活跃的思想和炽热的情感通过正统乃至古雅的文学管道输送出来，或喷发出来"。⑥另一个思想较为开放的魏源，他标明《海国图志》是"为以夷攻夷而作，为以夷款夷而作，为师夷长技以制夷而作"。⑦他坚信"善言古者，必有验于今矣"。⑧"中学为体，西学为用"，张之洞的这一主张之所以能在当时的华夏大地成为一种支柱信念，就是得益于传统在国人心中普遍的牢固地位。

　　尽管维新派人士意识到启蒙的重要性，对传统文学和传统文化都怀有一种"历史的决裂意识"，然传统终究不是那么容易撼动的。王一川曾在《晚清：中国文学现代性的发生时段》一文中评述道："晚清之前的北京确实可以称为古典性文学主流的最后堡垒，现代性在开初无力正面强攻时就只能选择边缘薄弱处率先突破。新的文学现代性的波澜，正是从外地逐渐地向京城移动的：或许起初萌发于王韬、薛福成、黄遵宪等游历海外的知识分子的朦胧体验、想象与冲动，率先发端于19世纪70年代被英国管辖的'殖民地'香港（以王韬创办《循环日报》为标

---

① 管林、钟贤培、陈新璋：《龚自珍研究》，人民文学出版社1984年版，第138页。

② 龚自珍：《龚自珍全集》，中华书局1959年版，第5页。

③ 同上书，第49页。

④ 同上书，第169页。

⑤ 同上书，第6页。

⑥ 朱寿桐：《19与20世纪中国文学思潮比较论》，《南京大学学报》（哲社版）2000年第2期。

⑦ 魏源：《魏源集》，中华书局1959年版，第207页。

⑧ 同上书，第156页。

志），继而是北移上海，由众多报纸、杂志和书籍等组成的新兴都市大众传媒网络，接着是东渡向东京留日中国学人媒体圈（如梁启超、章太炎、鲁迅和郭沫若等的文学活动），以及天津、长沙等地新生的舆论阵地，最后才借助辛亥革命胜利的显赫声势在'五四'文学前夕冲刷文学古典性的最后堡垒北京，形成声势浩大的以'五四'运动为总体象征的决定性总攻与盛大庆典。"① 这段话指出了现代文学在晚清的萌芽阶段根本就不可能与古典文学正面对决——哪怕这个时候的古典文学创作已经和国运一样处于颓势，只能采用迂回的方式；只有到了五四的时候，新生代的启蒙文化力量已经足够和传统文化抗衡，新文化运动的领导者们才全面提出激烈的全盘西化主张。

二　宣扬欧化的文明理念

启蒙主义文学思潮是作为对现代性的直接回应而出现的，它的历史任务就是要争取现代性，其核心的精神是对于现代性的鼓吹。这在晚清维新派人士的文学变革思想中体现为：坚持文学的功利主义立场，要求文学自觉承担宣扬启蒙思想的历史使命。无论是康有为、梁启超、谭嗣同、黄遵宪，还是严复、夏曾佑，他们都要求文学成为传播现代文明的利器，纷纷提出"以新意境入旧风格""以欧思入文""情深而文明""更搜欧亚造新声"等主张，连一向被"五四"的人们认为是"封建余孽""桐城老妖"的林纾，晚清时期在维新派人士的影响下，都说他翻译西方小说的目的是传播欧之所学，启迪民智。这里所谓的"新意境""欧思""文明""欧亚新声""欧之所学"，等等，其实际内容都是指欧洲现代性的核心思想。

现代性的核心思想就是启蒙理性的思想，它包括人文理性与科技理性。人文理性宣扬了民主、自由、平等、博爱、自我、主体等价值观念，科技理性涵盖了科学、进步、进化等发展观念，在欧洲18世纪的启蒙主义文学中，这些思想都得到了不遗余力的宣扬。在日本明治时

---

① 王一川：《晚清：中国文学现代性的发生时段》，《江苏社会科学》2003 年第 2 期。

代，福泽谕吉、西周等人同样号召文学创作要"鼓吹欧化，宣传自由思想"。① 黄遵宪在号召新诗写作时说："诗虽小道，然欧洲诗人出其鼓吹文明之笔，竟有左右世界之力。"② 在晚清，虽然人们对作为欧洲现代文明的启蒙思想之人文理性与科技理性的理解都不十分深入，用梁启超的话来说，就是对欧洲新思想的吸收如火如荼却比较杂乱，浅尝辄止又急功近利，有饥不择食之嫌；但是从晚清维新派人士的文学理论当中，仍然可以看到，启蒙思想的人文理性精神与科技理性精神都有所体现，而且他们都秉着自己的理解极力宣扬它。

（一）关于"君主立宪制"的现代政治理念

西方现代政治制度体现了启蒙现代性的政治理性，启蒙思想家提出过多种现代民主政体的规划，但晚清知识界对启蒙学说的了解受"救亡图存"这一紧急目标的局限，新小说理论家主要提倡的是维新或共和的理想，民主与民权的思想、尚武、男女平权的思想，以及爱国心、合群心、保种心，等等。在"新学诗"和"诗界革命"中，他们专寻那些欧洲文明新词入诗，如"喀私德"（Caste），"巴力门"（Parliament）、声光电力等；在"小说界革命"中，他们在内容上要求新小说：

> 　　其旁徵祖国之新政，汇取亚欧之历史，手著精绎，文俚并行，庶几卧倒之驯狮，奋跃雄飞于大陆；亦且半开之民族，自强独立于神州。
> 　　他们或编《明季稗史》而演《汉族灭亡记》，或采欧美近事而演《维新活历史》，随俗嗜好，徐为转移。而潜以尚武精神、民族主义，一一振起而发挥之，以表厥目的。③

---

　　① 方长安：《选择·接受·转化——晚清至二十世纪30年代初中国文学流变与日本文学关系》，武汉大学出版社2003年版，第16页。

　　② 黄遵宪：《与丘菽园书》，《小说月报》第8卷第1号。转引自管林等《岭南晚清文学研究》，广东人民出版社2003年版，第70页。

　　③ 陈平原、夏晓红编：《二十世纪中国小说理论资料》第1卷，北京大学出版社1997年版，第227页。

他或者重新解读一些古典小说，赋予它们民族的、民主的、人文的现代思想色彩。如天僇生认为：施耐庵作《水浒传》，是"悲愤而作书"，认为作者要表达的是其"民权之思想""尚侠之思想"和"女权之思想"；认为《金瓶梅》一书，"作者抱无穷冤抑，无限深痛，而又处黑暗之时代，无可与言，无从发泄，不得已藉小说以鸣之"。① 而《红楼梦》一书，系愤懑人之作，他论述道：

> ……中国之国家组织，向来是专制的，若无民权与之相形，岂不以为天下古今之国家，终是如此。然则受家庭组织之流毒而不知悟，又何足怪？余今日批此书，欲以科学的真理为鹄，将中国家庭种种之症结，一一指出，庶不负曹雪芹作此书之苦心。②

这种解读眼光，是经过了晚清时期译介的各种民权论、人权论的思想洗礼后建立的。而王钟麟则更是把这种"民权"和"人权"的眼光推广到更多的小说创作，他说："古先哲人之所以作小说者，盖有三因：一曰：愤政治之压制，……二曰：痛社会之混浊，……三曰：哀婚姻之不自由。"③

周桂生在《歇洛克复生侦探案·弁言》中也明确地指出了侦探小说对于我国人建立"人权"观念的意义。他说：

> 互市以来，外人伸张法外法权于租界，设立警察，亦有包探名目。然学无专门，徒为狐鼠城社，会审之案，又复瞻徇顾忌，加以时间有限，研究无心。至于内地先谳案，动以刑求，暗无天日者，更不必论。如是，复安用侦探之劳其心血哉！至若泰西各国，最重人权，涉讼者例得请人为辩护，故苟非证据确凿，不能妄人入罪。

---

① 天僇生：《中国三大家小说论赞》，见陈平原、夏晓红编《二十世纪中国小说理论资料》第 1 卷，北京大学出版社 1997 年版，第 345—348 页。

② 同上。

③ 陈平原、夏晓红编：《二十世纪中国小说理论资料》第 1 卷，北京大学出版社 1997 年版，第 545 页。

此侦探学之作用所由广也。①

这段话是在谈侦探小说，但论者的眼光看到了西方为什么有那么兴盛的侦探小说，其源头是在他的政治制度和司法制度，司法独立、尊重人权，才有侦探存在的意义，因此我们多多引进侦探小说，国人便可潜移默化懂得这其中的道理。许多学者因此看出，维新派的文学理论虽然也是一种"载道"文学，但是它要求文学所载之"道"正是借以改造旧的腐朽的民族灵魂的东西，是西方现代民族国家思想知识和人文精神；如此则体现出维新派理论不是旧道统的作风，它传达出的是自身对于启蒙性质之文学的归属。

如作为旧道统的代表人物张之洞一听说自由、民权这些东西，就以强硬的口吻在《劝学篇·正权》中说"民权之说，无一益而有百害"，"使民权之说一倡，愚民必喜，乱民必作，纪纲不行，大乱四起。倡此义者，岂得独安独活？"② 这就是严复所说的传统儒者深畏自由民权。张之洞认为专制主义好得很，尤其是我朝深仁厚泽，完全无视其腐朽难以为继。中体西用说的真正用意是为专制体制寻找合法思想资源。

正是对张之洞等中体西用说和洋务运动的透彻认识，维新派才对专制体制进行激烈批判，梁启超说："我中国数千年生息于专制政体之下"，并认为数千年来中国所以不振，是"由于国民功德缺乏，智慧不开"③，没有能力去反抗专制体制，他要通过报刊和小说这两种媒介"采合中西道德以为德育之方针，广罗政学理论，以为智育之原本，养成共和国法制国民之资格"。④ 这就是通过报刊和小说启迪民众，引导他们在新的国家思想、新的道德观念的指引下开始对自我的现代塑形，只有从"个人"意义上完成现代自我主体的确立，才能从"社会集体""国家"的意义上完成"现代国体"的真正确立。小说界革命的启蒙逻

---

① 陈平原、夏晓红编：《二十世纪中国小说理论资料》第 1 卷，北京大学出版社 1997 年版，第 135 页。

② 张之洞：《劝学篇·正权》，见《张文襄公全集》第 99 卷，戊辰（1928 年）仲春刊行，中国书店 1990 年影印本，第 24 页。

③ 丁文江、赵丰田编：《梁启超年谱长编》，上海人民出版社 1983 年版，第 272 页。

④ 同上。

辑就是这样展开的，"小说为文学之最上乘"的口号和"盖文章经国之大业不朽之盛事"在语言的表层组合上很相似，但曹丕所言是说人生之有限文章流传之无限、个人的精神成就要比个人的世俗功名利禄更为伟大和长久，是一种作家论；梁启超所言却是看到了小说文体所具有的启蒙功能，这个时候的文学是一种社会化的存在，是一种公器，是一种接受论和影响论。

（二）呼唤基于个体的自由理性思想，但在本质上认同社群主义

自由是启蒙思想的第一要义。任何关于启蒙的思想学说都不可能不论及这个问题，日本明治维新时期的启蒙运动被命名为"自由民权运动"就是因为他们把自由与民权当作追求的核心目标。中江兆民翻译的卢梭著作《社会契约论》是自由民权运动的理论根据，植木枝盛根据卢梭思想写的《民权自由论》中说：

> 卢梭曾经说过，人类生下来就是自由的，人可以说是自由的动物。那末，人民的自由虽可用法律加以保障，但它原是天所赐予，为任何人所必不可少的。如果有人不取这天所赐予的自由，那就是对天犯了大罪，对自己又是莫大的耻辱。①

植木枝盛在卢梭人生而自由的基础上，又加上了自由是人的使命，不完成这个使命就等于对天对己都犯了大罪，这种言论其实已经由自由走向不自由，但对于那个时代的东方专制体制下不知自由为何物的民众来说，那种言过其实、骇人听闻的言论似乎才有效果，才能引起内心的震颤。从自由民权运动的社会效果而论，从表面上看确实传播得不错，"浴池有自由澡塘，自由温泉，点心有自由糖，药店有自由丸，饭店有自由亭，其他自由评书、自由跳舞、自由帽子，等等，不一而足"。②我们今天看这些感觉是幼稚和滑稽的，然而思想要从外在观念转为内心意识，通过日常生活经验的渠道乃是必不可少的。晚清中国很多人误论

---

① 近代日本思想史研究会编：《近代日本思想史》，商务印书馆1965年版，第91页。
② 同上书，第74页。

民权与自由，其实就与他们在日本耳濡目染有紧密关系。

有些论者指出晚清时期的启蒙人士对于"人"的理解还是建立在集体主义基础上的，是民族的人、国家的人；其实晚清启蒙思想家时刻紧绷着救亡图存的神经，处处想到中华民族这个"群"的强大的同时，也注意到了个人与群体的关系："康有为抨击旧制度下的身份人、等级人观念是'妄生分别'。他历数依贫富、等级、家庭、男女、宗教、人种束缚人性之罪，要求国民'去国、去种、去产、去家'成为完全自由自主的个人，以'独人'为社会构成的基本单位。"① 梁启超也在分析中国传统国体时提出"家国天下"是要求国人的集体性质，梁启超认为："吾中国社会之组织，以家族为单位，不以个人为单位，所谓家齐而后国治是也。"② 新民所新的不是这种依附于国体的臣民顺民。他说：

> 自由者，权利之表征也。凡人之所以为人者有二大要件：一曰生命，二曰权利。二者缺一，时乃非人。故自由者，亦精神界之生命也。……若夫思想自由，为凡百自由之母者，则政府不禁之。……故今日欲救精神界之中国，舍自由美德外，其道无由。③

这非常清楚地说明了三个问题：（1）他把自由认定是精神的生命，没有自由的人不是人，这个人自然是个体的、有明确自我意识的人，因为作为一个依附集体的顺民是不需要强调自由就是生命的。（2）他把自由精神与政府对立，他期望政府不反对人的自由，再次说明这个人不是依附政府的人，而是一个与政治体制相对的个人。（3）要想从精神深处拯救中国，必须培养这种自由个人，把自由当作个体生命安身立命的根本。除此之外，没有别的办法。

相对于康、梁对于日本二手思想资料的吸收，严复是以解读第一文

---

① 刘川鄂：《自由观念与中国近代文学》，《社会科学战线》1999 年第 1 期。

② 梁启超：《新大陆游记》，见林志均编《饮冰室全集·专集之二十二》第 5 册，1989 年影印本，第 25 页。

③ 梁启超：《与严又陵先生书》，见林志均编《饮冰室合集·文集之三》卷 1，中华书局 1989 年影印本，第 164 页。

本为他的主要方式的，他对西方思想的了解相对来说会更加原汁原味。在《论世变之亟》一文中开头直呼："今日之世变，盖自秦以来未有若斯之亟也"①，对洋务派的中学为体，西学为用的观点更是提出了尖锐的批评，为了向国人阐释西方现代文明的自有体系以及中体西用说的不合理之处就是没有领会到西方文化的个体自由，他写道：

> 今之夷狄，非犹古之夷狄也。今之称西人者，曰彼善会计而已，又曰彼擅机巧而已。不知吾今兹之所见所闻，如汽机兵械之伦，皆其形下之粗迹，即所谓天算格致之最精，亦其能事之见端，而非命脉之所在。其命脉云何？苟扼要而谈不外于学术则黜伪而崇真，于刑政则屈私以为公而已。斯二者，与中国理道初无异也。顾彼行之而常通，吾行之而常病者，则自由不自由异耳。……故人人各得自由，国国各得自由，第务令毋相侵损而已。……故侵人自由虽国君不能。②

这里严复也是特别强调了个人自由是不能被国家政治体制侵害的。把东西方文明进行对比，比器物制造更"本体"的是科学求真思想、社会公德思想等，这在中国先贤哲学中也有，可是西方现代思想更重要的或者说最本原的，就是把这些科学思想和社会伦理秩序的思想和自由平等结合在一起，人人各得自由、国国各得自由。

严复这里明确地指出欧洲文明追求自由、民主的本质特性是中国所没有的，吾国历代圣贤最畏惧的便是"自由"二字，而这恰恰是西方文化之"本"，中体西用说舍本而逐末，怎么可能成功呢。如果说由于严复译本文字的古雅，其译著主要针对的是晚清那个对现代性迷茫蒙昧的士绅阶层；那么，已经运用新文体开始创作的、笔尖别有一番魔力的梁启超的一系列新民说，他对孟德斯鸠、卢梭、罗兰夫人等欧洲启蒙人士的思想介绍，则是给更广阔的知识阶层以极大的号召力。

李淑珍在《私领域中的梁启超》一文中通过对梁启超在私领域中的

---

① 王栻编：《严复集》第 1 册，中华书局 1986 年版，第 1 页。
② 同上书，第 2 页。

表现来解读他对公领域的主张，提出："我们今日讲的'自由主义'，因之有更浓厚的'个体原子化'的意味，而与任公所主张者大相径庭。与其说他是个'自由主义者'，毋宁说他是个'社群主义者'（communitarian）。"① 其实这段话的评价除了适合梁启超外，还适合同时代一切维新派的启蒙思想家。"社群主义"作为一个成熟的理论体系是20世纪70年代罗尔斯《正义论》发表之后的事情，但其作为一种思想倾向则源远流长，说白了，这就是一种建立在个体自由价值观基础之上的集体主义，而专制主义是一种建立在等级依附价值观之上的集体主义。因此梁启超才频频指出中国几千年来"知有朝廷而不知有国家"，"知有个人而不知有群体"；可见，朝廷和国家是不同的，家族和群体是不同的，部落思想、家族思想、朝廷思想都是"私人化"的思想，而国家思想、群体思想是"公共性"思想，"朝廷—家族"是构成中国几千年来传统专制体制的核心结构，国家和群体则是现代民主制社会在强调个人原子化独立自由基础之上形成的民族、社群组织形式。

　　中国古代是典型的君君臣臣父父子子等级秩序格局，是典型的上下一体化的权力垂直贯通的专制主义，没有作为自由价值的"个人"，晚清的维新派思想家康有为、梁启超、严复、谭嗣同等在吸取了欧洲自由主义的现代学说后，对中国几千年来缺乏"个体自由"的历史状况进行了猛烈的抨击，他们清晰地看到"个体自由"是西方文明之体，但是正如很多论者都指出过的，清末思想界对"自由"的理解并未导向现代意义上的自由主义，其中的原因，一是他们幼承传统思想，传统的一套家国天下观念已经成为了一种潜意识，难以彻底摆脱掉；二是当时中国即将亡国的社会现实让他们时时感到族群合力的重要。而且"明治时期的日本在清末儒家维新派心目中占有特殊的地位。它在基本上是传统意识形态的基础上引进代议制政府的成就，以及它发扬的为国效劳而不是满足个人或某个地区利益的精神，看来可以成为任何追求现代化的国家的榜样"。②

---

　　① 李淑珍：《私领域中的梁启超》，《东方文化》2003年第2期。

　　② ［美］费正清：《剑桥中国晚清史》（上），中国社会科学院历史研究所编译室译，中国社会科学出版社1985年版，第390页。

　　维新派的启蒙运动在中国现当代历史格局中有些尴尬，有些较为激进的学者批判其改良理论的保守，犹抱琵琶半遮面，不彻底，就以这个自由思想来说，为什么不坚持英国传统的自由主义思想贯彻一致呢？其实回到当时的历史情境当中来对他们进行评价的话，他们的保守不是一种妥协，他们的激进也不是一种哗众取宠为新学语而新学语，他们始终都是从自我对那个时代的认识出发去选择欧洲的现代性理论的，不过我们也要指出的是，他们吸收了西方个体自由主义理论，但又因社会历史的原因始终难以摆脱社群主义的倾向，这和今天英、美自由主义与社群主义的结合不是同一个状态，因为在晚清，社会公众对个体自由主义的精髓尚未有深的领悟，就匆匆转向社群主义，的确是影响了"中国现代主体"成长的困难。

（三）进化论与科学思想

　　作为启蒙主义性质的文学，维新派理论家同样非常关注对科学理性精神的弘扬，其实，器具制作层面的科学方法等是最早作为现代性的物质进入中国社会的，也最早被接受，但晚清甲午战争之后，中国知识界有个重大的变化，就是冲破了"中体西用"的羁绊，而接受严复所引进的"物竞天择"的进化论以及西方其他的科学思想，从器具"用"的层面进入道"体"的层面。

　　德洵在《小额》序中提道："鄙不学而荒，每于社会状态与进化之关系，三致意焉。……昔哲有言：课史之职，在述叙国民之生活，与社会自然之事实，为比较进化之资料，以便确定其究竟法则。斯数语，可咏先生社会小说之真相矣。"[1] 在这个论述里，小说竟成了探讨、演绎社会进化的一个文体。陈兼善也在《民泽杂志》上总结说："现在的进化论，已经有了左右思想的能力，无论什么哲学、伦理、教育以及社会之组织，宗教之精神，政治之设施没有一种不受它的影响。"[2] 而孔范今在《梁启超与中国文学的现代转型》中评述过："五四时期为人们时时标榜的'进化论'，实则正是此时予以奠基的。梁启超言必称'进

---

[1] 德洵：《小额·序》，和记排印书局1908年版。
[2] 陈兼善：《进化论发达略史》，《民择杂志》1922年第3卷第5号。

化'，把'进化论'即'天演学'的'物竞天择、优胜劣汰'视为立论的原则依据即'公例'，把'竞争'看作'进化之母'，并认为'此议殆成为铁案矣'。梁启超的贡献，并不在于单言进化，而是将这进化之理引向民族痼疾之根本处，并由此而倡言文学革命。"① 这些言论，就是从不同论者角度会聚而成的进化论意识形态。

既然"物竞天择，优胜劣汰"已经从自然界物种进化的学说，转变成一个社会组织与历史发展的一个真理，那么科学无疑是强者生存的必要能力。在这种背景下，维新派人士的文学观念中也充满了科学、进步、实验、实际、光、热、电、磁、以太等思想，而且很多时候是从论"道"的思维去谈论的，他们认为这些思想是"开通民智之津梁，涵养民德之要素"②，要求文学家（尤其是小说家）做世界知识的导航员，自觉地对"知识幼稚、思想愚昧"的中国民众传播这些现代知识信息。

在晚清，明确在理论上提出以"科学"思想启迪民众的，有这样一些文章，主要集中在小说探讨方面，有《〈月界旅行〉弁言》（周树人，1903 年日本东京进化社版《月界旅行》）；《神女再世奇缘》（周树奎，《新小说》1905 年第 22 号）；《论科学之发达可以辟旧小说之荒谬思想》（《新世界小说社报》1906 年第 2 期）；《小说发达足以增长人群学问之进步》（耀公，《中外小说林》第二年 1908 年第 1 期）；《说小说》（管达如，《小说月报》1912 年第 3 卷第 5、7—11 号）等。在这些文章当中，对科学的认识并没有停留在光、电、磁、热这样的具体知识问题上，而是进一步从思想的层面上去理解它，宣传它，并注意到科学思想注重观察与实验的求实求真精神，管达如甚至强调文学应该具备这种求实求真的科学精神，他说："若凡事皆可以乡壁虚造，则与社会实际之情形，全不相合，失其本旨矣。"③ 本旨是什么呢？"吾国今日小说，当

---

① 孔范今：《梁启超与中国文学的现代转型》，《文史哲》2000 年第 2 期 13—23 页。

② 陈平原、夏晓红编：《二十世纪中国小说理论资料》第 1 卷，北京大学出版社 1997 年版，第 183 页。

③ 管达如：《说小说》，见陈平原、夏晓红编《二十世纪中国小说理论资料》第 1 卷，北京大学出版社 1997 年版，第 383 页。

以改良社会为宗旨，而改良社会，则其首要在启迪愚蒙。"① 可见，强调小说的科学精神是为了小说能与"社会实际之情形相合"，也就是希望通过在小说创作中引进科学的观察方法和求真精神，做到真实地揭示出社会现实，以此来达到启迪愚蒙的目的，最后才能回到改良社会的宗旨上去。

殊途同归，对于晚清维新派理论家来说，无论是提倡启蒙思想的人文理性精神，还是科学理性精神，其最终的目的都是要启迪愚昧，开化民众，发展中国的现代图强之路。这是追求进步的启蒙主义文学的特性。

三 社会达尔文主义与理性乐观精神

启蒙主义文学不但宣扬理性精神，而且带有启蒙时代的理性乐观主义精神，这是因为他们相信社会达尔文主义，坚信自身的合理性与进步性。

启蒙主义文学诞生的年代是一个启蒙理性已经取得初步辉煌的年代。这个年代在理性思想的指导下，西方社会的现代构型基本确立，精神文明与物质文明都获得了长足的发展，人们被眼前的巨大利益所陶醉，因此当时大多数人都洋溢着对启蒙理性的自信与自豪，确信科学、民主能够解决一切问题并给人类带来美好前景，甚至有人将自己所处的世纪称为"光明世纪"。卡林内斯库认为现代性"被知觉为是一个从黑暗中挣扎出来的时代，一个觉醒与启蒙的时代，它展示了光辉灿烂的未来"。② 杜克老在总结 18 世纪的社会风俗时提出："我不知道我对本世纪是否有很好的看法，但我觉得人们头脑中有一种普遍的亢奋，只要进行适当的教育，我们就可以引导并加速它的进步。"③ 杜克老这里所说的全民"普遍的亢奋"指的就是人们对启蒙理性的乐观主义精神，它也体现在当时的启蒙主义文学思潮中。纵观启蒙主义作家的作品，无论是英国、法国还是德国，基本上都认为正义可以战胜邪恶、民主能压倒

① 管达如：《说小说》，见陈平原、夏晓红编《二十世纪中国小说理论资料》第 1 卷，北京大学出版社 1997 年版，第 387 页。

② 陶东风：《从现代性的视角谈文艺的精神价值取向》，《文艺报》1999 年 10 月 19 日。

③ ［德］E. 卡西勒：《启蒙哲学》，顾伟铭译，山东人民出版社 1988 年版，第 13 页。

专制、聪明会战胜狡黠、自由最终压倒禁锢，对启蒙理性的发展充满了积极乐观的精神。

晚清是一个刚引进启蒙理性的时代，中国人品尝到的并不是启蒙理性的利益，而是遭受因启蒙理性而强大的国家的侵略。中国这种屈辱的地位和命运曾经致使国人在现代性面前要么盲目拒斥，如那些极端保守派；要么有条件地接受，如中体西用的洋务派；直到维新派人士才真正直面地去了解西方的政治和文化，总结出西方强大的原因在于他们的启蒙理性思想，并且认识到这是一种与我们传统异质性的文化。他们认为只要引进这种现代理性思想，中国就能迅速改变在世界格局中的弱者地位。因此他们也对启蒙理性的力量与作用抱有积极乐观的态度，体现在他们的文学思想上，就是对通过改良文学而改造国民精神而达到国家富强这一思路抱有积极乐观的态度。如梁启超认为兵工器械是西方文明的形质，而启蒙理性是西方文明的精神，如果文学能在中国民众间普及启蒙理性，那么"求文明而从精神入，如导大川，一清其源，则千里直泻，沛然莫之能御也"[1]；在这种情况下，中国的富强也就让西方人沛然莫之能御了。

而文学在实际上能否担当起这样的重任，起到这样重大的作用呢？对于维新派人士来说，他们不但不怀疑文学的这一功能，而且还乐意夸大这一功能。当然，要实现这一功能，小说是最适合的。在《译印政治小说序》中，梁启超说：

> 在昔欧洲各国变革之始，其魁儒硕学、仁人志士，往往以其身之所经历，及胸中所怀政治之议论，一寄之于小说。……往往每一书出，而全国之议论为之一变。[2]

在中国传统对文学影响力的评价中，我们常用的是"洛阳纸贵""妇孺皆知""传诵一时"，是对文学传播"量"的规模的一个描述，而

---

① 梁启超：《国民十大元气论》，见《梁启超哲学论文选》，北京大学出版社1984年版，第37页。

② 梁启超：《译印政治小说序》，见陈平原、夏晓红主编《二十世纪中国小说理论资料》第1卷，北京大学出版社1989年版，第38页。

"往往每一书出，而全国之议论为之一变"是对文学传播"质"的规模的一个描述，所谓振臂一呼应者云集，非常具有一种文化英雄主义的自信和乐观。

在梁启超的著名论文《论小说与群治之关系》一文中，一开篇便以斩钉截铁、不容辩驳的语气断言："欲新一国之民，不可不先新一国之小说。故欲新道德，必新小说；欲新宗教，必新小说；欲新政治，必新小说；欲新风俗，必新小说；欲新学艺，必新小说；乃至欲新人心，欲新人格，必新小说。"① 按照这种逻辑，只要以启蒙理性来革新小说，让小说成为普及启蒙现代性的工具，那么每一书出，全国之议论为之一变，中国的新人格、新风俗、新宗教、新政治便指日可待了。这是一种对"启蒙"与"文学启蒙"过于乐观的思维，它在晚清维新派的文学理论中随处可见。人们接受了严复所译的文化达尔文主义，通过对"物竞天择""适者生存""世道必进、后胜于今"等观念的内化，就会确信欧化文明就是可以带领中国走向困境的光明之灯，因此一定要 enlightenment。高瑞泉总结说："这是因为近代中国经历着一个从前现代向现代社会转化的历史过程。现代性的观念前提——进步的信仰或进步主义——的胜利，注定了这个时代的上空高高飘扬着乐观主义的旗帜。"②

除了对启蒙理性的乐观主义精神外，部分欧洲启蒙主义文学中还存在着一种感伤主义的情调，这是启蒙主义者觉醒后的悲凉情绪，也是现代性固有的对自身批判的一种情怀。但在晚清维新派人士的文学观念当中，伴随着理性乐观主义精神的，是一种民族身份与文化身份撕裂的痛苦焦虑，而不是对现代科技文明与理性进步观念的怀疑。美国学者勒文森在评价梁启超时曾说："每一个人对历史都有一种感情上的义务，对价值有一种理智上的义务，并且每个人都力求使这两种义务相一致。……19世纪，历史和价值在许多中国人心灵中被撕裂。梁启超在19 世纪 90 年代作为这样一个人登上历史舞台：由于看到其他国度的价值，在理智上疏远了本国的文化传统；由于受历史的制约，在感情上依

---

① 梁启超：《译印政治小说序》，见陈平原、夏晓红主编《二十世纪中国小说理论资料》第 1 卷，北京大学出版社 1989 年版，第 50 页。

② 高瑞泉：《中国现代精神传统》，东方出版社 1999 年版，第 56 页。

然和本国传统相联系。"① 这段话适用于用来评论当时所有的急于用现代文明来对中国进行社会变革的人士，它说明了横亘在晚清这些启蒙精英心里的是价值身份和历史身份之间的矛盾性，当然这一矛盾的来源是在全球现代性格局中强者强行扩张与弱者被迫应变的矛盾。

晚清启蒙主义文学是在救亡图存的危急关头诞生的，它时刻要与亡国之痛结合在一起，有时从激进的革命的角度表现，有时从怀旧的或落后的方面表现，或是两者兼而有之。如刘鹗认为历代名作都是哭泣之作，"《离骚》为屈大夫之哭泣，《庄子》为蒙叟之哭泣，《史记》为太史公之哭泣，《草堂诗集》为杜工部之哭泣。李后主以词哭，八大山人以画哭，王实甫寄哭泣于《西厢》，曹雪芹寄哭泣于《红楼梦》"。而在当代，也是如此："吾人生今之时，有身世之感情，有家国之感情，有社会之感情，有种教之感情。其感情愈深者，其哭泣愈痛：此鸿都百炼生所以有《老残游记》之作也。"② 吴趼人也曾作《吴趼人哭》五十七则，见世事处处可哭。他作小说，抨击揭露现实，是因为"愤世嫉俗之念，积而愈深，即砭愚订顽之心，久而弥切"③ 所致。许伏民在评论李伯元（南亭亭长）的小说时认为："南亭盖今之伤心人也，闻其倾吐，无一非疚心时事之言，莫由宣泄，不得已著为小说。"④ 总之，强调小说家的愤世激情和悲泣心理，肯定这种激情的合理性与必要性，主张这种激情与社会的、民族的、民主的理性思想相联系，是晚清启蒙主义文学的一个重要特点，在五四启蒙主义文学中被继续体现。如陈蜕盦在《列〈石头记〉于子部说》中所描述的：

> 论文臣死谏，武将死战一节，骂尽无爱国心之一家奴隶；论甄宝玉一节，骂尽无真道德之同流合污；论禄蠹，则恨人心龌龊也；

---

① ［美］约瑟夫·阿·勒文森：《梁启超与中国近代思想》，刘伟等译，四川人民出版社1986年版，第3—4页。

② 鸿都百炼生：《老残游记自叙》，见陈平原、夏晓红编《二十世纪中国小说理论资料》第1卷，北京大学出版社1997年版，第222页。

③ 吴趼人：《最近社会龌龊史自序》，见魏绍昌编《吴趼人研究资料》，上海古籍出版社1980年版，第195页。

④ 李伯元：《官场现形记》，凤凰出版社2007年版，第785页。

论八股，则恨邪说充塞也；论雨村请见，则恨交际浮伪也；于秦钟则曰"恨我生于公侯之家，不得早与为友"，恨社会不平也；于贾环则曰"一般兄弟，何必要他怕我"，恨家庭不平也；于宝琴则曰"原该多疼女孩儿些"，恨男女不平也；接回迎春之论，恨夫妇不平也；与袭人论红衣女子事，恨奴主不平也；闻潇湘鬼哭，则曰"父母做主，你休恨我"，叹婚姻不自由；贾政督做时艺，则曰"我又不敢驳回"，恨言论不自由。①

在这段话里，明确表达出作者把《红楼梦》中的"恨"和"哭"和当时启蒙人士的社会变革理念紧密结合起来，说白了这是一种基于启蒙价值观的文化阐释。这可以向我们透露出为什么清末启蒙主义小说理论一方面是乐观激昂，一方面是痛苦悲泣，造成这种现象的原因是他们在价值立场上选择了更为先进和更为合理的欧洲文明，而在意识到自己的民族立场时便难免有一种难以一时改变现状的内在痛苦——"自鸦片战争以迄清亡，七十年间，清政府五次战败，丧师辱国，割地赔款，国人的普遍心理状态是创巨痛深"②，但启蒙思想家深信这种深植于内心的创巨痛深应该经由"理性"把它转化为对西方现代文明"民主""自由""平等"等价值观念的执着追求，转化为一种理性乐观精神，正如刘小枫所说启蒙主义就是理性主义及其对理性的乐观主义，这种精神一直贯穿到五四新文化运动之中。

这种对文学产生的理性乐观精神坚信"文学比政治更能发生深刻的影响，一种新的文学将会通过改变读者的世界观为中国社会的全面变革开辟道路"。③ 陈独秀在《文学革命论》一文中说："今欲革新政治，势不得不革新盘踞于运用此政治者精神之文学。"④ 傅斯年说："真正的中华民国必须建设在新思想的上面。新思想必须放在新文学的里面……所

① 陈蜕盦：《陈蜕盦文集》，柳弃疾等辑，1914 年刊本，第 19—20 页。
② 钱穆：《国史大纲》下册，商务印书馆 1996 年版，第 893 页。
③ Anderson，*The Limits of Realism：Chinese Fiction in the Revaluation*，University of California Press，1990，p. 3.
④ 陈独秀：《文学革命论》，见《独秀文存》，安徽人民出版社 1987 年版，第 98 页。

以未来的中华民国的长成，很靠着文学革命的培养。"① 茅盾说："新文学要拿新思潮做泉源，新思潮要借新文学做宣传。"② 如此等等不一而足，都是对清末维新派文学改革乐观主义精神的回荡。

四 平民化倾向

启蒙主义文学具有平民性，是新产生的资产阶级平民知识分子的文学，体现着平民精神。和欧洲启蒙文学一样，梁启超他们也强调文学的平民倾向。只不过，在西方，这种平民倾向针对的是上流贵族社会的审美情趣；在中国，这种平民倾向针对的是文人雅士的欣赏品位。

具体来讲，欧洲启蒙主义文学的平民化倾向体现在这样几个方面：（1）在语言上，他们要求对其进行现代变革，以适应市民文化口味的需要。（2）在题材上，他们要求文学去书写民众喜闻乐见的现实题材，但要"选择足以激发公民热爱德行的题材""可以给人民一种极少见而极美妙的乐趣""把有益的教育贡献给人类"。③ 欧洲启蒙主义的这两个平民化倾向，在晚清启蒙主义文学中都可以找到它的对应点。

首先，在西方现代"民权"思想的影响下，维新派人士也认识到了现代民主制度的要领在于有自由平等的、合格的、理性的民众。"严复从生物进化的事实中归纳出'以自由为体，以民主为用'原则，国家富强取决于民力、民智、民德的理论。……康有为运用'实测'方法，从大自然的'实事'中推出'变者天也''天欲人理''天予人权，平等独立'等'人类公理'；谭嗣同从作为世界本原的'以太'之性质及运动规律的客观事实中归纳出人人'平等'的'公理'，进而发出'冲决网罗'的号召。"④ 梁启超在《新民说》中说："然则为中国今日记，必非恃一时之贤君相而可以弥乱，亦非望草野一二英雄崛起而可以图成，必其使吾四万万人之民德民智民力，皆可与彼相浮，则外自不能为患，吾何为而患之？"⑤ 总之，在维新派人士的言论里，救国的力量已

① 傅斯年：《白话文学与心理改革》，1919 年 5 月《新潮》第 1 卷第 5 号。
② 雁冰：《为新文学研究者进一解》，1920 年 9 月《改造》第 3 卷第 1 号。
③ 参见伍蠡甫主编《西方文论选》上卷，上海译文出版社 1979 年版，第 328—344 页。
④ 汪林茂：《晚清文化史》，人民出版社 2005 年版，第 205 页。
⑤ 梁启超：《新民说》，见《饮冰室全集》第 6 册，北京出版社 1999 年版，第 658 页。

经从传统的总是寄希望一二贤君英雄的思路转变为寄希望于新型的像欧洲那样的民众。因此，为了普及启蒙思想、争取现代性在中国的发展，在晚清维新派那里，文学第一次把自己的对象定位为普通大众，为了文学能适应大众的阅读水平，他们放弃了传统文学对典雅文气的追求，提倡小说与散文的创作使用白话文，而在诗歌创作上也可以"我手写我口"。白话文即当时普通民众生活所用的语言，运用白话文进行创作也就是"我手写我口"。

　　为了使广大的民众能接受启蒙的思想，在西方文学经验的参照下，1895 年黄遵宪提出了言文合一的主张，他认为西方各国与日本因为语言与文字合一，所以"通文者多"，他要求"变一文体为适用今、通行于俗者"，目的是"欲令天下之工商贾妇女幼稚皆能通文字之用"。① 1896 年，梁启超进一步指出，"中国文学，能达于上不能逮于下者"，在于"言、文分离之由也"。② 由于启蒙的对象是普通大众，所以启蒙主义文学的语言必须"逮于下"。1898 年，裘廷梁举起晚清白话文运动的大旗，发表《论白话为维新之本》，认为"愚天下之具，莫如文言，智天下之具，莫如白话"，为什么这么说呢？因为在他看来，两千年来的文言文都在蔽人"聪明才力"，阻碍了中国的科学与有用之学的发展。③ 1899 年，陈荣衮发表论文《论报章宜改用浅说》，再倡改革文言。在这样一些文章的号召下，文言文改革得到了社会的响应，一批白话报刊陆续创办、一些白话教科书也开始编印。1899 年之后，维新派人士更是提倡白话文体——小说与戏曲。

　　晚清的这些白话文主张虽然在实践中并没有取得关键性的成绩，文言在晚清仍然占主导地位，正如周作人在《中国新文学的源流》中指出的："在这时候，曾有一种白话文字出现，……那不是白话文学，而只是因为想要变法，要使一般国民都认些文字，看看报纸，对国家政治

---

　　① 黄遵宪：《日本国志·学术志二》卷 33，上海古籍出版社 2001 年版，第 57 页。
　　② 梁启超：《沈氏音书序》，见《梁启超合集·文集之二》，中华书局 1989 年影印本，第 1 页。
　　③ 裘廷梁：《论白话为维新之本》，《中国官音白话报》1898 年第 19—20 期。

都可明了一点，所以认为用白话写文章可得到较大的效力。"① 且其态度"是二元的：不是凡文字都用白话写，只是为一般没有学识的平民和工人才写白话的"。② 但它的意义在于为五四白话文运动作了一些理论上的准备。

其次，在题材上维新派人士也主张写民众熟悉的或他们的理解力能接受的题材。这也是为了吸引民众的注意力，以便对他们起到潜移默化的作用，用梁启超的词汇，就是薰、浸、提、刺。什么样的题材最容易被民众接受，从而起到薰、浸、提、刺的作用呢？严复与夏曾佑说：

> 必其所言服物器用，威仪进止，人心风俗，成败荣辱，俱为其身所曾历，即未历而尚有可以仰测之阶者，则欣然乐矣。故言日习之事者易传，而言不习之事者不易传。③

楚卿也说：

> 时有三界，曰过去，曰现在，曰未来。人之能游魂想于未来界者，必其脑力至敏者也；能脑力游魂想于过去界者，亦必其脑力甚强者也。故有第一等悟性乃乐未来，有第一等记性乃乐过去。若夫寻常人，则皆住现在、受现在、感现在、识现在、想现在、行现在、乐现在也。故以过去、未来导人，不如以现在导人。④

所谓的"以现在导人"也就是"专取目前人人共解之理，人人习闻之事，而挑剔之、指点之者也"。⑤ 这里他们强调的是小说叙事应该以现实生活作为基础，要描述人们在日常生活中能经历到的事情，即使

---

① 周作人：《中国新文学的源流》，见胡适、周作人《论中国近世文学》，海南出版社1994年版，第62页。

② 同上书，第63页。

③ 陈平原、夏晓虹编：《二十世纪中国小说理论资料》第1卷，北京大学出版社1989年版，第11页。

④ 同上书，第62—63页。

⑤ 同上。

不能亲自经历也要是人们的智力条件可以想象得到的事情，他们认为这样的小说容易被广大的人们所接受，反之，则必厌而弃之。而小说能不能被广大的民众接受非常重要，因为"文章事实，万有不同，不能预拟；而本原之地，宗旨所存，则在乎使民开化"。①

最后，晚清启蒙主义文学的平民化倾向还体现在维新派人士对俗文体——小说的提倡上。在传统文学中，小说向来被视为难登大雅之堂的小道，是属于平民大众的文体，它"言不齿于缙绅，名不列于四部。私衷酷好，而阅必背人，下笔误征，则群加嗤鄙"。② 然而进入维新运动以来，在不断扩大的西学知识背景中，通过对日本明治维新时期文学现象的了解，维新派人士认识到，在西方，小说是一种宣扬新学思想、启迪愚昧的重要工具，与诗、文相比它更受普通民众的喜爱。

首先把这种思想引入中国的是康有为，在 1897 年编撰《日本书目志》的过程中，他受日本现代文学观念的启发，将小说作为独立的门类与生理、理学、宗教、政治、法律等并列，承认其与六经、正史、语录、律例等相比较所具有的重要地位。并在《〈日本书目志〉识语》一文中加以解释说："天下通人少而愚人多"，这些愚人又喜欢读小说，"故'六经'不能教，当以小说教之；正史不能入，当以小说入之；语录不能喻，当以小说喻之；律例不能治，当以小说治之。"③ 而且"泰西尤隆小说学哉！"④ 同一年，梁启超在《变法通议·论幼学》和《〈蒙学报〉〈演义报〉合叙》两篇文章中把康有为的这一观点又重述了一遍。

同样，严复认为："今吾国之所最患者，非愚乎？非贫乎？非弱乎？则径而言之，凡事之可以愈此愚、疗此贫、起此弱者皆可为。而三者之中，尤以愈愚为最急。何则？所以使吾日由贫弱之道而不自知者，徒自

---

① 陈平原、夏晓虹编：《二十世纪中国小说理论资料》第 1 卷，北京大学出版社 1989 年版，第 62—63 页。

② 黄人：《小说林发刊词》，见陈平原、夏晓红编《二十世纪中国小说理论资料》第一卷，北京大学出版社 1989 年版，第 233 页。

③ 康有为：《〈日本书目志〉识语》，见陈平原、夏晓红主编《二十世纪中国小说理论资料》，北京大学出版社 1989 年版，第 29 页。

④ 同上。

愚耳。继自今，凡可以愈愚者，将竭力尽气皲手茧足以求之。"① 为了
医治这些愚人，严复从一个崇尚古雅之文的爱好者转而去鼓吹平民阶层
喜爱的小说，他与夏曾佑合撰了一篇专门论述小说的长文《本报附印说
部缘起》在《国闻报》上发表，从启蒙的角度论证了小说这种文体的
重要性。1902 年，梁启超发表《论小说与群治之关系》，对这些观点进
行总结，并在此基础上提出"小说为文学之最上乘"。从启蒙主义的角
度出发，小说这种平民文体第一次被纳入文学，且被置于文类格局的中
心，从此之后，小说在现代文学中具有了举足轻重的地位。

五　小说的中心地位与小说艺术形式探索

王国维在《宋元戏曲考》的序言中写道："凡一代有一代之文学：
楚之骚、汉之赋、六代之骈语，唐之诗、宋之词、元之曲，皆所谓一代
之文学，而后世莫能继焉者也。"② 这个观点刘勰在《文心雕龙》中就
提过，只不过王国维作为一个清末人士可以提供更翔实的历史史料来加
以证实。在这个文学发展的历史线索中，还没有说到小说是一个时代之
文学。现在已经有很多很翔实的资料考证证明小说作为一种文体或文类
在历史上是从来不受重视的，因此清末维新派人士梁启超的"小说为文
学之最上乘"这句话才有了石破天惊的效果。梁启超此言既有文学理论
的依据，又有西方及日本文学史的印证，又符合当时启蒙的任务要求，
因此这个观点很快地得到了社会各界的呼应。这也是梁启超在解释何谓
思潮时说的，凡思未必皆能成潮，能成为潮者，必须其思具有相当之价
值。从这个角度来看，小说界革命之思就比文界革命、诗界革命之思要
更为有价值得多。这是清末民初启蒙主义者在文学上的最大功绩，整个
现代文学的文类格局就这样被确定下来了。

晚清维新派人士在他们的启蒙主义文学论中，对启蒙文学的艺术形
式也进行过一些探索。他们的理论来源，一是传统文学的形式理论，二
是西方翻译文学的形式启发。由于晚清启蒙主义处在一个比较微弱的发

---

① 严复：《与〈外交报〉主人书》，见王栻编《严复集》第 3 册，中华书局 1986 年版，
第 558—559 页。

② 王国维：《〈宋元戏曲考〉序》，见姚淦铭编《王国维文集》（上），中国文史出版社
2007 年版，第 200 页。

展阶段，这些形式探索也都停留在一个比较粗浅的阶段。

为了宣扬现代性思想，晚清维新派人士对传统文化的一些价值观念及文学思想提出质疑，并给予激烈的批判。但是他们并没有一概地否定传统，并没有像五四文学那样走向全盘西化的极端。在文学形式的探讨上，他们中的许多人还是喜欢从传统中吸取资源。如梁启超虽然提倡"诗界革命"，认为新诗应该"以欧洲之思想意境入之"，也同意黄遵宪的通俗化趋向，但是他的纲领性主张仍然是"以旧风格入新意境"，这个"旧风格"就是传统的格律形式。而在小说的形式要求上，晚清维新派的小说理论家也多是吸取李贽、金圣叹、脂研斋、毛宗岗等人的评点理论，如林纾在翻译评价西方小说作品的艺术特色时，基本上是采用对《史记》《左传》等的阅读方法，而他的词汇，则有很多点评理论的词汇：接榫、架构、犯、影等。而余定一则提倡把《水浒》做文法教课书读，因为《水浒》里面，就金圣叹提出的，就有十五法。可见，在晚清维新派的文艺思想中，传统文学的形式观念还具有很重要的价值。

与此同时，晚清维新派小说理论家也表现出了对西方文学理论的采纳。在西方译著小说及其理论的指引下，他们也认识到："固新小说之意境，与旧小说之体裁，往往不能相容。"① 这里，"意境"指的是他们赋予小说的新内涵，而"体裁"是意境的存在形式，它们之间的关系是互动的。配合于新小说的现代思想内涵，新小说形式上的建构也应该具有现代特征。成之说："小说者，近世的文学，而非古代的文学也"，"何谓近世文学？近世文学者，近世人之美术思想，而又以近世之语言达之者也。"② 近世是相对于古代而言的，成之所谓近世人之美术思想，显然是在强调小说作为一种近世的文学要有新的艺术追求，也就是要体现出与传统的区别。向西方学习，体会现代文学艺术与传统文学艺术的区别，在晚清启蒙主义理论家那里，主要有这样几个方面。

1. 关于叙事手法的不同。林纾从狄更斯小说中看到了专为下等人

---

① 陈平原、夏晓虹编：《二十世纪中国小说理论资料》第 1 卷，北京大学出版社 1989 年版，第 34 页。

② 同上书，第 412 页。

摹写的"佳妙之笔"的运用，在《孝女耐儿传·序》中他写道：

> 天下文章，莫易于叙悲，其次则叙战，又次则宣述男女之情。等而上之，若忠臣、孝子、义夫、节妇，决脰溅血，生气凛然，苟以雄深雅健之笔施之，亦尚有其人。从未有刻画市井卑污龌龊之事，至于二三十万言之多，不重复，不支厉，如张明镜于空际，收纳五虫万怪，物物皆涵涤清光而出，见者如凭阑之观鱼鳖虾蟹焉；则迭更司者，盖以至清之灵府，叙至浊之社会，令我增无数阅历，生无穷感喟矣！[①]

在《块肉余生述前编序》中林纾再次通过中西小说叙事艺术的对比提出：

> 其长篇可以寻绎者，惟一《石头记》，然炫语富贵，叙述故家，纬之以男女之艳情，而易动且。若狄更斯此书，种种描摹下等社会，虽可哕可鄙之事，一运以佳妙之笔，皆足以供人喷饭。英伦半开化时民间鄙俗，亦皎然揭诸眉睫之下。[②]

通过大量翻译狄更斯的批判现实主义作品，林纾接受了文学作品中传达出来的平民意识和社会批判意识，并且他意识到这是中国文学所没有的。林纾在多部关于狄更斯作品的译著序言中表达了同一个观点，即狄更斯的精彩之处在于以如椽之笔写出了下层社会的形形色色，这正是总以天下纷争或名士美人为局的中国传统小说的不足。这种佳妙之笔，也就是梁启超从日本写实派小说中所看到的能"极其技而神其妙者"。从艺术感觉上说，西方小说的写实技法追求描摹的细致，具有和他们的焦点透视画那样的清晰感和意义感，和我们总是运用含而不露、不点而透的语言叙事其效果是完全不一样的。从艺术作品的社会意义来说，这

---

①　陈平原、夏晓虹编：《二十世纪中国小说理论资料》第 1 卷，北京大学出版社 1989 年版，第 293 页。

②　同上书，第 349 页。

些专为下等人摹写的批判现实主义作品正是和晚清启蒙思想家想要改变中国积弱现状的需求一致的，这些下等人、普通人正是启蒙的目标对象，小说的艺术正是要导引这些人养成现代国民之资格。

2. 小说要使用白话文。在晚清启蒙主义文论中，对白话的倡导，不但有启蒙的立场，还有进化论的立场，还有艺术形式追求的立场。周作人曾经对比过维新派的白话观和五四新文化运动的白话观，说它们的区别在于五四的白话文改革是一元的，晚清维新派是二元的，因为他们还认为雅的诗文要用文言，小说这种俗文体可以采用白话文。白话文具有什么艺术效果呢？从艺术形式上去考虑，晚清维新派人士认为白话语言能"衍一事为数十语，或至百语千语，微细纤末，罗列秩然"，"同一义也，而纵说之，横说之，推波助澜之，穷其形焉，尽其神焉"，从而起到"令读者目骇神夺、魂醉魄迷，历历然、沉沉然，与之相引、与之相移"①的审美效果。这种审美效果能保证小说启蒙效果的实现。

3. 在人物角色的塑造上，晚清维新派人士则提出了个性与共性问题，接触到西方现实主义文论中的"典型"概念。虽然在晚清以来的小说理论家中强调艺术形象是理想化的，进而强调小说人物应该是类型化——如"写善人，则必极其善；写恶人，则必极其恶"②——的主张占据显著的地位；但是肯定对个性的表现，进而论述形象的个性与共性关系的观点也仍然存在并有一定的发展。如：

《水浒》写人物，各有面目，绝不相混。③

中国小说，每一书中所列之人，所叙之事，其种类必甚多，而能合为一炉而冶之。除一二主人翁外，其余诸人，仍各有特色。④

（《金瓶梅》）书中之人物，一启口，则下等妇人之言论也；一

① 陈平原、夏晓虹编：《二十世纪中国小说理论资料》第1卷，北京大学出版社1997年版，第52页。

② 陈平原、夏晓虹编：《二十世纪中国小说理论资料》第1卷，北京大学出版社1989年版，第412页。

③ 同上书，第85页。

④ 同上书，第76页。

举足，则下等妇人之行动也。虽装束模仿上流，其下等如故也。①

　　其中"各有面目""各有特色"指的就是人物形象的个性表现。《金瓶梅》中的人物在一启口、一举足中都是各有特色、各有面目的，但这些个性鲜明的人物却有一个共性特点：出身下等社会；个性与共性相结合，曼殊认为这是小说《金瓶梅》的奥妙之笔。同样关注个性问题，黄人的见解也很有新意。他意识到，为了表现人物个性，应当允许其有性格缺陷，只要"确为情理所有"，有时候这种缺陷反而能造成更为强烈的个性塑造效果。他认为："古来无真正完全之人格，……《水浒传》之宋江，《石头记》之宝玉人格虽不纯，自能生观者崇拜之心。"②与黄人一起主编《小说林》杂志的徐念慈则引用黑格尔的思想对小说人物的个性与共性关系进行论述：

　　　　事物现个性者，愈愈丰富，理想之发现，亦愈愈圆满，故美之究竟，在具象理想，不在抽象理想。③

　　徐念慈在黑格尔的影响下颇为强调形象的个性与共性之间相互依存的辩证关系，指出人物形象只有充分显示其丰富生动的个性色彩，方能充分表现理想中的美，才具有典型意义。虽然，曼殊、黄人、徐念慈这些人的论述都只有寥寥数语，但其间已经传达出西方美学思想中"典型论"之影响的信息，在小说理论的现代转型中无疑是个自觉地突破传统的行为，其意义在于为后来写实主义的人物理论发展准备了理论基础。

　　4. 小说的叙事结构方面，清末民初的这些小说论点也已经注意到了中西方的不同，如觉我认为中国旧小说有"起笔多平铺，结笔多圆满"④的弊端，而知新室主人在介绍翻译小说《毒蛇圈》时说："我国小说体裁，往往先将书中主人翁之姓氏、来历，叙述一番，然后详其事

---

①　陈平原、夏晓虹编：《二十世纪中国小说理论资料》第一卷，北京大学出版社1989年版，第69页。

②　同上书，第230页。

③　同上书，第235页。

④　觉我：《电冠·赘语》，《小说林》1908年第8期。

迹于后；或亦用楔子、引子、词章、言论之属，以为之冠者，盖非如是则无下手处矣。陈陈相因，几于千篇一律，当为读者所共知。此篇为法国小说巨子鲍福所著，其起笔处即就父母（女）问答之词，凭空落墨，犹如奇峰突兀，从天外飞来，又如燃放花炮，火星乱起。然细察之，皆有条理，自非能手，不敢出此。"① 在这个对比中孰优孰劣一眼明了。

林纾在翻译完《歇洛克奇案开场》后，也写序表达了他对文中叙事结构的由衷赞美，他评价该小说："文先言杀人者之败露，下卷始叙其由，令读者骇其前而必绎其后，而书中故为停顿蓄积，待结穴处，始一一点清其发觉之故，令读者恍然，此顾虎头所谓'传神阿堵'也。"② 这个评价是非常高的，也正是这样的高度认识促使那时的作家从越来越多类型的西方现代小说中学习技法，倒叙、插叙、时空交叉叙述的结构安排，第一人称叙事视角的引入，等等，都给清末新小说带来一股生气。

1904 年海天独啸子在《女娲石》凡例中指出："近来改革之初，我国志士，皆以小说为社会之药石。故近日所出小说颇多，皆傅以伟大国民之新思想。但其中稍有缺憾者，则其议论多而事实少也。是篇力反其弊，凡于议论，务求简当，庶使阅者诸君，不致生厌。"③ 看来，西方的政治小说虽然能在伟大国民之新思想方面给予清末人士以启迪，但其多学理议论，缺乏艺术感染力等，使得新小说作家自然别求于艺术形式更为新颖的社会世情小说、侦探小说等。总之，这是中国文学现代转型的最初阶段，初步萌芽的文体意识已经交汇渗透在各种启蒙的小说言论中。

第五节　清末民初启蒙主义文学的创作成果

在晚清文化启蒙运动的带动下，晚清启蒙主义的文学创作在步履蹒跚的学步中也红红火火地展开了，且涂抹出一个众声喧哗的热闹场面。

---

① 知新室主人：《毒蛇圈·译者识语》，《新小说》1903 年第 8 号。

② 林纾：《歇洛克奇案开场·序》，见《歇洛克奇案开场》，上海商务印书馆 1908 年版，第 1 页。

③ 海天独啸子：《女娲石·凡例》，见《女娲石》，上海东亚编辑局 1904 年版，第 1 页。

虽然晚清文化启蒙运动所开展的创作实践，艺术水准总体上不高，如章培恒、骆玉明主编的《中国文学史》中所评价的："许多文体正处在参照西洋文学进行改造变幻的过程中，从语言到内质、从体裁到手法都不成熟。"① 但它开启了中国文学一个崭新的方向，掀开了中国现代文学的发展序幕。

一　"新学诗"与"诗界革命"

"新学诗"与"诗界革命"是不同阶段的新诗改革阶段。"新学诗"是在戊戌变法前一两年，康有为、梁启超、黄遵宪、夏曾佑、谭嗣同、唐才常、丘逢甲、蒋智由、麦孟华、丘菽园、狄葆贤、林纾等人在一些新学思想的影响下开始学写新诗，梁启超在他的《清议报》上辟《诗文辞随录》专栏，发表新派诗人诗作。这时段的新诗其特点和缺点在梁启超的《饮冰室诗话》和《夏威夷游记》中都有所指出。在《饮冰室诗话》中，梁启超评论道：

> 当时所谓"新诗"者，颇喜挦扯新名词以表自异。丙申丁酉间（一八九六——一八九七）吾党数子皆好作此体。提倡之者为夏穗卿（曾佑）。而复生（谭嗣同）亦摹嗜之。……其《金陵听说法》云，"纲伦惨以喀私德（Caste），法会盛于巴力门（Parliament）。大地山河今领取，庵摩罗果掌中论。"……穗卿赠余诗云，"帝杀黑龙才士隐，书飞赤鸟太平迟。"又云，"有人雄起琉璃海，兽魄蛙魂龙所徒。"……当时吾辈方沉醉于宗教，视数教主非与我辈同类者，崇拜迷信之极，……故《新约》字面络绎笔端也。②

可见，当时所谓"新诗"，形式上还是采取旧体诗的形式格律，它的"新"就在于在词汇上的新学之词，包括西方社会、政治、科学、宗教等方面的西方词汇。

---

① 章培恒、骆玉明主编：《中国文学史》（下），复旦大学出版社 1996 年版，第 602 页。
② 梁启超：《饮冰室诗话》，见《饮冰室合集·文集之四十五上》，中华书局 1989 年影印本，第 49 页。

　　梁启超忆及当年情景时说："我们当时认为，中国自汉以后的学问全要不得，外来的学问都是好的。"① 于是拼命地创造出与"新学"相表里、相匹配的新学之诗。

　　但这种诗歌的创作颇多生硬拼凑之处，如谭嗣同的《金陵听说法》《感怀》《赠梁卓如》，夏曾佑的《绝句》："冰期世界太清凉，洪水茫茫下土方。巴别塔前分种教，人天从此感参商。"② 康有为的《爱国短歌行》《爱国歌》等，用旧诗夹述一些他所知道的"列邦政教风俗"。丘逢甲《海中观日出歌》《题地球画扇》《题兰史独立图》等追求"直开前古不到境，笔力纵横东西球"。③ 梁启超在《夏威夷游记》中也不得不承认谭嗣同、夏曾佑等"皆善选新语句，其语句则经子生涩语、佛典语、欧洲语杂用，颇错落可喜，然已不备诗家之资格"。④ 在艺术上否定了它，同时梁启超又指出这些诗对于"新学"的截取是片鳞只爪，没有领会欧洲之真精神、真思想。

　　事实上，除了黄遵宪的一些"我手写我口"的俗话诗以外，其他诗基本是他们之间互相唱和，并没有引起更多的社会影响。梁启超说，这不能怪诗人，因为"虽然，即以学界论之，欧洲之真精神真思想尚且未输入中国，况于诗界乎？此固不足怪也"。⑤ 因为思想启蒙的不成熟，而造成启蒙主义的诗歌创作不能成功，这是自然而然的事情了。林纾和维新派人士没有结党行事，但他在这一时期受新思想影响所作的《闽中新乐府》50 首，其中有很多关于"时务"的新诗，可以说是对维新派启蒙思潮的一个遥相呼应。

　　1899 年底，梁启超在前往夏威夷途中认真总结"新学诗"试验的失败，正式提出了"诗界革命"的口号。"诗界革命"这一口号是梁启超东渡日本之后，受了日译英语"Revolution"一词为"革命"的影响。

---

① 梁启超：《忆亡友夏穗卿先生》，见《饮冰室合集·文集之四十四》，中华书局 1989 年影印本，第 146 页。

② 管林等：《岭南晚清文学研究》，广东人民出版社 2003 年版，第 164 页

③ 丘逢甲：《岭云海日楼诗钞》，安徽人民出版社 1984 年版，第 423 页。

④ 梁启超：《夏威夷游记》，见《饮冰室合集·专集之二十三》，中华书局 1989 年影印本，第 189 页。

⑤ 同上。

在《夏威夷游记》中他以一种慷慨的革命情绪写道：

> 予虽不能诗，然尝好论诗。以为诗之境界，被千年来鹦鹉名士
> （予尝戏名辞章家为鹦鹉名士，自觉过於尖刻）占尽矣。虽有佳章
> 佳句，一读之，似在某集中曾相见者，是最可恨也。故今日不作诗
> 则已，若作诗，必为诗界之哥仑布、玛赛郎然后可……
>
> 欲为诗界之哥仑布、玛赛郎，不可不备三长。第一要新意境，
> 第二要新语句，而又须以古人之风格入之，然后成其为诗。……若
> 三者具备，则可以为二十世纪支那之诗王矣！……①

中国诗界既已和老大帝国一样贫病交加，积弱成疾，那自然是需要
一番革命了。如何革命，那就是要像哥仑布、玛赛郎一样发现新大陆，
开辟一个新的天地，要有新意境、新语句。而这个新大陆就是欧洲现代
精神思想，他委婉而谦逊地说："吾虽不能诗，惟将竭力输入欧洲之精
神思想，以供来者之诗料，可乎？"②非常明确地再次强调"诗界革命"
的启蒙主义文学的性质归属。不过，这里不得不指出的是，用欧洲思想
入古人之风格，固守着"古人之风格"这个形式底线，似乎是一种中
体西用说，思想还不够完全解放。但梁启超在文化启蒙运动中功劳的确
是很大的，为了推动"诗界革命"，梁启超在继《清议报》之后，1902
年开始继续在《新民丛报》上专辟《诗界潮音集》专栏，作为新派诗
创作的主要阵地。而创办于天津的《大公报》则在吸收国内诗人投稿
方面发挥极大作用，"与海外的《新民丛报》遥相呼应，为诗界革命在
国内开辟了一片重要阵地。据统计，1902—1911 年的 10 年之间，《大
公报》发表的此类诗歌数量在五百首以上"。③

无论是"新学诗"，还是"诗界革命"，梁启超都高度评价了黄遵
宪的诗歌创作。黄遵宪很早就有"别创诗界"的思考，想要"举今日

---

① 梁启超：《夏威夷游记》，见《饮冰室合集·专集之二十三》，中华书局 1989 年影印
本，第 189 页。

② 同上书，第 190 页。

③ 郭道平：《"诗界革命"的新阵地：清末〈大公报〉诗歌研究》《现代文学研究丛刊》
2010 年第 3 期。

之官书会典方言俗谚，以及古人未有之物，未辟之境，耳目所历，皆笔而书之"。① 又因为其在日本任参赞四年，对日本社会和日本文坛的新风气"阅历日深，闻见日拓"，加以后来又"游美洲、见欧人"，思想较为开放，对现代社会有切实的了解和体会。他在《日本杂事诗自序》中肯定日本"进步之速，为古今万国所未有"，"乃信其改从西法，革故取新，卓然能自树立"。②《日本杂事诗》堪称"日本史"诗，纵叙日本古今历史，当然重点是在明治维新之后，叙古是旨在说明其中因缘变化，每篇诗后都有详细的注解和说明，实乃为中国写教科书也。

黄遵宪的新诗中新鲜事物五花八门，可以喻之为现代事物的书记官，如火车、电线、邮便等新的机械事物被记录在他的诗中，政治事件、文化事件也一一诗录，如反映日本明治维新时期藩士立会结党以左右政局的诗："呼天不见群龙首，动地齐闻万马嘶。甫变世官封建制，竞标名字党人碑。"③ 对于在现代资本主义国家拥有特殊地位、能起重要舆论监督和导向作用的新闻报刊，他也写诗表示赞赏："一纸新闻出帝城，传来令甲更文明。曝檐父老私相语，未敢雌黄信口评。"④ "欲知古事读旧史，欲知今事看新闻。九流百家无不有，六合之内同此文。"他赞赏新闻报刊，认为："新闻纸论列内外事情，以启人智慧。"⑤ 黄遵宪的《八月十五日夜太平洋舟中望月作歌》，被王一川解读为："它透过诗人在太平洋上的新奇的望月体验，具体地显示了中国人的全球性体验的曲折的内心发生轨迹及其内部所包含的丰富的'同'与'异'的冲突性内涵。"⑥ 王一川这里谈到的"全球性"体验其实就是对西方现代性文明席卷而来造成中西碰撞的体验。

---

① 黄遵宪：《人境庐诗草自序》，见吴振清编《黄遵宪集》，天津人民出版社 2003 年版，第 79 页。

② 同上书，第 6 页。

③ 黄遵宪：《日本杂事诗》，见吴振清编《黄遵宪集》，天津人民出版社 2003 年版，第 10 页。

④ 黄遵宪：《日本杂事诗》（初稿），转引自夏晓虹《晚清社会与文化》，湖北教育出版社 2001 年版，第 12 页。

⑤ 黄遵宪：《日本国志》卷 32《学术志一》，上海古籍出版社 2001 年版，第 38 页。

⑥ 王一川：《"望月"与回到全球性的地面——读黄遵宪诗〈八月十五日夜太平洋舟中望月作歌〉》，《社会科学辑刊》2002 年第 1 期。

　　梁启超说："公度之诗，诗史也。"这在黄遵宪是当之无愧的，他的一千多首诗歌，对当时的现代社会景观作了一一的记录和描摹，而且在诗末都有注解，标明他导盲启智的良苦用意，他很多诗都用俗语书写，所谓我手写我口，浅白易懂。无论是形式还是思想境界，都比其他诗人高很多，也因此得到梁启超、胡适等评论家的肯定。

　　梁启超在《新民丛报》中开设《诗界潮音集》，宣扬推动"诗界革命"，吸引了很多诗人投稿。1902—1907 年，梁启超在《新民丛报》上连载《饮冰室诗话》，通过评论黄遵宪、康有为、谭嗣同、夏曾佑、蒋智由、丘逢甲、丘菽园、麦孟华等人的诗歌，进一步鼓吹诗界革命，产生了巨大影响，尤其是刊登黄遵宪诗歌《今别离》四首并对其诗歌作高度评价后，得到很多诗人的响应。据夏晓虹统计，"继起者单是《饮冰室诗话》与'诗界潮音集'栏目所录，便有曹昌麟的同题诗四首、雪如的《新无题》十二首（选七）、楚北迷新子的《新游仙》八首、蒋万里的《新游仙》二首、时若（高燮）的《新游仙诗》六首等。所咏从潜艇、飞艇、汽艇、气球、汽车、电话、电灯、无线电、留声机、报纸直至蜡人、西餐、勋章，以及对潮汐、月食、下雨等自然现象的科学解释，皆为近代得自西方的新事物与新知识"。① 这是自然科学影响的方面，在对启蒙之人文理性思想的引进上，有蒋智由的《卢梭》："世人皆欲杀，法国一卢梭。民约倡新义，君威扫旧骄。立填平等路，血灌自由苗。文字收功日，全球革命潮。"② 还有梁启超的《举国皆吾敌》《志未酬》《自励二首》《二十世纪太平洋歌》《澳亚归舟杂兴》《爱国歌》等，现举梁启超《书感四首寄星洲寓公仍用前韵》之三："万千心事凭谁诉？诉向同胞未死魂。凌弱媚强天梦梦，自由平等性存存。每惊国丑何时雪，要识民权不自尊。前有亢龙坤有战，《系辞》吾契《易》之门。"③ 在这首诗里，"自由""民主""民权"等西方启蒙人文理性的词汇都有了，但诗句用字艰涩难懂，不太符合启迪一般民众的启蒙要

① 夏晓虹：《晚清社会与文化》，湖北教育出版社 2001 年版，第 133 页。

② 蒋智由：《卢梭》，转引自程翔章等编《中国近代文学》，华中师范大学出版社 2003 年版，第 18 页。

③ 梁启超：《书感四首寄星洲寓公仍用前韵》之三，转引自管林《岭南晚清文学研究》，广东人民出版社 2003 年版，第 165 页。

求。可以说，"诗界革命"的诗歌创作在整体上还是没有解决"新学诗"时的艺术难题。

总之，"新学诗"和"诗界革命"的运动，其宗旨就是要抒写现代性影响下出现的新事物、阐发欧洲现代性思想和精神，以配合晚清启迪愚氓的"新民"运动，是一种启蒙主义性质的文学。可是，启蒙主义的文学在晚清是一种全新的文学，它就和晚清学界翻译的那些新奇深奥的西学理论书一样，不但一般的民众云里雾里，即便是身在其中的圈中人士又何尝不是囫囵吞枣、一知半解。这是一种与新质的文明相匹配的新型文学，对刚刚接触者来说有很大的理解难度，这是很自然的现象，其在艺术上总体水平不高是可以理解的。

二　新文体："报刊体""时务文章"

在晚清维新派人士的文化启蒙运动中，为了扩大维新思想的影响力，他们在散文的写作方面提出要从当时文坛的八股文、桐城派古文和骈文中解放出来，去另创一种浅近易懂的"新文体"。胡适在《五十年来中国之文学》中把晚清维新派人士所写的新式散文称为"时务的文章"，他说："中日之战以后，明白时势的人都知道中国有改革的必要。这种觉悟产生了一种文学，可叫作'时务的文章'。"[①] 做这种时务的文章，王韬最早尝试，严复很有特点，但梁启超的功劳最大，所取得的成功也最大。1899 年，梁启超在《夏威夷游记》中把散文方面的改革和突破定名为"文界革命"。"文界革命"或者说作"时务的文章"，这个尝试维新派人士在戊戌变法前后就开始了，但比较零碎，就是要反对当时的八股文、桐城派古文，要写一些实用性的言文合一的、有助于民众了解变法思想的文章。而维新变法失败后，当流亡在日本的梁启超读了日本政论家德富苏峰的著作后，感叹道："其文雄放隽快，乃以欧西文思入日本文，实为文界别开一生面者，余甚爱之。中国若有文界革命，当亦不可不起点于是也。"[②] 德富苏峰的文体让梁启超豁然开朗，一下

---

① 胡适：《五十年来中国之文学》，见胡适、周作人《论中国近世文学》，海南出版社 1994 年版，第 33 页。

② 梁启超：《饮冰室合集·专集之二十二》，中华书局 1989 年影印本，第 191 页。

子明确了新文体改革的方向。

"文界革命"从思想方面来说，和"诗界革命"的追求是一致的，就是要输入欧洲真精神、真思想，来启迪中国民众的愚昧，就像德富苏峰那样的"以欧西文思"人文。在《新民丛报》第 1 号上评价严复译作《原富》一书时，梁启超鲜明地宣称："著译之业，将以播文明思想于国民也，非为藏山不朽之名誉也。"① 一句话清清楚楚地表明当前著书立说的时代使命，梁启超自己在《清议报》《新民丛报》上所发文章，如《新民说》《新民议》《论保教之说束缚国民思想》《饮冰室诗话》《论中国学术思想变迁之大势》《新史学》《法理学大家孟德斯鸠之学说》《天演学初祖达尔文之学说及其传略》《论泰西学术思想变迁之大势》《地理与文明之关系》《亚洲地理大势论》《论小说与群治之关系》《论佛教与群治之关系》《中国专制政治进化史论》，没有一篇不是按照这个宗旨去写作的，都有很强的"时务性"。正如胡适所言这些文章："指出我们所最缺乏而最须采补的是公德，是国家思想，是进取冒险，是权利思想，是自由，是自治，是进步，是自尊，是合群，是生利的能力，是毅力，是义务思想，是尚武，是私德，是政治能力。"②

"文界革命"和"诗界革命"不一样的地方是对传统文体予以否定，而不是让新意境入旧风格。"文界革命"在形式改革上强调言文合一、倡导俗语文学。有记载说："梁启超读了严复译述的《原富》后，写文章推介，说这书译得很好，只是文章太务渊雅，刻意模仿先秦文体，一般读书人看不懂（《绍介新著·〈原富〉》）。严复回信说：我是为有文化、有教养的人写作的，不想迁就市井乡僻不学之途，我们应该努力凸显'中国文之美'，而不是随波逐流，写鄙俗的报馆文字（《与〈新民丛报〉论所译〈原富〉书》）。"③ 胡适说："严复用古文译书，正如前清官僚戴着红顶子演说，很能抬高译书的身价，故能使当日的古文大家认为'骎骎与晚周诸子相上下'。"④ 这个评价是中肯的，严复固守

---

① 　梁启超：《绍介新著·原富》，《新民丛报》第 1 号 1902 年 2 月 8 日。

② 　转引自张建伟《温故戊戌年》，作家出版社 1999 年版，第 379—380 页。

③ 　陈平原：《文学的周边》，新世界出版社 2004 年版，第 99 页。

④ 　胡适：《五十年来中国之文学》，见胡适、周作人《论中国近世文学》，海南出版社 1994 年版，第 25 页。

古雅的风格固然有其英国自由主义的贵族气质，而其客观地效果的确是对当时思想开明却不懂西学的士绅阶层起了很好的启蒙作用。

相对而言，梁启超的思想立场更为平民化，他把启蒙的对象真正定位在那些底层的民众，可能是他受法国大陆理性主义者孟德斯鸠、卢梭等民权论影响的原因。总之，梁启超在散文的写作方面强调："传世之文，或务渊懿古茂，或务沉博绝丽，或务瑰奇奥诡，无之不可。觉世之文，则辞达而已矣！当以条理细备，词笔锐达为上，不必求工也。"① 体现出一个启蒙者的实用价值观。当然，这些文章尽管有大量俗语白话，但也还是夹文夹白，并不能算白话文学，但它们为五四白话文学运动的真正兴起打下了一个楔子。

类似于梁启超所说的这些"觉世之文"，都是发表在各种报纸杂志上的，故时人也把它称为"报刊体"，以与正式专著文章体相区别。康有为、梁启超、谭嗣同、唐才常以及积极维新的人士都自觉有意地去写这种夹杂俗语、俚语、不用太讲究文法的报刊体，其中最为成功的是"梁氏文体"。梁启超自我评价说：

> 为《新民丛报》《新小说》等诸杂志，畅其旨义，国人竞喜读之；清廷虽严禁，不能遏。每一册出，内地翻刻本辄十数。二十年来学子之思想颇蒙其影响。启超夙不喜桐城派古文，幼年为文，学晚汉魏晋，颇尚矜炼。至是自解放，务为平易畅达，时杂以俚语韵语及外国语法，纵笔所至不检束。学者竞效之，号'新文体'。老辈则痛恨，诋为野狐。然其文条理明晰，笔锋常带情感，对于读者别有一种魔力焉。②

学界公认这段评语是客观公允的，梁氏文体的魅力在当时是"自通都大邑，下至僻壤穷陬，无不知有新会梁氏者"。③ 黄遵宪惊叹："《清

---

① 梁启超：《饮冰室合集·文集之二》，中华书局 1989 年影印本，第 27 页。

② 梁启超：《清代学术概论》，见《饮冰室合集·专集之三十四》，中华书局 1989 年影印本，第 62 页。

③ 胡思敬：《戊戌履霜录》卷 4《党人列传》，转引自管林等《岭南晚清文化研究》，广东人民出版社 2003 年版，第 71 页。

议报》胜《时务报》远矣，今之《新民丛报》又胜《清议报》百倍矣。惊心动魄，一字千金，人人笔下所无，却为人人意中所有，虽铁石人亦应感动，从古至今文字之力之大，无过于此者矣。"①　连对文界革命不以为然，坚持古文写作规范的严复也不得不承认梁启超的文体："笔端又有魔力，足以动人。主暗杀，则人因之而偶然暗杀；主破坏，则又群然争为破坏矣。"②　在他看来，梁启超真是一言可以兴邦，一言可以亡邦。胡适在办《努力周刊》时曾说："廿五年来，只有三个杂志可以代表三个时代，可以说是创造了三个时代。一是《时务报》，一是《新民丛报》，一是《新青年》，而《民报》和《甲寅》还算不上。"③这可以看作对梁启超文章的一个高度评价，因为梁启超曾经是《时务报》的主笔，而《新民丛报》是梁启超自己创办的，在上面发表了他的大量的政治启蒙文章。

　　梁启超的一个学生吴其昌曾在《梁启超》这本书中对"新文体"作出综合评价：

　　　　当年一班青年文豪，各家推行着各自的文体改革运动，如寒风凛冽中，红梅、腊梅、苍松、翠竹、山茶、水仙，虽各有各的芬芳冷艳，但在我们今日立于客观地位平心论之：谭嗣同之文，学龚定庵，壮丽顽艳，而难通俗。夏曾佑之文，更杂以庄子及佛语，更难问世。章炳麟之文，学王充《论衡》，高古淹雅，亦难通俗。严复之文，学汉魏诸子，精深邃密，而无巨大气魄。林纾之文，宗绪柳州，而恬逸条畅，但只适小品。陈三立、马其昶之文，桃祧桐城，而格局不宏。章士钊之文，后起活泼，忽固执桐城，作茧自缚。至于雷鸣潮吼，恣睢淋漓，叱咤风云，震骇心魂；时或哀感曼鸣，长歌代哭，湘兰汉月，血沸神销，以饱带情感之笔，写流利畅达之文，洋洋万言，雅俗共赏，读时则摄魂忘疲，读竟或怒发冲冠，或

---

① 丁文江、赵丰田：《梁启超年谱长编》，上海人民出版社1983年版，第274页。

② 严复：《严几道与熊纯如书札节钞》，《学衡》1922年第8期，转引自杨晓明《梁启超文论的现代性阐释》，四川民族出版社2002年版，第253—254页。

③ 胡适：《致高一涵等四人关于〈努力周刊〉的停刊信》，季羡林编《胡适主集》第30卷，安徽教育出版社2003年版，第234页，1923年10月9日。

热泪湿纸，此非阿谀，惟有梁启超之文如此耳！即以梁氏一人之文论，亦唯有"戊戌"以前至"辛亥"以前（约一八九六至一九一〇）如此耳。在此十六年间，任公诚为舆论之骄子，天纵之文豪也。革命思潮起，梁氏的政见既受康氏之累而落伍，梁氏有魔力感召的文章，也就急遽的下降了。可是就文体改革的功绩论，经梁氏等十六年来的洗涤与扫荡，新文体（或名报章体）的体制、风格，乃完全确立。国民阅读的程度，一日千里，而收获到神州文字革命成功之果了。①

陈寅恪在看过吴其昌的评述后也提出他自己的分析：

任公高文博学，近世所罕见。然论者每惜其与中国五十年腐恶之政治不能绝缘，以为先生之不幸。是说也，余窃疑之。……况先生少为儒家之学，本董生国身通一之旨，慕伊尹天民先觉之任，其不能与当时腐恶之政治绝缘，势不得不然。忆洪宪称帝之日，余适旅居旧都，其时颂美袁氏功德者，极丑怪之奇观，深感廉耻道尽，至为痛心，至如国体之君主抑或民主，则尚在其次者，迨先生《异哉所谓国体问题者》一文出，摧陷廓清，如拨云雾而见青天。然则先生不能与近世政治绝缘者，实有不获己之故，此则中国之不幸，非独先生之不幸也，又何病焉？②

这段话说出了梁启超新文体的三个成就：（1）梁启超一生与现实政治有紧密关联，其文章内容也大多是发表政见，世人有结合梁氏的政治实践对其进行诟病的，但陈寅恪认为梁启超是肩负着"觉民"、"觉世"的重大责任感和使命感而没有办法与各种腐恶政治势力脱离关联。（2）梁启超在政治中关注的是体制而不是权力，因此他是一个思想者而不是一个弄权人。这体现在其政论文章总是从思想方面去进行条分缕析，而不是情绪化的政治献媚或批判。（3）梁启超逻辑分析能力很强，

---

① 吴其昌：《梁启超传》，百花文艺出版社 2004 年版，第 28—29 页。
② 陈寅恪：《陈寅恪先生文集（一）》，上海古籍出版社 1980 年版，第 148—150 页。

"摧陷廓清，如拨云雾而见青天"，可见其文一针见血且感染力很强。陈寅恪的这些感悟充分证明了梁启超"新文体"的启蒙性质：这是一种以启蒙为己任、富含理性精神的文体。且他确实非常有效果，如郭沫若所记："二十年前的青少年……可以说没有一个没有受过他的思想或文字的洗礼的。"① 其实，五四著名知识分子胡适、陈独秀、梁漱溟、鲁迅、周作人等都明确评价过梁启超文体的功绩，充分说明了梁启超的影响不仅限于当时，还绵延到五四，甚至是整个现代文学的发展。

三　启蒙"新小说"的六种主要类型

和"诗界革命"、"文界革命"比起来，"小说界革命"所引起的社会反响最大，知识分子参与热情最高，通过"小说界革命"，小说成为中国现代文学最重要的体裁，彻底改变了中国古代以诗文为正宗、排小说在外的文学局面，反而让小说居于文学格局的中心，而往后也一直主导着整个中国现代文学发展的历史。——这个经验是从欧洲现代文学中移植过来的——米兰·昆德拉在《小说的艺术》中明确地将小说的起源和西方"现代"的产生联系在一起，这个经验同样适合于中国。

当理论成为一种风气，常常就会有意想不到的神力。1902 年，当梁启超的"小说为文学之最上乘"的口号从日本传回中国，以"上海"为中心往外广泛传播后，除了梁启超身边的维新派阵营外，还有一批著名的作家和翻译家如李伯元、吴趼人、刘鹗、林纾、曾朴、陆士谔等相继表态，办小说刊物、翻译小说或创作小说以示跟随时代前进，而身处日本的鲁迅、周作人兄弟也投入翻译《域外小说集》，之后新的知识分子不断加入创作队伍。一时间，小说刊物、小说理论和小说作品大量涌现，吴趼人在当时就感慨：

> 吾感夫饮冰子《小说与群治之关系》之说出，提倡小说，不数年而吾国之新著新译之小说，几于汗万牛充万栋，犹复日出不已而

① 郭沫若：《郭沫若全集》第 16 卷，人民文学出版社 1989 年版，第 140 页。

未有穷期也。①

　　此言非虚，在"小说界革命"提出的第二年即 1903 年，晚清就出现了第一个小说创作和翻译的高峰，一年就出版发行小说 39 部，有 30 多种小说杂志创刊，其中《新小说》、《小说林》、《绣像小说》、《月月小说》是当时最为著名的。而据阿英提供的小说史资料统计，仅以 1906 年为例，这一年创作小说 45 种，翻译小说 101 种。王德威在《想象中国的方法》中也说："晚清文学的发展，当以百日维新到辛亥革命为高潮。仅以小说为例，保守的估计，出版当在两千种以上。其中至少一半，已经散失。这些作品的题材和形式都极其丰富多样：从侦探小说到科幻奇谈，从艳情纪实到说教文字，从武侠公案到革命演义，令人眼花缭乱。"② 可见那个时候的小说创作是很繁荣的。这种反应的热烈连梁启超都觉得意外，在《鄙人对于言论界之过去及将来》一文中，梁启超回忆这段时间自己的思想主张时说："辛丑之冬，别版《新民丛报》，稍从常识灌输入手，而受社会之欢迎，乃出意外。"③

　　当时小说可谓五花八门——政治小说、社会小说、哲理小说、历史小说、冒险小说、时事小说、理想小说、教育小说、科学小说、侦探小说、写情小说、军事小说、国民小说、滑稽小说，甚至"航海小说"、"虚无党小说"，这些又"新"又"奇"的小说对于中国读者来说是很新鲜的，但有些作家还觉得不够，还要在自己的作品名字中直接列出"新"字，如《新中国未来记》、《新法螺先生谭》、《新石头记》、《新罗马传奇》……在这些很不规范的小说分类中，比较有代表性的、符合"小说界革命"宗旨的是以下六种类型，这些小说类型都是以西方小说为模板翻译或自创的。

（一）政治幻想小说

　　政治小说，是梁启超受日本政治小说《佳人奇遇记》启发而提倡

---

①　吴趼人：《月月小说序》，转引自中国社会科学院文学研究所编《中国近代文学论文集》，中国社会科学出版社 1983 年版，第 160 页。

②　王德威：《想象中国的方法》，三联书店 1998 年版，第 4 页。

③　傅军龙等：《晚清文化地图》，团结出版社 2006 年版，第 284—285 页。

的，在《译印政治小说序》这篇文章中有介绍，他后来也把《佳人奇遇记》翻译成中文在自办刊物上连载。关于欧洲和日本的政治小说，郭延礼在《西方文化与近代小说的变革》一文中对政治小说有过介绍：

> "政治小说"这一类型，最早源于英国，其代表性的作家是曾两度出任过英国首相的迪斯累利（Benjamin Disraeli，1840—1881）和曾任过英国国会议员的布韦尔·李顿（Bulwer‑Lytton，1803—1873）。在日本维新第二个十年翻译文学勃兴时期，以上两位作家近20部政治小说被译成日文，成为日本翻译文学中最走红的作品，其中李顿的《（欧洲奇事）花柳春话》《（开卷悲愤）慨事者传》，迪斯累利的《（政党余谈）春莺啭》《（三英双美）政海之情波》是当时最著名、最畅销的作品。因此19世纪后半期"政治小说"这一概念也就在日本获得了新的生命。①

其实"政治小说"这种小说文体有过于明确的政治图解之意而往往会伤害到文学本身的一些艺术特点，在欧洲现代文学发展的过程中影响力是不明显的，然而文学的接受不仅跟文本世界相关，也跟接受者的历史语境相关。明治维新时期的日本，由于东西方之间的长期阻隔，对作为优等生的欧洲文明异常地渴望崇拜，急迫地想要寻找范本来指导他们的政治实践，又加上这两位作者都不是纯粹职业文人，而是有着充足高端政治经验的政治人物，且来自他们要模仿的君主立宪制的英国。这些接受视阈限定了他们在接触西方文学界时首先就青睐了政治小说，并引发一番热潮。

清末中国的维新情况与日本有很多相似之处，梁启超在东渡日本的船上接触到日本政治小说《佳人奇遇记》之后便产生了与日本启蒙者大致相同的想法，于是在他的鼓动下，《佳人奇遇记》（梁启超译）、《经国美谈》（周逵译）、《雪中梅》与《花间莺》（熊垓译）、《政波海澜》（赖子译）、《累卵东洋》（忧亚子译）、《珊瑚美人》、《游侠风云录》（独立苍茫子译）等一批日本政治小说被翻译介绍给国内读者。

---

① 郭延礼：《西方文化与近代小说的变革》，《阴山学刊》1999年第3期。

　　翻译他国的政治小说虽然能起到介绍他国政治制度、让国人了解别国现代政治生活的方便，但翻译者并不是为了满足读者的异国情调，而是要从发挥实际的政治功用去考量，他国政治终因具体情境的区别会让国人觉得隔靴搔痒、体会不到真切，于是梁启超亲自模仿日本、欧洲的政治小说写了《新中国未来记》，中国尚没有君主立宪制，梁启超的政治小说与英国、日本比起来是完完全全的幻想型，是一个政治乌托邦，从英国到日本清末的中国，政治小说的现实基础一步步弱化，梁启超以及他的追随者所写——如陆士鄂的《新中国》《新三国》《新水浒》，春骊的《未来世界》，佚名的《宪之魂》，吴趼人的《立宪万岁》，《光绪万年》，碧荷馆主人的《新纪元》等——竟是完全虚构的浪漫型作品了，这些作品都是作者根据对欧洲国家的印象和自己获得的民权论、社会契约论等知识，来组构的对未来中国政治情形及在世界秩序格局中所处位置的一种乌托邦想象。可是它又不是浪漫主义作品，因为这些政治幻想小说，充满了一种政治理性的图解，而不是反抗现代理性去追寻一个诗意的灵魂世界。

　　如梁启超的《新中国未来记》，开篇楔子所讲述的时间是1962年，正值中国全国人民举行维新50年大祝典之日。这是个庆祝成功的喜庆日子，时值"万国太平会议"成立，各国全权大臣会聚南京，签署了"太平条约"，继而协商"万国协盟"；诸友邦国家都特意派遣兵舰来庆贺盛事，"英国皇帝、皇后，日本皇帝、皇后，俄国大统领及夫人，……皆亲临致祝。其余列强，皆有头等钦差代一国表贺意，都齐集南京，好不匆忙，好不热闹"。① 显然在这幅图景中中国已经是一个非常强大的现代民族国家，且在世界和平格局中起着重要作用。但这部小说不是去鼓动人们的革命思想的，在书中，作者通过黄克强和李去病的辩论移植了自己在《新民丛报》和《民报》上的革命人士所作的辩论，最后落实到中国的民众还没有做共和国民的资格，不懂自由、平等的真义，还是先君主立宪，用改良的方法慢慢地培养民智、民德、民力，始终坚持了启蒙为第一要务，暴力革命除了破坏并不能改变中国的立场和

① 梁启超：《新中国未来记》，见阿英编《晚清文学丛钞·小说一卷》（上），中华书局1980年版，第3页。

观点。小说家有性格和善恶，但小说作为一种"文体"是没有性格和善恶的，梁启超对此有清醒的认识，他认为小说这种文体有四种魔力，"有此四力而用之于善，则可以福亿兆人；有此四力而用之于恶，则可以毒万千载。而此四力所最易也，惟小说。可爱哉小说！可畏哉小说！"①"小说界革命"之后小说创作虽然繁荣，但有很多也是不符合梁启超的启蒙理念的。因此，梁启超带头写作政治小说，给现代小说的主题、内容、理想人物②等都提供一个以"启蒙"为核心的价值参照。

陆士谔的《新中国》仿效梁启超的《新中国未来记》，写的是宣统二年（1910 年）正月初一，"我"一觉醒来，听到四处是"恭喜""发财"之类的媚语，听到外面牌局、骰局之声鼎沸，一派颓废、虚华的气象，心中郁闷，便独自喝了点酒，沉沉睡去。正酣睡时，其妻子李友琴将其唤醒，外出游玩，发现周围世界已焕然一新，原来已经是宣统四十三年正月十五了——立宪四十年之后的新中国了。作品通过梦中二人在上海的游历，以梦境的方式详细描写了"新中国"的盛世景象：外国人在中国的治外法权被取消，外国公民在中国寓居者，一律遵守中国法律。中国早已立宪，官场腐败绝迹；中国发现很多金银铁矿，国库宽裕，人们杂税减少。人人守法自爱，城市大街上十分文明，男女权利平等，中国军队装备先进……俨然一个独立、富强、和平美好的现代大国形象。而在《新三国》《新水浒》中，作者也把欧风美雨吹进了历史的时空，在那里建立起符合欧洲现代性规划的未来世界。

其他的政治幻想小说如吴趼人的《立宪万岁》《光绪万年》，春驷的《未来世界》，碧荷馆主人的《新纪元》，蔡元培的《新年梦》等，也是对立宪后未来中国图景的设想，其主要想象的内容也基本都是：民主法制、公民权利、自由、富强、科学发达等意象。晚清这些政治幻想

---

① 梁启超：《论小说与群治之关系》，见陈平原、夏晓虹《二十世纪中国小说理论资料》第 1 卷，北京大学出版社 1997 年版，第 52 页。

② 王一川在《中国现代卡里斯马典型》一书中论及"以梁启超的《新中国未来记》（1903）中的维新人物黄克强为开端，创造具有神圣性、原创性和感染力的'现代卡里斯马典型'人物，成为现代性文学在其 20 世纪时段的一种主流传统，这一传统甚至延续到 80 年代"。转引自王一川《晚清：中国文学现代性的发生时段》，《江苏社会科学》2003 年第 2 期。本文在这里注出作为对解读《新中国未来记》的一个参考。

小说，和日本明治维新时期的政治小说一样，概念化创作明显，艺术性不高，梁启超自己在《新中国未来记》的序言中也承认："专欲发表区区政见，以就正于爱国达识之君子。……一覆读之，似说部非说部，是稗史非稗史，是论著非论著，不知成何种文体，自顾良然失笑。……连篇累牍，毫无趣味。"① 艺术上的趣味性往往是来自最真切的直觉体验，把自己那种在具体体验中得来的难言之情、难摩之物通过心理感觉的转换表达出来，可是晚清的这些政治幻想小说的作者最缺乏的就是那身在其中的体验，一切全凭子虚乌有的想象性感觉填充在那些现代政治理念的框框中，纯粹的乌托邦。但它的重要之处在于将西方启蒙现代性的理念注入故事之中，以西方现代国家为参照，召唤读者一起进入对未来美好中国的想象，在当时起"觉世"的作用。就像陆士谔的《新中国》，以"上海"作为现代空间意象，其间所描写的景象被100年后所证明的达100多处，这些"现代化"特征在今天的人们看来仍然不免惊叹，试想下清末读者在读到那些瑰丽的幻想图景时怎会不对未来新生活有种憧憬呢？

（二）林译世情小说

晚清翻译小说对中国现代文学的发生具有极其重要的意义，在《近代中外文学关系（19世纪中叶—20世纪初叶）》这本书中，徐志啸提出："甲午之后，译坛开始呈现出热闹景象。""此时期仅翻译小说即达六百多种。"② 据统计，"1901年至1914，翻译小说的数量达1000种以上，是创作小说的两倍"。③ 徐念慈曾对1906年的翻译小说作过追踪调查，发现"综上年所印行者记之，则著作者十不得一二，翻译者十常居八九"④ 其实晚清启蒙"新小说"又有那种类型不是从翻译国外文学作品开始的呢？这个"新"，既说的是种种"新的时代精神"，也指的是

① 梁启超：《〈新中国未来记〉序言》，见陈平原、夏晓虹《二十世纪中国小说理论资料》第1卷，北京大学出版社1997年版，第54页。

② 徐志啸：《近代中外文学关系（19世纪中叶—20世纪初叶）》，华东师范大学出版社2000年版，第2页。

③ 陈大康编：《中国近代小说编年·前言》，华东师范大学出版社2002年版，第2页。

④ 徐念慈：《余之小说观》，《小说林》1908年第10期。

引进本国没有的"文学上的新品种"。

若要论到翻译小说的巨大影响，林纾译作乃是最为重要的。林纾的作家身份较为复杂，他是古文大家，桐城派传人，对中国古代文化有一种刻骨的依恋之情。但是国家危亡也激起林纾关心政治、认同维新派改良之理。据记载，"1895 年 5 月《马关条约》签订时，康有为公车上书，提出拒和、迁都、变法三项主张，自此变法呼声日益高涨，林纾也很兴奋。光绪二十三年（1897 年）他 46 岁时，每天和朋友们一起商讨新政，指摘时弊。马江船政局成为一些维新志士的聚会之所"。① 他于光绪二十三年十一月（1897 年 12 月）由魏瀚出资在福州出版的诗集《闽中新乐府》强烈地表达了维新改良的倾向。他呼吁说："欧人志在维新，非新不学。……若吾辈酸腐，嗜古如命，终身又安知有新理耶？"② 林纾是个文学天赋很高的人，其创作有诗歌、有古文、有翻译小说、有自创小说，然论起对社会的公共影响而言，其中又要以翻译小说为最，可以说，林纾在现代文学格局中取得他的独特地位，就是因为他的翻译小说。

林纾一生共翻译了 180 多部外国小说（刊印 163 种，未刊印 18 种），种类之杂，数量之多，令人叹为观止。其中具有启蒙意义的有小仲马的《巴黎茶花女遗事》，狄更斯的《块肉余生述》《贼史》《孝女耐儿转》《冰雪因缘》《滑稽小史》，司各特的《撒克逊劫后英雄略》《十字军英雄记》，哈葛德的《迦茵小传》，斯托夫人的《黑奴吁天录》，德富健次郎的《不如归》等。寒光把林译小说的功绩比作"像哥伦布的发现新大陆"③，这话用在林纾身上是不算夸张的。林纾的影响实在太大，治文学史的人都给过他较高的评价，如周作人说："老实说，我们几乎都因了林译才知道外国有小说，引起一点对外国文学的兴趣。"④ 阿英也有言："他使中国知识阶级接近了外国文学，从而认识了不少的

---

① 林薇：《文化启示与艺术灵犀》，北京广播学院出版社 2000 年版，第 149 页。

② 林纾：《斐洲烟水愁城录·序》，转引自朱羲胄《春觉斋著述记》卷 3，上海世界书局 1949 年版，第 26 页。

③ 寒光：《林琴南》，中华书局 1935 年版，第 211 页。

④ 周作人：《知堂文集》，上海天马书店 1933 年版，第 14 页。

第一流的作家，使他们从外国文学里学习，以促进本国文学的发展。"①
梁启超、严复、章太炎、胡适、鲁迅、陈独秀、郭沫若、钱钟书父子，
等等，评价多多，不一而足。

总之，现代文学的兴起实在是无法绕开他，因此在新文化运动当中
才有钱玄同和刘半农的双簧戏，因为他们认为要推动现代文学的继续发
展就必须要打倒这个偶像，破除这个偶像的影响力才能彻底破除二元论
的白话文写作格局。可见林纾是个符号式人物。

对于林纾的评价，郑振铎是较为全面和系统的，他认为林纾的翻译
有三大功绩：

> 一、使中国近现代知识分子通过阅读西方文学作品真切地了解
> 了西方社会内部的情况；二、使他们不仅了解了西方文学，而且知
> 道西方"亦有可与我国的太史公相比肩的作家"；三、提高了小说
> 在中国文学文体中的地位，开了中国近现代翻译世界文学作品之
> 风气。②

郑振铎的这个评价说到了林译小说在题材意识、作家意识、文体意
识三个方面的功绩。对此我们还可以作进一步的分析。

林译小说的一个极其特殊之处是他本人是不懂外语的，每一部小说
都与他人合作而得，因此在他的翻译作品中存在着大量"误译"情形，
然而他的大多数误译都是有意为之的，其中表达了他自己的思想倾向和
意识形态目的。总体而言，林纾的意识形态还是传统文化孕育的，如林
纾在给蔡元培写的信中说："外国不知孔孟，然崇仁，仗义，矢信，尚
智，守礼。五常之道，未尝悖也，而又济之以勇。弟不解西文，积十九
年之笔述，成译著一百二十三种，都一千二百万言，实未见中有违忤五
常之语。"③ 这表达了林纾的中西文学比较观，显示出中学为体、西学

① 阿英：《晚清小说史》，人民文学出版社1980年版，第182页。

② 郑振铎：《林琴南先生》，见《中国文学研究》，作家出版社1957年版，第1215—
1229页。

③ 林纾：《致蔡元培的信》，见薛绥之等编《林纾研究资料》，福建人民出版社1982年
版，第86—87页。

为用的保守派的立论基础，但是林纾的文学活动有这样一对矛盾，就是：客体主体化与主体客体化的矛盾。林纾的所有特点和功绩都要放置在这对矛盾当中去分析。

客体主体化就是作为信守古文传统及其意识形态的林纾将自己的主观意识投射到他所翻译的作品上，他用"我注六经"的方式把自己的道德观念比附在西方小说人物身上。上面所引他给蔡元培的信中就说明了这一点，林纾我注六经的这个"我"其实是一个集体的我，在那个时代这个意识形态共同体有广泛的土壤，布吕奈尔在论形象时说过："形象是加入了文化的和情感的、客观的和主观的因素的个人的或集体的表现。任何一个外国人对一个国家永远也看不到像当地人希望他看到的那样。这就是说情感因素胜过客观因素。"① "异国形象应被作为一个广泛且复杂的总体——想象物的一部分来研究。更确切地说，它是社会集体想象物（这是从史学家们那里借来的词）的一种特殊表现形态：对他者的描述。"② 林纾的《巴黎茶花女遗事》之所以达到了严复所说的"可怜一卷《茶花女》，断尽支那荡子肠"③ 的审美效果，就是因为这个茶花女马克符合当时社会的集体想象物。林纾在 1901 年的《〈露漱格兰小传〉序》中曾言：

> 余既译《茶花女遗事》掷笔哭者三数。以为天下女子之性情，坚于士夫，而士夫中必若龙逢、比干之挚忠极义，百死不可挠折，方足与马克竞。盖马克之事亚猛，即龙、比之事桀与纣，桀、纣杀龙、比而龙、比不悔，则亚猛之杀马克，马克又安得悔？……余译马克，极状马克之忠。④

---

① ［法］布吕奈尔、比叔瓦、卢梭：《什么是比较文学》，葛雷、张连奎译，北京大学出版社 1987 年版，第 89 页。

② ［法］达尼埃尔—亨利·巴柔：《从文化形象到集体想象物》，见孟华主编《比较文学形象学》，北京大学出版社 2001 年版，第 121 页。

③ 陈福巍：《中国译学理论史稿》，上海外语教育出版社 1992 年版，第 132 页。

④ 林纾：《〈露漱格兰小传〉序》，见阿英《晚清文学丛钞》（小说戏曲研究卷），中华书局 1982 年版，第 198 页。

可见马克在林纾的心里完全就是忠臣节妇的代表，他的这种意识形态和那些读着《关雎》、《蒹葭》却想着后妃之德的人是高度一致的。他的哭不是关于爱情的哭，而是对一种理想专制政体在现实中总是破碎的哭，他丝毫不去怀疑这个桀、纣与龙、比关系的合理性，他在骨子里是个中体西用的人，这个和1907年的钟心青对比一下就知道了。1907年，钟心青《新茶花》出版发行，他借着书中的男主人公项庆如对朋友的言谈感慨道：

> 你看过新出的《巴黎茶花女》小说么？那马克格尼尔姑娘，不过一个名娼，他的身份，也同方才的（指他们刚见过的妓女——笔者注）差不多，就是他的颜色，也不见得没人赛过他，只是他待亚猛的一腔爱情，真挚到这般地步，最难的是用情深处，因要保全亚猛名誉，转为不情之举，不但外人疑其无情，即身受的亚猛也怨其薄情，他却仍不肯自表，情愿牺牲一身，以达其情之目的，这种人，可称为情中之圣。我看他一来是由于天性，二来也是欧洲的教育本好，那流风所被，勾栏中人也沐着了。①

这才是受了西式启蒙影响的作者才有的观念，把故事还原到男女之间的爱情，并认为爱情的真挚是来源于人品，这个故事传达了西方社会风化与社会教育的关系，传达出评论者对欧洲社会的肯定。

林薇所说林纾这本《巴黎茶花女遗事》"使得中国读者的耳目为之一新。它适应了当时学习西方、开启民智的时代潮流，划破闭关自守的重重黑雾，使人们第一次接触到了西方文学的瑰宝"②，实在是要分主观效果和客观效果，林纾本质上的儒家专制政治意识形态使得他不可能把握到这本小说中的现代意识，他的作品的现代意识是由维新运动和小说界革命来赋予的，"自林纾之后，翻译界不断地重译这部作品，截至2004年，仅中国国家图书馆收藏的《茶花女》译本就有五十种以上，

---

① 李定夷等：《新茶花·十年梦·兰娘哀史》，百花洲文艺出版社1996年版，第22页。

② 林薇：《文化启示与艺术灵犀》，北京广播学院出版社2000年版，第154页。

而在二十世纪八十年代以后的名著重译热潮中，《茶花女》更是高居榜首"。① 随着中国社会对现代性理解的深入，后面的译本对《茶花女》现代意识的把握都比林译本要好。

1906 年符霖受这种世情小说影响而作《禽海石》，小说假托青年秦远以第一人称的口吻叙述自己与顾纫芬的恋爱经过，当秦远打听到顾纫芬的下落赶到旅店去看她时，她已经死了，秦远悲愤地说："我不怪我的父亲，我也不怪拳匪，我总说是孟夫子害我的。倘然没有孟夫子那父母之命、媒妁之言的老话，我早已与纫芬自由结婚。"② 这个认识的意识形态就与林纾完全不同，林纾把马克与亚猛的关系定位为"马克之事亚猛"，把马克之死比附为死臣的忠君，实在是让我们现代的读者无法接受的。人们也许会举《迦茵小传》的例子来说明林纾的道德意识实际上是前卫的，他也因为翻译出了迦茵未婚失贞的情节而遭到保守派的攻击，然而他所看重的本非男女情事上的贞洁，马克和迦茵在林纾笔下都主要不是作为女性的性别存在，她们是君子、忠臣等的化身，所以他可以选择性宽容马克的欢场女身份和迦茵的未婚先孕行为，而把所有的情感认同都投注在她们为其所侍奉的"君"而死这个情节上，而且她们最后都死在"君"的怀里，前面隐蔽起来的真情最后都变得敞亮，好一副君要臣死、臣不得不死，臣死而不悔，终至君臣相遇的奇妙幻象。

从 1985 年"20 世纪文学"这个概念提出之后，林纾文学的现代性也被很多学者论及，为林纾被双簧戏设计叫屈。双簧戏的设计在道德上是有问题的，在法制社会也算是侵犯了林纾的名誉权，但其中对林纾作为传统道德卫道士的形象描摹却是很符合林纾本人的，他对君君臣臣父父子子的旧体制没有丝毫怀疑，他所怀疑者乱世也，他所拥护者太平世也，然即便乱世，他仍然要称赞忠臣对昏君的绝对忠贞，这是与启蒙思想背道而驰的，福泽谕吉、德富苏峰、中江兆民、植木枝盛、严复、康有为、梁启超等，这一些东方的启蒙思想家无一不对君君臣臣父父子子这套专制制度持激烈抨击态度。林纾不是思想家，他没有对现代政治制

---

① 王力军：《关于名著重译问题》，《人民日报》1995 年 5 月 13 日。

② 郭延礼：《西方文化与近代小说的变革》，《阴山学刊》1999 年第 3 期。

度的理性认识，也没有对自身所处政治制度的理性反思意识，他只知道从社会经验的层面出发，认识到清王朝要亡了，变法维新对他来说就像历史上的商鞅变法、王安石变法一样，是体制内革命。其实他也不知道什么不同政治体制，西方人在他看来也是经验的存在，从强者的经验里学点方法总是可以的。他是一个没有建立起理性维度的人，他在文学上也是个经验的维度，他是个成功的风格学家，对经验世界有细腻的感受，语言风格有种修辞学的美感。

林纾的现代意义在于他所选择的题材上，他翻译作品虽多而杂，但都不脱"社会世情"这个核心线索。社会世情是最经验、最感性的部分，和那些纯粹幻想型的乌托邦不同，社会世情小说以其对西方社会最直观、最真切的经验部分在林纾译著中完成了客体主体化，这个转化是通过作为文学天赋的林纾把握到的，或者说这些小说把握到了经验文学家林纾。正是从"经验世界"这个角度，林译小说的非凡意义产生了。要理解这一点，同样要回到当时的语境中。

先看一首在1899年前后流行的北京小曲《外国洋人叹十声》：

洋鬼子进中国叹了头一声看了看中国人目秀眉清体代人情衣冠齐整外国人中国人大不相同

洋鬼子照镜子叹了二声睄了睄自己样好不伤情黄发卷毛眼珠儿绿手拿着哭丧棒好似个猴儿精

洋鬼子进皇城叹了三声到了那大清门不叫我们行履顺着皇城往西拐他进长安门该班的把他横

洋鬼子怨本国叹了四声巴哈里他不该要上北京城通州西八里桥打了一仗伤损了我国人数也数不清

洋鬼子害中国叹了五声广土烟西土烟如今大时兴外国人只把中国哄谁想到是慢毒害的真不轻

洋鬼子要传教叹了六声实指望中国人随他一样行那晓得中国人什么事全懂孔圣人家门口别卖三字经

洋鬼子上堂子叹了七声外国人供天主七天一念经施医院他又治病症治罗锅治瘸子不要一文铜

洋鬼子错注意叹了八声外国人尽讲究洋法大时兴造轮船作火车

玩艺作得妙我国的机器局也献于了你们大清

　　洋鬼子要通商叹了九声洋货行洋药行还有洋取灯这些年坑害中原金银真不少如今晚洋茶盅有点不时兴

　　洋鬼子后了悔叹罢了十声到今日想回国万也万不能幸喜得天朝皇恩重只许我们盖洋楼不许我们进皇城①

　　这首北京小曲《外国洋人叹十声》最早刊载于《通报》（T'oung Pao）1899 年号上，是由法国汉学家微席叶（Arnold Vissière，1858—1930）于 19 世纪末在华搜集到的。② 小曲这种民间文艺形式反映的是民间社会的想法和心声，里面信息非常丰富，有洋人的形态体征、洋人吃瘪的遭遇、洋人与清廷的武力冲突、洋人的强悍、洋人的好为人师、洋人的鸦片、洋人的机器制造、洋人的高超医术、洋人的生活器具、洋人的租界洋楼，等等，对洋人种种略有新奇的肯定，然而这些东西放置到一个"天朝皇恩浩荡、孔圣人法力无边"的评判标准下就突然显得滑稽和妖孽，最后还让洋鬼子以一种感恩的心态沐浴天朝皇恩，整个曲子其实就是用底层叙述的逻辑传达出一套中学为体、西学为用的观念，无知无识、夜郎自大，让我们隔着百年时空距离的读者感觉很无语，但这就是当初社会保守派与一般民众的集体意识。虽然 1860 年 10 月 13 日英法联军火烧圆明园时高呼："我们欧洲人是文明人，我们认为中国人是野蛮人。而这是文明对野蛮的所作所为。"③ 然而这个声音没有飘进保守派和普通民众的耳朵里，哪怕是以一种激起民族忧患的意识。

　　1898 年伊藤博文访华，与清廷高层接触，在士阶层中居然有人公开宣称"宁愿看到民族灭亡，也不愿看到生活方式的改变"。④ 这种偏执与无知让伊藤博文大为惊讶。因为这个时期的日本已经完全接受了西方国家的文明论，在社会生活的各个领域开始全力模仿并取得了卓著的

---

　　① 孟华等：《中国文学中的西方人形象》，安徽教育出版社 2006 年版，第 22—23 页。

　　② 同上。

　　③ ［法］阿兰·佩雷菲特：《停滞的帝国——两个世界的撞击》，王国卿等译，三联书店 1993 年版，第 609 页。

　　④ ［美］斯塔夫里·阿诺斯：《全球通史：1500 年以后的世界》，吴象婴等译，上海社会科学院出版社 1992 年版，第 474 页。

成效。中国还停留在老大帝国的迷梦里，因为他不是真的不怕亡国，而是迷信的乐观主义让他坚持对传统的信仰，激烈的民族灭亡之说只有修辞上的意义。的确，对于大多数中国人来说，维新派人士的译著和政治主张都太理念化了，他们一般地都缺乏从理念进行演绎想象的能力，维新派人士所用的简直就是他们从来所不知的另一套话语，无法进行内消转化。在这种情形下，林译世情小说登场了，他用的是和大多数中国人同一套意识形态标准，他展现的是人们最熟悉的文化方式——经验。

在经验的维度，作为经验文学家的林纾，在我注六经的过程中悄悄地被六经注上了它的意识形态，尽管它是一股潜流，然而它终究流淌出来，并自成一种风尚，在清末社会演绎成一股强大的影响。郑振铎评论道：

> 中国人关于世界的常识，向来极为浅窄；古时以中国即为"天下"者勿论，即后来与欧美通商之后，对于他们的国民性及社会组织也十分的不明了。他们对于欧美的人似乎以异样的眼光去看，不是鄙之以野蛮的"夷狄"，便是崇之为高超的人种。对于他们的社会内部的情形也是如此，总以为"他们"与"我们"是什么都不相同的，"中"与"西"之间，是有一道深沟相隔的。到了林先生辛勤的继续的介绍了一百五十余部的欧美小说进来，于是一部分的知识阶级，才知道"他们"与"我们"是同样的"人"……且明白了"中"与"西"原不是两个绝然相异的名词。①

这段话里是肯定了林纾翻译的世情小说，从经验的层面让国人了解到了西方人的国民性和社会组织，也说出了林纾是要把西方人的国民性往我们中国人身上拉的，他所致力的是中西方之间的一致性，且这个一致性的合法依据在我们中国。中西方之间是"同"还是"异"，就是保守与启蒙的差别。启蒙思想家是要强调中西之间的本质差异的，严复通过一系列译著廓清了西学是以自由为体、以民主为用，和儒学之间是风

---

① 郑振铎：《林琴南先生》，见薛绥之、张俊才《林纾研究资料》，福建人民出版社1982年版，第163页。

马牛不相及，因此当康有为说"译才并世数严、林，百部虞初救世心"①时，惹得严复很不高兴，道不同不相为谋啊。而深谙中西本质之差异的另一个人物梁启超，在创作政治小说时就明确这种政治体制是中国社会历史所没有，因此小说完全凭想象与虚构，不作我注六经式的比附。梁启超在《清代学术概论》中对林纾的评价是"每译一书，辄'因文见道'，于新思想无与焉"。②虽然林纾译作在客观上助推了新思想的传播，但林译动辄因文见道却是事实。

林纾对于传统专制体制政治及其文化是高度认同的，他所不满于社会的是民之茬弱，他痛心疾首地说："茬弱之夫不可与语国也，悲夫！"③在鼓民力、开民智这点上他对维新派启蒙思想家是认同的，但他的认知里并没有启蒙主义的理论支撑，只留下民族振兴这一个维度，因此很快的他便选择了一些种族冲突、反对强权而产生的军事对抗类小说来进行翻译。1901年，林纾用66天的时间翻译了美国女作家斯托夫人的 Uncle Tom's Cabin，他把小说名字改译为《黑奴吁天录》，他在序言中写道："因之华工受虐，或加甚于黑人。而国力既弱，为使者复馁慑，不敢与争，又无通人记载其事，余无从知之。而可据为前谳者，特《黑奴吁天录》耳。"④这部小说的翻译对革命派人士产生了极其震撼的影响，"金一（天羽）、高旭读后，都有诗记其事；顾景渊也撰写了《读〈黑奴吁天录〉》一文，极力向大众推介此书"。⑤林纾的此类译作还有《十字军英雄记》《撒克逊劫后英雄略》《剑底鸳鸯》等，都是把种族情感代入式地镶嵌于其中的。

詹姆逊在分析第三世界的文学作品时提出："第三世界的文本，甚至是那些看上去是描写私人生活或者探索道德传统所允许的力比多关系的文本，不可避免地以民族寓言的形式展现一个政治的层面：关于个体

① 康有为：《琴南先生写〈万木草堂图〉，题诗见赠，赋谢》，见《庸言》第1卷第7号，民国二年三月一日发行（1913.3.1）。
② 梁启超：《饮冰室合集·专集三十四》，中华书局1989年影印本，第72页。
③ 林纾：《黑太子南征录·序》，见《林译小说丛书第一集》，上海商务印书馆1914年版，第1—4页。
④ 林纾：《黑奴吁天录·例言》，见《黑奴吁天录》，商务印书馆1980年版，第2页。
⑤ 夏晓虹：《误译误读与正解正果》，见孟华等《中国文学中的西方人形象》，安徽教育出版社2006年版，第54页。

命运的私人故事从来都寓意着公众的第三世界文化和社会被迫应战的处境。"① 他特别提到尤其是小说这种文体。詹姆逊的观点也适合用来分析林纾的翻译作品，因为林纾译作的"创作"性质很强，意识形态代入式镶嵌的地方很多。在他翻译的这些作品中，作品中的弱者往往指代着大清或者大清的国民，比如《黑奴吁天录》，原本和黄人根本没有关系，是美国白人贵族对黑人的奴役，但林纾硬是把"黑人"意象指向黄人，并一再强调白人对黄人的压迫还不止于此。他一再称赞狄更斯专为下层社会描摹，也是把那"下层社会"的意象指向自身。

受过西方文明理念熏陶的读者或许可以读到这些经验世界里包含的民主共和、自由、平等、独立等理念，因为我们上面已经分析过，这些经验世界经过林纾的文学之笔的作用客体主体化，它会在字里行间作为文本的潜在结构暗示给读者，当然，保守派和一般未开化的民众是无法解读到这些信息的。

（三）官制、时弊批判类小说

传统中国的文官制度举世闻名，法国启蒙时代的伏尔泰就特别夸赞过中国社会的文官体制，并建议法国社会采纳学习。可是熟读中国历史的人都知道，伏尔泰所谓的好制度是在理想的层面上存在的，在历史发展演变的具体过程中，中国是清官难找，光看文学作品就知道，几千年来唱来唱去清官只有魏征、狄仁杰、包青天、纪晓岚、海瑞、林则徐那么几个，贪官却是数也数不清。这个现象就与我们的传统官僚制度有很大关系。有学者指出：

> 为了在建立庞大的官僚网的同时，不致造成国家过重负担，同时也为了体现以道德立国的伦理精神，中国前现代社会官僚体制采取了两种看来是互相矛盾的政策，即按官僚等级划分的封建集权和普遍的低薪制。由此造成一个使官僚机构趋于腐化的巨大壁垒：封建特权的存在，使高层官僚地位成为各级官吏刻意追求的目标，贿

① ［美］詹明信：《马克思主义与理论的历史性》，见张旭东编《晚期资本主义的文化逻辑》，陈清桥等译，三联书店1997年版，第523页。

赂迎奉，拉关系、说假话，因此在官场中盛行不衰。微薄的俸禄引动官员利用一切机会以权谋私，贪赃枉法。两种趋向的合流，最终导致了今天的社会学者谓之曰"系统化贪污"的现象。①

这段话明确指出了系统化贪污的制度根源是在前现代官僚体制，是该制度本身无法解决的矛盾。而且这对矛盾不是推动历史向前辩证发展，而是作为一种阻滞性的力量纠缠在历史运动中，阻止中国社会发生历史性质的变化，就如吉尔伯特·罗兹曼所指出的：中国传统的官僚体制使得"政治结构成了一堆废物，对于现代化道路上任何有意义的行动，它都毫无所用。政治上的失败乃是解释中国对现代化起步缓慢的一个最重要的原因"。②

其实对于中国官僚体制的变革意识在维新变法的议案里就出现了，君主立宪制的政治结构断然不是随便就可以和传统官僚体制相结合的。梁启超在《变法通议》中说："吾今为一言以蔽之；曰：变法之本，在育人才；人才之兴，在开学校，学校之立，在变科举；而一切要其大成，在变官制。"③ 在《论湖南应办之事》中梁启超又提出："一曰开民智，二曰开绅智，三曰开官智。"④ 而被鲁迅在《中国小说史略》当中称为"谴责小说"的这些作品就属于官制批判小说或开官智的小说。他们创作此类小说是对梁启超思想的一个回应。

夏晓虹在《吴趼人与梁启超关系钩沉》一文中为"谴责小说"与"小说界革命"之间的关系提供了翔实的资料考证：

> 以前的研究者讨论"四大谴责小说"时，虽也将其纳入"小说界革命"的框架中，并认定其在结构、笔墨上受《儒林外史》

---

① 周积明：《中国早期现代化的历史起点》，《社会学研究》1995 年第 1 期。

② ［美］吉尔伯特·罗兹曼：《中国的现代化》，国家社会科学基金"比较现代化"课题组译，江苏人民出版社 2010 年版，第 276 页。

③ 梁启超：《变法通议》，见《中国近代思想史参考资料简编》，三联书店 1957 年版，第 376 页。

④ 梁启超：《论湖南应办之事》，见林志均编《饮冰室合集·文集之三》第 1 册，中华书局 1989 年影印本，第 41 页。

影响甚大，但这只属于精神上的契合，而缺乏确凿的证据。1997年，笔者到美国哈佛大学哈佛燕京图书馆查阅资料时，在《新民丛报》第19号（1902年10月）的初版本上，偶然发现了一则《新小说社征文启》，才自认为找到了"谴责小说"文体发生的由来。这一在《新小说》出刊之前登载的征文启，应该是出自刊物创办人梁启超之手，其关于来稿要求的说明，对作家的写作自然会产生诱导的作用。而其中特别强调：

> 本社所最欲得者为写情小说，惟必须写儿女之情而寓爱国之意者，乃为有益时局。又如《儒林外史》之例，描写现今社会情状，借以警醒时流、矫正弊俗，亦佳构也。
>
> 由此便不难理解，为何李伯元的《官场现形记》与吴趼人的《二十年目睹之怪现状》这两部最接近《儒林外史》风格的小说，会不约而同在1903年出现；而吴作写情小说《恨海》与《劫余灰》开卷发论，也总要在儿女之情外，说出另一番"情"之理。①

这另外的一番"情"理，就是对梁启超小说界革命之思想和理念的呼应，它在小说文本中往往是作为潜藏的作者意图存在的。我们从他们的作品当中可以作些具体分析。

《官场现形记》的作者李伯元，办过《游戏报》《繁华报》，编辑《绣像小说》，所著小说有《官场现形记》《文明小史》《庚子国变弹词》《活地狱》《中国现在记》等。鲁迅认为这些谴责小说："揭发伏藏，显其弊恶，而于时政，严加纠弹。……命意是在匡世，似与讽刺小说同伦。"② 这是有一定道理的，本书在这里要指出的是他们的创作动机是"小说界革命"的启蒙思维，而不仅仅在于揭发一些时弊，如《官场现形记》中最后一节借甄阁学的哥哥之口说：

---

① 夏晓虹：《吴趼人与梁启超关系钩沉》，《安徽师范大学学报》（人文社科版）2002年第6期。

② 鲁迅：《中国小说史略》，见《鲁迅全集》第9卷，人民文学出版社1981年版，第282页。

是上帝可怜中国贫弱到这步田地，一心要想救救中国。然而中国四万万多人，一时那能够统通救得。因此便想到一个提纲挈领的法子，说中国一向是专制政体，普天下的百姓都是怕官的，只要官怎么，百姓就怎么，所谓上行下效。为此拿定了主意，想把这些做官的先陶熔到一个程度，好等他们出去，整躬率物，出身加民。又想，中国的官，大大小小，何至几千百个，至于他们的坏处，很像是一个先生教出来的。因此就悟出一个新法子来：摹仿学堂里先生教学生的法子，编几本教科书教导他们。并且仿照世界各国普通的教法，从初等小学堂，一层一层的上去，由是而高等小学堂、中学堂、高等学堂。等到到了高等卒业之后，然后再放他们出去做官，自然都是好官。二十年之后，天下还愁不太平吗？①

李伯元这里是提出了一个由中国传统政治体制中的中间阶层开始带动全社会的启蒙方案，是对维新派改良思想的一个图解，是对梁启超变官制观点的一个响应。小说这种文体历来都是娱人的，清末维新派人士从西方小说的经验出发要创造一种导人的小说。就像李伯元在《论〈游戏报〉之本意》云：

《游戏报》之命名，仿自泰西。岂真好为游戏哉？盖有不得已之深意存焉者也。慨夫当今之世，国日贫矣，民日疲矣，士风日下，而商务日亟矣。有心世道者，方且汲汲顾景之不暇，尚何有恒舞酣歌，乐为故事而不自觉乎？然使执涂人而告之曰："朝政如是，国事如是"，是犹聚暗聋跛辟之流，强之为经济文章之务，人必笑其迂而讪其背矣。故不得不假游戏之说，以隐寓劝惩，亦觉世之一道也。②

可见，李伯元办报与写小说都是在承担明确的觉世使命，而且他认为这两种是社会民众可以接受的方式。在《绣像小说》第1期李伯元申明："欧美化民，多由小说。……著而为书，以醒齐民之耳目。……藉

---

① 李宝嘉：《官场现形记》，中国文史出版社 2003 年版，第 882 页。
② 李伯元：《论〈游戏报〉之本意》，《游戏报》1897 年 8 月 25 日第 623 号。

思开化天下愚，遄计贻讥于大雅。"① 这既是他办刊的宗旨，其实也是他创作小说的宗旨。鲁迅说他讥讽时弊，确实在小说中处处存在讽刺艺术，如第四回就有一个差人在受到遣散时对做官的表示愤恨："等着罢！我是早把铺盖卷好等着的了，想想做官的人也真是作孽，你瞧他前天升了官一个样子，今儿参掉官又是一个样子。不比我们当家人的，辞了东家，还有西家，一样吃他妈的饭，做官的可只有一个皇帝，逃不到那里去的。"② 既符合差人的身份和当时的心情，同时又在字里行间传达一种有益的叙述信息——只有一个皇帝的专制制度下官的可恨和可怜。全书简直是囊括了晚清以来种种贪官的劣迹，在所有贪官眼中都只有权力，全没有一点职业知识，普天之下竟无一方净土，读之无不让人感觉社会变态已经不是普通的药膳可以解决的了，那么狠的药方是什么？他说把这些官关起来教会他们西方的做官的制度和做官的方法，再由他们来带动社会民众的认同革新。

启蒙的路线永远都是强调精英对大众的作用的。李欧梵在评价梁启超的《新中国未来记》时曾指出他的写作是一种精英写作，他说："梁启超非常注重小说的叙事功能，试图以小说中的故事展现其雄才大略。所以说故事的人都是大政治家，而不是贩夫走卒所能为。"③ 梁启超的《新中国未来记》是关于中国未来政治制度的顶层设计，其主要人物自然应该是那些大政治家，这是小说题材的内在需要。李伯元的《官场现形记》《文明小史》《活地狱》《中国现在记》等，包括其他谴责小说，都是对当时中国以官场为中心形成的社会场域的批判性展现，其中不乏贩夫走卒，但在整个的叙事意识上，还是一种精英立场的。启蒙的教导方式本来就是精英与大众二元格局的。鲁迅斥责谴责小说："其下者乃至丑诋私故，等于谤书；又或有谩骂之志而无书写之才，则遂堕落为'黑幕小说'。"④ 其实谴责小说堕落为黑幕小说，其原因就在于小说作者放弃了或者说根本没有建立起社会改造的精英意识。

---

① ［韩］吴淳邦：《晚清讽刺小说的讽刺艺术》，复旦大学出版社1994年版，第29—30页。

② 李宝嘉：《官场现形记》，时代文艺出版社2011年版，第19—20页。

③ 李欧梵：《中国现代文学与现代性十讲》，复旦大学出版社2002年版，第12页。

④ 鲁迅：《中国小说史略》，上海古籍出版社1998年版，第215页。

《二十年目睹之怪现状》的作者吴趼人受梁启超思想影响，投身小说创作，作品经常在梁启超主办的《新小说》上发表。吴趼人还写作了《通史》《九命奇冤》、《劫余灰》、《上海游骖录》等，这些小说都是描写当时社会现实，对一些阴暗面进行夸张讽刺，认为自己"年来更从事小说，盖改良社会之心，无一息敢自已焉"。①《二十年目睹之怪现状》写的是1884年中法战争前后到1904年前后大概20年的情形，其中写到的官场腐败甚至比《官场现形记》更加骇人听闻，叙述者"九死一生"认为这20年来的所闻所见"只有三种东西：第一种是蛇虫鼠蚁；第二种是豺狼虎豹；第三种是魑魅魍魉"。② 这三种东西影射的是当时官场的丑态，《二十年目睹之怪现状》写出了整个社会从上至下，为了做官保官，什么道德廉耻全然不顾，如九死一生对母亲总结的："这个官竟然不是人做的。头一件先要学会了卑污苟贱，才可以求得着差使。又要把良心搁过一边，放出那杀人不见血的手段，才弄得着钱。"③ 在一幅幅对官场、商场、洋场上行止龌龊、无耻之尤的细致描绘的人画面下，是作者难以掩抑的对当时社会时弊的愤恨。

虽然吴趼人本人比较崇尚儒家道德，但在书中也有些输入欧洲文明的事例，在新旧混杂中始终坚持启迪愚氓、唤醒民众的信念。他说自己的写作理念是"或托诸寓言，或涉诸讽咏，无非欲唤醒痴愚，破除烦恼。意取其浅，言取其俚，使农工商贾、妇人幼子，皆得而观之"。④"夫呵风云，撼山岳，夺魂魄，此雄夫之文也，吾病不能。至若志虫鱼，评月露，写幽恨，寄缠绵，此儿女之文也，吾又不屑。然而愤世嫉俗之念，积而愈深，即砭愚订顽之心，久而弥切，始学为嬉笑怒骂之文……"⑤和李伯元等其他谴责小说作者一样，尽管小说中选择的题材不是梁启超那种直接写社会大政治家、社会精英的雄夫之文，而是下等社会芸芸众生之百态，然而作者始终存有启迪愚氓的精英意识。

---

① 吴趼人：《两晋演义·序》，《月月小说》1906年第1卷第1号。
② 吴趼人：《二十年目睹之怪现状》（上），人民文学出版社2006年版，第5页。
③ 同上书，第7页。
④ 吴趼人：《最近社会龌龊史·自序》，见魏绍昌编《吴趼人研究资料》，上海古籍出版社1980年版，第195页。
⑤ 同上。

　　《孽海花》的作者曾朴，痛感国难当头、外辱迫于眉睫，认为："中国文化需要一次除旧更新的大改革，更看透了固步自封不足以救国，而研究西洋文化实为匡时救国的要图"。①《孽海花》的第一回《一霎狂潮陆沉奴乐岛卅年影事托写自由花》中把自由看做和人们赖以呼吸的空气一样重要的东西。而在五大洋之外，却有一个孽海，其中有一个岛，叫奴乐岛。

　　　　那岛从古不与别国交通，所以别国也不晓得他的名字。从古没有呼吸自由的空气，那国民却自以为是：有"吃"，有"着"，有"功名"，有"妻子"，是个"自由极乐"之国。古人说得好："不自由，毋宁死！"果然那国民享尽了野蛮奴隶自由之福，死期到了。②

　　《孽海花》的作者原本不是曾朴，原先的文本基础有点类似于黑幕小说，是旨在暴露一些社会黑暗面的，曾朴改写的一个重要变化就是高屋建瓴地给文本灌注进一套西方文化思想的烛照。严复认为西方文化是以自由为体、民主为用，这在《孽海花》中得到很好的化用。正是出于这种见识，作者才会在第一回就宣判没有现代自由精神的奴乐岛死期到了，而这个奴乐岛显然是在影射当时的中国。

　　在《孽海花》最后一节《专制国终撄专制祸，自由神还放自由花》中引进西方资产阶级自由平等的思想，把天赋人权、万物平等的公理作为挽救国家危亡的利器。曾朴除了创作《孽海花》外，还翻译了一些他认为具有开通民智作用的法国文学作品。在几部较为著名的谴责小说的对比中，《孽海花》的作者对西方文明的理解是最深入的，尤其是体现在傅彩云这个人物的塑造上，傅彩云原先是个妓女，妓女在中国是没有社会身份的，从坏的方面看，她们想要进入社会的圈子不管多有本领都得接受低人一等的待遇，从好的方面看，她们可以不受社会礼俗的限制相对来说懂得个性和自由，这个特殊的身份使得傅彩云到了德国后能

　　① 魏绍昌：《〈孽海花〉资料》，上海古籍出版社1982年版，第158—159页。
　　② 曾朴：《孽海花》，上海古籍出版社1991年版，第1页。

较自然地融入当地的生活环境，而那个状元老爷却处处因无知显示出丑态。在这种人物行为和人物遭遇的对比中，作者的批判意图和启蒙意图都很好地传递出来。而且对比清末四大谴责小说作者，曾朴对西方现代文明的了解可以说是最深入的。

刘鹗的《老残游记》感中国棋局已残而哭，认为中国"举世皆病，又举世皆睡，真正无从下手。摇串铃先醒其睡。无论何等病症，非先醒无法治。具菩萨婆心，得异人口诀，铃而日串，则盼望同志相助，心苦情切"。① 在第一回里他把中国比作海浪里的危船，在船的皆是些愚氓之辈，眼看着船就要沉了，但老残几个认为"送他一个罗盘，他有了方向，便会走了"。② 可是船上有人却对船主说："他们用的是外国向盘，一定是洋鬼子差遣来的汉奸。他们是天主教！他们将这只大船已经卖与洋鬼子了，所以才有这个向盘。请船主赶紧将这三人绑去杀了，以除后患。"③ 这个罗盘隐喻西方文明，结果他们就被船上的愚氓当成了汉奸，由是更显出启迪愚氓的重要性。

总之，清末配合梁启超"新民为第一急务"的小说界革命，李伯元、吴趼人、曾朴、刘鹗等写作谴责时弊、批判官制的小说，因为其秉持公心来指摘时弊，小说内容虽多是浑浊不堪之事，然而小说却透露出一股强烈的精英人文品格。

（四）侦探小说

侦探小说分翻译类和自创类，是清末民初启蒙主义文学思潮中的一个重要类别，尤其是翻译类，因为国版侦探小说初次试水不伦不类。《时务报》1896 年就开始刊发由张坤德翻译的柯南·道尔侦探小说《英包探勘盗密约案》《记伛者复仇事》《继父诳女破案》《呵尔唔斯辑案被戕》，后来的期刊《新小说》《月月小说》《半月》都开辟过侦探小说栏目，发表过如福尔摩斯系列探案故事、林纾译的《歇洛克奇案开场》等侦探小说。下面这个资料可以概略出侦探小说在当时的发展：

① 刘鹗：《老残游记》，上海书店出版社 1993 年版，第 8 页。
② 同上书，第 5 页。
③ 刘鹗：《老残游记》，陈翔鹤校，戴鸿森注，人民文学出版社 1994 年版，第 11—12 页。

　　据阿英在《晚清戏剧小说目》一书中统计，清末我国译介的福尔摩斯探案多达 25 种。1904—1906 年是译介福尔摩斯探案最火爆的时期，柯南·道尔前期创作的侦探小说几乎都有了中译本。1908年，林纾、魏易又将《血字的研究》译为《歇洛克奇案开场》，交商务印书馆出版，同年该馆还发行了柯南·道尔的《海外拾遗》《博徒别传》《电影楼台》等。之后，又陆续出版柯南·道尔的《遮那德自伐后八事》和《黑太子南征录》《洪荒鸟兽记》《围炉琐谈》等。……中华书局于 1916 年隆重推出《福尔摩斯侦探案全集》，此书收入柯南·道尔的中短篇侦探小说 44 种，占其全部侦探小说近三分之二。全集汇集文言译本 12 册，分别由独鹤、小青、小蝶、天虚我生、半侬、瘦鹃、霆锐、天侔、常觉、渔火等 10 人翻译，当时文坛上的一些著名人士如包天笑、陈冷血、半侬等都为该书作序，刘半农还撰写了《英勋士柯南·道尔先生小传》一文，附于全集第一册，并盛赞柯南·道尔的侦探小说之非凡意义。①

　　当时的盛况是"近日所译侦探案，不知凡几，充塞坊间，而犹有不足以应购求者之虑"。②"当时译家，与侦探小说不发生关系，到后来简直可以说是没有。"③ 其风靡状态可想而知，难怪陈平原说"对'新小说'家及其读者最有魅力的，实际上并非政治小说，而是侦探小说"。④柯南·道尔是其中最为著名的，其他的较为一般，如 1905 年周作人翻译的爱伦·坡的侦探小说《玉虫缘》(《金甲虫》) 就没什么影响。而与译作相比，国人的模仿自制侦探小说就更是稚嫩了，其中较好的是吴趼人所作的《中国侦探案》(广智书局，1906 年) 和周桂笙的《上海侦探案》(《月月小说》，1907 年)，但也是传统公案小说和现代侦探小说夹杂在一起不伦不类。

　　任翔在《中国侦探小说的发生及其意义》一文中指出："在中国古

---

① 转引自任翔《中国侦探小说的发生及其意义》，《中国社会科学》2011 年第 4 期。

② 吴趼人：《中国侦探案·弁言》，见陈平原、夏晓虹《二十世纪中国小说理论资料》第 1 卷，北京大学出版社 1989 年版，第 194 页。

③ 阿英：《晚清小说史》，人民文学出版社 1980 年版，第 217 页。

④ 陈平原：《中国小说叙事模式的转变》，北京大学出版社 2010 年版，第 40 页。

代历史上，只有公案小说而无现代意义上的侦探小说。侦探小说源于西方的启蒙时代，自 1841 年美国作家爱伦·坡开创侦探小说的写作范式以来，经柯南·道尔、克里斯蒂、奎因、勒布朗、西默农、埃科等作家的不断拓展与创新，侦探小说已不再是一种仅供读者消遣的通俗读物，而是作为一种雅俗共赏的文类跻身于文学经典之林，并以其独特的艺术魅力吸引了现代世界的广大读者。从文化现代性的发展进程来看，西方侦探小说的生成，可见证启蒙时代的人文信念、司法制度、现代都市、现代科学、新闻媒介以及文学叙述形式等的深度变革。"①

　　侦探小说为什么不同于公案小说？其原因大概有这样五点：（1）侦探小说与现代行政与司法制度的确立有关，西方现代三权分立的民主制确立了司法的独立运行，因此侦探小说有一种司法独立精神，侦探亦是独立于行政体系外的自由人；而在中国古代的专制体制下，一切权力都归属于皇家朝廷，因此公案小说反映的是从属于专制体制的律法，它只是期待有狄仁杰、包青天这样的清官大老爷出来主持律法的审判，可是这些清官和侠客都有本质性的体制归属倾向。（2）侦探小说注重用逻辑推理解决悬疑问题，这和西方人崇尚理性解决问题的现代观念相关；而公案小说多注重分析人情关系破获案情疑点，因为公案小说很多案子的线索其实是很明显的，难点在于权力垄断，判官的重要任务就是破解权力网络对案情的控制。（3）侦探小说喜欢展现新的科学技术，新技术的实用往往给破案带来意外的惊喜；因为科学精神在中国古代长期阙如，所以在公案小说中并未体现出对新技术的浓厚兴趣。（4）侦探小说往往以城市为故事背景，属于现代城市文化的一部分；公案小说往往以官僚体制的内幕为故事背景，属于专制政治文化的一部分。（5）虽然侦探小说和公案小说都有惩恶扬善的结局，但侦探小说的真相大白来源于理性的必然，而公案小说的真相大白往往来源于对权力关系的一种正确判断，经常附会着一些好运气的、偶然的权力巧合，如什么皇帝大赦，什么皇族当中正好有个清明的王爷，什么朝廷正好出现了权力斗争等使得案情出现转机。

　　在清末民初的阶段，虽然有很多人将侦探小说与中国传统的公案小

---

① 任翔：《中国侦探小说的发生及其意义》，《中国社会科学》2011 年第 4 期。

说放在一起比附，也有人如剑铗、挽澜、冷血、吴趼人、周桂笙等开始自创中国式"侦探公案体"小说，但仍然有很多人指出了侦探小说与中国传统公案小说之不同的特点。如吉在《上海侦探案·引》中批判《中国侦探案》时说："……其间案情，诚有极奇极怪、可惊可愕，不亚于外国侦探者。但是其中有许多不能与外国侦探相提并论的，所以只可名之为判案断案，不能名之为侦探案。虽间有一二案，确曾私行察访，然后查明白的，但此种私行察访，亦不过实心办事的人，偶一为之，并非其人以侦探为职业的，所以说中外不同，就是这个道理。"①这里说到了侦探的职业化与专业化的问题是《中国侦探案》所缺乏的。周桂生认为："侦探小说，为我国所绝乏，不能不让彼独步。盖吾国刑律讼狱，大异泰西各国，侦探之说，实未尝梦见。"②讲出了侦探小说与公案小说之差异的根源在于刑律讼狱，是较为深刻的观点。

侦探小说在西方本来是属于大众通俗文学，但在清末中国维新派这里它被作为比政治小说更适合启蒙的一种精英文本来加以吸收。苏联学者斯·季纳莫夫认为：

> 侦探体裁是文学体裁中唯一在资本主义社会内部形成，并被这个社会带进文学中来的。对于私有财产的保护者，即密探的崇拜，在这里得（达）到了无以复加的程度；不是别的，正是私有财产使双方展开较量，从而不可避免地是，法律战胜违法行为，秩序战胜混乱，保护人战胜违法者，以及私有财产的拥有者战胜其剥夺者等等。侦探体裁就其内容来看，完完全全是资产阶级的。③

关于文明与私有财产之间的关系，卢梭也有个明确的观点，他认为："谁第一个围起一块土地，无所顾忌地说：'这是我的'，还找到一

---

① 吉：《上海侦探案·引》，见《上海侦探案》，《月月小说》1907年第7号。
② 周桂生：《歇洛克复生侦探案·弁言》，《新民丛报》1904年第55号。
③ 转引自〔苏〕阿·阿达莫夫《侦探文学和我》，杨东华译，群众出版社1988年版，第3页。

些头脑十分简单的人相信他的话，谁就是文明社会的真正缔造者。"①卢梭旨在说明私有制是人类不平等的起源，但并没有限定说文明社会就是资产阶级社会，古希腊的贵族民主制也是文明社会。

季纳莫夫这里简单套用经济基础决定上层建筑的理论，把资本主义社会的私有财产观念认作侦探小说产生的决定性因素，这个观点有点偏颇，没有说明封建社会、奴隶社会同样是私有制社会，为什么却没有出现侦探小说。因此侦探小说的根源并不在保护私有财产，而是建立在资产阶级的三权分立的民主制度下的司法独立，而且侦探小说的内容也并不限于保护私有财产，更多时候是保护社会正义，包含着司法独立对于民权保护的意义，等等。总之，季纳莫夫把侦探小说看得过于狭隘了，但是他看到了侦探小说完完全全是资产阶级的，这是完全正确的。正是侦探小说所体现出的与资本主义社会社会性质的一致性，才让清末时期的维新派小说家们把它当作启蒙的利器。

侦探小说从西方文学的一种通俗文本翻译到清末中国却变成一种精英文本，处处充当科学与理性的导师，张亦庵说：

> 要把不科学、不理智的头脑涤荡一下，方法自然不少，譬如提倡科学的教育，努力科学的宣传等等。但是第一件事就是先要引起一般民众对于科学的兴趣，对于理智的觉醒和尊重。想要从事于此，侦探小说实在是一支有力的先锋队。因为侦探小说是以理智和科学为立场的，而小说之入人又最易，只要一般人对于侦探小说的兴味能够普遍，那末玄秘的头脑不难打到，理智的、科学的头脑不难养成。②

吴趼人在《中国侦探案·弁言》中从读者接受的角度阐述的也是一样的道理：

---

① ［法］让·雅克·卢梭：《论人类不平等的起源》，吕卓译，九州出版社2007年版，第222页。

② 转引自肖金林《中国现代通俗小说选评·侦探卷》，上海文艺出版社1992年版，第5页。

访诸一般读侦探案者，则曰：侦探手段之敏捷也，思想之神奇
也，科学之精进也，吾国之昏官、聩官、糊涂官所梦想不到者
也。……吾国无侦探之学，无侦探之役，译此者正以输入文明。①

其实，精英文学和大众文学之间并不是两种文化，只是精英文学往
往是作为思想的先锋出现的，对于西方人来说，侦探小说所表达的科
学、理性、当代城市工业文明、司法独立等早就是一种生活的常识，不
再具有先锋意味，而在清末中国混沌初开，侦探小说却正好可以充当这
个先锋引导的角色。当然，清末民初人们对侦探小说与公案小说之间的
判定并不像我们今天这样清晰，但在清末民初那个时候，人们发现引进
这个新型的小说类型是可以结合小说界革命的启蒙号召的，他们也已经
很兴奋地发现这个小说类型比政治小说更具有吸引民众的艺术性，同时
又宣扬了西方的法制观念，其科学、理性、自由、平等的精神，也是对
中国建立西方式法制社会的呼吁和想象，它以对更生活化的内容赢得了
比政治小说更广泛的人心。

（五）科学小说

中国现代科学小说，是从 20 世纪初翻译法国著名科幻作家儒勒·
凡尔纳的小说开始的②：1900 年中国世文社出版了逸儒翻译、秀玉笔记
的《八十日环游记》；1902 年，卢藉东译意、红溪生润文翻译了《海底
旅行》在《新小说》上连载，梁启超翻译了《世界末日记》在《新小
说》上发表，梁启超与人合译《十五小豪杰》在《壬寅新民报》连载，
在序言中言明其：“吸彼欧、美之灵魂，淬我国民之心志。”6 月包天笑
翻译了《铁世界》由文明书局出版；10 月鲁迅翻译的《月界旅行》在
日本东京进化社出版，1903 年，海天独啸子翻译了《空中飞艇》，1904
年，包天笑翻译了《千年后之世界》……在此之后至 1916 年，中国陆
续出现了二三十篇或创作或翻译的科学小说，所译作品包括法国、日

①　吴趼人：《中国侦探案·弁言》，见陈平原、夏晓虹编《二十世纪中国小说理论资料》
第 1 卷，北京大学出版社 1989 年版，第 194 页。
②　参见郭延礼《凡尔纳所引发的外国科学小说的翻译》，见《中西文化碰撞与近代文
学》，山东教育出版社 1999 年版，第 176—186 页。

本、英国、德国、荷兰等地的作家。

对科学小说或科幻小说的倡导，反映出中国对西方工业文明、科学技术的推崇和对现代化的渴望，新小说家大多如翻译凡尔纳的鲁迅一样，看重翻译科学小说的功用：

> 故揎取学理，去庄而谐，使读者触目会心，不老思索，则必能于不知不觉间，获一斑之智识，破遗传之迷信，改良思想，补助文明，势力之伟，有如此者。我国说部，若言情谈故刺时志怪者，架栋汗牛，而独于科学小说，乃如麟角。智识荒隘，此实一端，故苟欲弥今日译界之缺点，导中国人群以进行，必自科学小说始。①

由于当时人们普遍缺乏科学知识，那时刊登的科学小说，更多属于翻译，创作的数量不多，不过都带着浓厚的启蒙色彩，比如荒江钓叟的《月球殖民地小说》、徐念慈的《新法螺先生谭》、吴趼人的《新石头记》、海天独啸子的《女娲石》、包天笑的《空中战争未来记》、萧然郁生的《乌托邦游记》、肝若的《飞行之怪物》、高阳氏不才子的《电世界》、支明的《生生袋》，以及无名氏的《机器妻》《中国女飞行家》等，这些小说所描绘的科学幻想，实际上是对西洋科技及民族精神的总结、看法，他们认为这是中国踏上现代之路的必要物质条件和精神条件，所以小说最后必然要落实到对自身"国民性"的批判上，处处不忘对晚清落后现实的讽刺，希望通过西方理性精神来拯救衰落而怠惰的中华民族。

比如《乌托邦游记》，里面描绘了这样一个通往乌托邦文明之船：船舱不分等级、旅客一律平等，船上有藏满世界各国典籍的藏书楼，有分动物、植物、矿物陈列着世界稀有物种的博物房，还有俱乐部。俱乐部不但可以欣赏音乐、玩游戏，还可以做化学试验、制造机器……这是作者所想象的西方现代文明的缩略图景，从这些描写当中，我们可以看出作者写作科幻小说绝不单单是像洋务派的中体西用说那样只追求科

---

① 周树人：《〈月界旅行〉辨言》，见《鲁迅全集》第 10 卷，人民文学出版社 2005 年版，第 164 页。

学，而是把科学和西方自由、平等、民主等概念置于一个有机系统中去理解，它不但可以激发普通中国人对科学的未来世界的向往，同时也像政治幻想小说那样召唤起人们向往整个西方现代政治制度，以及批判清廷统治下的黑暗现实。

胡适在《科学与人生观》序言中说："近三十年来，有一个名词在国内几乎做到了无上尊严的地位：无论懂与不懂的人，无论守旧和维新的人，都不敢公然对他表示轻视或戏侮的态度。那个名词就是科学。"[①]这是说清末以来"科学"对于国人来讲具有意识形态意义，科学上升为科学主义。Tom Sorell 认为科学主义是"一种关于科学（特别是自然科学）的信念，它认为科学是人类知识中最有价值的部分，之所以是最有价值的部分，是因为它是最有权威、严肃和有益的"。[②] 对于清末民初那些翻译科学小说和自己创作科学小说的作者，每个人的心底都有一个这样的科学主义。

（六）教育小说

由清廷所主持的晚清社会变革，教育改革的意义最大——延续 1000多年的科举考试在 1905 年被废除。科举制度的废除，对晚清社会产生了强烈的震荡和致命性的影响：古典教育走到尽头，且意味着传统的孔孟之道已经不能作为一种强制性的意识形态发挥作用了。同时，清政府对外派送留学生接受新式教育，对内则是在全国各地开始大规模兴办新式学堂，"据学部统计，1904 年全国学堂总数为 4222 所，学生 92169人；1909 年学堂总数猛增到 52346 所，学生达 1560270 人。一个不同于旧式文人和封建士大夫的新型知识分子群体在 20 世纪初年已经形成"。[③] 在这种背景下出现了探讨教育问题的小说，1903 年苦学生翻译了《苦学生》，朱树人翻译了《冶工遗事》；1905 年悔学子在《绣像小说》上发表了《未来教育史》，包天笑翻译了《儿童修身之感情》；

---

① 胡适：《科学与人生观序》，见《胡适文集》第 3 卷，北京大学出版社 1998 年版，第152 页。

② Tom Sorell, *Scientism*: *Philosophy and the infatuation with science*, New York, Routledge, 1991 1.

③ 郑大华编：《晚清思想史》，湖南师范大学出版社 2005 年版，第 464 页。

1905—1906 年吴蒙在《绣像小说》上发表了《学究新谈》；1908 年雁
叟在《月月小说》上发表了《学界镜》；1909—1912 年包天笑翻译了
《馨儿就学记》《埋石弃石记》《苦儿流浪记》《孤雏感遇记》，"其中以
《馨儿就学记》最受欢迎，影响最大，先后发行数十万册"。① 除了这些
专门写教育题材的小说，还有很多小说涉及晚清新式教育的，如李伯元
的《文明小史》第 34 回写到山东省已经有了新式学堂 48 所，而抚台则计
划要办到 100 所。《孽海花》《新上海》《市声》等都有晚清新式教育的
种种情况。

　　晚清的教育小说，基本上都持有一种积极乐观的心态，对未来的追
求是理性而执着的。他们一方面展示着清末教育体制改革的真实状貌，
批判、讽刺中国教育的现状和国民的劣根性；另一方面认定教育改革、
开办新学堂乃是必然趋势，他们对未来教育的构想充满热情，并坚定不
移地确信开通知识、引进西学对培养新的国民素质的重要性。如李伯元
在《文明小史》中谈到清廷废科举、创办新式学堂、实施新政等举措，
探讨这些举措到底有没有必要，是"老大帝国，未必转老还童"持悲
观态度呢，还是相信"幼稚时代，不难由少而壮"持一种乐观主义态
度呢？作者在序言中讲述自己的创作意图时说：

　　　　你看这几年，新政新学，早已闹得沸反盈天，也有办得好的，
　　也有办得不好的；也有学得成的，也有学不成的。现在无论他好不
　　好，到底先有人肯办；无论他成不成，到底先有人肯学。加以人心
　　鼓舞，上下奋兴，这个风潮，不同那太阳要出，大雨要下的风潮一
　　样么？所以这于人，且不管他是成是败，是废是兴，是公是私，是
　　真是假，将来总要算是文明世界上一个功臣，所以在下特做这一部
　　书，将他们表扬一番，庶不负他们这一片苦心孤诣也。②

　　李伯元之所以这样坚定地支持新式学堂的创办、新式教育的探索，
当然是从他的启蒙者立场出发的，此时的学堂和新小说一样，是启蒙教

---

①　包天笑：《钏影楼回忆录》，香港大学出版社 1971 年版，第 388 页。
②　李伯元：《文明小史》，百花洲文艺出版社 2010 年版，第 1—2 页。

育之利器，因此这段话既是对新式教育的试验者们的一种褒奖，同时也是对尚处在探索阶段的新小说试验者们的一个褒奖，不以成败论英雄，在这新时代开启的时刻，探索本身就是一种勇气，启蒙英雄的意义亦即在此。

总而言之，晚清时期的这些新小说，积极响应梁启超在"小说界革命"中倡导的启蒙主义文学观点，在作品内部有意识地演绎自身对西方文明的理解——启蒙现代性中的科技理性精神和人文理性精神。并在西方现代性标准的参照下批判中国现存秩序和制度的悖谬以及国民的奴性。

本 章 小 结

综上所述，1896—1914 年左右，晚清社会在康有为（1902 年以前）、梁启超、严复、谭嗣同等维新派人士的努力推动下，通过新型的报刊媒体，在中国社会倡导了一个由浅到深的文化启蒙运动。尤其是1902 年以后，新型知识分子群体在对历史苦难的不断反思中，已经根本改变了"中学为体"的价值认知模式，而接受梁启超"新民为中国第一急务"的宣告，真正获得了依靠西方现代文化启蒙的历史觉悟。文学上的启蒙主义便是这个声势浩大的文化启蒙运动中的一个重要组成部分。

有很多学者认为清末民初这些文学思想和文学作品对启蒙的领会不深、表述不通透，因此否定了他们的现代启蒙性质。康德曾经在《什么是启蒙》这篇文章中回答了"我们是否生活在一个启蒙了的（enlightened）时代？"这个问题，他说："不，但我们生活在启蒙的时代（enlightenment），他意指时代本身和启蒙文化并不是同时代的。换句话说，是指在文化和社会之间还存在不一致；在规范和现实之间，启蒙的力量还没有完全渗透到时代里。"[①] 启蒙的时代是不成熟的时代，启蒙了的时代才是成熟时代。从这个推论来看，1896—1914 年间维新派人士的

---

① 〔法〕米歇尔·福柯：《什么是启蒙？》，见汪晖、陈燕谷编《文化与公共性》，三联书店 1998 年版，第 425 页。

这些文学行动完全担当得起"启蒙"二字。

晚清文学的启蒙主义思潮是以西方启蒙主义思想为理论依据，以西方启蒙主义文学为学习模本，以西方社会经验为合法性参照的，当然他们所说的"西方"或欧美在很大程度上都经由日本而中间转化。在那个特殊的闭塞初开的年代，文化的隔膜使他们对传来的西方知识的理解有很多历史的经验局限性，如梁启超说的，如火如荼却也难免囫囵吞枣；西方启蒙主义文学中的很多美学思想被晚清知识分子的急迫的功利性所遮蔽，他们非常急于搜寻一些药方，来医治风雨飘摇的中国。但在不讳言其弊端的同时，我们也要看到，他们对启蒙主义文学是要用启蒙主义理性去启迪民智、开化愚氓这个关键的思路是正确把握的，而且取得了非常重大的成绩。

晚清启蒙主义文学作为中国文学的第一个文学思潮，所取得的开创性成绩有：（1）以文化激进主义的态度对本土传统价值观念和民族文化心理进行根本性的否定，并意欲以西方启蒙主义的文化价值观念取而代之。（2）在启蒙的视野下重新定位文学与社会的关系，在赋予文学重要的社会历史使命的同时，也提高了文学在社会文化格局中的地位。（3）改变了文学秩序格局中各类文体的结构位置，小说第一次被视为最重要的文体，又同时被看作实现启蒙目的重要的甚或是根本的手段，并把"改造国民性"定为小说的任务和主题。（4）倡导白话文学，提倡言文合一，开创中国文学语言的变革。晚清启蒙主义所倡导的这些观点得到了作家们的热烈响应，但在实际创作中无论是精神还是形式，都不能说被很好地领悟，更多地是新旧杂陈，众声喧哗，热情和勇气可嘉，但它们无论从哪一点上都对五四时期的启蒙主义文学产生了改革源头的作用。

第二章　革命古典主义文学思潮的萌芽

有学者把左翼文学、延安文学、十七年文学和"文革"文学，称为革命古典主义或红色古典主义。如杨春时在《走出古典主义和新古典主义》《现代民族国家和中国新古典主义》《样板戏——革命古典主义的经典》等文章中使用的是新古典主义或革命古典主义，而殷国明在《中国红色古典主义文学的兴起和终结》《西方古典主义与中国现代文学》等文章中使用的是红色古典主义。本章认为，非常成熟的革命古典主义文学，在中国虽然说是在 20 世纪 30 年代才从苏联引进并发展成熟的；但重新考察晚清文学的文献资料，却能够发现，在现代文学发端的晚清至民初那段时期，在那些革命派文学以及维新党激进派文学中，也已经开始了革命古典主义文学思潮的萌芽。

第一节　什么是"革命古典主义文学"？

一　"从古典主义"到"革命古典主义"

古典主义文学在西方文论中有较为确定而系统的理论界定，但在中国现代文学的文论发展中，对于中国现代文学有没有"古典主义"却长期以来缺乏一个明确的界定。俞兆平在作古典主义文学研究时发现：20 世纪 90 年代以前，诸种版本的现代文学史论著论及 20 世纪 20—30 年代中国文坛时，只有浪漫主义与写实主义这两大思潮的"双峰并峙"，以及作为补充的以象征主义为代表的现代主义，或者唯美主义，唯独没有古典主义。

20 世纪 90 年代以来，随着对人文精神的大讨论和对文化保守主义研究的升温，现代文学中以"学衡""新月"为代表的、具有保守主义倾向、拥护儒家人文主义的古典主义思潮，开始引起学界的不断关注。罗钢的《历史汇流中的抉择》中将梁实秋的批评理论评价为古典主义文学观。温儒敏在他的《中国现代文学批评史》中也论及梁实秋和新人文主义，并将白璧德的思想归结为批判浪漫主义以降的西方近代文艺思潮，重建古典主义范畴。旷新年在《现代文学与现代性》和沈卫威的《回眸"学衡派"》中，将学衡派和梁实秋联系起来，并以新人文主义为联结点，指出学衡派和梁实秋的相通之处在于古典主义。许道明的《中国现代文学批评史》中直接将 1925 年后的新人文主义批评家，如学衡派梁实秋、闻一多、朱湘、余上沅等，评价为以中国本土的文化传统推动现代文学批判的发展，有着明显的古典主义气息。殷国明的《20世纪中西文艺理论交流史》，张林杰的《守旧与开新》，李怀亮、钱振文的《现代文学批评中的古典主义倾向》，白春超的《现代中国文学中的古典主义》等文，不仅认为古典主义在对主流文学的批判中建立了自己的文学观念体系，而且还付诸实践，以古典主义的美学原则进行创作。

俞兆平在《新人文主义与中国现代格律诗派的缘起》《中国现代文学中古典主义思潮的定位》《徐志摩后期美学思想中的古典主义倾向》《梁实秋的古典主义文学理论体系》等一系列文章中，指出闻一多、邓以蛰、梁实秋为代表的中国现代格律诗派，在 1926 年到 1931 年间掀起了一股新古典主义思潮，并将现代格律诗派的理论纳入这一思潮中，得出新格律诗派是以新人文主义为动因的结论。杨春时和殷国明在探讨红色古典主义、新古典主义的系列文章中提出了革命古典主义文学思潮的概念。可以说，所有这些论文都在不断地拓宽人们对古典主义的理解空间，使得对古典主义的研究不断走向宽广与深入。

（一）古典主义文学

要弄清"革命古典主义文学"，就要先弄清"古典主义文学"。那么什么是古典主义文学呢？一般认为，它是西方文学中第一个独立的文学思潮，以 17 世纪的法国文学为典范。勒内·布雷德指出："古典主义是全欧洲的。它的摇篮不在法国，然而却是在法国它终于具有了自己的形式；在这里它被组织成为一个条理清晰的体系；在这里出现的杰作将它固定下来。"① 韦勒克也指出："法国的十七世纪被提升为古典主义时代（Classicalage），与在我们看来其风格和理论似乎和十七世纪一脉相承的十八世纪相对抗。"② 而在他的《近代文学批评史：古典主义时代》中也阐述过，从 1550 年到 1750 年，欧洲实际上是建立、发展、传播了一套实质相同的文学观点，这套文学观点"将亚里士多德和贺拉斯的学说融为一体，重新阐说了他们的原理和见解，它们在将近三个世纪里仅经历了一些无关重要的变化"。③ 无关紧要的变化所围绕的是文艺复兴以来的古典人文主义思想。

　　17 世纪法国古典主义的重要哲学基础是古典人文主义思想。人文主义，humanism，简单来说，就是以人为中心、以人自身的经验为出发点看待宇宙人生的一种哲学思想。它与以神为中心的宗教世界观和以自然为中心的科学世界观相对立④。在古典人文主义者的眼里，古代希腊罗马的世界便是一个非常优越的人文世界，他们发展了古代"复兴"的想法，并因此重视古代文献，以极大的热情去研究希腊文和希伯来文，钻研亚里士多德、西塞罗、贺拉斯等人的著作。同样地，在文学艺术方面，古典主义者也认为，古希腊罗马的艺术体现了一种为理性所平衡的伟大而健全的人生观，它是足以悬范于后世的，因此，他们要以这些作品为典范，效仿它们的题材、体裁和艺术规则，以达到对现时世界进行人文教化的目的。人文主义者的这种文艺旨趣，在意大利文艺复兴时已开始萌芽，而到了 17 世纪的法国，则发展出了规模庞大的古典主义。可以说，古典主义，就是文学艺术中的古典人文主义。

---

　　① ［英］多米尼克·塞克里坦：《古典主义》，艾晓明译，昆仑出版社 1989 年版，第50 页。

　　② ［美］R. 韦勒克：《文学思潮和文学运动的概念》，刘象愚选编，中国社会科学出版社1989 年版，第 83 页。

　　③ ［美］R. 韦勒克：《近代文学批评史》第 1 卷，杨岂深、杨自伍译，上海译文出版社1987 年版，第 7 页。

　　④ 阿伦·布洛克认为："一般来说，西方思想分三种不同模式看待人和宇宙。第一种模式是超越自然的，即超越宇宙的模式，集焦点于上帝，把人看成是伸的创造的一部分。第二种模式是自然的，即科学的模式，集焦点于自然，把人看成是自然秩序的一部分，像其他有机体一样。第三种模式是人文主义的模式，集焦点于人，以人的经验作为人对自己，对上帝，对自然了解的出发点。"见阿伦·布洛克《西方人文主义传统》，第 12 页。

　　17 世纪古典主义文学是一种功利主义文学观，他们从古典人文主义那里吸取哲学思想的基础，是为了当时的政治服务的，他们明确提出拥护王权的文学纲领，人文主义者最崇尚的就是理性，认为人是理性的动物。但这个"理性"概念是建基在集体主义原则上的，主要指政治理性和道德理性，前者渊源于古罗马，后者渊源于古希腊。对于当时的法国人来说，这两者之中更重要的是政治理性，道德理性是服从于政治理性的。因为 17 世纪的欧洲，在经历了文艺复兴的解放与宗教改革的冲击后，进入了一个要求"民族独立"与"秩序和安全被认为比自由更重要的时代"①，而要维护一个能够保护民族独立而又安全稳定的社会秩序，在 17 世纪的法国人看来，就是要恢复古罗马的历史经验，去建立一个统一的强而有力的政权，所以法国古典主义便从古罗马文学中汲取灵感，吸收了他们热衷于表现政治意识、拥护集权理念的政治理性。在这种思想指导下，布瓦洛的《诗艺》明确宣布理性是文学创作的最高原则，并在《诗艺》的结尾处极力颂扬他的"太阳王"，号召诗人们尽力讴歌"我们的贤明君主"。在布瓦洛的影响下，拉辛、高乃依等都从崇尚古典与规范、表现政治主题的理念出发，塑造了一系列符合政治理性和道德理性的"崇高"的人物。

　　古典主义文学高度弘扬集体主义的政治道德理性，认为其能创造有条不紊的人类社会秩序，可以配合当时要建立现代民族国家的政治需要。在一般的表述中，这个理性也被称做人性。他们相信人性的普遍永恒，认为艺术必须摹仿这些普遍永恒的人性，摹仿则必须要有典范，因此要制定许多的标准与规则；古典主义的艺术目的是为了人文教化，因此艺术作品要表现典雅高贵的人性美。可以看出，古典主义的这种艺术思维，代表了人在神的世界远去后，要在人性中寻求秩序、倾向稳定与永恒的心性要求，其实这种心性要求永远都潜藏在人类或某些人类的心灵之中，只不过，它或许会因为某一个时代的选择而成为显著的主流，也或许在某一个时代因为被遗忘、被否定而成为孤独的声音。

----

　　① ［美］爱德华·麦克诺·伯恩斯、菲利普·拉尔夫等：《世界文明史》第 2 卷，罗经国等译，商务印书馆 1995 年版，第 291 页。

（二）古典主义文学在 20 世纪的复兴

启蒙主义文学兴起时，因为其从表面上看来，与古典主义文学一样具有强烈的功利主义色彩，同样强调理性，因此一般没有去深究其内涵的人很容易将它们混淆在一起，很多启蒙主义文学作品被当作古典主义文学作品。

但在浪漫主义文学运动期间，古典主义遭到了激烈的、否定性的批判，不过偶尔也会有一些拥护者存在，如 19 世纪法国的布吕纳介、圣伯夫，英国的马修·阿诺德；到了 20 世纪，据韦勒克的介绍，则来了个古典主义的复兴，出现了许多新古典主义原理复活的趋势和思想[①]。韦勒克提到了 T. S. 艾略特、弗·阿·利维斯，还有约佛尔·温特斯；其实，这股古典复兴的代表人物应该是欧文·白璧德和保罗·埃尔默·莫尔，而这两人之中，又以白璧德为最。韦勒克上面所举的几个人都是白璧德的学生。

白璧德的古典主义文学思想和他的新人文主义理念是一脉相承的。新人文主义于 1910 年到 1930 年间在美国崛起并兴盛，代表人物除了白璧德外，还有莫尔、诺曼·福斯特和罗伯特·沙夫特。他们继承马修·阿诺德的文学和社会学理论，一方面同意传统人文主义的基本观点，另一方面又注入了时代的新内容——对西方各种现代性思潮的批判。

新人文主义者认为，近世以来，西方世界陷入了秩序混乱、人心失范的堕落时代，世界大战的爆发便是一个极端的明证。白璧德认为其恶源是以培根为肇端的科学主义和以卢梭为源头的浪漫主义，前者是一味征服自然的物质功利主义，后者是不加节制的情欲主义，一个运用的是无生命的自然法则，一个运用的是把人还原到动物的法则。[②] 相信了前者，人变成了肤浅的理性主义者；相信了后者，人变成听凭冲动的非理性主义者，在这两者的交错下，西方近代社会几成了无序的疯人院。而且这两种潮流有个共同的特点是趋新尚今，打着进步的幌子，不相信永

---

① ［美］R. 韦勒克：《古典主义时代》，见 R. 韦勒克《近代文学批评史》第 1 卷，杨岂深、杨自伍译，上海译文出版社 1987 年版，第 1 页。

② ［美］欧文·白璧德：《古典主义和浪漫主义的概念》，见欧文·白璧德《卢梭与浪漫主义》，孙宜学译，河北教育出版社 2003 年版，第 11 页。

恒真理，却相信永恒变化；这无疑在加剧着西方的混乱。对此，他们认为，要拯救西方社会的灾难，必要的是去恢复那些古代圣贤们发现的永恒真理，去重新找回制约人性失范的古典价值标准。除了回归古希腊罗马思想外，新人文主义者，尤其是白璧德，还把智慧的资源延伸到希伯来、佛教、儒教等东方文化的原典当中。这种要"用历史的智慧来反对当代的智慧"① 的做法，使得他们成了文化保守主义阵营中的一员。

白璧德的这种古典主义实际上脱离了政治的目标，是一种以批判现代性、重建古典审美人生为旨趣的文艺。很显然，这是因为美国早就是民主共和政体，并没有要建立民族独立的现代民族国家的历史任务。因此白璧德等新人文主义者不可能关注政治理性的方面。他的文学理论不但远追古希腊，而且也表现出了强烈的亲东方倾向，尤喜孔子。正是这尤喜孔子，吸引了一群中国留美学生的注意。在白璧德耳提面命的指导下，1915 年，新人文主义以及古典主义思想开始在有关中国文学革命的论争中碰出火花，而后经过几批人的努力，到 20 世纪 30 年代，终于发展成了中国现代文学中的古典主义。属于这个思潮的，是学衡与新月。中国现代文学的这种仅以人文主义为内核的古典主义文学思潮已经有大量论著出版，此处不再赘述。

（三）20 世纪的革命古典主义文学

所谓革命古典主义文学，也是古典主义文学的一种，在根本性质上与古典主义文学并没有不同，比如：它们都是对现代民族国家的回应，都以建立现代民族国家为历史目的；并且在这一根本性质的规导下，都服从集体主义的理性，讲求统一的艺术规范。只不过与一般的古典主义相比较，革命古典主义为完成建立现代民族国家的任务倾向于宣扬一种革命与暴力的途径。其典型代表是苏联与中国的"社会主义现实主义"，在晚清民初的文学创作中也有些端倪。

上文说到了古典主义文学的政治内核和道德内核，在 17 世纪经典的古典主义文学中这两者是要求内在地结合在一起的，但是在 20 世纪

---

① 梅光迪：《人文主义和现代中国》，见《梅光迪文录》，辽宁教育出版社 2001 年版，第218 页。

美国新人文主义者倡导的新古典主义理念中，政治内核被剥离，他们只强调了其道德内核的一面，并理想化地认为这种古典人文主义道德可以拯救被现代人文主义思想搞坏了的世界，他们的这种古典主义文学观并没有得到实际上的发展，欧文·白璧德的弟子实际上都是现代主义文学的代表作家而不是新古典主义文学的代表作家。欧文·白璧德的思想被学衡派与新月派传到中国，其实也并没有以一种彰显的思潮方式将它发展起来。

而与此相对的，是被称为红色古典主义的革命古典主义文学在20世纪取得了辉煌的规模，它们继承了17世纪古典主义文学的核心特点：高举为政治服务、为追求"民族独立"的国家政权服务的旗帜，在文学中贯穿集体主义的理性道德观念，制定一系列严格执行的艺术准则等。要理解为什么革命古典主义比美国新人文主义的古典主义更有生命力，必须回到古典主义文学思潮所必需的历史境域中去。

二 革命古典主义文学的历史语境：现代性·民族主义·现代民族国家

革命古典主义文学和经典的古典主义文学一样，它们的历史语境都是现代性、民族主义与现代民族国家。古典主义文学的确立是在17世纪，它的源头却是在15世纪以来的欧洲社会，这个时间也是现代性开始发展的最初阶段，也就是说，古典主义文学是在现代性的境域内发生的，古希腊、古罗马的文学可以被称为古典文学，但不能称之为古典主义文学，"主义"是一种意识形态的评判视角，古典主义是现代欧洲人企图借用古希腊、古罗马的古典文学来作为思想资源，而应对他们所面临的现实世界里亟须解决的实际问题。这个亟须解决的实际问题，就是要建立一个与"人的独立"相对应的"民族的独立"的现代民族政权形式来确定一个理性的人间生活秩序。

古典思想的资源很多，基督教时期由教会制度来组织统治也是一种社会秩序，但是现代性本身就要求从圣化社会到人本社会的位移，因此在社会组织方面，他们选择更接近人的世界秩序的古罗马政体来作为借鉴。这是现代性在政治制度追求的早期阶段，是安东尼·吉登斯所说的现代民族国家的绝对王权时期。随着现代政治学说的成熟，西方社会思想界提出了更为适合表达现代性核心理念的现代共和民主制度，到了现代资产阶级民主制度时期，古典主义文学就无法在理念上与之弥合了，而代之以启蒙主义文学思潮。

关于 17 世纪古典主义文学思潮和绝对王权时期的现代民族国家的一致性，我们可以展开来分析。

（一）古典主义文学的历史语境：现代性·民族主义·现代民族国家

古典主义文学思潮和现代民族国家的兴起是同步的。根据韦勒克的研究，古典主义文学思潮萌芽于 15 世纪，确立于 17 世纪。早在文艺复兴时期，追慕古希腊、古罗马艺术风格的复古之风便开始盛行，但是一方面尚未得到官方的正式支持，另一方面也尚未出现将这些艺术法则付诸文学创作的相应的实践活动。此时，古典主义文学思潮还处于酝酿当中。之后的一两百年时间内，古典主义文学思潮迅速崛起，与之并立的社会现象是：随着文艺复兴以来的现代性发展，到 17 世纪欧洲民族主义觉醒，各国开始面临建立现代民族国家的伟大历史使命，以实现民族独立和国家统一，为现代性发展提供政治制度的保护。

那么什么是民族主义呢？民族主义作为一种历史现象，"是在世界现代性的历史框架中崛起、发展和演化的"。① 具体来说：

> 民族主义现象是指以"民族"为符号、动力和目标的社会、政治、文化运动，或以民族国家为诉求的意识形态，或以文化传统为依托的情结和情绪。②

17 世纪的西欧在现代性的迅猛发展、工业文明的初步形成、市民商业社会的出现等基础上，从个人竞争的自由、独立、平等观念演化到要求民族竞争的自由、独立、平等。民族主义一出现就是一个世界关系的现象：每一个国家都有自己的民族主义，都有自己的民族主义发生、

---

① 徐讯：《民族主义》，中国社会科学出版社 2005 年版，第 13 页。
② 同上书，第 11 页。

发展的历史。这个观点梁启超在《新中国未来记》中也表述过,要建立一个中华民族的现代民族国家,我们不以自己的民族去欺负别国,别的国家也不能来侵略我们,是一种各国间保持独立平等关系的民族国家关系。当然,这是理想主义的理论设定,在实际的历史进程中,民族主义既扮演过天使也扮演过魔鬼,一切帝国主义的侵略战争都是民族主义的魔鬼,最极端的尤其是二战时期的日本和德国。但是不管是天使,还是魔鬼,它都是现代性发展中一股无法去忽视的势力。

以赛亚·柏林在《民族主义:出人意料的力量》一文中说:

> 但是我们或许可以不夸张地说,它是当今世界现有各种思想、社会运动中最强大的运动之一,在有的地方则是唯一强大的运动;而那些没有预见到这一运动的人则为此付出了代价,失去了他们的自由,事实上是丧失了自己的生命。这个运动就是民族主义。①

民族主义是如此地强大,自它产生之后几乎社会所有领域都有它的渗透,然而最显著的还是它的政治要求。现代民族国家的建立就是以民族主义作为历史动力的。

"什么是现代民族国家呢?它区别于传统社会的王朝国家。欧洲中世纪建立了许多王朝国家,它并不是建立在民族地域、民族经济、民族文化的基础上,不是民族共同体,而只代表贵族、教会利益。近代兴起了民族国家,它建立在民族地域、民族经济、民族文化的基础上,成为民族共同体,代表了民族利益。"② 民族意识、民族独立等民族主义思想不是古来就有的,它是配合现代性"个人的独立"而生的"团体的独立""社群的独立",梁启超在考察欧洲社会的现代文明后,也提出了欧洲社会的现代化,民族主义潮流发挥了极其重要的作用。并指出:"天下势力之最宏大最雄厚最剧烈者,必其出于事理之不得不然者也。……民族主义者,实制造近世国家之原动力也。"③ "凡一国之能立

---

① 转引自徐讯《民族主义》,中国社会科学出版社 2005 年版,第 1 页。

② 杨春时:《中国现代性与现代民族国家的错位和复位》,《琼州大学学报》2000 年第 3 期,第 56—59 页。

③ 夏晓虹辑:《饮冰室合集集外文》下册,北京大学出版社 2005 年版,第 1251 页。

于世界，必有其国民独具之特质。上自道德、法律，下至风俗、习惯、文学、美术，皆有一种独立之精神。祖父传之，子孙继之，然后群乃结，国乃成；斯实民族主义之根柢源泉也。"[1] 说明了民族主义思想是近代民族国家的原动力，是由个人独立思想发展而来的，在西方的历史发展中，正是文艺复兴时期对独立的"人"的发现，通过文学、美术、风俗习惯等的代代传承，终于到 16 世纪汇成了明晰化、系统化的民族主义思想。

从 16 世纪起，欧洲各国纷纷踏上寻求民族独立、确立民族身份和启发民众民族意识的道路。为了确立民族这个"想象的共同体"，它们设法摆脱天主教、拉丁文化的统治，以确立本民族的文化图腾：文字符号——"现代民族国家的形成与以方言为基础创造书写语言的过程明显地具有历史联系，这一点已经为许多学者所关注"。[2] 与此同时，欧洲各国面临着本民族利益和统一、巩固本民族的中央集权国家统治的历史使命，在当时的情况下

> 荷兰、英国和法国先后在这样的基础上形成了代表民族利益的君主国，它们最终作为"新"工商经济时代特定区域内人们共同利益的保护者，开始登上了历史舞台。[3]

君主国并不是民族主义政治诉求的终极目标，因为民族主义是与现代工商业文明的内在要求统一的，君主国只能保证民族与国家在地域上的重合，其根本的国家性质是前现代的，但在这个过渡时期，君主国的建立往往表现出对工商业文明的接纳以及对民族工商业利益的保护。

为了达此目的，各国不仅需要在政治上削弱教皇和贵族的势力，而且需要在伦理道德上重构新的准则。以当时王权最为强大的法国为例，在 16 世纪长达 36 年的、旷日持久的宗教战争，已经使得王权之上的宗教势力岌岌可危，这非常有利于路易王朝势力的巩固；而路易十四为了

---

① 夏晓虹辑：《饮冰室合集集外文》下册，北京大学出版社 2005 年版，第 1252 页。

② 炳谷行人：《民族主义与书写语言》，见汪晖、陈平原、王守常主编《学人》第 9 辑，江苏文艺出版社 1996 年版，第 45 页。

③ 徐讯：《民族主义》，中国社会科学出版社 2005 年版，第 20 页。

进一步削弱封建贵族的权力，特意扶植平民等级，在旧的政治体制之外建立一个代言法兰西民族的国家行政机构，这标志着现代官僚机构的萌芽；同时，路易十四也制定了一整套强调规训贵族、引导民众的国家主义道德准则。

法国社会建立的这个现代民族国家有着过渡时代的鲜明特点，被安东尼·吉登斯称为现代民族国家的绝对主义（absolutist）时代。他论述道：

> 在绝对主义（absolutist）国家中，我们发现了与传统国家这一形态的断裂，这预示着继之而来的民族—国家的发展，自绝对主义（absolutist）时代始，与非个人的行政权力观念相联系的主权观念以及一系列与之相关的政治理念，就已经逐步成为现代国家的组成部分。①

或者我们可以根据吉登斯的分析而把绝对主义时期称为现代民族—国家的初级阶段。在这个阶段，路易王朝为了平衡各方面势力，一方面是国王改奉天主教稳定教会势力；另一方面是奉行开放的重商主义政策，保护工商业的发展，稳定现代资本主义经济的发展，而它自身则代表了封建贵族的利益。它当然不符合现代性政治的真正要求，但是在这个时候，现代性发展处在最初的阶段，这个绝对王权的现代民族国家形式在一定程度上保护了现代性的发展，能够满足那个时期的需要，也在新旧混杂的政治体制内开始了现代权力的公共性、群体性等思想的发展。

正是在这样一个社会背景之下，古典主义文学被作为能够辅助现代民族国家建设的文学形态被确立下来，它的明确的文学目标、明确的文学思想、明确的公共性与广泛的传播性，使它与任何以前的文学发展状态都不一样，它被称为欧洲第一个文学思潮。

（二）古典主义文学的历史目的和效果

从历史目的和效果上来看，古典主义文学思潮的兴起是对现代民族

---

① ［英］安东尼·吉登斯：《民族—国家与暴力》，胡宗泽译，三联书店1998年版，第147页。

国家的呼应，有利于建立和巩固现代民族国家。

现代民族国家在欧洲的日程化，必然要求文学积极回应，以实现和巩固新建立的民族文化共同体、中央集权制度和社会伦理秩序。由此，文学逐渐告别了文艺复兴时代，进入了提倡理性、秩序、规范的古典主义时代，古典主义文学思潮开始兴起。王独清在《古典主义的起来和它的时代背景》一文中指出法国"因为政治上更加强度地追慕着有威势时代的希腊罗马，所以跟着'绝对权'发展的文化圈里面便去重新拨动前世纪所种下的古典的种子，于是，在文学的创造中便来了古典主义的文学"。①

进而言之，古典主义文学与民族主义密不可分，它是想象民族的主要想象形式。它一般采用世俗民族方言进行创作，无形中巩固并推广了民族语言，促进了本民族的文化认同。同时，它赋予人们艺术享受的同时，也将隐藏的意识形态，如个人服从于国家、爱服从于责任的伦理观念，同现实中具体的民族形成结合起来。正如徐讯所言："民族是一个臆想的共同体，同时它也是道德、价值的共同体。人们认同某一民族和国家，也意味着认同某种特定的道德和价值观。"② 再者，优秀的古典主义文学作品本身也构成了绝好的文化图腾，成为一个民族的象征符号，号召整个民族。

古典主义文学也是实现和维护国家统治秩序的历史工具。古典主义的典范是 17 世纪的法国文学，它在艺术创作上强调规范和理性，在表现内容上着力突出国家意识和君主意识，以呼应建立现代民族国家的时代要求。"17 世纪的法国，中央集权的专制君主制已经形成，王权要求建立统一的秩序，一切都实行规范化，要求人们在思想上张扬理性，克制个人欲望，一切以国家民族为重，而国家实际上就是国王。……古典主义文学思潮就是这个历史趋势在文学上的表现。"③

---

① 贾植芳、陈思和主编：《中外文学关系史资料汇编（1898—1937）》上册，广西师范大学出版社 2004 年版，第 177 页。

② 张明主编：《知识分子立场——民族主义与转型期中国的命运》，时代文艺出版社 2000 年版，第 44 页。

③ 陈惇主编：《西方文学史》第 1 卷，四川人民出版社 2003 年版，第 242 页。

从艺术主张和创作风格上看，古典主义文学是集体理性主义的文学思潮。其一，在表现内容上，古典主义文学喜欢表现个人与国家、情感与理智、私欲与王权之间的激烈冲突，并以国家、理智、王权的最终胜利歌颂国家主义、民族主义的理性精神。"古典主义具有明显的政治倾向，它要求作家把歌颂国王、维护国家利益、宣扬公民责任感作为作家的职责。"[①] 其二，在表达方式上，古典主义文学认为最高的艺术法则应该是"高贵的单纯，静穆的伟大"，反对情感的过度宣泄。"古典的首先意味着秩序井然和高度控制；……使情感合理地流泄，使无规则的思想系统化，给自然修饰润色。"[②] 其三，在艺术规则上，古典主义文学讲究"三一律"，要求结构简洁、完整而又严谨，符合理性特征。其四，在语言上，古典主义文学要求简洁、明朗、精确的语言风格，反对夸张、华丽的巴洛克风格，体现出古典的朴素的尊贵。

可见，古典主义文学思潮应该被准确定义为，在一段较长的历史时间内，以建立现代民族国家为历史目的，以集体理性主义思潮为哲学背景，它是高扬理性，尊崇古代文学典范，强调服从权威，讲求艺术规范，遵循"三一律"等主要艺术法则，并广泛付诸文学实践的文学现象。其典范形式便是 17 世纪法国的古典主义文学。在 20 世纪一些具有相同历史境域和历史要求的国家，发展出了革命古典主义。

三　革命古典主义文学的特点及流播路线

20 世纪革命古典主义文学思潮的经典代表是社会主义现实主义。这个时期把古典主义命名为现实主义，其中也有着进化论思想的影响，在现代人的头脑里，无论如何进化论总是作为一种世界观和意识形态理念而存在的，参照社会主义现实主义的哲学基础马克思主义思想也可以作证，马克思主义的历史理性思想典型地是一种进化论历史观，在这种进化论历史观的观照下，历史是沿着原始社会、奴隶社会、资本主义社会、社会主义社会到共产主义社会的进程发展的，而掌控这个规律的是

---

① 陈惇主编：《西方文学史》第 1 卷，四川人民出版社 2003 年版，第 243 页。

② ［英］多米尼克·塞克里坦：《古典主义》，艾晓明译，昆仑出版社 1989 年版，第 2 页。

生产力，生产力是由低级向高级发展的，社会性质也是从低级到高级，从不文明到文明发展的。按照这种进化论的逻辑，20世纪的文学思潮怎么可以是历史的倒退变成古典主义文学思潮，它应该是对19世纪以来强大的现实主义文学潮流的一个继续。

其实，当然不是历史的倒退，因为每一个国家的历史进程在历史时间上并不是同步的。在英国、法国、美国、德国等主要欧洲国家纷纷完成了成熟时期的现代民族国家建设的时候，有远东性质的俄罗斯和东亚帝国中国还没有最终完成现代民族—国家的建设，而欧洲国家的现代性扩张及其军事侵略又使得东方这些后起现代性国家的民族—国家建设处在非常艰难的状态中。在这种形势下，古典主义文学思潮就会应运而生。

1934年，在《苏联作家协会章程》中"社会主义现实主义"被确认为苏联文学的一种新的创作方法，其定义为："社会主义的现实主义，作为苏联文学与苏联文学批评的基本方法，要求艺术家从现实的革命发展中真实地、历史具体地去描写现实；同时艺术描写的真实性和历史具体性必须与用社会主义精神从思想上改造和教育劳动人民的任务结合起来。"① 综合各种文学史和苏联文学理论的介绍，苏联文艺界人士高尔基、卢纳察尔斯基以及法捷耶夫等人认为社会主义现实主义起码要符合这四个标准：第一，以革命的发展的观点，在矛盾斗争中观察生活、描写生活、揭示生活的本质及其朝向社会主义的趋势。第二，坚持党性原则，认识到社会主义现实主义文学是"时代、国家和阶级的事业"，作家必须自觉地为这一事业工作。第三，党性并不是一种附加物，社会主义现实主义的党性是溶化在思想体系中的美学因素，要通过塑造正面英雄的生动形象来展现这种党性，要通过正面英雄的遭遇及行动来批判那些对立事物。第四，只要在这一精神的统摄下，风格可以多样化。

很显然，这些标准和17世纪古典主义文学在精神内质上是高度一致的，都有明确的政治任务，一种为建立以无产阶级为权力主体的现代民族—国家的政治理性贯穿在文学创作的每一个环节，要求作家自觉顺

---

① 人民文学出版社编：《苏联文学艺术问题》，曹葆华等译，人民文学出版社1959年版，第25页。

应国家意识形态，并需要塑造道德上正确、高尚的英雄形象来诠释这种美学理念。这种文学观点随着中国社会对苏联革命理论和革命实践的全部接纳，也进入了中国现代文学的发展体系中。革命古典主义能够在中国社会生根并发展为蔚为壮观的文学思潮，说明中国具备古典主义文学思潮生长的历史条件。其实这种历史条件在清末历史变革中就已经出现，为了推翻传统专制体制，建立西方现代民族—国家的政治制度，革命派和维新派都在呼吁民族意识的觉醒，都要求文学发挥政治力量，只不过维新派的这种意识主要导向了启蒙主义，而革命派则选择了和民族国家意识形态更为直接关联的古典主义。

第二节　清末革命呼声中古典主义文学思潮的萌芽

古典主义文学是自觉响应民族—国家的政治号召的，它属于现代性文化，但它顺应国家意识形态，在很多时候表现出与奠基在个人主义基础上的现代人文理念的矛盾，会被称为前现代文化。其实，民族主义本身就是现代性思想其中的一个部分，建立现代民族—国家也是现代性的题中应有之义，从这个角度来说，我们可以把古典主义文学思潮归入为现代政治文化的一个组成部分。

那么，什么是政治文化呢？朱晓进在《政治文化与中国二十世纪三十年代文学》一文中指出，所谓政治文化是指"在一定文化环境下形成的民族、国家、阶级和集团所建构的政治制度和体系，以及人们关于政治现象的态度、情感、心理、习惯、价值信念和学说理念的复合体"。① 他接着更针对中国现代文学与中国现代政治文化的关系提出：

> 现代中国涌现出来的"政治文化"既有君主立宪制文化、三民主义政治文化，又有新民主主义政治文化、"苏式"社会主义政治文化和中国特色社会主义政治文化。虽然诸种政治文化型态之间及其本身存在着明显的差异和冲突，但是它们的涌现大都以"救国、建国、强国"三大政治主题及把中国人从政治压迫、经济剥夺和社

---

① 朱晓进：《政治文化与中国二十世纪三十年代文学》，人民出版社 2006 年版，第 7 页。

会贫穷中解放出来为旨归的，因此它们在现代民族国家观念、爱国主义意识以及独立、平等、民主、法制等思想上具有趋同性和互通性；而这些政治文化形态是通过"民族、国家、阶级或集团等政治实体所建构的政治规范和权力机构，是通过营造成某种流行的政治心理、政治态度、政治信仰和政治感情来影响于文学创作的"。①

中国现代文学的发展从一开始就是和这些政治文化相伴生的，包括维新派的启蒙主义文学与君主立宪制政治文化的紧密关联，包括革命派的古典主义文学与现代民主共和制政治文化的关联。当1905年10月孙中山在《民报》发刊词中，提出以"民族、民权、民生"为口号的三民主义作为革命派的政治纲领，其中"民权主义"是"政治革命的根本"；此次国民革命与"前代殊"的，"虽纬经万端，要其一贯之精神则为自由、平等、博爱"② 这样的政治文化纲领后，并在日本脱亚入欧思潮从思想的论述与军事侵略两方面的双重逼迫下，民族主义与国家主义高涨，革命派所倡导的文学思想呈现出清晰的古典主义文学特征。

一　革命古典主义文学思潮在革命呼声中的萌芽

非常成熟的革命古典主义，在中国虽然说是在20世纪30年代才从苏联引进的社会主义现实主义；但重新考察晚清文学的文献资料，却能够发现，在现代文学发端的晚清至民初那段时期，在那些民主革命派文学以及维新党激进派文学中，也已经开始了革命古典主义的萌芽。

革命古典主义的萌芽，从社会历史背景来看，是与建立现代民族国家的历史任务紧密联系在一起的。那么什么是现代民族国家呢？现代民族国家是现代性的政治形式。按照吉登斯的定义："民族—国家存在于由他民族—国家所组成的联合体之中，它是统治的一系列制度模式，它对业已划定边界（国界）的领土实施行政垄断，它的统治靠法律以及对内外暴力工具的直接控制而得以维护。"③ 民族国家是现代性的产物，

① 朱晓进：《政治文化与中国二十世纪三十年代文学》，人民出版社2006年版，第9页。
② 中国社科院近代史所编《孙中山全集》第1卷，中华书局1981年版，第296页。
③ ［英］安东尼·吉登斯：《民族—国家与暴力》，胡宗泽等译，三联书店1998年版，第147页。

是现代性催生的和赖以存在的政治实体，它相对于朝代国家而言。

传统国家是朝代国家，其合法性在于神意，君主不是以民族代表的身份而是以神的名义进行统治，比如说日本天皇被认为是神的后裔，中国皇帝被认为是天子。现代民族国家的合法性在于民意，国家是以民族利益代表的身份进行统治，这是现代性之理性精神在政治领域的实现，也是现代性之自由独立精神在政治领域的实现。现代民族国家的充分形式是资产阶级民主共和国，而其前身或初级形式是被吉登斯称为"绝对主义国家"的中央集权的王朝国家。吉登斯认为："在绝对主义（abso-lutist）国家中，我们发现了与传统国家这一形态的断裂，这预示着继之而来的民族—国家的发展。自绝对主义（absolutism）时代始，与非个人的行政权力观念相联系的主权观念以及一系列与之相关的政治理念，就已逐步成为现代国家的组成部分。"① 法国路易十四王朝就是典型的"绝对主义时期"的现代民族国家，它一方面联合新兴的市民阶级压制封建贵族，保护民族工商业发展，一定程度上代表了民族利益；另一方面它并不是资产阶级民主共和国，而是封建王朝，因此只是现代民族国家的初级形式。马克思指出，在法国，君主专制是"作为文明的中心、作为民族统一的奠基者"② 而出现的。西方文学上的古典主义思潮就是在这个时期以思潮的形式确立下来的。

中国文学在晚清至民初这段时期，能萌生出革命古典主义的思想主张，究其原因，也是因为鸦片战争之后，在西方民族—国家模式的引导下，中华民族—国家意识觉醒，从而中国建设现代民族国家的任务被历史地摆到了中国人的面前。中国传统国家是朝代国家，是一家一姓的"朝代"，"朕即国家"，是"家天下"；皇权的合法性在于天意，而不是民族利益的代表。同时，由于自以为是世界中心的"天朝大国"，不承认还有其他平等国家，因此也不把自己看成"国家"，而是"天下"，钱穆认为夷夏之辨不是一种血统上、种性上的分别，不是一种民族界限，在《中国文化史导论》中钱穆说：

---

① ［英］安东尼·吉登斯：《民族—国家与暴力》，胡宗泽等译，三联书店1998年版，第4—5页。

② 中共中央马克思恩格斯列宁斯大林著作编译局编：《马克思恩格斯全集》第10卷，人民出版社2008年版，第72页。

在当时中国人眼光里，中国即是整个的世界，即是整个的天下。中国人便等于这世界中整个的人类。当时所谓"王天下"，实际等于现代人理想中的创建世界政府。①

这是非常有道理的，梁启超在论述西欧民族主义兴起之前时也以中国的天下观作为比附，并认为民族主义是对这种"天下世界"主义的一个进步。尤其是中国在一个封闭的东亚大陆圈里，人们就像一个井底之蛙一样自以为所见所闻已涵盖天下，慈禧太后刚听到葡萄牙、西班牙这些名字的时候，直接就判定是洋鬼子胡诌出来的国家。

冯友兰在《中国哲学简史》中也指出："人们或许说中国人缺乏民族主义，但是我认为这正是要害，中国人缺乏民族主义是因为他们惯于从天下即世界的范围看问题。"② 在鸦片战争以后的很长一段时间里，人们还依然沉浸在"夷夏之防"的传统观念中，把自己当作天下的中心，把入侵者当作周边的蛮夷，如徐继畬在他的介绍西方历史地理知识的《瀛环志略》中还强调："坤舆大地，以中国为主"③，而为之作序的刘鸿翱则更仔细形象地说："中国，天地之心；四夷，天地之四肢也。"④ 这种情况在魏源、王韬、郭嵩焘、严复、梁启超等人引进西方一系列社会政治思想读物后稍有改变，魏源讥讽统治者"徒知侈张中华，未睹寰瀛之大"。⑤ 尤其是甲午中日战争以后，在资本主义列强的冲击和世界民族独立潮流的影响下，"天朝大国"的信念受到最严重挑战，民族意识开始觉醒，梁启超在《新民丛报》发表一系列"新民说"顺势鼓动，中华民族及其以此为基础的中华民族国家的概念初步形成。为了使中华民族走向独立富强，建立现代民族国家的任务也随之凸显出来。

1902 年之后的晚清，面对这样一个历史任务，维新派与革命派都

---

① 钱穆：《中国文化史导论》，商务印书馆 1994 年修订版，第 37 页。

② 冯友兰：《中国哲学简史》，北京大学出版社 1996 年版，第 163 页。

③ 徐继畬：《瀛环志略》，上海书店出版社 2001 年版，第 6 页。

④ 同上书，第 3 页。

⑤ 魏源：《圣武记》，见上海中华书局据古微堂原刻本校刊《四部备要·史部》卷 12，第 9 页。

提出了自己的对策——1898 年的维新变法运动尚不能算是建立现代民族国家的尝试，因为康有为思想中仍然是一种"天下"观念。维新运动失败之后，维新派内部出现分化，一部分转向保皇成为封建势力的一翼，如康有为；一部分转向启蒙，如梁启超，他抛弃了康有为的天下观念，正式确立了现代中华民族的观念，以西方民本、民权、自由、平等等思想为理据，创立他的"新民说"，在新民释义中，他明确提出民权思想、国家思想、民族主义思想，梁启超宣称：自 16 世纪以来，欧洲所以发达，世界所以进步，皆由民族主义所磅礴冲击而成。① 他的《新民说》系统地对个人、民族与国家进行了探源和释义，和严复的那些译作相表里，提出建立现代民族国家的设想。

　　不过维新派人士认为中国目前最重要的问题不是进行建立一个现代民族国家的政治革命，而是要引进现代性思想改造民众的素质，为民族—国家的建立培养合格的人民。梁启超和康有为决裂后和孙中山有段时间亲密接触，但欧美之行让梁启超很快抛弃了破坏主义和排满的主张，坚持"未有共和资格之国民，万不能行共和立宪"。② "严复和孙中山在伦敦会晤时，严复告诉孙中山，就目前中国的教育水平，搞革命不可能成功，还是得从教育入手，逐渐提升中国人的知识水准与道德修养，而后才能建立起理想的政治制度。"③ 启蒙阵营的人士认为中国最严重的社会问题是"民力已隳，民智已卑，民德已薄"，中国的大劫是民众"奴颜婢膝、寡廉鲜耻……轻弃信义，权谋诡诈……轻薄无行、沉溺声色"④，中国人几千年来只知朝廷不知有国家，只知一己之私利而不知群体之共同利益。这种民众素质和现代民族—国家的理念是对立冲突的，因此提出"新民为第一急务"的宣告。同时在文学上倡导启蒙主义，宣扬文学"开民智""振民德""鼓民力"的作用，希望通过文

---

① 黄兴涛：《现代"中华民族"观念形成的历史考察》，人大复印资料《中国近代史》2002 年第 4 期。

② 吴松、卢云昆等点校：《饮冰室文集点校》第二集，云南教育出版社 2001 年版，第 921—922 页。

③ 陈平原：《文学的周边》，新世界出版社 2004 年版，第 93 页。

④ 梁启超：《论小说与群治之关系》，见陈平原、夏晓红《二十世纪中国小说理论资料》（第一卷），北京大学出版社 1997 年版，第 53 页。

学使得群众接受现代性思想、培养他们的民族思想和国家思想，来根本上解决中国的社会问题。

那么，什么是现代民族思想呢？安东尼·吉登斯认为民族主义："主要指一种心理学的现象，即个人在心理上从属于那些强调政治秩序中人们的共同性的符号和信仰。……无论何时何地，群体认同的情感都是排他性的。"[①] 如果仅仅是心理上的政治认同和文化认同，以及对他民族群体的排他性的话，中国古代其实也有传统民族意识，但是传统民族意识往往和忠君不二的理念合二为一，它真正强调的不是民族属性，而是对于朝廷的归属，周人、汉人、唐人、宋人、元人、清人，什么朝代就是什么人，岳飞如果具有民族意识他就应该继续追击，然而可惜的是他满脑子都是忠于朝廷的忠君思想，宁愿置民族危亡于不顾、置自己与家人的性命于不顾也要一死以明志。朝代更迭之时，往往冒出很多"民族英雄"，留发不留头、留头不留发，那种愚昧的悲壮把全部的灵魂都献给了前朝往君。古人身在局中往往对这些传统习以为常，甚至引以为傲，林纾作为一个被人戴了"维新"高帽的西方小说翻译家，从《茶花女》和《迦茵小传》的故事中都能读到君要臣死，臣万死不悔的"美德"，真正是流毒至深。反过来，金庸的《鹿鼎记》用现代文明精神对那些反清复明等历史现象进行烛照，历史的愚昧一下子就清晰可见。

梁启超在西方民族主义思想的理论指引下，对中国历史进行考察，得出了很多震撼性的全新的观点。严复的著作又向中国的知识界系统地诠释了西方文明是以自由为体，以民主为用。他们期待用这些思想去开绅智、开官智、开民智，他们所找到的途径是小说启蒙，有新民何患无新制度。可是仅凭文化途径真的就能解决社会全部的现实问题吗？起码革命派人士是不这样认为的，因此他们还是坚持更为激烈的革命观，要求文学仅仅是配合革命实践的一种辅助性途径。1901 年，针对梁启超的《中国积弱溯源论》，章太炎在《国民报》上发表了《正仇满论》，提出："满洲弗逐，而欲士之争自濯磨，民之敌忾效死，以期至乎独立

---

① ［英］安东尼·吉登斯：《民族—国家与暴力》，胡宗泽等译，三联书店 1998 年版，第141 页。

不羁之域，此必不可得之数也。浸微浸衰，亦终为欧美之奴隶而已矣"。①

和维新派的思路不同，革命派始终认为振兴民族的出路在于推翻满清王朝的统治，建立一个资产阶级民主共和国。资产阶级民主共和国是现代民族国家的一种充分成熟形式，在当时中国要建立这样一个形式，就要坚决进行反帝反封建的革命运动。革命派人士因此纷纷成立兴中会、华兴会、光复会，这些革命组织在孙中山等人的领导下，于1905年合并为同盟会，宣传三民主义，积极进行各种反帝反封的斗争，而三民主义是"典型的政治民族主义的理论形态"。② 革命派为了建立这个现代民族国家，也必须动员一切政治的、文化的力量。

革命实践与文化实践互相配合，的确是可以起到比单纯依靠文化实践更好的作用，尽管很多研究民族主义的学者都认同民族主义是一种想象的共同体，然而这种想象不是凭空而至的，完全脱离现实的土壤的想象只有一些特别有想象力的知识分子能够做到，对于普通民众来说，任何想象都必须要有经验的启发和参照。驱除鞑虏、恢复中华是一个政治口号，必须要有一些政治实践才能够让"中华民族"的概念真正内化为一种内在心理认同。和那些关于想象的民族主义理论比起来，安东尼·史密斯的这个定义更关注现实基础的维度，他认为：

> 现代民族是一个由共同的法律规范统治的共同体，因此在这样一个共同体内成员资格既是一种法律地位，也是一种社会身份。公民被理解为这样一个人，他享有该民族的公共文化而对其他公民行使某些权利，履行某些义务。③

像这样的现代民族观念对于一个现代人来说，其意思是一目了然的，因为我们生活在一个现代民族国家的经验世界里，可是对于清末大多数人来说，社会身份与法律地位什么的，简直就是不知所云。侦探小

---

① 陶绪：《章太炎的早期民族观》，《湘潭大学学报》（哲学社会科学版）1995年第6期。

② 单正平：《晚清民族主义与文学转型》，人民出版社2006年版，第33页。

③ ［英］安东尼·D.史密斯：《全球化时代的民族与民族主义》，龚维斌等译，中央编译出版社2002年版，第63页。

说引进中国会和中国古代的公案小说混为一谈就是这个道理。因此，从这个角度来说，纸上得来终觉浅，这就是革命派激烈的革命主张在民族主义建构之初的合理性。

二　日本"脱亚入欧"的刺激与清末革命古典主义文学的高涨

查尔斯·泰勒在谈到国际间的政治认同时说："认同一词在这里表示一个人对于他是谁，以及他作为人的本质特征的理解。这个命题的意思是说，我们的认同部分地是由他人的承认（recognition）构成的，同样地，如果得不到他人的承认，或者只是得到他人扭曲的承认，也会对我们的认同构成影响。"[①] 传统的日本社会长期以来都是中国的藩属国，与中国关系保持良好。而自从日本社会进行明治维新，国力迅速发展壮大以来，中国社会也是将它作为学习的目标和参照，然而随着"脱亚入欧"论的提出及其通过侵略行为进行政治实践，那么，中国就不可能在正向上去认同日本，而只可能被激发民族主义情绪，在中国建设现代民族—国家的历史进程中，日本的作用实在是扭曲的恶魔。

（一）日本的"脱亚入欧"思潮

清末的思想界，无论是维新派还是革命派，日本都是无法回避的一个思想来源和经验参照物。与甲午战争之前中国守着老大帝国的迷梦，自以为天下即朕，对邻国日本较为轻视不同，甲午之后日本社会的每一种变动都牵扯着中国革命派、维新派甚至是张之洞等的中体西用派的神经。因为这个时期的日本作为东亚国家首先完成了文明国家转化的形象，是清末中国能借鉴的最直接经验渠道。但是随着日本现代化步伐的展开，日本社会的"脱亚入欧"思潮随即成为他们进入文明世界的思想风向。

日本在很长的时间内是隶属于儒家文明圈的，但是欧洲文明的到来

---

① ［加］查尔斯·泰勒：《承认的政治》，见汪辉、陈燕谷编《文化与公共性》，三联书店1998年版，第290页。

让他们大开眼界，惯于吸取其他文明优点的日本思想家很快就抓住了西方文明的本体和中国的儒家文明是有本质不同的。福泽谕吉说："现代世界的文明情况，要以欧洲各国和美国为最文明的国家。"①"他把造成日本与西洋不同的原因归结于东方传统的儒释道思想的影响。他主张要对这些东方文明持批判态度，甚至主张要把它们都抛弃掉。福泽并不否认儒释道思想在日本历史上曾经起过进步作用。但是，时代不同了，现在儒释道思想已经是过时的、不适合时代需要的了。"②他及时关注晚清社会的局势变化，对于洋务运动的种种方针和措施，他认为是本末倒置的做法，没有抓住西方文明的要义，这和严复的观点是相通的，但作为一个日本人他看透了这一点后就认为中国人既然无法完成现代文明的转变，那就把它抛弃掉。

自从福泽谕吉接受了西方现代文明理念，就一直是一方面宣扬西方文明思想、一方面激烈否定汉儒思想，在思想上表现出明确的"脱亚入欧"方向。福泽谕吉承认，他之所以与汉儒之学为敌，是因为：

> 他确信，陈腐的汉儒之学如果盘踞在晚辈后生的头脑里，西洋文明就很难传入日本，数理之学与独立之心就不可能在日本人之中扎根。他要尽力把这些后生从汉儒之学中拯救出来，把他们引向他自己确立的赶超西洋文明、使日本成为富强而独立的国家这个目标。③

因为在他看来，汉儒思想和西方现代思想是对立的，汉儒思想已经成了东亚各国现代化的障碍。

福泽谕吉举例说："在中国和日本，把君臣之伦称之为人的天性，认为人有君臣之伦，犹如夫妇父子之伦，并且认为君臣之分是在前生注定的。就连孔子也没能摆脱这种迷惑，毕生的心愿在于辅佐周朝天子以施政，至于穷途末路，只要诸侯或地方官肯于任用他，便欣然往就为其

---

① ［日］福泽谕吉：《文明论概略》，北京编译社译，商务印书馆1959年版，第9页。
② 黎业明：《福泽谕吉的文明论与启蒙思想》，《深圳大学学报》（社科版）2002年第2期，第72—79页。
③ ［日］福泽谕吉：《福泽谕吉自传》，马斌译，商务印书馆1980年版，第179—181页。

效忠，总之，他除了依靠统治人民和土地的君主来搞事业以外，就别无他策了。"①　福泽谕吉批评在孔圣人的影响下，"中国人拥戴绝对的专制君主，深信君主为至尊至强的传统观念太深"，"在专制神权政府时代，由于天子一遇到日食就举行辟席以及观天文来卜吉凶等等，人民也就尊崇这种风气，因而愈视君主为神圣，并愈加陷于愚昧。现在的中国就是这种风气"。②　这个孔圣人的形象简直被他瓦解得一塌涂地，然而要树立新的标杆，旧的偶像是一定要打倒的，在五四新文化运动时期留日学生批孔最为激烈，和日本社会的这种言论实在不无关系。

通过观察晚清社会与朝鲜社会，福泽谕吉认为他们思想蒙昧，无法和日本一样迅速接受西洋文明。1885 年 3 月 16 日，福泽谕吉在《时事新报》上发表《脱亚论》一文，文中明确主张：

> 为今日计，我国不应犹豫等待邻国之开明而共同振兴亚细亚，不如脱离其行列与西方文明之国共进退；对待支那、朝鲜之法，亦不能因其为邻国而给予特别关照，惟有按西洋人对待彼等之法处理之。……我从心底里谢绝亚细亚东方的恶友。③

可以说，以福泽谕吉为代表的日本明治维新时期的一部分思想家、政治家在引进西方文明的先进思想的同时，也充分继承了其野蛮的扩张本性。在福泽谕吉的这个论断里，已经充分暴露出不仅仅是"谢绝"，而是"战争"和"侵略"。他毫不迟疑地抛出这样的侵略言论："我日本应加入吞食者行列，与文明国人一起寻求良饵。"④　日本在现代转型的发展之路上，一开始便有这样一种极其扭曲的心态，始终以中国为负面符号，始终怀着侵吞中国的恶意。

这些恶意言论通过报刊媒体在日本社会发布，导致日本民众一种歪曲的中国国家观念。李欧梵曾说："当我们阅读报刊时，就会觉得大家

---

① ［日］福泽谕吉：《文明论概略》，北京编译社译，商务印书馆 1959 年版，第 35 页。
② 同上书，第 17 页。
③ ［日］信夫清三郎：《日本政治史》第 3 卷，吕万和译，上海译文出版社 1988 年版，第 158 页。
④ ［日］福泽谕吉：《福泽谕吉全集》第 10 卷，岩波书店 1967 年版，第 195—196 页。

共同生活在一个空间之中，有共同的日常生活，而这种共同的日常生活是由共同的时间来控制的，共同的社群也由此形成。有了这种抽象的想象，才有民族国家的基础。"① 有很多资料可以表明，现代日本人的民族国家想象，的确受了福泽谕吉等启蒙思想家的影响，其中烙上了很强的"反中"印记。当日本全国自上而下各个阶层都认同这样的一种国家理念的时候，它对晚清中国及朝鲜就会产生实质性的危害。

"脱亚入欧"论作为一种特定的"国权主义"思想，就这样由"脱亚论"演绎而来。历史表明，至19世纪80年代中期以后，"国权扩张论"在日本社会甚嚣尘上。此时，一些人提出趁中法战争之际，"迅速派遣充足的兵力，占领朝鲜的京城"，以及"干涉朝鲜内政，务必加以并略"并"希望"不惜因此同中国战争的意见。② 而这种意见很快被那些政治家采纳，1887年8月，时任外相的井上馨在向内阁提出的意见书中就明确倡言日本要成为欧洲式的帝国，这个所谓欧洲式的帝国一方面是国家的强大，一方面是对亚洲国家的侵略。

福泽谕吉曾经根据他对世界大势的判断和对中国局势的预测，做了一张预言帝国主义列强瓜分中国的分割图，该图在1898年瓜分危机严重时，由中国维新派主办的《知新报》介绍过来，引起了强烈反响。③ 通过对内社会改革和对外侵略扩张，主要是通过和朝鲜、中国、俄罗斯的"三甲"战争，日本国力得到迅速加强，1902年1月，英国为了加强与沙俄在东亚的对抗，与日本订立《英日同盟》，条约规定，相互承认和尊重两国在中国和朝鲜的"特殊的"、"特别拥有的"利益，并附有海军配合行动的秘密协定。与当时世界头号军事强国英国订立同盟，圆了日本的"入欧"梦，可以说其"脱亚入欧"的国家目标已经实现。④ 这更坚定了日本社会对"脱亚入欧"的执着信念。

日本"脱亚入欧"思潮明确的针对性和侵略性，激起了晚清中国社

---

① 李欧梵：《晚清文化、文学与现代性》，见《李欧梵自选集》，上海教育出版社2002年版，第270页。

② ［日］藤村道生：《日清战争》，岩波书店1974年版，第12页。

③ 藏世俊：《福泽谕吉的中国观》，《日本学刊》1995年第1期，第102—114页。

④ 刘学照：《日本的"脱亚入欧"和中国的"三甲纪念"》，见周彦主编《江桥抗战及近代中日关系研究》，吉林人民出版社2005年版，第686—699页。

会的民族主义情绪的高涨，使他们意识到："黄人待黄人，比白人待黄人还要残狠 10 倍。"①"过去把日本当作亚洲先觉而予以尊敬的中国民族革命家，开始认识到日本是比欧美帝国主义更为残酷的帝国主义。"②可以说，正是日本这种扭曲变态的文明扩张论才使得维新派人士中断了他们对个体独立自由的思想的坚持，而匆匆向独立意识未开的国人灌输国家集体思想和社群论的自由思想；也使得革命派更意识到通过革命来建立一个现代—民族国家的任务比以往任何时候都要更加紧迫。

（二）1903 年之后革命派古典主义文学主张的集中提出

清末的思想都不是书斋里的想象，每一个思想口号都和内忧外患的现实紧密相关。尤其是那些国家思想和民族主义思想，更是和当时的时政紧密相关。1903 年，章太炎发表《驳康有为论革命书》，邹容发表了《革命军》，孙中山发表了《敬告同乡书》，这些文章或著作鲜明地批驳改良、保皇或缓慢启蒙，坚定地倡言通过排满革命建立民主共和制度，章太炎和邹容因为言论之激烈决绝而入狱，爆发了当年著名的"苏报案"。康有为在《答南北美洲诸华商论中国止可行立宪不可行革命书》中提出了他反对革命的理由之一就是中国人没有西方现代民主思想、民权思想，却人人都有刘邦、曹操、朱元璋等枭雄天下之心，一旦革命，则为一人或数人之帝王梦而杀戮本族之人无数，最终逃避不了成为大国奴隶的命运。章太炎针对康有为的观点，提出：

> "长素以为中国今日之人心，公理未明，旧俗俱在，革命以后，必将日寻干戈，偷生不暇，何能变法救民，整顿内治！夫公理未明、旧俗俱在之民，不可革命而独可立宪，此又何也？岂有立宪之世，一人独圣于上而天下皆生番野蛮者哉？……人心之智慧，自竟

---

① 陈独秀：《为山东问题敬告各方面》，见《陈独秀文章选编》上册，三联书店 1984 年版，第 403 页。

② ［日］井上清、铃木正四：《日本近代史》下册，杨辉译，商务印书馆香港分馆 1979年版，第 328—329 页。

争而后发生，今日之民智，不必恃他事以开之，而但恃革命以开之。"① "尧、舜固中国人矣，中国亦望有尧、舜之主出而革命，使本种不亡已耳，何必望其极点如华盛顿、拿破仑者乎?"②

对比他们的对论，很显然都有民族主义的这条主线，康有为认为通过保皇来实行君主立宪制是当下保全民族之良策，革命反而是削弱甚至是伤害民族自存自强的毒药。而章太炎则认为在专制体制内谋取现代民权是与虎谋皮，这是因为封建君权与现代民权是根本对立的两种势力，尤其是这个专制体制的君主还是满人——在革命派看来满人是外族，不是中华民族。他批评康有为的真正用意是固君权专制而非立宪。章太炎提出民智未开可以通过革命去开，中国革命不是要一下子达到西方华盛顿那种状态或者是拿破仑帝国那样的状态，而是保全本种不亡而已。章太炎的这篇文章和邹容的《革命军》一起刊发在当时名不见经传的小报《苏报》上，却"不及一月，数千册销行殆尽"③，可见社会上普遍认同的心理基础。章太炎此文是针对康有为保皇立宪言论而发，但其中也潜藏着应对日本等国虎视眈眈之危局的意思。

1904年陈独秀创办了《安徽俗话报》，并在该报的第5期上发表了《说国家》的短文。他在文章中提到，正是在甲午中日战争以后他才开始认识到世界处于国家之间的激烈竞争状态，他提出国人必须在"国家"之下集结起来，清楚地表达出对建立现代民族—国家的高度期许。在1905年至1907年间，革命派通过《民报》与梁启超的《新民丛报》进行了激烈的论争，聚集了很多热血青年的斗志，从甲午战争之后，中国的舆论世界高度政治化，与之相伴随的文学也进入高度政治化时期。而这些政治化的话题，始终围绕的就是国家与民族主义。如章太炎《汉帜》发刊序中写道："日本以'太阳'得名，中国人以'天汉'立称。信哉! 星球世界，非我汉人不能抚而有也!"其间也是浸淫着一种民族主义的情绪。

---

① 章太炎:《驳康有为论革命书》，见姜义华、朱维铮编注《章太炎选集（注释本）》，上海人民出版社1981年版，第176—177页。

② 同上书，第176页。

③ 转引自郑大华编《晚清思想史》，湖南师范大学出版社2005年版，第448页。

维新派的启蒙思想家看到了文学，尤其是小说所具有的强大的对现代民族—国家意识的建构功能，革命派也非常认同，他们也很看重文学在建立现代民族国家过程中的作用。在晚清这样一个国运岌岌可危的动荡时期里，文学对民心的整合作用可以说已被无限制地夸大，他们认为文学可以为推翻满清王朝的封建统治、建立资产阶级民主共和国服务，文学可以"鼓动一世风潮""打破这五浊世界，救出我这庄严的祖国来"（柳亚子：《复报发刊辞》），文学还可以"张吾民族之气而助民国之成，……获共和之幸福"（陈去病：《大汉报发刊词》）。因此，在维新派梁启超纷纷宣告"诗界革命""文界革命"与"小说界革命"之后，革命派人士也要求在文学领域进行一次革命，提出"诗坛请自今日始，大建革命军之旗"（宁调元：《太一诗存》），而且要自觉地掌握文学革命的领导权："作海内文学革命之导师"（高旭：《南社启》）。

在这种思想主导下所成立的诗社"南社"，其核心的文学思想就是要引导文学激发民众的爱国心理、民族主义心理，为反帝反封建、建立现代民族国家服务。南社成员也确实创作出很多鼓舞民族士气的雄壮诗篇，如柳亚子、高旭、苏曼殊、马君武、邹容、陈天华、汪精卫、秋瑾，还有章太炎等人的诗歌作品。

除了诗歌，在小说、戏曲等体裁上，革命派人士的理论主张与实际创作也是处处从提倡反帝反封建的斗争着眼，要求小说戏曲的题材要配合现实斗争，以亡国灭种为警报，充溢着强烈的民族主义情绪与危机意识。小说方面，据欧阳健《晚清小说史》介绍，这类作品在光绪癸卯年（1903）年开始问世，计有《血泪痕》（一回，载《湖北学生界》第5期，1903年5月）、《血痕花》（一回，载《浙江潮》第4期，1903年5月）、《英雄国》（一回，载《游学译编》第7期，1903年5月）、《痛定痛》（载《江苏》第3、6期，1903年6月、9月）、《亡国恨》（三回，载《杭州白话报》第19—21、23期）、《燕子窝》（一回，载《汉声》7、8月合册）、《自由结婚》（二编二十回，自由社癸卯7月、11月发行）、《瓜分惨祸预言记》（十回，独社癸卯十一月付印）、《洗耻记》（六回，湖南苦学社癸卯十二月出版）等[1]，这批小说作品，

---

① 欧阳健（阿英）：《晚清小说史》，浙江古籍出版社1997年版，第268页。

大多为急就章，一般只有一二回，不能完篇，其中并无多大的内涵容量与思想深度，但都意在渲染亡国灭种之惨痛，用以警醒国人，宣扬参与革命的道理。其实在这一方面可以作为代表的是黄小佩的小说《洪秀全演义》（六十回，载1905年香港《有所谓报》及1906年《香港少年报》）和《宦海升沉录》（二十二回，1909年香港实报馆排印）。

在戏曲方面，革命派人士也提倡创作反清排满，反对帝国主义侵略的剧本。直接攻击清朝腐败统治的作品有《官场丑史》《轩亭怨》《开国奇怨》等，反映资本主义列强侵华事件的有《林则徐》《杜桂昌》《招隐居》《孽海花戏本》《越南亡国惨》等。这些作品在革命派建立现代民族国家的事业当中所起到的作用，阿英有个很好的概括：

> 郑振铎同志为我叙《晚清戏曲小说目》，称晚清宣传民族革命之戏曲，"皆激昂慷慨，血泪交流，为民族文学之伟著；亦政治剧曲之丰碑"。对晚清戏曲评价是极高的。当时中国处于"危急存亡之秋"，清廷腐朽，列强侵略，各国甚至提倡"瓜分"，日本也公然叫嚣"并吞"，动魄惊心，几有朝不保暮之势。于是爱国之士，奔走号呼，鼓吹革命，提倡民主，反对侵略，即在戏曲领域内亦形成宏大的潮流，终于促进了辛亥革命的成功。[1]

由此可见，与维新派文学革命以"新民"为宗旨，始终强调对民众思想的变革不同，民主革命派所提倡的文学理论直接宣扬激烈对抗的民族主义思想，以及反帝反封建的革命主张，要求文学直接为建立现代民族国家服务，这个特点决定了革命派文学的古典主义性质，又由于这种古典主义文学所宣扬的是要通过暴力革命去达到建立现代民族国家的目的，所以是"革命"的古典主义。

当然，迫于晚清内忧外患的时局，救亡的任务压倒一切，也就是建立现代民族国家的任务压倒一切，所以即使是在维新派的改良思想里，以梁启超为代表，也有一部分激进主义的革命思想，相应地，在这些激进维新人士的启蒙主义文学思想里也有一些革命古典主义的文学思想，

---

[1]　阿英：《晚清戏曲小说目·叙记》，上海文艺联合出版社1954年版，第2页。

梁启超等人高度关注政治小说，关注对"现代民族国家"的革命想象，他本人还宣传清政府入关后扬州屠城等恶行，以激起汉人的中华民族情绪，实际上现代中华民族的概念就是由梁启超建构起来的；而黄遵宪的诗歌中偶尔也见那种革命者的气势和情怀，这种情形正如有学者指出的"从来没有哪个国家的文学如同现代中国的文学那样，与民族或国家的现代性事业浑契纠结"。① 这是因为现代民族国家是现代性的政治形式，追求现代民族国家的建立和追求现代性的目标有互相交叉重合的地方。但正如杨春时指出的：

> 现代性的核心是科学精神与人文精神，现代民族国家的理念是民族主义，因此二者既相关联，又可能不同位。在欧洲，现代性与现代民族国家基本一致，它们都反对共同的敌人——教会和封建贵族，科学精神、人文精神与民族主义不相冲突，甚至相辅相成。而在中国，现代性与现代民族国家错位，科学精神、人文精神可能与民族主义相冲突，这种错位和冲突造就了中国现代性历程的艰难曲折、漫长迂回。②

中国现代性与现代民族国家的复杂纠结关系是特定的历史条件决定的：中国的现代性具有外迫性和外源性，外迫性是指中国现代性是在西方列强的压迫凌辱下被动发展的，中国现代性发展的每一步都与民族意识崛起、反抗西方侵略息息相关；而外源性是指中国现代性不是从自身文化中脱胎，而是以西方现代性为源头和参照的。中国的现代民族国家建设是既要反对清政府的传统专制体制，又要反对西方列强的入侵，反对清政府的传统专制体制需要引进西方启蒙现代性思想，而反对西方列强的侵略则容易倾向于从自身文化传统中寻找民族认同感。因此，在民族主义情绪上，中国以西方启蒙思想为源头的现代性思路就极有可能和民族国家建设相冲突。

---

① 魏朝勇：《民国时期文学的政治想象》，华夏出版社 2006 年版，第 19 页。
② 杨春时：《中国现代性与现代民族国家的错位和复位》，《琼州大学学报》2000 年第 3 期，第 56—59 页。

正是建设现代性与建立现代民族国家之间这种错综复杂的关系，晚清时局中的那些知识分子他们的思想倾向才会经常变幻，以至于我们今天在梳理这些资料时会发现有很多人是很难把他的一辈子甚至是较长一段时间归入确定的思潮。除了上面举的梁启超、黄遵宪，还有丘逢甲、黄小配等都是有时候有启蒙现代性思维，有时候又是建立现代民族国家的那些民族主义思维。而在 1907 年以前的鲁迅、周作人，在章太炎等革命派人士的影响下，曾参加留学生反清活动，与革命党人时有往来。他们认同通过革命去建立共和国体，在文学上也是一个崇尚革命古典主义文学思想的人。

第三节　清末民初革命古典主义文学思潮的理论主张

在救亡图存的危急关头，革命派人士为了配合其推翻清王朝统治，建立资产阶级民主共和国的政治事业，在文学上宣扬一种为革命服务的文学，因此开启了革命古典主义在中国现代文学中的萌芽。这个还处在萌芽期的文学思潮，在诗文、小说戏曲理论上也提出了一些颇具古典主义性质的文学主张，主要代表人物是章太炎、柳亚子、黄节、刘师培、高旭、秋瑾、金松岑、包天笑、黄小佩、陈佩忍、汪精卫、周树人等。主要理论成果体现为以下几点。

一　宣扬建立现代民族—国家的革命倾向性

晚清民初革命古典主义第一个也是最重要的一个理论主张是：以建立现代民族国家为宗旨，用文学去宣扬反对清朝专制体制、反对列强侵略的思想。服务于建立现代民族国家的历史任务是古典主义思潮的根本定性。在欧洲，古典主义文学思潮的发起是因为要加强波旁王朝的王权来建立现代民族—国家，而在中国，则是要通过反帝反封来建立现代—民族国家。他们的要求都是在文学中表现出鲜明的政治倾向性。

只有通过革命排满才能确立现代民族主义，只有通过革命才能推翻专制体制建立现代民主共和国家的思想，在那个时期的革命者心里是高度一致的，邹容在《革命军》中激情高昂地呼喊：

　　扫除数千年种种之专制政体，脱去数千年种种之奴隶性质，诛绝五百万有奇之满洲种，洗尽二百六十年残惨虐酷之大耻辱，使中国大陆成干净土，黄帝子孙皆华盛顿，则有起死回生，迷魂返魄，出十八层地狱，升三十三天堂。郁郁勃勃、莽莽苍苍、至极极高、独一无二、伟大绝伦之一目的，曰革命！巍巍哉，革命也！皇皇哉，革命也！①

　　邹容的《革命军》与章太炎的《驳康有为论革命书》的思想意图高度一致，把满族视为异族统治者和专制体制统治者，对我中国来说是现代民族主义和现代国家主义的双重敌人。该文在逻辑上比不过章太炎的政论文，其气势却可以直追孟子散文，情绪极其饱满论理却有不足。

　　革命派人士把排满、革命与建立现代民族主义和现代国家之关系说得最清楚的是孙中山，他在东京《民报》创刊周年庆祝大会的演说中清楚地阐释过其中的内在关系：

　　民族主义并非是遇着不同种族的人，便要排斥他。……惟是兄弟曾听见人说，民族革命是要尽灭满洲民族，这话大错；我们并不是恨满洲人，是恨害汉人的满洲人。假如我们实行革命的时候，那满洲人不来阻害我们，决无寻仇之理；……中国那数千年来都是君主专制政体，这种政体，不是平等自由的国民所堪受的。要去这政体，不是专靠民族革命可以成功……我们推翻满洲政府，从驱除满人那一面说是民族革命，从颠覆君主政体那一面说是政治革命，并不是把它分作两次去做。讲到那政治革命的结果，是建立民主立宪政体。照现在这样的政治论起来，就算汉人为君主，也不能不革命。②

　　在革命派的诸派别当中，以章太炎为代表的光复会是有比较极端的

---

　　① 邹容：《革命军》，见管林、钟贤培主编《中国近代文学作品选》，中国文联出版公司1991年版，第269—270页。

　　② 姜义华、朱维铮编注：《章太炎选集（注释本）》，上海人民出版社1981年版，第414页。

仇满情绪的，经常把反对封建主义与反对清王朝混为一谈，从一种自然民族主义出发，认为满人非我族类；而后慢慢吸取西方资产阶级的现代政治观念，更容易接纳政治文化上的民族主义，修正了极端激烈的部分。

清政府即将覆灭前，曾屡次发出"上谕"，要大家"忠君卫道"，"务使心术纯正"。民主革命派就严正驳斥说，这些纲常、礼教不过是一部"奴隶之教科书"，"定上下贵贱之分，委曲繁重，虽父子夫妇之亲，亦被其间离"。"重礼则养成卑屈之风，服从之性，仆仆而惟上命是听，任如何非礼，如何非法，而下不得不屈从之。……卑屈服从之奴性，呜呼极矣！"①，使"君权之无限，虽日日杀人不为过"。并指出君主专制的封建制阻碍着中国社会的发展，所以说："世界上不应该有什么皇帝。不要说无道的皇帝要杀，就是有道的圣天子也要杀；不要说别种的强盗来做皇帝的要杀，就是我们汉种的来做皇帝的也要杀。总归不许有个皇帝罢了。"②

总之，他们"惟其出于激昂也，掊击朝廷，排斥帝制，大声以呼，振启聋聩……"③充分地表现出一种要与封建专制制度决绝的气慨。吴樾在《暗杀时代》中写道："欲思排外，不得不先排满，欲先排满，则不得不先以革命。"因为"这朝廷，原是个，名存实亡；替洋人，做一个，守土长官；压制我，众汉人，拱手降洋"（陈天华：《猛回头》）。所以"满洲弗逐，欲士之爱国，民之敌忾，不可得也，浸微浸削，亦终为欧美之陪隶已矣"（章太炎：《"客帝"匡谬》）。为了反驳康有为等人的保皇主义主张，章太炎甚至用诗句宣扬过这样的口号："第一仇人在眼前，光绪皇帝名载湉"（章炳麟：《逐满歌》）。

这些思想反映在文学上，就是无论在诗文还是小说戏曲方面，他们都主张要直接去揭露封建专制的弊端，宣扬发动革命推翻清王朝的必要性。1903—1915 年，革命派人士发表了大量文章阐述文学的这一功用问题，在诗文理论方面，以章太炎的《驳康有为论革命书》、《〈汉帜〉

---

① 张枏、王忍之编：《辛亥革命前十年间时论选集》第 1 卷，三联书店 1960 年版，第479 页。

② 同上书，第 129—130 页。

③ 栾梅健：《民间的文人雅集：南社研究》，东方出版中心 2006 年版，第 84 页。

发刊序》，柳亚子的《复报发刊辞》，陈去病的《大汉报发刊词》等为代表；在小说理论方面，以金松岑的《论写情小说于新社会之关系》（《新小说》1905 年第 17 号，1905 年）、《中国小说大家施耐庵传》（《新世界小说社报》1907 年第 8 期）、《学堂宜推广以小说为教书》（老棣《中外小说林》1908 年第 18 期）等为代表；在戏曲剧本理论方面，以陈佩忍《论戏剧之有益》、失名《观戏记》等为代表。

　　这些文章大都认为在目前的形势下，文学要积极配合反清反帝的任务，批判专制体制及专制思想，一切的文学都要有益于振起国民的爱国精神，为民族独立而奋斗的革命精神。如荣骥生在《瑞西独立警史序》中提出《瑞西独立警史》的翻译目的是"用以输入自由独立之精神，以激醒我民心，以振足我民气，吾知四万万同胞，必将感动奋发，投袂而起"。① 晚清的改良主义人士也要求文学去批判封建思想及其制度，但是改良主义的目的是引进现代性的理性思想改造国民素质，而革命派却是要唤起民众的民族革命意识，所谓"华夷之辨既明，报复之谋斯起，其影响捷矣"②。

　　为了确立这些反帝反封的文学主张，革命派人士还与那些拥护专制主义文学的保守派进行了不懈的斗争。在晚清民初的文坛，为封建王朝（晚清王朝及袁世凯等的复辟王朝）粉饰太平、装点门面、以文学压制革命的，有以陈三立、陈宝琛、郑孝胥为代表的同光体派，以林纾、严复为辩护士的桐城—湘乡派，以易顺鼎、樊增祥为首的晚唐派，以王闿运为头的汉魏派，以康有为为首的保皇派。革命派对他们都持以坚决的反对态度。如高旭谴责晚清文人，"所谓学士文人，大半依附末光，戕贼性灵，拜扬虏廷，恬不知耻。虽有雄文，已无当于大雅"③；章太炎则指责康有为等人为了保皇，"冒万亿不韪而不辞，舞词弄扎，眩惑天下"，"屈心忍志以处奴隶地位"④；而苏曼殊等人则对这些拥护专制主

---

　　① 陆龙朔：《瑞西独立警史》，译书汇编社 1903 年版，第 15 页。

　　② 柳亚子：《二十世纪大舞台发刊辞》，载《二十世纪大舞台》创刊号，1904 年 9 月。

　　③ 高旭：《答胡寄尘书》，见郭长海、金菊贞编《高旭集》，社会科学文献出版社 2003 年版，第 538 页。

　　④ 章太炎：《驳康有为论革命书》，见姜义华、朱维铮注《章太炎选集（注释本）》，上海人民出版社 1981 年版，第 176—177 页。

义的文学表现出不屑一顾的态度。可见，在建立现代民族国家这一历史任务的规导下，革命派人士的文学主张既直接地弘扬了争取现代民族主义和现代国家主义的革命精神，也同时坚决地杜绝拥护专制体制的文学精神。

辛亥革命表面成功后，1912 年 10 月 22 日梁启超发表《鄙人对于言论界之过去及将来》的文章，大有感慨启蒙尚未成功，同志仍需努力的劝勉之意，他写道："若夫立言之宗旨，则仍在浚牖民智，熏陶民德，发扬民力，务使养成共和法治国国民之资格，此则十八年来之初志，且将终身以之者也。"[①] 坚持了他的启蒙思想家的一贯立场，他与康有为决裂后，虽与孙中山有接触，但始终没有接受革命派那种急于建设民主共和国的社会实践主张，他所关注的乃是国民素质的培养。从这点来说，他非常符合西方以舆论领袖为己任的知识分子形象。

二 宣扬民族主义的政治理性和道德理性

晚清民初革命派人士让文学去宣扬反专制、反侵略的思想，是为了激发民众的爱国主义、民族主义等心理，最终为建立现代民族国家服务。这种文学思想是理性主义的。尽管在晚清民初那样一个新旧文化交替的时代，章太炎、柳亚子、高旭、黄小佩、陈佩忍等人都没有在自己的言论中频频提及"理性"这样的现代字眼，也没有像欧洲古典主义批评家那样高扬理性的旗帜，明确宣布理性为人的本质、为文学的本质，但是理性主义精神却在他们的文学主张中处处可以体现。对理性精神的倡导是古典主义文学思潮的共同特点，古典主义所提倡的理性精神不是现代理性精神，而是古典的理性精神。

古典理性是群体理性，是集体主义的理性。《不列颠百科全书》的定义认为："民族主义是对国家的高度忠诚，即把国家的利益置于个人利益或团体利益之上。"[②] 它强调个体情感、欲望必须服从国家、社会的责任。古典主义文学思潮之所以崇尚这种集体主义的古典理性，是因

[①] 梁启超：《鄙人对于言论界之过去及将来》，载《饮冰室合集·文集》第 11 册，中华书局 1989 年影印本，第 36—38 页。

[②] 转引自单正平《晚清民族主义与文学转型》，人民出版社 2006 年版，第 30 页。

为要服从建立现代民族国家的需要。古典主义文学思潮的这一特点，在欧洲如此，在中国也如此。只不过，欧洲文学的古典主义继承的是古希腊、罗马文学的理性精神，中国文学继承的是中国古典文学的理性精神。中国古典文学的理性传统是强调道德实用理性，认为文学是宣扬儒家文化思想的意识形态工具，所谓诗可以兴、观、群、怨；文可以载道，注重的就是文学对继承发扬儒家道统思想的载体作用。作为儒家文化核心的道统思想，所关注的并不是个体的人的情感和命运，而是个人对社会、对群体的责任与义务，而且这种责任与义务是与更大的社会政治目标联系在一起的。到晚清，在国破家亡的危急关头，儒家文化的这一核心精神被得到重新表述，晚清的儒学者认为"读书者何也？读书以明理，明理以处事。先以自治其身心，随而应天下国家之用"。① 晚清儒家的这种集体主义理性观点在革命派人士的文学主张中被继承，并进行化用，成为其进行文学革命的支援理论。

为什么说儒家传统的集体主义理性在革命派文学中只是一个支援理论呢？因为革命派的文学理论并不是照搬儒家思想，继续宣扬一种为传统专制制度与儒家道统服务的思想；而是对它进行改造，使其为反帝反专制、建立资产阶级民主共和国服务。具体来讲，革命派人士对这种传统儒家理性的改造表现在以下两点：

第一，关于"独善其身"。修身齐家是儒家理性精神的一个基础部分，它指的是个人要承担对自身的人格道德修养义务，在中国正统的儒家文学中这点是很重要的。唐代的韩愈在《答李翊书》中就说过仁义道德是作文的根本，"仁义之人，其言蔼如也"；作文之道不过是"行之乎仁义之途，游之乎《诗》《书》之源，无迷其途，无绝其源，终吾身而已矣"。同样，晚清民初的革命派人士也非常注重修身养性对作文的重要性，反对只知文章词采的形式主义文风。柳亚子在《青箱集序》中写道："立身一败，万事瓦裂。……虽有文采，其何足称述"；王德钟在《静春堂诗集序》中也说："孔雀有文，不掩其毒。"

不过，这里要加以说明的是，晚清民初的革命派文人继承的是儒家强调修身养性的理性精神，其具体内容在西方现代思想的影响下已经有

---

① 转引自张灏《梁启超与中国思想的过渡》，江苏人民出版社 1995 年版，第 7 页。

了很大的变动。晚清民初文学发展的一个知识学背景是西学大量引进，对于资产阶级革命派来说，他们普遍对西方现代的民主制度及其思想都有所了解，对西方的科学发展也都有所耳闻，因此在他们提倡修身养性的文学主张中也就加进了以西方为参照的人格素质目标，并以西方文明为参照批判中国儒家理性中驯养人奴性的一面。如《月月小说发刊词·祝词》中说"支那四千年之毒中于人心也深矣，人人心目中除一尊外，不知有何谓民权焉，自由焉，宪法焉，选举也"，重视小说的目的，就是要"进国民于立宪资格"①。可见，在革命派文人这里，修身养性已经融会进现代民族国家所需要的民权等思想内容。

　　第二，关于"治天下"。儒家的理性精神认为，个人的修身养性最终是为天下的长治久安服务，个人的修身是与国家天下这样的政治目标联系在一起的，而且后者是君子人格的终极追求。晚清民初革命派强调个人素质培育也有一个明确的政治目标，那就是反清反帝，通过革命争取民族独立，进而建立现代民主共和制的民族国家。这里，革命派文人与传统儒家文人的区别在于，由于晚清民族意识的觉醒，民族主义的兴起，革命派文人要为之奋斗的政治目标不是"天下"，而是欧洲强国已经建立的现代民族国家。

　　在具体的文学主张上，革命派文人也是与民族主义相结合，他们倡导文学要有一种为民族、为国家高风亮节的精神，这与欧洲古典主义的理性精神也是相通的。陈佩忍认为戏曲要"通古今之事，变明夷夏之大防；睹故国之冠裳，触种族之观念"②，要用文学来结"团体之铁血主义"，以民族独立为宗旨，"要将心血洗乾坤"（见《新罗马》中玛志尼的话）。

三　高度肯定民族传统文化的价值

　　晚清以降，中国社会在改良派人物梁启超等的倡导下，兴起了一个引进西方现代学说对中国进行启蒙的热潮，在这股热潮之下，西方翻译

---

① 陆绍明：《〈月月小说〉发刊词》，见陈平原、夏晓虹编《二十世纪中国小说理论资料》第 1 卷，北京大学出版社 1997 年版，第 195—199 页。

② 陈佩忍：《论戏剧之有益》，见阿英编《晚清文学丛抄》卷 1，中华书局 1960 年版，第 195 页。

文学盛行，许多人崇拜西方的文学及其思想，甚至出现鄙薄中国传统学术和传统文学的现象。

革命派的文学理论家却大力宣传中国的文学冠于全球："夫以吾国文学之雄奇奥衍，假罄其累世之储蓄，良足执英、法、德、美垆之牛耳"①；冯平在《梦罗浮馆词集序》中认为中国文学"泰西远不逮也"，可以"称伯五洲"："彼白伦、莎士比亚、福禄特儿辈固不逮我少陵、太白、稼轩、白石诸先辈远甚也"；并称"年来爱国好古之士，……共谋保存国粹，商量旧学，于是诗词歌曲，顿复旧观，晦盲否塞之文学界，遂有光明灿烂之望矣"②。高旭、林獬等人认为，改良派人士所倡导的以引进欧洲启蒙思想为主导的诗界革命、文界革命、小说界革命是"季世一种妖孽"③，甚至说："新意境、新理想、新感情的诗词，终不若守国粹的用陈旧语句为愈有味也"④。但同时他们又对清末的传统文学流派桐城派、湘乡派加以斥责和否定，也提出中国传统思想使得民众不知民权、民族为何物，是民族危亡的祸根。这到底是为什么呢？

革命派文学理论家这种对传统文学既崇尚又反对，想向西方学习又排斥向西方学习的言论，包含的其实是现代性与现代民族国家这一对矛盾。从根本上说，建立现代民族国家与实现现代性的任务是一致的。在建立现代民族国家的历史进程中，建设现代性的任务也得到推进；同时，建立现代民族国家也成为建设现代性的一部分。但是在中国却与欧洲不同，建立现代民族国家的任务与实现现代性的任务产生了冲突。中国本土没有自发地产生现代性的条件，只能从西方引进。这就是说，中国的现代性是外发型的，是由西方引进而非从自身产生的，因此具有外源性；是由于落后挨打不得不进行的选择，而非由于自身发展的要求而产生的诉求，因此具有外迫性。外源性导致中国现代性缺乏传统的"支援意识"；外迫性导致中国现代性诉求不坚定。因此，中国现代性先天

---

① 黄人：《〈清文汇〉序》，见沈粹芬、黄人等辑《清文汇》，北京出版社1996年版，第1页。

② 冯平：《梦罗浮馆词集序》，《南社丛刻》第二十一集，南社刊行1916年版，第23页。

③ 高旭：《无尽庵诗话》，见郭长海、金菊贞编《高旭集》，社会科学文献出版社2003年版，第595页。

④ 同上书，第645页。

不足，容易夭折。

在晚清民初，中国处于西方列强和日本的压迫之下，建立现代民族国家意味着首先争取民族独立，反抗西方列强，而实现现代性则要求向西方学习。这样，现代性与现代民族国家之间必然发生冲突：要实现现代性就必须学习西方，走西方的道路，从而导致反传统；要建立现代民族国家又必须反对西方帝国主义，走反西方的道路，从而导致认同传统，从传统中获取"支援意识"。在民族危亡的关头，革命派人士在主导的方向上选择了后者，虽然由于他们所追求建立的现代民族国家是资产阶级民主共和国，他们在一定程度上也要接受启蒙思想，接受民主、自由、独立、进化、科学等观念，但这个民主共和国要通过反清反帝的革命战争才能建立，在这种条件下要激起民族意识的高涨，要确保民族主义的发展，决定了他们必然要从传统中寻求"支援意识"，重视本民族文化的整合力量。

因此，为了反帝反清、激发公众的民族主义感情，以章太炎为代表的革命派人士大力宣传汉族文化的光荣传统，提出"保存国粹""兴复古学""陶铸国魂"的主张。1905 年，邓实等人在上海创办《国粹学报》，章太炎、刘师培、黄节等为主要撰稿人，同时笼络了柳亚子、陈去病、马君武、王闿运、廖平、孙诒让、张謇、郑孝胥等文人雅士，他们以"研究国学、保存国粹"为宗旨，"一时之间掀起了一个重新研究中国历史上反侵略、反民族压迫的浪潮。曾经被清朝禁毁而湮没不彰的许多反抗外来侵略的著作、诗文大量被重刊出来，形成了一股以发扬民族传统为主要内容的复古之风"。① 并由此在革命派内部兴起了国粹主义思潮。国粹之意，乃是去其糟粕存其精粹之意。

国粹派徐守微认为："国粹者，一国精神之所寄也，其为学，本之历史，因乎政俗，齐乎人心所同，而实为立国之根本源泉也。"② 高旭在《南社启》中大声疾呼：

---

① 马积高：《清代学术思想的变迁与学术》，湖南人民出版社 2002 年版，第 498 页。

② 徐守微：《论国粹无阻于欧化》，转引自郑师渠《晚清国粹派——文化思想研究》，北京师范大学出版社 1997 年版，第 12—13 页。

　　国有魂，则国存，国无魂，则国将从此亡矣！夫人莫哀于亡
国，若一任国魂飘荡失所，奚其可哉！然则国魂果何所寄？曰：寄
于国学。欲存国魂，必自存国学始；而中国国学之尤为可贵者，端
推文学。盖中国文学为世界各国冠，泰西远不逮也。而今之醉心欧
风者，乃奴此而主彼，何哉？余观古人之灭人国者，未不先灭其言
语文字者也。嗟乎，痛哉！伊品倭音，迷漫大陆；蟹形文字，横扫
神州。此果黄民之福乎！人心世道之忧，正不知伊于胡底矣！①

　　此话完全是民族主义的考量，这说明民族主义与国家主义在这个时
候思想资源是不一致的，建立共和政体的国家主义思想资源来自西方的
民权论、民约论，而建立国魂的民族主义思想资源则来自国学，尤其是
国学中的文学。傅尃在《变雅楼三十年诗徵序》中认同宣扬国粹可以
"振大汉之天声"，"源导得朝宗之效"。章氏针对晚清思想界"老生顽
执益坚，新进驰亦甚"②的二元对立格局，独树一帜地提出"反本以言
国粹"③。一方面，他认为"今之言国学者，不可不兼求新识"④；《国
粹学报》在创办之初，就明确宣告，它并不是为了"与西来学术相对
抗"⑤；另一方面他批评讽刺那些中体西用的保守派：

　　　　主张体用主辅之说者，而彼或未能深抉中西学术之藩，其所言
　　适足供世人非驴非马之观，而毫无足以餍两方之意。⑥

　　这个观点和严复所说一样，中学有中学之体，西学有西学之体，两

　　①　高旭：《南社启》，见郭长海、金菊贞编《高旭集》，社会科学文献出版社2003年版，
第499页。
　　②　张枬、王忍之编：《辛亥革命前十年间论选集》第2卷上册，三联书店1960年版，第
498—502页。
　　③　章太炎：《章太炎全集》（四），汤志钧等校点，上海人民出版社1985年版，
第207页。
　　④　同上。
　　⑤　王锱尘：《国学讲话》，世界书局1935年版，第1—3页。
　　⑥　章太炎：《章太炎全集》（四），汤志钧等校点，上海人民出版社1985年版，
第207页。

者之间是有明确的樊篱的，所谓中体西用或西体中用都是非驴非马之说。张之洞之所以要守着中学为体不肯放松，其目的是要坚决拥护君主专制政体。而严复毫不留情地阐明西方文明以自由为体，以民主为用，就是要在学理上说明自由与专制是对立的，这两种文明在性质上是水火不容。

在这种认识的基础之上，他也反对在中西文明之间的混用和杂乱的比附，1903 年 8 月 9 日，章太炎在《国民日报》上发表《论承用维新二字之谬》，文中论道：

> 新学迭起，更立名号，亦或点窜《诗》《书》，徒取其名义相似，而宗旨则全然不顾。欺饰观听，侜张为幻。其最可嗤鄙者，则有"格致"二字。格致者何？日本所谓物理学也。一孔之儒，见《礼记·大学》有"格物致知"一语，而郑君（郑玄）旧注与温公（司马光）、阳明（王阳明）诸论皆素所未知，徒见元晦（朱熹）有云"穷致事物之理"者，以此妄为本义，固无足怪，就如元晦所言，亦非以格竹为格物。徒以名词妄用，情伪混淆，而缪者更支离皮傅，以为西方声、光、电、化、有机、无机诸学，皆中国昔时所固有。此以用名之故，而悖缪及实事者也。①

章太炎对那些盲目趋新者和那些盲目守旧者都是反对的，他认为这些都属于非常幼稚的想法，"格物致知"岂能和现代物理学相提并论，西方声、光、电、化、有机、无机诸学乃现代科学，中国传统社会又哪里有，这种胡乱地比附对于那些愚昧的人群来说可能会有激发民族自信心的效果，可是章太炎明显地不希望民族精神是建立在这样一种愚昧的对传统的自恋上的。

梁启超对中国传统文化是持一种向现代开放的态度的，他说："中国结习，薄今爱古，无论学问、文章、事业，皆以古人为不可及。余生平最恶此言。窃谓自今以往，其进步之远轶前代，固不待龟蓍，即并世

---

① 章太炎：《论承用维新二字之谬》，《国民日报》1903 年 8 月 9 日。

人物亦何遽让于古所云哉?"① 作为一个启蒙思想家,梁启超此言是用进化论思想把人引向未来的理路。而康有为在戊戌失败之前所言的那些托古改制被认为是"康氏的努力不是促进传统的复兴,而是加速经学的终结。与维新经学同时孕育的大同理想是思想企图超越现实的表现,其价值不在于对未来虚幻的肯定性,而在于对传统、现实的具体否定性"。② 那么章太炎倡导国粹的目的是什么呢?

1906 年在东京留学生欢迎会上,章太炎发表演说,认为当前最紧要的:第一,是用宗教发起信心,增进国民的道德;第二,是用国粹激动种姓,增进爱国的热肠。他批评说:

> 为什么提倡国粹?不是要人尊信孔教,只是要人爱惜我们汉种的历史。这个历史,是就广义说的,其中可分为三项:一是语言文字,二是典章制度,三是人物事迹。近来有一种欧化主义的人,总说中国人比西洋人所差甚远,所以自甘暴弃,说中国必定灭亡,黄种必定剿绝。因为他不晓得中国的长处,见得别无可爱,就把爱国爱种的人,一日衰薄一日。若他晓得,我想就是全无心肝的人,那爱国爱种的心,必定风发泉涌,不可遏抑的。③

在这里章太炎甚至不无意气用事地用夸大其词的评判词来批评他的对手——那些呼吁学习西方、宣扬启蒙主义的人,固然社会上确实有章太炎所指的那种现象,但章太炎所针对的主要是他的论战者。其中重要的是他的这种出于民族主义气概而来的国粹主张,是在日本脱亚入欧思潮那种鄙薄中国且虎噬中国的刺激下变得更加强硬的。这种思想和他1902 年七八月间屡屡与梁启超及吴君遂通信,表达自己借鉴社会学,从事学术志及通史写作的愿望是相通的,其中提道:"然所贵乎通史者,

① 梁启超:《饮冰室诗话》,见王运熙主编《中国文论选》(近代卷·下),江苏文艺出版社 1996 年版,第 280 页。

② 陈少明、单世联、张永义:《近代中国思想史略论》,广东人民出版社 1999 年版,第 7 页。

③ 章太炎:《东京留学生欢迎会演说辞》,见汤志钧编《章太炎政论述集》上册,中华书局 1977 年版,第 276 页。

固有二方面：一方以发明社会政治进化衰微之原理为主，则于典志见之；一方以鼓舞民气、启导方来为主，则亦必于纪状见之。"① 章太炎一直以来都对中国古典文化、古典传统抱有一种很深的情感，在新旧社会变革之际，他不愿意采用激进派那种历史的决裂态度，也不像民族自恋者那样什么都是我祖上都有，而是选择了一种理性的态度、以现代意识去发微古典文化及古典传统的态度，他坚持认为在一切变化之中存有某些具有恒定之价值的东西，这种观念是古典主义文学的标志性立场。

章太炎本人是复古主义非常严重的人，他提倡国粹，自己写的文章一般人都看不懂，就连鲁迅也说："我读不断，当然也看不懂，恐怕那时的青年，这样的多得很。"② 章太炎对古文的固执里有着他对自身古文才华的骄傲，但其总体的趋向确实是出于反清反帝的民族主义目的。但这里需要指出，革命派推崇中国传统文学，并不是完全盲目排斥西方思想，而是要从传统文化中寻找民族认同感的文化资源与西方社会国家学说相融合，以凝聚民族情感，所谓国粹无阻于欧化。

因此，章太炎强调那些忠君死节的糟粕，即所谓"君学"，是不在国粹之列的。在《订孔》等文中，对孔子及其孔学作过批评性分析，剥掉了他的神圣光环。这样，章太炎就在政治立场上和张之洞的中体西用派明确区分开来，林纾那种每一译书就一套君君臣臣观念的人也是入不了他的眼的。他所需要的，是传统文学中的纯粹人文精神的东西，是人文主义，不是专制主义的部分。这和 17 世纪法国古典主义要从古希腊古罗马吸取古典人文主义精神的旨趣是一致的。他还非常注重佛学资源，认为佛学可以涵养人心之自由，他说有了佛学思想的内化，就可以："天下无纯粹之自由，亦无纯粹之不自由……虽至柱囚奴隶，其自由亦无所失。"③ 他又从民族危亡的角度来讲佛教的作用：

　　昔我皇汉刘氏衰亡，儒术堕废，民德日薄，赖佛教入而持世，民复挚醇，以启有唐之盛，讫宋世佛学转微，人心亦日苟偷，为外

---

① 章太炎：《章太炎来简》，《新民丛报》1902 年 8 月第 13 号。

② 鲁迅：《关于太炎先生二三事》，见《鲁迅全集》第 6 卷，人民文学出版社 1981 年版，第 545—547 页。

③ 章太炎：《送印度钵逻罕、保什二君序》，《民报》1907 年 5 月 5 日第 13 号。

族兼并。①

20 世纪美国新人文主义者欧文·白璧德想复兴古典主义文学时，也是试图从东方的孔子、释迦牟尼等身上寻找古典人文主义的思想资源，对比章太炎的国粹派与美国新人文主义的思路，亦可见到古典主义文学的共性。

对于章太炎的这种以古典人文主义来涵养现代国民民族之魂的观点，革命派人士是高度认同的。孙中山亦有言："取欧美之民主以为模范，同时仍取数千年旧有文化而融贯之。"② 汪精卫认为革命文学"其一，根柢于国学，以经义史事诸子文辞之菁华，为其枝干。其二，根柢于西学，以法律政治经济之义蕴，为其条理"。③ 都是在强调国粹与欧化的相互重要性和相互融通性。而从文学源流本身的发展来说，其对中国古典文化的推崇备至，正反映出和 17 世纪法国古典主义者崇拜古希腊、古罗马文化相类似的保守主义文学情趣，以及借助古典思想服务于现实政治的文学目的。

四　宣扬革命者的英雄主义和尚武精神

在欧洲文学中，古典主义提倡高级的题材和崇高悲壮的风格。这是政治理性思想在题材风格上的表现。蒋承勇认为 17 世纪的欧洲人从等待上帝拯救转向了人的自救，并在文学创作上"从崇尚古典与规范、表现政治主题的理念出发，17 世纪欧洲古典主义文学往往以英勇非凡的王公贵族为主人公，英雄人物之伟大与崇高，主要在于能够克制强烈的个人情感而服从于国王或国家的意志，体现了明显的王权崇拜倾向和政治理性"。④ 这个观点是非常有道理的，现代民族国家就意味着是以民族的名义对本民族事务进行管理，而不是圣化社会时期以神或上帝的旨

---

① 章太炎：《章太炎全集》（四），上海人民出版社 1985 年版，第 359 页。

② 孙中山：《在欧洲的演说》，见广东省社会科学院历史研究室等合编《孙中山全集》（一），中华书局 1986 年版，第 560 页。

③ 汪精卫：《南社丛选序》，见胡朴安编《南社丛选》，上海佛学书局 1924 年刊本。

④ 蒋承勇：《从上帝拯救转向人的自我拯救：古典主义文学"王权崇拜"的人性意蕴》，《浙江社会科学》2004 年第 4 期，第 212—216 页。

意来实行对人的管理。

　　晚清民初古典主义文学为配合完成建立现代民族国家的任务，需要吸收资产阶级民主、民权等思想去建构一个全新的民族国家形象，以便让民众对这个将要为之努力斗争的民族国家有一个形象的认识，因此也提倡书写与"建立现代民族国家"相关的重大社会政治题材，在写作当中提倡选取民族的、国家的立场。章太炎、柳亚子、高旭、马君武、苏曼殊、秋瑾都主张诗歌创作要振起"国魂"，要写能激起爱国主义、民族主义的诗，因为："夫国家种族之事，闻者愈多，则兴起者愈广。"① 天僇生说："今日欲救我国，当以输入国家思想为第一义。"② 狄平子在《小说丛话》中谈到那些提倡女权思想的小说时也认为："今日通行妇女社会之小说书籍……可谓妇女之教科书；然因无国家思想一要点，则处处皆非也。"③ 黄小佩写《洪秀全演义》也是为了写"自古而今，其奋然举义为种族争、为国民死者"④ 的神圣英雄题材。而王嶽崧则指出洪栋园写《后南柯》一剧是鉴于"竞争时世，正列强环伺，狨焉思启。眼见中原净土，一任鲸吞而已。蠢尔微虫，御侮有心，戮力坚团体。物犹如此，何为人不如蚁"？所以托之于小蚁，写出个救民救国的大主题。

　　与救国救民的大主题相配合的是崇尚暴力革命的尚武精神。革命派主张以暴力的种族革命为手段来实现现代民族国家的建立，当时革命派报刊上充满了激烈的言论。"在当时报刊中，爱国、救亡、流血、殉国、革命等词语频频出现，对于救国革命的向往以及壮烈牺牲的渴慕，成为当时仁人志士的普遍心理。"⑤ 如：

---

　　① 章太炎：《洪秀全演义·序》，见陈平原、夏晓红编《二十世纪中国小说理论资料》第 1 卷，北京大学出版社 1997 年版，第 363 页。

　　② 天缪生：《论剧场之教育》，《月月小说》1908 年第 2 卷第 1 期。

　　③ 陈平原、夏晓红编：《二十世纪中国小说理论资料》第 1 卷，北京大学出版社 1997 年版，第 324 页。

　　④ 黄小佩：《洪秀全演义》，见陈平原、夏晓红编《二十世纪中国小说理论资料》第 1 卷，北京大学出版社 1997 年版，第 364 页。

　　⑤ 赵继红：《〈北京女报〉传递的西方女性形象》，见孟华等《中国文学中的西方人形象》，安徽教育出版社 2006 年版，第 334 页。

"中国者，中国人之中国也，惟中国人能有中国，他人不能有也，他人而欲有之，吾中国人当竭力反抗，至死不变也。"①

"民贼之血、贵族之血、百姓之血与志士之血相揉相倾相博，而文明于以生。人但知杀身成仁者之愿己流血，而不知愿己流血者亦愿人流血也。"②

"我读《吁天录》，以哭黑人之泪，哭我黄人；以黑人已往之境，哭我黄人家家置一《吁天录》，愿读《吁天录》者，人人发儿女之悲啼，洒英雄之热血。"③

号召女性"勿以贤妻良母为主义，当以英雄豪杰为目的"。④

他们认为为了"存吾种保吾国"，杀人流血是建设一个现代民族国家所必须付出的代价，这是民族主义情绪里面暴力的部分。当时留学日本的鲁迅同样是尚武精神的推崇者。1903 年鲁迅作《斯巴达之魂》赞美斯巴达将士的勇武，以激励中国青年。鲁迅在文章的小序中说："我今掇其逸事，贻我青年。呜呼！世有不甘自下于巾帼之男子乎？必有掷笔而起者矣。"⑤ 1910 年周作人作《论军人之尊贵》，其中声言："今世界文明诸国，无有以不教民战者"，视军人为"国家之保险行""国家之资本家""国家之救世主""国家之司命神"，得出"今以身列戎行，出足以卫社稷，入足以耀乡里，其机之巧，其计之便，无逾是矣"。⑥可见当时尚武精神对年轻人的影响。

---

① 高自立：《中国灭亡之大问题》，《童子世界》1903 年第 31 号。

② 李群：《杀人篇》，《清议报》1901 年第 88 期，见张枬、王忍之编《辛亥革命前十年间时论选集》第 1 卷上册，三联书店 1977 年版，第 21 页。

③ 灵石（顾景渊）：《读〈黑奴吁天录〉》，《觉民》1904 年第 7 期。

④ 陈以益：《男尊女卑与贤妻良母》，《女报》1909 年第 1 卷第 2 号。

⑤ 此文初发表于 1903 年 6 月 15 日、11 月 8 日东京《浙江潮》第 5、9 期，收入 1981 年版《鲁迅全集》第 7 卷。转引自董炳月《"国民作家"的选择》，三联书店 2006 年版，第 89 页。

⑥ 原载 1910 年 7 月 26 日《绍兴公报》。引自《周作人文类编》第 1 卷，湖南文艺出版社 1998 年版。

五　对崇高感的追求

17 世纪的古典主义文学在题材上崇尚英雄主义，对那些高贵的英雄形象的描写成就了古典主义文学悲壮崇高的风格。苏联的社会主义现实主义同样要求文学创作要以正面的英雄人物来作为主人公，在中国现代文学的红色古典主义作品中一贯要求塑造高、大、全的正面形象，而塑造这些形象自然会去突出崇高的气势，在崇高的气势中读者可以强烈感受到英雄们强大的精神力量。

在清末革命派的文学主张上，他们同样要求这些从民族、国家立场出发的大主题，这些代表了时代风气的尚武精神在风格上还必须具有能激励人心、鼓舞士气的雄壮风格。要求作品在艺术表现上感情豪放，语调激昂，文词瑰丽，气势雄壮。章太炎在为邹容《革命军》作序时指出，文学"为义师之先声"，应该"辞多恣肆，无所回避"，要"叫咷恣言，具有革命的气魄，不必考虑辞藻上的文与不文"；柳亚子等人也竭力提倡"振唐音""上追唐风"。

为了能尽可能把这种民族大义宣扬给普通民众，他们反对在清朝文化专制政策下的作家所养成的曲折隐晦文风，认为那种文学作者即使"恳恳必以逐满为职志"，作品却"文墨议论又往往务为蕴藉，不欲以跳踉搏跃言之"，其造成的结果是"世皆嚚昧雷霆之声，其能化者几何？"① 因此这些革命派人士如柳亚子、高旭、邹容、陈天华等人的言论中，都要求作品充满"跳踉搏跃"、"大声疾呼"、感情充沛、慷慨陈词的气势和追求理想必胜的信心，而且在他们的作品中也确实体现了这一特点。

在晚清民初革命派人士看来，文学作品要具有这样的气概和风格，一方面与当时的国运危急不无关系，所谓"遭晦盲否塞之秋，国恨家仇，耿耿胸臆间，……于是发为文章，嘈呔镗鞳，足以惊天地泣鬼神"②；是由于"慨念国魂不振，奴性难锄，思以淋漓慷慨之音，一振

---

① 章太炎：《革命军序》，见汤志钧编《章太炎政论文选》（上），中华书局 1977 年版，第 193 页。

② 柳亚子：　《天潮阁集序》，见《南社丛刻》，江苏广陵古籍刻印社 1996 年版，第 4986 页。

柔软卑下之气，所作诗都鸣镇伐鼓，激烈铿锵，有惊四座、辟万夫之概"。① 另一方面他们也有意识地对具有这种文学风格的作品进行模仿与学习，如章太炎、柳亚子、高旭所说的振唐音、追唐风，还有苏曼殊、马君武所引进的西方浪漫主义诗人拜伦的气势昂扬的作品，当然，引进拜伦的诗与争取民族独立是相关的，如鲁迅在《坟·杂忆》中说：

> 那时 Byron（拜伦）之所以比较的为中国人所知，还有别一原因，就是他的助希腊独立，时当清的末年，在一部分中国青年的心中，凡有叫喊复仇和反抗的，便容易引起感应。那时我所记得的人，还有波兰的复仇诗人 Adam Mickiewicz；匈牙利的爱国诗人 Petöfi Sándor；飞猎滨的文人而为西班牙政府所杀的厘沙路，他的祖父还是中国人，中国也曾译过他的绝命诗。……别有一部分人，则专意搜集明末遗民的著作，满人残暴的记录，钻在东京或其他的图书馆里，抄写出来，印了，输入中国，希望使忘却的旧仇复活，助革命成功。②

我们从鲁迅对当年革命派文学运动的回忆中也可以看出，革命派文学从题材上倾向于选择那些富有革命意义的、为国家复仇的人物和事迹，他们试图用尚武精神来激起民族士气，而在风格上，他们选择那种激烈铿锵、大义凛然的崇高美学风格。这和欧洲古典主义文学的题材风格相比可谓异曲同工。

六　重视小说的觉民与群众性

在西方，古典主义文学具有贵族气质和高雅的风格，而在中国，无论是晚清民初还是后来的红色革命年代，古典主义文学思潮却不具备这一特点。其中的原因，一方面是文化渊源上的，中国传统文化是平民文化，而西方古希腊、罗马及整个封建时代都是贵族文化；另一方面也是

---

① 周实：《无尽庵诗话》，见何文焕辑《历代诗话选》，中华书局 1980 年版，第 236 页
② 鲁迅：　《坟·杂忆》，见《鲁迅全集》第 1 卷，人民文学出版社 1961 年版，第 317—318 页。

中国建立现代民族国家的具体特点决定的。在中国，要建立现代民族国家，则意味着要发动反清反帝的革命战争，因此必须动员全社会的力量，尤其是普通民众的力量，这决定了中国古典主义要想成功地完成这一历史使命，只能追求平民化气质与通俗化倾向。如《觉民发刊词》所云：

> 夫积民而成国，断无昏昏沉醉之民，而能立国于竞争之世。欧美之所以雄长地球者，人人有觉民之责任，若士、若农、若工、若商，皆有主人翁之资格。……欲扫数千年蛮风，不可不觉民！欲刺激国民之神经，使知爱国合群之理，不可不觉民！欲登我国于乐土，不可不觉民！欲为将来实行地方自治之制，不可不觉民！欲破大一统之幻想，不可不觉民！欲尊人格，以尊全国，不可不觉民！①

《觉民》是1903年革命派人士高旭所创办的一份杂志，这份发刊词其内容和形式都和梁启超新民论的梁式文体有很多相通之处，正说明革命派和维新启蒙派在新民德、鼓民力、启民智方面可以达成共识，不同的是，维新启蒙派认为民众启蒙运动是一件长期慢效的精神事业，而革命派则以革命的激烈热情把鼓民力、新民德直接结合到为建立现代民族国家的战斗中去。

正是为了用文学宣传民族主义革命，动员群众，革命派的文学理论家提出文学有"化里巷""鼓动平民"的任务。柳亚子在《民族主义女军人梁红玉传》中说："拔山倒海之事业，掀天揭地之风潮，非一人独立所能经营"，必须动员一切的群众力量。而要使文学能动员"贩夫走卒""屠夫牧子"以及"妇孺不识字之众"，就必须通俗。他们认为小说、戏曲最具有"入之易，出之神"的艺术感染的"同化力"，所以大力提倡通俗戏曲，从理论上提高戏曲等通俗文艺的地位。指出"博雅之士，言必称古，每每贵远贱近，谓今不逮昔。曲之于文，横被摈斥，至格于正规之外，不得与诗词同科"。而事实上，"曲之作也，术本于诗

---

① 高旭：《觉民发刊词》，见郭长海、金菊贞编《高旭集》，社会科学文献出版社2003年版，第479—480页。

赋，语根于当时，取材不拘，放言无忌，故能文物交辉，心手双畅"，"语似浅而实深，意若隐而常显"。通俗的戏曲最适宜表现现代生活，因此"持运动社会、鼓吹风潮之大方针者"应该提倡通俗文艺。①

在《二十世纪大舞台丛报招股启并简章》中再次痛感时局沦胥、民智未开而提出："以改革恶俗，开通民智，提倡民族主义，唤起国家思想为唯一目的。"② 晚清民初以宣传革命为宗旨的通俗文体小说、戏曲的出现，与这些革命派文学理论家的大力鼓吹确实不无关系。

除了这种针对通俗文体的改造外，革命派的文学理论家也注意到了雅文体诗、文，南社就有人写一些通俗化的革命宣传诗，而在文体方面，可以说，由改良派人士所提出的改用白话的号召，后来主要是由革命派来加以发展了。其结果，阿英在《辛亥革命文谈（三）》中总结说："随着革命运动的普遍与深入，出现了好多宣传资产阶级民主革命的'白话报'：《觉民》《中国白话报》《湖州白话报》《安徽白话报》《福建白话报》《江苏白话报》《扬子江白话报》，等等，真是万口传诵，风行一时。"③ 提倡通俗、提倡白话可以被看做晚清革命派理论家论及的一个艺术规范，由于革命派人士过度关注文学的功能性作用，强调其内容上的政治性效果，在艺术形式方面，除了要求作品通畅明白、革命情绪激昂热烈外，他们并无更多其他的建树。

不过在用白话文创作以达到文体通畅明白方面，饶有兴味的是，提倡白话文本来就是一个改造个人思想为民族国家服务的总体性规划，而这个规划最终是由民族国家在形式上最终把它确定下来的：1912 年教育部通过《采用注音字母方案》；1913 年教育部召集了读音统一会；1920 年春天，教育部通令采用新式标点符号；同年，教育部通令国民小学校逐步采用白话文教材。胡适曾明确地把白话文运动在五四时期能取得成功的原因之一归于中华民国的成立。从正反向两个维度的事件，

① 姚华：《曲海一勺》，转引自郭绍虞、罗根泽主编《中国近代文论选》（下册），人民文学出版社 1959 年版，第 143 页。

② 转引自华南师范大学中文系编《中国近代文学评林》第 6 辑，广东人民出版社 1999年版，第 5 页。

③ 阿英：《辛亥革命文谈（三）》，见《中国近代文学论文集》（概论卷），中国社会科学出版社 1981 年版，第 293 页。

可以让人看出"现代民族国家"对中国现代文学文体变革的召唤力和影响力。

第四节　清末革命古典主义文学思潮的创作成果

1905 年以后，随着资产阶级革命运动的发展，许多革命报刊如《民报》《醒狮》《复报》《浙江潮》《云南》《汉帜》《豫报》《河南》《四川》《夏声》《南社》《女子世界》等都纷纷刊登诗词、小说、剧本，以文艺为武器，宣传反满反侵略的革命思想，为中国建立现代民族国家作思想准备。尽管这个时期革命者斗志昂扬，留下不少作品，但客观地说，由于处于萌芽阶段，晚清革命古典主义文学在作品方面的贡献是比较薄弱的，这不仅体现在数量上远远不如启蒙主义的作品，而且在艺术水准方面也没有出现堪称典范的作品。下面对这些初步具有革命古典主义的作品进行简单的归纳点评。

一　革命诗歌与南社诗人

在诗歌当中直接抒发民族主义情绪、郁结民族主义仇恨、发誓要建立民主共和的中华民族—国家的，有这样三类作品：文人诗、民间小调和军队歌曲。

（一）文人革命诗：南社及其他诗人

1905 年以后，在同盟会的革命运动带动下，被人称为"同盟会宣传部"的"南社"，便以战斗的姿态进入了诗坛，其主要代表成员有柳亚子、高旭、陈去病、苏曼殊、马君武、宁调元、周实、吴梅、黄节等。南社诗人中柳亚子是发起人之一，也是最有文名的。受维新派引入的西方社会学说影响，早年崇拜卢梭，曾改名为"人权"，字"亚卢"——亚洲的卢梭也。但是随着清政府治下中国的摇摇欲坠，更年轻的一辈已不满于梁启超、严复、夏曾佑、黄遵宪等维新启蒙派的主张，转而追求更为激烈的革命运动。柳亚子也是在动荡的现实中作了很多反满驱虏、宣传民族精神、鼓动国人革命激情和士气的诗作。现举如下几首：

1903 年章太炎、邹容因"苏报案"入狱时柳亚子作诗：

> 祖国沉沦三百载，忍看民族日仳离。
> 悲歌咤叱风云气，此是中原玛志尼。①

1907 年秋瑾被害时柳亚子写了《吊鉴湖秋女士》七律四首，第四首云：

> 漫说天飞六月霜，珠沉玉碎不须伤。
> 已拼侠骨成孤注，赢得英名震万方。
> 碧血摧残酬祖国，怒潮呜咽怨钱塘，
> 于祠岳庙中间路，留取荒坟葬女郎。②

1912 年袁世凯做了大总统后，柳亚子以诗骂道：

> 孤愤真防决地维，忍抬醒眼看群尸。
> 美新已见杨雄颂，劝进还传阮籍词。
> 岂有沐猴能作帝，居然腐鼠亦乘时。
> 宵来忽作亡秦梦，北伐声中起誓师。③

　　从所引这几首诗中可以看出来，柳亚子关注时势，关注国家命运，以国外民族革命英雄的声誉来与本民族的英雄相比拟，在悲壮中体现出激昂崇高的艺术风格——这既是诗歌创作的一种艺术技巧，也表现出诗人站在民族主义立场上的世界眼光。

　　再如苏曼殊的《以诗并画留别汤国顿》（二首）：

---

　　①　柳亚子：《有怀章太炎邹威丹两先生狱中》，见刘斯翰注《柳亚子诗选》，广东人民出版社 1981 年版，第 5 页。

　　②　柳亚子：《吊鉴湖秋女士》，见刘斯翰注《柳亚子诗选》，广东人民出版社 1981 年版，第 39 页。

　　③　柳亚子：《孤愤》，见刘斯翰注《柳亚子诗选》，广东人民出版社 1981 年版，第 129 页。

（一）

蹈海鲁连不帝秦，茫茫烟雨着浮身。

国民孤愤英雄泪，洒上鲛绡赠故人。

（二）

海天龙战血玄黄，披发长歌览大荒。

易水萧萧人去也，一天明月白如霜。①

壮士话别，事业未竟，诗中有一种悲凉萧瑟的情感，但又有一股强烈的英雄气概升腾而起，增添崇高悲壮的意味。

其他较为著名的如陈天华在《猛回头》中的开头诗云：

大地沉沦几百秋，烽烟滚滚血横流。

伤心细数当时事，同种何人雪耻仇！②

陈去病的《谒仓水张公墓并吊永历帝》：

大好河山日欲斜，登楼高览兴何赊。

苍天逆行黄天死，只向秋原哭桂花。③

陈去病的《自厦门泛海登鼓浪屿》：

凭高独揽沧溟远，研地谁为楚汉争？

海水自深山自壮，不堪重忆郑延平。④

① 苏曼殊：《以诗并画留别汤国顿》（二首），转引自李蔚《苏曼殊评传》，社会科学文献出版社1990年版，第342页。

② 陈天华：《猛回头》，见刘清波、彭国兴编《陈天华集》，湖南人民出版社2011年版，第21—22页。

③ 陈去病：《谒仓水张公墓并吊永历帝》，见杨天石《陈去病全集·序》，上海古籍出版社2009年版，第5页。

④ 陈去病：《自厦门泛海登鼓浪屿》，见杨天石《陈去病全集·序》，上海古籍出版社2009年版，第6页。

高旭的《登金山卫城怀古》：

> 大事毕矣吃一刀，滚滚头颅好男子。
> 为种流血历史光，激起汉族奴隶耻。[1]

《盼捷》：

> 炸弹光中觅天国，头颅飞舞血流红。[2]
> 龙蟠虎踞闹英雄，似听登台喝大风。

《黄海舟中作》：

> 久困樊笼得自由，一朝长啸散千愁。
> 惊涛万丈如山倒，始信男儿有壮游。[3]

《读〈黑奴吁天录〉》：

> 厉禁华工施木栅，国权削尽种堪哀。
> 黑奴可作前车鉴，特为黄人一哭来。[4]

这些诗人的诗句题材基本上是国仇家恨，为民族主义事业作出贡献的民族英雄，而其格调也基本沉痛悲怆，符合革命古典主义文学的一般特征。南社其他诗人的作品如黄节的《庚子重九登镇海楼》《初到杭州宿三潭晓起望湖》《岳坟》，马君武的《自由》《从军行》《华族祖国

---

[1] 高旭：《登金山卫城怀古》，见郭长海、金菊贞编《高旭集》，社会科学文献出版社2003年版，第10页。

[2] 高旭：《盼捷》，见郭长海、金菊贞编《高旭集》，社会科学文献出版社2003年版，第164页。

[3] 高旭：《黄海舟中作》，见郭长海、金菊贞编《高旭集》，社会科学文献出版社2003年版，第168页。

[4] 慧云（高旭）：《读〈黑奴吁天录〉》，载《国民日报汇编》第4集，上海东大陆图书译印局1904年版。见阿英《晚清文学丛钞》（小说戏曲研究卷），第591页。

歌》等也都能找到这一共同的特色。《中国近代文学史稿》对此总结说："在诗歌方面……南社诗人们视诗为'唤醒国民精神之绝妙机器',以自己的诗歌来鼓吹革命。南社代表诗人柳亚子的诗,表现了对民族和祖国深沉的热爱和对民族敌人强烈的憎恨。革命女诗人秋瑾的诗,感情豪迈奔放,言辞慷慨激烈,给革命青年以巨大的鼓舞。"①

秋瑾并不是南社诗人,但她和南社诗人一样都是革命派人士,而且她还最终为清廷所害,为革命理想付出了年轻的生命,她的殉道和谭嗣同一样,给他们各自所属阵营的政治活动照上了圣洁的光芒。游国恩版《中国文学史》评价秋瑾诗文时说:"她的作品极大部分充满着英勇战斗、自我牺牲和追求理想的浪漫主义精神","以沸腾的革命热血来写她的文学作品。"②可谓诗如其人。可以举些诗句来看,如:

《致徐小淑绝命词》
痛同胞之醉梦犹昏,悲祖国之陆沉谁挽。③

《感怀》
莽莽神州叹陆沉,救时无计愧偷生。④

《赠蒋鹿珊先生言志且为他日成功之鸿爪也》
好将十万头颅血,一洗腥膻祖国尘。⑤

《柬某君》
头颅肯使闲中老,祖国宁甘劫后灰。⑥

① 复旦大学编:《中国近代文学史稿》,上海中华书局1960年版,第292页。
② 游国恩等编:《中国文学史》(四),人民文学出版社1963年版,第1220页。
③ 秋瑾:《致徐小淑绝命词》,见《秋瑾集》,上海古籍出版社1979年版,第26页。
④ 秋瑾:《感怀》,见《秋瑾集》,上海古籍出版社1979年版,第81页。
⑤ 秋瑾:《赠蒋鹿珊先生言志且为他日成功之鸿爪也》,见《秋瑾集》,上海古籍出版社1979年版,第79页。
⑥ 秋瑾:《柬某君》,见《秋瑾集》,上海古籍出版社1979年版,第84页。

《黄海舟中日人索句并见日俄战争地图》

浊酒不销忧国泪，救时应仗出群才。

拼将十万头颅血，须把乾坤力挽回。①

《感时》

炼石无方乞女娲，白驹过隙感韶华。

瓜分惨祸依眉睫，呼告徒劳费齿牙。

祖国陆沉人有责，天涯漂泊我无家。

一腔热血愁回首，肠断难为五月花。②

从这些诗句可以看出，诗人所关注的是祖国命运的艰难，表达的是自己对于革命意志的坚决，同时想要唤起昏睡中同胞的民族革命斗志。除了个人语言处理的艺术技巧外，其作诗的理性宗旨和南社诗人是一致的。

除了秋瑾以外，还有一些革命激情同样高涨的女志士们的诗，也可以作为革命古典主义诗歌的代表，如1909年4月陈以益主编的《女报》第1卷第3号刊登了王绍嫔《题词》：

女子慈心未有涯，共和祖国早萌芽。

放奴义务高千古，收效原从五月花。③

再如平权阁主人为1911年刊行的《二十世纪女界文明灯弹词》所作的题诗：

忍令幽囚蹈覆车，无端摧折尽萌芽。

---

① 秋瑾：《黄海舟中日人索句并见日俄战争地图》，见《秋瑾集》，上海古籍出版社1979年版，第79页。

② 秋瑾：《感时》，《中国女报》1907年3月第二卷第1号。见郭延礼选注《秋瑾诗文选》，人民文学出版社1982年版，第83页。

③ 刘巨才：《女报》，见《辛亥革命时期期刊介绍》第3集，人民出版社1983年版，第503页。

放奴特写批茶笔，此是当今五月花。①

这里非常凑巧的是三首诗都提到了"五月花"，作者又都是女性身份，不懂得其文化意蕴的读者会以为这里代表着一种性别指向，实际上这里恰恰是消隐了性别意识的，在革命中重要的是革命属性，作为自然性别的女性属性是自然会被革命英雄属性所遮隐的。五月花在这里是政治词汇：（1）"1620 年英国一批清教徒为反对国教乘五月花号去美国，共同签订'五月花契约'，上岸后大家保证互相团结，结成一个人民的政治团体，建立独立、自由的新社会。"② 因此郭延礼注"秋瑾亦可能有志建立一个团结革命志士、共同反清的政治团体，而苦于难以做到"。③（2）晚清翻译作品中出现了批茶女士的《五月花》，人们以为《五月花》是一部为争取黑人种族独立的著作，可以作为我黄种人之借鉴，如《创立女界自立会之规则》中所说：

夫批茶者，不过美洲一女子耳，目睹黑奴惨状，且思有以救之。自《五月花》一书出，未一年而数千百万黑奴，竟能脱离苦海，复返人类，诚千古未有之盛事也。且黑奴与美人，并不同种，而批茶尚能苦口婆心，挽回数百余年圣贤豪杰未及挽回之积习。④

批茶乃我们现代所翻译的斯托夫人，《五月花》是她的一部叙述新英格兰生活的作品，而清末这些人士把《汤姆叔叔的小屋》（亦即林纾所译《黑奴吁天录》）里的内容移植到这部书里了，其中的详细缘由夏晓虹在《误译误读与正解正果——批茶女士与斯托夫人》一文中已经作过详细的考证与阐释。本文这里援引这些例子是说明清末知识界在刚接触西方文化与文学作品的时候存在大量的误译误读现象，重要的是在误读之后把阐释的重点放在哪里，很显然，上面这些诗人看重的是"五月

---

① 阿英：《晚清文学丛钞》（说唱文学卷）上册，中华书局 1960 年版，第 174 页。

② 夏晓虹：《误译误读与正解正果——批茶女士与斯托夫人》，见孟华等《中国文学中的西方人形象》，安徽教育出版社 2006 年版，第 43 页。

③ 郭延礼选注：《秋瑾诗文选》，人民文学出版社 1982 年版，第 83 页。

④ 张雄西：《创立女界自立会之规则》，《云南》1906 年 10 月第 1 号。

花"所含有的"共和""独立""自由""脱离奴隶状态"，由此在诗中建构了浓郁的民族主义情结和现代民族—国家想象。

总之，在1903年至1911年间，为配合革命派实际革命行动的进展，在文坛上出现了以鼓吹革命激情、宣传民族主义思想、唤起民族爱国斗志的诗歌，以"南社"为主要代表，也包含一些没有进入南社组织但思想宗旨相通的诗人作品，如这一首《猛虎歌》："……今日专制流毒猛于虎，吸我脂膏割我股。何为四百兆人习为常，沉此地狱不知苦？不知苦，到得后来更受褊。不如大家结成一条心，树起义旗掀倒恶政府！"① 可见在当时，文学写作要紧密地为革命事业服务，是革命派斗士的共同认识。他们所作诗歌有明确的政治倾向性，在政治理性的指导下，选取与民族主义革命事业相关的题材，化用传统文化中利于凝聚民族感情的典故，慷慨高歌革命者的情怀，并表现出对革命胜利的殷切向往之情，这些都是革命古典主义文学作品的特点。

（二）革命的民间小调

革命派诗人为了把革命思想在民众当中很好地播撒出去，振奋中华民族的民心，他们也去改造一些民间小调，如《最新醒世歌谣》收31种时调，有爱国乡歌、爱国歌、警世歌、叹中华、破国谣、国民歌，等等，一看名字就可以顾名思义，可是即便是名字上没有显露出这种鲜明的民族主义与国家主义思想的，其内容上也会体现出来，比如有一首名为《童子调》的：

正月瑞香花儿开，想起中国眼泪来。埃及印度并越南，个个做奴才。嗳兄弟吓，前船榜样后船看。

二月杏花映日红，外人手段是真凶。灭国灭教又灭种，说说要心痛。嗳兄弟吓，大家都在劫数中。

三月桃花笑压担，我们百姓实可怜，大唐国号数千年，今日命

① 阿英：《辛亥革命文谈（三）》，见《中国近代文学论文集》（概论卷），中国社会科学出版社1981年版，第293页。

难延。嗳兄弟吓，瓜分只怕在眼前。①

有一首《近体四季相思》，里面全没有男女之间的爱情相思，全部是对民族、对国家的相思，全诗如下：

春季里相思困人天，江山呀已被势力圈，警烽烟。我民呀，国事日已非。人人皆婢膝，个个尽奴颜。可怜吾独立国旗何日建？莫不是奴隶根性已天然？忘却当初呀，我祖羲与轩，吾的民呀，你是中国的人，怎么把心肠变。你是中国的人，怎么把丑态献？

夏季里相思草阁凉，欧洲呀势力盖东洋，日膨胀。我国呀，总是没收场。什么袁与盛，什么吕与张，可怜吾一般男子尽姑娘。莫不是红羊浩劫由天降？报还了当年呀，专制狠心肠？吾的国呀，你是个好文明，怎做成这般样？你是个好江山，怎做成这般样？

秋季里相思天气清，西洋呀来了大兵轮，要瓜分。我天呀，酣睡几时醒？今朝割旅顺，明日送台澎。可怜吾房捐酒捐，莫不是支那种教都该尽？一任他列强呀虎噬与鲸吞？吾的天呀，你是个当国人，怎好冤了百姓。你是个当国人，怎好害了百姓？

冬季里相思雨雪飞，二十呀世纪风会移，尽披靡。我友呀，大局共支持，出洋到日本，留学往太西，可怜吾千钧一发相维系。吾不见少年做成意大利，到如今，五洲呀，处处扬国旗？吾的友呀，你是黄帝的孙，还须争点黄帝气，你是中国的人，还须做点中国的事。②

这首歌曲里完全是在世界格局中忧叹我中华民族处于岌岌可危的状态，并呼唤中华儿女合力为"中国"而自强。

（三）革命军军歌

还有军队歌曲，如 1907 年前后流行的《从军新乐府》，辛亥革命后

---

① 痛国遗民编：《最新醒世歌谣》，群益书局光绪三十年版。
② 阿英：《阿英全集·附卷》，安徽教育出版社 2006 年版，第 133—136 页。

改为"从军乐"：

> 汉旗五色飘飘扬，十万横磨剑吐光，齐唱从军新乐府，战云开处震学堂。（第一首）

> 军乐悠扬列鹡鸰，天风齐荡感情多，男儿概晓从军乐，好唱中华爱国歌。（第十首）

> 《中华国体》：中华民国震亚东，创造共和气象雄，永远民主一统国，追踪欧美表雄风。

> 《中华国土》：大地混如球，劈分五大洲，中华民国震亚洲。满蒙处北垂，回藏介西隅，东西环海形势优。南北七千里，东西八千余，物产饶富人烟稠。哪怕欧非美，哪怕海洋洲，中华国土冠全球。①

从文人诗歌、民间小调、军队歌曲这些流传在不同人群之中，其意图却又是高度一致的民族主义与国家主义的诗歌作品中，可以看出，革命古典主义文学在当时具有了一定的规模与影响力。

二 革命政论文

具有强烈战斗性的政论文，是这个时期革命文学的主要形式。当然革命派文人除了写这些战斗性的政论文之外，也写一些旧式散文，就像他们在诗歌创作时，除了写些革命诗，偶尔也写点抒发私人生活领域的情思；但那些就不在革命古典主义的范畴之中了。革命派人士写政论文最经典的代表人物是章太炎、邹容、章士钊、刘师培等，其中以章太炎的章氏文体最为出名，他在内容上表达明确的民族主义思想和国家主义思想，在美学上追求古朴、典雅却又充满一种理性精神的、结构合理、逻辑畅通的风格。

（一）章太炎的政论文

胡适认为"章炳麟的古文学是五十年来的第一作家"②，但作为古

---

① 华航琛编：《新教育唱歌集》，上海教育实进会 1914 年版，第 261—268 页。
② 胡适、周作人：《论中国近世文学》，海南出版社 1994 年版，第 60 页。

文家和学术史大家的章炳麟并不在革命古典主义之列，在这里本文主要关注的是他的那些政治性很强的战斗性的政论文。关于他的政论文，鲁迅有两段评语：

> "我以为先生的业绩，留在革命史上的，实在比在学术史上还要大。……我的知道中国有太炎先生，并非因为他的经学和小学，是为了他驳斥康有为和作邹容的《革命军》序，竟被监禁于上海的西牢。""我爱看这《民报》，但并非为了先生的文笔古奥，索解为难，或说佛法，谈'俱分进化'，是为了他和主张保皇的梁启超斗争，和'××'的×××斗争，和'以《红楼梦》为成佛之要道'的×××斗争，真是所向披靡，令人神往。……战斗的文章，乃是先生一生中最大，最久的业绩。"①

鲁迅的评语既说出了章太炎文章的风格分殊，也说出了较为普遍的一种接收者心理，从而道出了当时追求革命激进的时代风潮。章太炎的政论文著名的有：《驳康有为论革命书》《革命军序》《支那亡国二百四十二年纪念会书》《正仇满论》《代议然否论》《革命之道德》《定版籍》《讨满洲檄》《排满平议》《张仓水集后序》。这些文章政治观点鲜明，现实感很强，有饱满的民族主义情绪和战斗精神，条理缜密，辞峰犀利，议论透辟，传递出很强的阅读召唤力，从而获得很多读者，把笔端自有一种魔力的梁式文体的风头都抢去了。

"晚清时期，西学东渐，中学造创，西方输入的'言文一致'思潮造成了'汉语形象'的大危机，作为新旧文化和价值体系之载体和直接现实的语文体制，逐渐失去原来的信用度而沦为一种令人憎恶的总体形象。"② 维新派人士王韬、黄遵宪、康有为、谭嗣同、梁启超等人的政论文所使用的都是自造的新语体。章太炎也主张言文一致为最高理想，但他不认同维新派这些人的新语体，他一方面勇于解剖，对中西语

---

① 鲁迅：《关于太炎先生二三事》，见《鲁迅全集》第6卷，人民文学出版社1981年版，第545—547页。

② 陈雪虎：《从当代语境回望章太炎的"文学复古"》，《社会科学辑刊》2002年第1期，第142—144页。

文特色进行对比，从社会变革的现实出发进行民族语文体系自身的改造；另一方面追求与前一方面相辅而行的语文应用层面上的"斫雕为朴"的美学风格，从文体上他是忠实于古典美学风格的。

胡适《五十年来中国之文学》中对章太炎有很高的评价，他认为：

> 章氏论文，很多精到的话。他的《文学总略》推翻古来一切狭陋的"文"论，说"文者，包络一切著于竹帛者而为言"。他承认文是起于应用的，是一种代言的工具；一切无句读的表谱录簿，和一切有句读的文辞，并无根本的区别。至于"有韵为文，无韵为笔"，和"学说以启人思，文辞以增人感"的区别，更不能成立了。这种见解，初看去似不重要，其实很有关系。有许多人只为打不破这种种因袭的区别，故有"应用文"与"美文"的分别；有些人竟说"美文"可以不注重内容；有的人竟说"美文"自成一种高尚不可捉摸，不必求人解的东西，不受常识与理论的裁判！①

胡适之所以非常赞同章太炎的关于"文"的观点，在于他们俩对于现代文既需要有应用的功能又需要美学上的锻炼这种看法是一致的，无论是从胡适的启蒙主义的角度，还是从章太炎的革命古典主义的角度，都不可能去认同那种所谓只追求语言修辞的什么"美文"。简言之，文章是必须要有实用功能的，但也必须要好看，至于什么才是好看，他们都同意好看的关键不在于用不用韵文、不在于用那些优美却又不着边际的词汇。章太炎所追求的乃是古朴的逻辑文。

钱穆对章太炎的这种古朴的、逻辑的、充满了一种理性美的政论文的评价也非常高，他提出说：

> 近人论学，专就文辞论，章太炎最有轨辙，言无虚发，绝不枝蔓，但坦然直下，不故意曲折摇曳，除其多用僻字古字外，章氏文

---

① 胡适、周作人：《论中国近世文学》，海南出版社 1994 年版，第 57—58 页。

体最当效法，可为论学文之正宗。①

钱穆此话说出了章太炎文体的突出特点在于他的观点明确、结构合理、逻辑通畅。世人多怕章太炎那些僻字古字，连他的弟子鲁迅都怕，可是章太炎本人却认为自己发表在民报上的文章浅露粗俗，不值得推崇，反而是那些佶屈聱牙、深奥隐晦的学术著作如《九言书》等，"博尔有约，文不掩质"，方才当得起"文章"二字。真正的好古典美学风格者。

（二）章士钊及其他革命者的政论文

章士钊的政论文几乎和章太炎齐名。他先后在《苏报》《国民日报》《民立报》《民主报》《独立周报》等报纸上任主笔，主要代表作品有《政本》《国家与责任》《政力向背论》《政治与社会》《共和平议》《帝政驳议》《时局痛言》等，也都是为当时的革命形式寻找合理性说明的文章，他学识丰富，对西方民主政党等有较深入的研究，论辩富有逻辑基础，理论性很强，章士钊之文也是很有特色的。

除章太炎、章士钊外，邹容、陈天华也是当时比较有影响力的革命派作家。邹容的《革命军》通俗地向国人讲述了"天赋人权""自由""平等""博爱"等西方现代性思想；宣扬了"永脱满洲之羁绊，尽复所失之权利，而介于地球强国之间"，"全我天赋平等自由之位置""保我独立之大权"等民族主义的强烈愿望；强调"中国者，中国人之中国也"，呼吁人们推翻清朝代专制王朝，建立"中华共和国"，并根据卢梭、孟德斯鸠等西方学者的政治社会学说和革命派的政治纲领描述了革命派所设想建立的现代民族国家形式。其文激烈慷慨、气势磅礴、语言浅白犀利且生动流畅，在辛亥革命时期，曾印行 20 余次，销售量达百万册以上。②鲁迅对此曾评价说："倘说影响，则别的千言万语，大概都不抵浅近直接的'革命军马前卒邹容'所做的《革命军》。"③

---

① 钱穆：《钱宾四先生论学书简》，见余英时《犹记风吹水上鳞——钱穆与现代中国学术》之"附录"，台北三民书局 1991 年版，第 252—256 页。

② 程翔章等编：《中国近代文学》，华中师范大学出版社 2003 年版，第 184 页。

③ 鲁迅：《杂忆》，见《鲁迅全集》第 1 卷，人民文学出版社 1981 年版，第 221 页。

陈天华在《猛回头》《警世钟》中阐明了西方国家与清政府的勾结关系，呼唤人们破除保守派对清廷的幻想，号召中华民族为了自救而"手执钢刀九十九，杀尽仇人方罢休"，大声疾呼"改条约，复政权，完全独立；雪国耻，驱外族，复我冠裳"。陈天华文章的语言有很多白话，如："请了请了，做兄弟的，今日有几句粗话，要向列位讲讲。……兄弟所讲的，没有别项，就是要凡当国民的，都要晓得争权利义务，不可坐待人家来鱼肉我们，这是兄弟对于列位的一片苦心了……"①陈天华的主要政论文章有：《论〈湖南官报〉之腐败》《论中国学生之同盟会之发起》《国民必读》《论中国宜改创民主政体》等。

相对于章太炎、章士钊的政论文有很多的逻辑分析和思想分析，很多革命者的政论文则是一种直接饱满的情绪表达，如柳亚子在《民权主义！民族主义》中也是直接高呼："诸君诸君，认定宗旨，整刷精神，除暴君，驱异族，破坏逆胡专制的政府，建设皇汉共和国的国家……民权主义万岁！民族主义万岁！中国万岁！"②而铁郎在《论各省宜速响应革命军》中所写则是激愤地控诉"满清觉罗之入关也，屠洗我人民，淫掠我妇女，食践我毛土，断送我江山，变易我服色，驻防我行动，监督我文字，括削我财产，干涉我言权，惨杀我志士，谬定我宪法，二百六十年如一日。我国民虽包容彼族，其如日日防我家贼何！我四万万之民族日益削，彼五百万之膻种日益横……夫中国者，中国之中国，非满洲之中国也……革命哉！革命哉！真今日我族存亡之一大关键哉！"③

他们的文章用词浅白，不像章太炎喜欢用古字僻字，他们很多人是直接用白话来表达心中情绪的。当然革命者用白话进行创作，不像五四白话文运动那样具有文学方面的自觉性，而基本都是为了政治上的宣传目的。这些为民族主义革命而作的文章在晚清国难当头、民族主义意识觉醒的时代氛围中很有激昂士气的作用，他们对文章思想内容的关注远

①　陈天华：《国民必读》，见刘晴波等编《陈天华集》，湖南人民出版社2011年版，第179—198页。

②　弃疾：《民权主义！民族主义！》，《复报》1907年第9期。见张枏、王忍之编《辛亥革命前十年间时论选集》第2卷下册，三联书店1960年版，第815页。

③　铁郎：《论各省宜速响应革命军》，见张枏、王忍之编《辛亥革命前十年间时论选集》第2卷下册，三联书店1960年版，第787页。

远盖过了对其文学性本身的评判。

阿英在谈论辛亥革命前的文学状况时，介绍过当时很多宣传革命的文选。文选里面所收文章，从报章体论评、古体散文，一直到小说、戏曲、笔记，内容充满了革命的感情。当时流行最广的是 1903 年的《黄帝魂》，内容所取"皆吾皇帝子孙痛极思呻之言，哀弦激楚，绝无忌避"，是"十年来新闻杂志及各种新撰述之精魂"，也是针对梁启超《中国魂》的反击。里面收有《皇帝纪元说》《亡国二百四十年纪念会叙》《革命之原因》等 29 篇。1906 年的《大义录》收有《大义略叙》《哀焚书》《中国民族论》《民族精神论》《论中国易改创民主政治》等 22 篇讲民族主义的文章。

1907 年的《天讨》（《民报》临时增刊）收有《普告汉人》等十多篇宣传鼓动的战斗檄文。1906 年烈士遗著合集《铁券》，意图为"发哀号悲痛之声，唤起汉遗，一时长江南北，大河左右，闻风跃起"。而辑录富有民族精神的宋、明诗文册子，印行的也不少，如《国粹丛书》《汉声》等，为的是"摅怀旧之蓄念，发思古之幽情，光祖宗之玄灵，振大汉之天声"。① 传记方面也有《黄帝传》《孔子传》《大禹传》《中国革命家陈涉传》《大侠张子房传》《为种流血文天祥传》《中国排外大英雄郑成功传》《木兰传》。从书名来看，这些人都是中国古代的伟人，在传记中作者都把他们当作民族英雄来塑造，如柳亚子在《郑成功传》中指出："吾尝读尽二千余年之'相所书'，翻遍二十四姓之家谱，所谓大政治家、大战争家者，车载斗量焉。夷考其行，非尽忠竭力于一人一姓之朝，置民族全体于不顾，而初期然自以为功；即欺人孤寡，夷人宗祀，以暴易暴，窃天下于囊囊，而以'应天顺人'自命者也。"而独有郑成功是为中华民族而战，驱逐荷兰殖民主义者，收复台湾。柳亚子认为，这才是中国人的民族精神。②

这种利用古人事迹当作创作素材的手法符合欧洲古典主义者总是取材古希腊、古罗马英雄事迹的艺术规则，而其宣扬一种民族自豪感以增

---

① 参阅阿英《辛亥革命文谈（一）》，见《中国近代文学论文集》（概论卷），中国社会科学出版社 1981 年版，第 287 页。

② 柳亚子：《郑成功传》，转引自华南师范大学中文系编《中国近代文学评林》第 6 辑，广东人民出版社 1999 年版，第 25 页。

强民族凝聚力、为建立现代民族—国家服务的创作目的也符合欧洲古典主义文学者的政治旨趣。

三　革命小说·历史演义·话剧

在小说方面，尽管写反封反清题材，鼓吹通过革命建立现代民族国家的作品也有一些，但基本上都是有头无尾，成篇的作品不多，可以作为代表的是黄小佩的小说《洪秀全演义》和《宦海沉浮录》《大马骗》。《大马骗》是反对康有为的保皇立宪论的；《洪秀全演义》标明是"洪氏一朝之实录，即以传汉族之光荣"，而实际上是以革命党人的政治纲领去诠释太平天国起义，由章太炎作序；《宦海沉浮录》是写袁世凯的发迹故事，借以讽刺批判其抢夺辛亥革命的革命果实。总之，黄小配的小说是站在革命派立场上，通过讲述不同的历史人物及其历史事迹，去阐述孙中山革命党人建立现代民族国家的合法性和合理性，对于民众其明确的意图是："开通民智之思想，发挥国家之意想。"[1] "文学作品，尤其是小说，通过设定一个广大的读者群并吸引这个读者群而有助于创造民族的团体。小说无声地、不断地渗入到真实当中，默默地创造一种非凡的共同体信念，这正是现代国家的特征。"[2] 以赛亚·柏林说在当代世界，任何文化运动和政治运动如果离开了民族主义这个精神内核就不可能取得成功，这个观点放在清末以来中国思想界、文学界的发展历史上来看，真是太有启发意义了。

不管他们是不是具有学理上的民族主义思想，但民族主义心理、民族主义情感在西欧列强和日本的刺激下是充分地被激发出来了，有很多人来续写一些历史演义类作品就是从民族主义思想出发的，如珠溪鱼隐的《新三国志》叙孔明病愈，思先帝托付之重，若不奋发有为，力图自强，则锦绣江山，不久将沦为异族。他认识到，问题的症结出在专制政体，故欲图自强，莫若庶政公于舆论，大权集自中央。[3] 其中既有一

---

[1]　黄世仲：《中国小说家向多托言鬼神而阻人群慧力之进步》，《中外小说林》第 1 年第 9 期。

[2]　叶诚生：《现代叙事与文学想象》，人民文学出版社 2009 年版，第 28 页。

[3]　欧阳健：《晚清"翻新"小说综论》，《社会科学研究》1997 年第 5 期，第 131—136 页。

种被现实政治激发出来的民族主义情绪，但作者似乎又缺乏真正的现代民族主义认知，居然将吴、魏当作外族，蜀汉作为中华民族之正宗，是一种专制体制下未开化的愚昧思想，虽文本中亦言中国症结在于专制体制，无非是人云亦云，离现代意识还很遥远。

黄小佩的《洪秀全演义》被认为是和维新派的《官场现形记》旗鼓相当的一部小说，小说以民族主义的衡量标准，把洪秀全塑造成一个反抗异族统治的英雄，并且作品一开始就先叙写道光皇帝如何昏庸，通过道光皇帝听信谗言、踢死太子、朝政一片昏暗等系列事件，展现了如章太炎所说的清朝政府的双重罪恶，它是中华民族民族主义的敌人和民主共和的国家制度的敌人；小说中还详细展现了太平天国起义军的组织形式和行动方式及其思想判断。小说所写当然有很多不符合历史发展实际的情节，但小说的重要之处本来就在于作者的整合能力、作者的整合意图，这个小说的重要性不在于写了洪秀全，文学史上多了一个英雄人物，而在于黄小佩将洪秀全塑造成了一个民族主义和反专制体制的英雄。

总体而言，相对于维新派启蒙主义小说的蔚然成风，革命派较好的小说则很难找到代表作，这可能因为革命者那种激昂的情绪、那种激烈的气概通过诗、论辩文、戏剧来表达才是最合适的。而较有小说创作才华的革命派文人，写了很多经典小说，如苏曼殊，可是他的小说属于浪漫主义作品，不属于革命古典主义。又有南社其他一些人在诗文创作时表现出明显的革命古典主义文学特征，而小说创作则属于那种大众通俗小说，革命在小说中也会作为情节而出现，但其意图却不是为鼓动革命、宣扬民族—国家意识形态。这是个很有意思的现象，也许在清末民初那个转型时期，各种事物类型都处在混杂当中是常态的现象。

戏剧界的变革和小说界革命是息息相关的，梁启超、蒋智由等维新启蒙派都提倡对总是演才子佳人、帝王将相的中国戏剧进行改革，1902年在《新小说》上提出"欲继索士比亚、福禄特尔之风，为中国剧坛发起革命军"[①]，他们自身也创作了一些剧本进行尝试，但戏曲的剧本

---

① 新小说报社：《中国惟一之文学报新小说》，见陈平原、夏晓虹编《二十世纪中国小说理论资料》第1卷，北京大学出版社1997年版，第46页。

创作方面，总体而言革命派倒是颇有成就，产生的影响也比较大。专门的戏剧刊物有《二十世纪大舞台》，《民报》等其他革命派报刊也刊登很多，著名的剧社是春柳社，比较著名的剧作：《爱国魂》《风洞山》《警示钟》《黑奴吁天录》《亡国痛》《海国英雄》《陆沉痛》《秋瑾》《徐锡麟》《悬岙猿》《黄花岗》《开国奇冤》《后南柯》《狮子吼》《党人碑》《哭祖庙》《断头台》《唤国魂》《轩亭冤》《六月霜》《碧血碑》《血海花》《禽海石》《爱国血》《血手印》等。

这些剧目大多选编自外国小说或外国戏剧，自创的较少。从这些剧目来看，他们选择编排的剧本都是非常符合革命派文学主张的：以民族主义、国家主义为思想核心，宣扬热血沸腾的英雄主义精神，批判专制体制与种族压迫，描画中国陆沉之意象以警醒国人。

郑振铎评价晚清宣传民族革命之戏剧是："皆激昂慷慨，血泪交流，为民族之伟著，亦政治剧曲之丰碑。"① 阿英认为革命派戏剧运动的旗帜是："改革恶俗，开通民智，提倡民族主义，唤起国家思想。"② 而身在其中的柳亚子把戏剧当作推翻清朝政府的宣传工具："光复旧物推倒虏朝之壮剧。"③ 陈去病创办《二十世纪大舞台》，在《论戏剧之有益》中明确提出他的戏剧宗旨是：

　　　　苟有大侠，独能慨然舍其身为社会用，不惜垢污，以善为组织名班，或编明季稗史，而演汉族灭亡记；或采欧美近事，而演维新活历史，随俗嗜好，徐为转移，而以尚武精神、民族主义一振起而发挥之，以表厥目的。夫如是，而谓民情不感动，士气不奋发，吾不信也。④

而汪笑侬为《二十世纪大舞台》的题词为：

---

① 郑振铎：《晚清戏剧小说目·序》，上海文艺联合出版社1954年版，第1页。
② 阿英：《觉醒的戏剧界》，见《中国近代文学论文集》（概论卷），中国社会科学出版社1981年版，第301页。
③ 柳亚子：《二十世纪大舞台发刊辞》，《二十世纪大舞台》1904年第1期。
④ 陈去病：《论戏剧之有益》，转引自孙之梅《南社与"诗界革命派"的异同》，《山东师范大学学报》（社科版）2000年第5期，第16—20页。

　　隐操教化权，借作兴亡表。世界一场戏，犹嫌舞台小。欲无老
无幼、无上无下，人人能有国家思想而受其感化者，舍戏剧未由。
盖戏剧者，学校之补助品也。①

　　可见在革命派的戏剧作品中，和在其他类型的文学作品中一样，其
民族思想和国家思想是作为一种显著的特征而出现的，文学是顺应革命
意识形态、培养革命民众之道德价值观念的一种工具。虽然在一些思想
不成熟的革命派脑子里还有反清复明的遗迹，然而这些思想始终是被程
度不一地结合到三民主义的现代政治文化观念中去了。

本 章 小 结

　　通过以上分析，可以看出，革命派文学在根本上符合革命古典主义
思潮的定性，但是，在晚清民初，这种革命古典主义刚刚萌芽，还处在
非常微弱的阶段，所以与成熟的古典主义相比较，它具有以下一些弱点
与不同之处。

　　首先，晚清革命派的革命古典主义文学思想基本上是从自身文化传
统中孕育出来的，是在建立现代民族国家这一历史条件下对传统文学的
再度阐释与改造，为了配合当时兴起的民族主义斗争，它既借鉴西方文
学反驳传统又继承传统，这造成晚清革命派文学新旧混杂的特点。作为
一个服务于民族斗争、争取建立资产阶级共和国的文学思潮，它是中国
文学史上的首创。但由于它缺乏一个比较完备的理论进行指导（如苏联
拉普文学对中国 20 世纪 30 年代后革命古典主义），自身也没有条件发
展出一套完整的主张，因此晚清革命古典主义思想是非常零散的、薄
弱的。

　　其次，与后来的红色革命古典主义相比较而言，在理性的把握上有
所区别。晚清这些革命人士的作品中还经常有个人主义的哀叹，有"知
其不可为而为之"的先觉者的悲壮感；而 30 年代的红色革命古典主义
则充分贯彻了集体主义的理性原则。

　　──────────

　　① 天僇生：《剧场之教育》，《月月小说》1908 年第 2 卷第 1 期。

再次，平民化倾向。平民化倾向是中国古典主义的特色。前面已经说过，这一方面是因为文化渊源的原因，另一方面是因为时代背景的原因。晚清民初的平民化倾向中暗含着启蒙的二元论思维模式，30 年代红色革命古典主义则以政治化的平民观念颠覆了这种模式。

最后，在艺术规律的探讨方面，晚清的革命古典主义几乎没有什么成绩。即便他们提倡白话文体、提倡通俗文体，但也基本上是囿于对传统文学中俗文体的认识，没有形成新的形式规范。总体而言，政治宣传品居多，成功的作品很少。

第三章　浪漫主义文学的微弱发声

浪漫主义文学思潮的本质精神是在反思启蒙现代性的基础上建构现代诗性主体。浪漫派的一代在资产阶级革命胜利后对启蒙现代性的现实图景产生了深深的失望，他们认为在启蒙现代性的理性王国里，人的个性遭到压抑，自我生命的意义没有得到肯定。浪漫主义文学追求意义世界，是一种超越于现实层面的审美主义观点，以德国古典哲学为思想基础，推崇充满灵性的主体性原则，强调自我、个性、天才、独创，反对古典主义的一切清规戒律。

浪漫主义文学思潮最先出现于德国，接着在英国、法国得到充分发展，在俄国、美国、日本、中国等地方影响也很大。其中，德国的施莱格尔兄弟、霍夫曼，英国的华兹华斯、柯勒律治、拜伦、雪莱，法国的夏多布里昂、雨果、司汤达，美国的霍桑、惠特曼等都是浪漫主义文学的主要代表人物。

清末民初时期中国社会的主要任务是引进启蒙现代性，建立现代性的政治制度——现代民族国家，因此文学上的主旋律是启蒙主义文学与革命古典主义文学，还有与新兴市民社会的感性现代性相伴生的大众文学，而浪漫主义作为反思启蒙现代性及其政治制度的文学思潮，是不合时代潮流的，因此尽管这个时期日本文坛已经开始流行西方的现实主义与浪漫主义，但只有极其少数的一些人对它加以关注和肯定，他们是王国维、成之、黄人、徐念慈、苏曼殊、周树人等。

第一节　审美主义思想与浪漫主义文学

在欧洲文学史上，审美主义并不是一个文学思潮的概念，而是一个哲学、美学思想的概念。可以包容在"审美主义"这一美学思想之下的文学思潮有浪漫主义和现代主义。它们都是现代性在超越层面发展的结果。

一　浪漫主义文学的历史语境：审美现代性

浪漫主义文学产生的历史时期是 18 世纪末 19 世纪上半叶，对浪漫主义文学思潮的产生具有里程碑意义的历史事件是法国大革命。1789年爆发的法国大革命对整个欧洲的影响都是非常深远的，随着法国大革命的成功，启蒙运动的很多原则在社会生活中全面确立下来，然而整个欧洲随着旧制度的摧毁和新制度的建立，现代性的矛盾性也凸显出来。

现代性的矛盾性是指现代性内部存在着自身的正题和反题。所谓现代性的正题，用通俗的话来说就是理性至上、科学万能、进化主义、工业化、商业化、市场化、自由、平等、博爱、现代民主制度等，涉及现代社会的全景规划，这个规划是在理性推动下、以自由为核心来进行的。马泰·卡林内斯库在《现代性的五副面孔》中指出：

> 总的说来，资产阶级现代性延续着现代思想史早期阶段的传统。信奉进步的教条，相信科学技术造福人类的可能性，注重时间观念（把时间视为与其他商品一样可以用金钱计算，因而可以买卖的东西），崇尚理性，崇尚抽象人道主义框架内的自由思想，以及实用主义倾向和对行动与成功的崇尚等等。①

这里说的资产阶级现代性就是启蒙现代性，它所尊奉的理性之上、进化主义、人道主义、实用主义、功利主义等意识形态观念，在推动社会从传统走向现代，并最终确立现代社会的各种建制方面发挥了决定性的重要作用。人们认为启蒙运动对人类历史的功绩怎样评价都不会过分。

然而在启蒙现代性取得它的决定性胜利的同时，现代性也开始了自己的内在批判和反思。作为审美主义的现代性对功利主义、理性主义的

---

① ［美］马泰·卡林内斯库：《现代性的五副面孔》，顾爱彬、李瑞华译，商务印书馆2002 年版，第 48 页。

启蒙现代性表达了强烈的否定和不满，两种现代性之间产生了激烈的冲突。卡林内斯库指出：

> 要精确地说出从什么时候开始，存在着两种性质截然不同，并且剧烈冲突的现代性是不可能的。不过，可以确定的是，在十九世纪上半叶，发生了不可逆转的现代性的分裂：一方面是作为西方文明史的一个阶段的现代性——科技进步、工业革命，以及由资本主义所造成的席卷经济与社会领域变革的产物；另一方面是作为一种审美观念的现代性。自从那时以来，两种现代性之间的关系已越来越敌对。但是，这并不意味着它们之间就没有相互影响。事实上，在它们互相狂热诋毁的过程中，也刺激了各种各样的相互影响。①

卡林内斯库所说的 19 世纪上半叶正是浪漫主义文学在欧洲各国全盛的时期。浪漫主义的出现说明审美主义与启蒙主义这两种现代性之间出现了裂痕，马丁·亨克尔把浪漫主义称为现代性展开的第一次自我批判。② 哈贝马斯将早期浪漫主义视为通往审美现代性的第一步。特洛尔奇甚至认为浪漫派思想堪称"独特的现代性思想之顶峰"，它本身仍是现代性原则的一种类型，不过是一种独特类型，其"独特性体现为在现代性语境中，它既强烈地批判启蒙理性思想，又以审美个性主义的形式推进了启蒙所追求的主体性原则"。③ 根据这些独特的主体性原则，和古典主义崇尚外在权威不同，浪漫派艺术的形式和内容都是由绝对的内在性所决定的。

如卢梭在《忏悔录》中一开篇就写道："只有我是这样的人……我生来便和我所见到的任何人都不同……虽然我不比别人好，至少和他们

---

① ［美］马泰·卡林内斯库：《现代性的五副面孔》，顾爱彬、李瑞华译，商务印书馆2002 年版，第 44—45 页。

② ［德］马丁·亨克尔：《究竟什么是浪漫》，转引自刘小枫《诗化哲学》，山东文艺出版社 1986 年版，第 6 页。

③ 转引自刘小枫《现代性社会理论绪论》，上海三联书店 1998 年版，第 187 页。

不一样。"① 这宣告了艺术塑造新型独特的内在主体的开始。盖伊认为，"总体而言，启蒙思想的复杂性和多元性主要体现为以笛卡尔为代表的理性主体论和以卢梭为代表的感性主体论。在整个启蒙思想的发展过程中，理性主义虽然势头强劲，但情感的反拨却一刻也没有偃息过"。② 要注意，这里的感性不是普通市民的感性，而是这些精英知识分子的感性——它是浸润过精英知识分子的智慧的感性，因此这种感性本文将它称为诗性、灵性。按照鲍曼的说法，启蒙现代性的规划，"就其本质而言，实际上是在追求一种统一、一致、绝对和确定性"③；那么，我们可以说，诗性和灵性的审美主体追求的恰恰是不可界定、不一致、不可比较、独特性。

真正明确归为审美主义的哲学是德国古典美学，首先是康德在《判断力批判》中通过审美判断的四个契机，确立了审美判断的主观性、审美判断的超功利性、审美判断是诗性的快感判断（与欲念性的快感判断和理性概念的快感判断相区别），以及审美判断的独立性，以此为基础确立了美的自律原则，为现代人之灵性、诗性主体的确立奠定了理论基础。康德之后，席勒以审美主体"游戏说"的美学阐释加深了美的自律理论和美的无功利理论；费希特把人的心灵提高到世界创造物的高度，他称赞道："把一切实在建立在自我之上。既然自我是万物，外界就没有什么东西，即没有在一个独立的心外的物体意义上那样的自在之物。"④ 谢林提出超越现实世界寻找自我。黑格尔更直接总结为"美是理念的感性显现"，和柏拉图那个永恒不变的外在理念不同，黑格尔的这个理念实际上指的是现代主体的内在精神理念。总之，德国古典美学建构起了精神自我、灵性自我、诗性自我、神秘自我与现实世界的超越关系。

黑格尔之后，德国的叔本华、尼采、海德格尔、法兰克福学派，法国的德勒兹、福柯、德理达、利奥塔，英美媒介文化研究学派等都在审

---

① ［法］让·雅克·卢梭：《忏悔录》，黎星、范希衡译，人民文学出版社1987年版，第3页。

② 转引自张旭春《再论浪漫主义与现代性》，《文艺研究》2002年第2期。

③ 转引自周宪《现代性的张力》，《文学评论》1999年第1期。

④ ［美］梯利、伍德：《西方哲学史》，葛力译，商务印书馆1995年版，第207页。

美主义的道路上继续批判启蒙现代性的理性主义原则、功利主义原则、实用主义原则以及霸权主义特征，他们的批判更坚决、更具否定性，而这种决绝的否定态度也使得他们被归为后现代阵营，而现代主义、后现代主义艺术作为浪漫主义的变体与启蒙现代性的对立更加决绝，更加具有先锋性。从浪漫主义到现代主义，批判启蒙现代性的理性主体观念及其世界体系、建构审美主义的灵性主体及其诗意世界，这种意识始终贯穿在各种话语变体中，以致有人惊讶地发现："当今的文学史简直可以和浪漫派研究画等号"，"浪漫派不仅是历史的，也是现实的"。①

二 浪漫主义文学的主要特点

浪漫主义是启蒙现代性或者说历史现代性全面确立时代的文学思潮，是文学对启蒙现代性的第一次反抗。从历史社会现实来说，在18世纪末到19世纪30—40年代的欧洲，现代工业体系已经显著地发展起来，以城市为中心的工商业文明逐步取代以乡村为中心的传统农业文明，绝对君权的封建专制体制已经被解体或被摧毁，现代民主制度确立。但原来信奉启蒙现代性的思想家看到：资本主义现代化虽然是历史的进步，却也要求人类付出新的代价，比如城市束缚了人的自由，科学排斥了人的灵性，世俗精神取代了高贵的气质……现代性在带来人的解放的同时，又带来一种新的压迫力量。

于是，文学作为超越现实的"自由的精神生产"开始反抗早期现代性的压迫。它讴歌田园生活，赞美自然，甚至缅怀中世纪，反抗城市文明；以想象、激情、传奇甚至是神秘主义和病态的颓废情绪来对抗理性的现实；以理想和诗意来对抗世俗的、工具式的生活；欧洲中世纪的希伯来文化传统和古希腊贵族精神传统、神话传统成为浪漫主义文学的思想资源，而德国古典哲学成了它的内在灵魂。研究浪漫主义的思想家马丁·亨克尔总结道："浪漫派那一代人实在无法忍受不断加剧的整个世界对神的亵渎，无法忍受越来越多的机械式的说明，无法忍受生活的诗的丧失……所以，我们可以把浪漫主义概括为现代性（modernity）的第

---

① 李伯杰：《德国浪漫派批评研究》，《外国文学评论》1994年第3期。

一次自我批判。"①

现代主义是现代性走向成熟时代的文学思潮，是对现代性的彻底抗议、对理性的全面反叛。20 世纪以来，资本主义发展到成熟阶段，现代性的黑暗面突出显现，社会生活已经全面异化。启蒙运动以来建立的理性神话破产，非理性思潮四处蔓延。文学也开始全面反叛启蒙现代性及其理性秩序，抗议现代世界对人的异化。叔本华的悲观意志哲学、尼采的悲剧主义哲学、海德格尔的存在主义哲学成为现代主义的理论基础。现代主义揭穿理性的虚伪，揭露世界的异己性、非人性，揭示生存的荒诞和无意义。现代主义关注个体精神世界，展示人的非理性体验，表现现代人的深层孤独、苦恼和绝望。现代主义继承了浪漫主义文学传统，人物和世界被抽象、变形，塑造出一个非现实、非理性的世界，核心观念都是在为"自我"寻找一个诗意的故乡。表现主义、新小说派、超现实主义、黑色幽默、荒诞派戏剧、存在主义文学等现代主义诸流派都体现了上述特征。

无论是浪漫主义还是现代主义，都是现代性在超越层面的发展成果。它们的主要特点是：第一，对现代理性的反叛。它自觉地反思和批判启蒙现代性，抗议理性世界对人的单向度异化，"摒弃启蒙现代性建立的公共理性、交流理性以及社会共识"。就像张旭春所说"如果浪漫主义有一本质的话，那么这一本质就是它放弃了理性主义的确定性……它是一场引生问题的运动，那些问题往往没有答案。"② 总之，就是与理性的启蒙现代性决裂。

第二，自律且非功利的文学观。坚持纯文学立场，反抗各种功利主义文学观，从而凸显自由超越的精神品格。现代性发展之初，为了能够完成社会的现代转化，古典主义文学与启蒙主义文学都是把文学视为工具的文学思潮。现代性全面确立之后，在德国审美主义思想的影响下，文学终于从这种附属的状态中独立出来，变成一个自律的领域。正如阿多诺在他的《美学理论》中说：

<hr>

① ［德］马丁·亨克尔：《究竟什么是浪漫》，转引自刘小枫《诗化哲学》，山东文艺出版社 1986 年版，第 6 页。

② 张旭春：《现代性：浪漫主义研究的新视角》，《国外文学》1999 年第 4 期。

艺术是社会的，这主要是因为它就站在社会的对立面。只有在变得自律时，这种对立的艺术才会出现。通过凝聚成一个自在的实体——而不是屈从于现存社会规范进而证实自身的"社会效用"——艺术正是经由自身的存在而实现社会批判的。纯粹的和精心构筑的艺术，是对处于某种生活境遇中被贬抑的无言批判，人被贬低展示了一种向整体交换的社会运动的生存境况，在那儿一切都是"他为的"。艺术的这种社会偏离恰恰就是对特定社会的坚决批判。①

浪漫主义正是因为变得自律了，它才有这个能力站在社会的对立面对这个社会进行批判，正是审美现代性从现代性的整体中分化出来成为一个独立的思想结构了，它才有可能对启蒙现代性进行对立批判。

第三，精英化与超越性。主要体现在超越世俗大众观念，具有深厚的审美意蕴和高远的形而上学思考，引导人去体悟生存的意义问题。它满足现代社会少数精神贵族的精神需求，拒斥商业化、大众化、功利性，追求个体价值，有很强烈的精英意识。审美主义者都有很强烈的经典意识，他们往往最大可能地坚持文学独立的原则，要求文学走向精致卓绝，追求永恒价值。这在现代主义文学中体现得更为突出，可以说，现代主义是精英文化的一个极致。

第四，非理性主义。非理性主义也是审美主义反抗现代性的一个重要方面。审美主义者在现代性发展当中认为理性不能解决人的生存意义问题，因此对启蒙理性产生幻灭感，主张摒弃理性，诉诸非理性，认为非理性才是人的生存本质。这一点主要体现在新浪漫主义，也就是现代主义的文学观念中。早期的浪漫主义者还是最大限度地去挖掘心灵里想象的力量、直观的力量、灵性的力量等来反抗启蒙理性。

第五，肯定心灵的创造性，崇尚想象和虚构，相信天才，反对一切秩序和规则。伯勒曾经指出：

---

① ［德］阿多诺：《美学理论》，转引自周宪《现代性的张力》，《文学评论》1999 年第 1 期。

　　从浪漫时代的萌芽到 18 世纪末（浪漫主义的全面兴起），在人类历史上，诗、文学和艺术首次被视为一个不断发展的进程。因此我们完全有理由相信，这段时间是西方历史的分水岭，因为它将现代主义的意识完全确立起来了。这体现在它（浪漫主义）以一种全新的现代意识彻底否定了古典主义的陈规。它为文学艺术史引进了完美的无限性（infinite perfectibility）以及创造性观念，从而突破了古典主义的文艺循环发展论和不可超越的完美范本论。这种新的诗歌观的最重要特征是：以创造取代摹仿；强调诗人的天才和想象；以历史的发展变化观打破僵死的文类（genre）等级系统；提倡读者阅读和阐释的无限可能性。至此，在"古今之争"中，现代人（moderns）终于在诗歌领域里也取得了胜利。于是，现代性的时代才真正开始了。①

　　这段话是将浪漫主义对古典主义的对立放置在现代性的整体结构思维中去说的，不像一般的教科书在谈到浪漫主义的时候经常就是片面地强调文学规则上的对立，只是就文学谈文学。实际上就如伯勒所言，浪漫主义与古典主义的古今之争，浪漫主义对古典主义文学规则的讽刺和全面否定，是一种根植于现代性的行为，是在诗性领域建立现代性之维，它虽然批判启蒙现代性，也反对为君主制现代民族国家服务的古典主义文学，但是它的批判却使现代性更加立体多元，更加全面的现代性才得以建立。

三　清末民初中国文学的浪漫主义之维

　　根据以上对审美主义的分析界定，按理说在晚清民初中国是不具备引进审美主义的历史条件的。因为在西方，审美主义的产生是在现代性得到确立、现代性的种种弊端暴露之后，而中国当时还处于引进现代性的初始阶段，对现代性到底为何物还不是很清楚，只是照着自己的理解对以为是西方文化中的致强因素搬了一通。

---

　　①　Ernst Behler, *Irony and the Discourse of Modernity*，转引自张旭春《现代性：浪漫主义研究的新视角》，《国外文学》1999 年第 4 期。

但是，正如许多学者所论证的，中国现代性与西方现代性有两个重要不同：（1）相对于西方现代性的内生型，中国现代性是外迫型；（2）相对于西方现代性的早发型，中国现代性是后发型。正是这种外迫型与后发型的相互作用，使得中国晚清民初的学者在引进理性现代性的同时，便也有机会注意到反叛启蒙现代性的审美现代性。前人是在修路，后人是在走路，在借鉴方面我们是有后发优势的，而且清末民初中国文人最直接借鉴的现代化模型日本，已经引进了西方的审美主义思想和浪漫主义文学思潮。

当然，有必要说明的是，晚清社会对审美现代性的吸收也是处于一个初始阶段，它不可能像西方成熟的审美主义体系那样丰富而具有系统性。可以说，当时的吸收主要体现在以下几个方面：（1）纯文学观念；（2）在文学本体论上肯定"虚构"；（3）精英立场与超越品格；（4）经典意识。而对启蒙现代性思想的反思批判则蕴含在以上四个方面之中，并不十分突出，这与现代性在当时中国社会的微弱发展情况也是相符合的。

童庆炳在《中国文学理论的现代性转型的标志和维度》中说："20世纪前20年是中国学术现代转型时期，就文学理论角度看，在晚清时期，梁启超和王国维为现代学术转型做出的贡献是特别大的。其中梁启超的《论小说与群治之关系》（1902）和王国维的《论哲学家和美术家之天职》（1905）两文在观念上的更新可以视为中国文学理论现代性转型的一种标志。"[①] 余虹在《革命·审美·解构》一书中提出："晚清文学革命有两大现代性立场，其一为梁启超的工具主义与政治现代性，其二为王国维的自主主义与审美现代性。"[②] 他们都指出了王国维是审美主义思想引进的第一人。除了王国维以外，成之、黄人、徐念慈、苏曼殊、马君武、当时的周树人、周作人都开始了对西方浪漫主义文学思想的吸收、转译，甚至是创作。

---

① 童庆炳：《中国文学理论的现代性转型的标志和维度》，《社会科学辑刊》2003 年第 2 期。

② 余虹：《革命·审美·解构》，广西师范大学出版社 2001 年版，第 2 页。

第二节　清末民初引进审美主义思想的理论成果

在谈到中国美学发展史时，人们都会不约而同地把眼光投向魏晋南北朝，认为那是中国文化传统中有美的自觉意识和艺术的自觉意识的一个历史阶段。在那个朝代更换频繁，大一统的垂直型权力结构始终没有建成的时代，人对自我的自主意识与艺术上美的自觉意识确实要比稳定时代强烈，然而它始终还是没有能促成独立且自律的美学观念，因为缺乏相应的真正的自由体制与哲学上的思想激发——审美现代性必须是在启蒙现代性的基础上展开的。

而在清末民初社会，如王国维在《奏定经学科大学文学科大学章程书后》一文中指出的："今日之时代，已入研究自由之时代，而非政教专制之时代。"① 王国维提出这个观点在此处是为了说明自由对于学术发展的重要意义，其实联系他在其他著述中的言论，也可以引申到自由对于现代文学创作之意义。只有主体从社会结构中获得自由，才有可能在心性中全面展开美的自由，而不是章太炎那种唯心主义的认为任何东西都限制不了自由。浪漫主义所追求的心灵自由主要是针对启蒙现代性的一切理性规约的，在清末民初，则针对启蒙派、革命派、保守专制派等奉行的各种理性规约。在对这些主流观点抗衡的过程中，审美主义理论主要有以下几个特点。

一　四处散见的"纯文学"观念

较早接触到西方这种"审美主义"纯文学观念的代表不多，寅半生1906 年 9 月在杭州主编的《游戏世界》是其中一个。在《游戏世界》第 1 期的发刊词上，"失业秀才"寅半生就宣布："西人有三大自由，曰思想自由、言论自由、出版自由，吾则请增为四大自由——曰游戏自由。"② 那么，何谓"游戏"？又何谓"游戏自由"呢？在同期杂志上，

① 转引自姚淦铭《论王国维的近代学术时代特征之剖视》，《江西社会科学》1994 年第 11 期。

② 寅半生：《游戏世界发刊词》，《游戏世界》1906 年第 1 期。

一篇署名"泉堂天虚我生"的文章《游戏世界叙》,对"游戏自由"一词作了如下解释:

> 世界人众,竞谈自由,而吾谓以上世界未必果有其自由之权力也。世界之独可以自由者,惟吾性情。性情之可以发达自由者,惟吾笔墨。笔墨之可以挥洒自由者,惟游戏文章。[①]

天虚我生这里所强调的游戏自由就是文学自由,而文学自由之可能是由于性情之自由。并且他认为这个"性情"是世界上唯独可以自由的东西。他毫不客气地断定西方人人竞谈的其他自由,在根本上"未必果有其自由之权力也",我们知道,"自由"是西方启蒙价值理性的一个重要概念,对自由能否实现的怀疑,就是对"自由"这一观念的怀疑。

当然,对自由能否实现的怀疑,也许是一个长期在专制体制下生活的书生的必然反应——在1906年,尽管清廷已经开始了自上而下的改革,然而专制体制仍在,生活在此间的文人并没有完全认可启蒙派与革命派所宣扬的自由论。天虚我生对人在社会生活中的自由的实现是抱有怀疑态度的。但是,他同时提出了这世间唯一可以达到自由的是"性情"与表达"性情"的游戏文章,这种肯定精神界的自由的看法与一个盛行文字狱的专制体制是完全对立的,可见,他所针对的也不是实行专制的中国,况且,1906年,中国社会已经引进了一些关于西方民主自由的情况与经验。因此,他的这一思想,可以被看作中国社会比较早的对西方启蒙价值理性的一种反思——尽管他只是点到即止。

其实,一份杂志命名为《游戏世界》,这在大谈启蒙的晚清新小说热潮中本身就是别有深意的。与梁启超、严复等启蒙文学论者相比,"游戏"二字无疑在宣告着自己的纯文学倾向。虽然其中也要求读者"于游戏之中,求其游戏之真理",但这种文章强调的却是用"游戏的笔墨"挥洒"自由的性情",并不是启迪愚昧。因此,针对新小说热潮的功利主义倾向,它提出了严厉的批判,认为其为了启蒙的目的根本不

---

① 泉堂天虚我生:《游戏世界叙》,《游戏世界》1906年第1期。

顾及文学本身的特点，对当时小说创作"朝脱稿而夕印行""拉杂成篇"的现象非常不满。《游戏杂世界》的这种非功利文学思想倾向，可以说，在一定程度上体现出了对西方审美文化的吸收，但它毕竟是新文化萌生之初的产物，正如杨联芬所说：

> 它假游戏之名，的确在有意识地追求与正统文学不一致的非攻利倾向，但更多是为表现一种自居边缘的自由姿态，在思维或观念上，它并未真正摆脱正统文学观念。它的极其有限的"现代性"，是在读书人"入世"之途突然斩断、万般无奈的情况下对自由和西方观念的随意玩味，因此思想既不系统，而新旧杂陈、鱼龙混杂的情形也比较突出。①

这个判断是非常有道理的，如果我们把《游戏世界》的"游戏"与康德所谓"艺术就是自由的游戏"、席勒的"艺术起源于游戏说"进行对比，则更会清晰地发现，它主要在强调文学艺术的本质是无功利、无限制，也就是不被目的所限制、不被形式规则所限制，主体处在一种纯粹的自由状态中。

晚清真正比较理解西方审美文化中的纯文学概念、文学纯粹自由精神品格的是王国维。自 1903 年到 1908 年，王国维写了大量文章，介绍康德、席勒、叔本华等人的哲学美学思想，首次将德国美学传统中的审美主义观念引入中国。与此同时，王国维本人也开始以西方美学理论为基础在中国思想界首次较为深入系统地阐述了文学自主性问题，提出了"游戏说""境界说""纯文学""真正的文学""文学自己的价值""为文学而生活""专门的文学家"等说法。在德国美学的审美主义思想影响下，王国维不仅对旧文学文以载道说提出批评，而且对新文学工具论——梁启超等人所倡导的文学群治工具论——也进行批判。

1903 年，他在自己主编的《教育世界》第 56 号上发表《论教育之宗旨》，提出"盖人心之动，无不束缚于一己之利害；独美之为物，使

① 杨联芬：《晚清至五四：中国文学现代性的发生》，北京大学出版社 2003 年版，第 33 页。

人忘一己之利害而入高尚纯洁之域，此最纯粹之快乐也"①，而针对梁启超等维新派人士大张旗鼓的文学救国论、文学新民论，王国维又在他的《〈红楼梦〉评论》中鲜明地亮出非功利的美术观点，他说：

> 故美术之为物，欲者不观，观者不欲；而艺术之美所以优于自然之美者，全存于使人易忘物我之关系也。②

这些话都反映出王国维强调文艺不依附于其他外在功利目的的独立价值。所谓"忘物我之关系"就是忘记人与外在物质世界的实际欲求关系，也就是在强调美的无关"一己之利害"性及其美感的"纯粹"性，王国维的这一观点充分体现出康德美学关于美的"无功利性"思想对他的深刻影响——而康德的这一思想已经成为德国现代美学公认的精神遗产。这之后，在《文学小言》《人间词话》《人间嗜好之研究》等文章中他又以"游戏说"继续重申文学无功利及精神救赎的思想。他坚持阐述：

> 文学者，游戏的事业也。人之势力，用于生存竞争而有余，于是发而为游戏。婉娈（luán，美好）之儿，有父母以衣食之，以卵翼之，无所谓争存之事也。其势力无所发泄，于是作种种之游戏，逮争存之事亟，而游戏之道息矣。唯精神上之势力独优而又不必以生事为急者，然后终身得保其游戏之性质。而成人以后，又不能以小儿之游戏为满足，于是对其自己之感情，及观察之事物而摹写之，咏叹之，以发泄所储蓄之势力。故民族文化之发达，非达一定之程度，则不能有文学，而个人之汲汲于争存者，决无文学家之资格也。③

① 姚淦铭、王燕主编：《王国维文集》第 3 卷，中国文史出版社 1997 年版，第 58 页。
② 王国维：《〈红楼梦〉评论》，见陈平原、夏晓红《二十世纪中国小说理论资料》第 1 卷，北京大学出版社 1997 年版，第 98 页。
③ 王国维：《王国维遗书》第 5 册，《静庵文集续编》，上海古籍书店 1983 年版，第 28 页。

　　王国维对文学作出的这些阐释，很显然与当时中国的主流话语是不相符合的，于中国当时的社会实际也是不可行的。因此，王国维的一系列文章在当时只能说是死水微澜，只激起了个别的兴趣。在晚清及民初这整个一段时间，对此观点有回应的只有周氏兄弟和成之。

　　据杨联芬在《晚清至五四：中国文学现代性的发生》一书中考证，1906 年到 1908 年间，周氏兄弟的文学观念并不接近梁启超，而更接近王国维。① 袁进也曾引周作人《谈虎集·偶感》里的话，推断周氏兄弟曾经受过王国维的影响。② 周氏兄弟是否直接受到王国维思想的影响，在这里并不想多作议论，因为更重要的是这个阶段周氏兄弟所体现出来的文学观念本身。1908 年鲁迅（署名令飞）在《河南》第 2—3 期上发表《摩罗诗力说》，人们一般认为鲁迅在这篇文章里体现出了浪漫主义文学思想的倾向，其中也强调了非功利的文学观念：

　　　　由纯文学上言之，一切美术之本质，皆在使观听之人，为之兴感怡悦。文章为美术之一，质当亦然，与个人暨邦家之存，无所系属，实利离尽，究理弗存。故其为效，益智不如史乘，戒人不如格言，致富不如工商，弋功名不如卒业之券。③

　　鲁迅在这里对文学艺术本质的解释，与王国维的文学非功利观念的确是基本一致的。与鲁迅一样，这个时期的周作人（署名独应）在《论文章之意义暨其使命因及中国近时论文之失》中，也阐述了类似的观点。他对当时维新派和革命派的文学观提出抗议，将它们归为"未尝蜕古"的"实利之遗宗"，而实利主义是中国文学的传统弊端。无论是维新派的启蒙主义还是革命派的革命古典主义都是文以载道的变体，把文学工具化是他们内在的统一。

---

　　① 杨联芬：《晚清至五四：中国文学现代性的发生》，北京大学出版社 2003 年版，第 40 页。

　　② 转引自袁进《中国文学观念的近代变革》，上海社会科学院出版社 1996 年版，第 83 页。

　　③ 鲁迅：《摩罗诗力说》，见《鲁迅全集》第 1 卷，人民文学出版社 1981 年版，第 71 页。

　　成之是在他的《小说丛话》中继承发扬了王国维的文学观念的。在这篇长文中，成之提出了代表纯文学的"理想小说"概念。理想小说是和写实小说相对应的一个概念，在成之的论说中，写实小说"自文学上论之"不属于纯文学，因为它"或欲借此以开启人之道德，或欲借此以输入智识，除美的方面外，又有特殊之目的者也"①；而理想主义小说作为美的制作乃"人类之美的性质之表现于实际者也"，"特其宗旨，不在描写当时之社会现状，而在发表自己所创造之境界"②，其中，虚构、杜撰"第二人间"只是为了创造"美"这个目的，因此理想主义的小说是纯粹的独立自主的文学，在文学性方面要高于写实小说。这里，成之通过对写实主义小说之启蒙内涵的反思，实际上是对晚清以来理论界盛行的为政治革命而改良小说的工具性思路提出异议，并由此从纯文学的角度确立了理想主义的小说本质观。

　　可以看出，《游戏世界》、王国维、1908 年前的周氏兄弟以及成之等人的共通之处在于：受西方审美自律论的启示而专注于纯文学问题，反对各种文学工具性信念，从而与宣扬现代性的小说启蒙论发生根本冲突，当然这种冲突并不激烈，因为时代主潮的声音几乎将这审美主义的苗头淹没不见。旷新年在《现代文学观的发生与形成》一文中说：

　　　　文学的性质并不能够孤立地确定，文学作为一种知识总是与其他知识共处在一个知识的网络之中的，她的内涵是由与其他知识的关系来决定的。而现代文学独立的要求是与整个现代知识的分化相关的，是现代性知识逻辑推展的结果。现代纯文学的观念是在现代科学、道德、艺术分治的原则之上展开的。在现代纯文学观念的背后，有着现代性叙事的支配和制约。③

　　这就是真正看到了审美主义的纯文学观念并不是一种单纯的美的自觉意识，而是在现代性发展的基础上，在现代科学、道德、艺术等学科

---

① 成之：《小说丛话》，见陈平原、夏晓虹编《二十世纪中国小说理论资料》第 1 卷，北京大学出版社 1997 年版，第 424 页。

② 同上书，第 421 页。

③ 旷新年：《现代文学观的发生与形成》，《文学评论》2000 年第 4 期。

分立的知识观念上，系统规划出来的，审美主义反抗启蒙现代性，但它本身是启蒙现代性发展的一个结果。因此，在清末民初社会，并没有这样成熟的现代性机制与现代性观念，纯文学观念自然就很难落地生根。

二　精英立场与超越品格

精英立场并不是审美主义的特有立场，其实除了大众通俗文学之外，任何一个严肃的文学思潮都是站在精英立场上的。审美主义之精英立场的特别之处在于：其精英立场针对的是少数精神贵族，而不是要站在精英的立场上去启蒙大众或疗救芸芸众生，它所代表的是拒绝务实、追求超越品格的贵族精神，它要用精英的感性去反抗精英的理性。在晚清民初，具有这样一种立场与意识的是王国维、鲁迅、周作人和成之。

在王国维那里，所谓的精英立场与超越品格主要体现为：在无功利文学思想的前提下，强调文学之"真"、之"纯粹"，从而强调文学的精神救赎品格及其形而上学意义。他将以实利为目的的文学称为"餔餟的文学"，认为那是"非文学"[1]；而将那些缺少真感情与真精神、为求"文学"之名而模仿、造作的文学称为"文绣"的文学，认为这也不是真文学。[2] 那么真文学是什么呢？王国维在《屈子之文学精神》中提出："诗之道，既已描写人生为业"；在《〈红楼梦〉评论》也提到"而美术中以诗歌、戏曲、小说为其顶点，以其目的在描写人生故"。[3]

但是我们要看到王国维要求文学去描写的人生，并不是人生社会的具体经验现象，而是生活的本质。而生活之本质如何？"欲"而已矣。王国维从叔本华哲学中得出"欲望"是生活的"本质"，因而得出生活、欲望、苦痛，"三者一而已"的人生概观。和叔本华一样，王国维认为生活无往不在痛苦之中，然生活的出路不在自杀，而在艺术中得到精神拯救。因此他提出：

---

① 王国维：《文学小言》，见《王国维文集》第 1 卷，中国文史出版社 1997 年版，第 24 页。

② 王国维：《文学小言》，见姚淦铭、王燕编《王国维文集》第 1 卷，中国文史出版社 1997 年版，第 29 页。

③ 王国维《〈红楼梦〉评论》，见陈平原、夏晓虹编《二十世纪中国小说理论资料》第 1 卷，北京大学出版社 1997 年版，第 116 页。

> 美术之务，在描写人生之苦痛与其解脱之道，而使吾其（齐）冯生之徒，于此桎梏之世界中，离此生活之欲之争斗，而得其暂时之平和，此一切美术之目的也。①

这里的重点在于"解脱之道"，描写人生之苦痛并不是要我们沉溺于欲望与痛苦之中，而是让我们从中感受到一种离此生活之欲的意志，一种超脱于欲望之上的心灵的平和。那为什么文学美术可以担当这样的大任呢？这又要回到他的非功利文学观念中去，他说：

> 解脱之可能，必其物非实物而后可。然则，非美术何足以当之乎？……故美术之为物，欲者不观，观者不欲；而艺术之美所以优于自然之美者，全存于使人易忘物我之关系也。②

可见，在他看来，只有忘却物我之利害关系，忘却这个现实世界中的生存竞争，忘却各种欲望诱惑，入于纯粹知识，解脱之道才是可能的。而真正的文学艺术正是这样一种能导人超越生活之欲的纯粹知识。王国维的这些言论是在《〈红楼梦〉评论》中提出的，王国维以前的《红楼梦》评论，包括著名的脂砚斋，他们虽然都看到了该书序言中的"色即是空，空即是色"，但在评论中都只把主要的注意力放在"色"上，放在现实世界的繁华梦上，只有王国维在叔本华哲学思想的烛照下看到了这本书最伟大的意义在于"空"，他把所有的精力都放在对"空"的阐释上，只有看到了"空"，《红楼梦》这部小说才是具有超越意义的小说，才能够导引吾人忘却物我之利害关系，进入一种纯粹的境界。

同时，他认为，除了哲学与美术之外的其他西方学科，包括自然科学、政治、法律等，都是建立在生活之欲之上，处在物我之利害关系之中的，他说"一切学问皆能以利禄劝，独哲学与文学不然"。这里，王

---

① 王国维：《〈红楼梦〉评论》，见陈平原、夏晓虹编《二十世纪中国小说理论资料》第1卷，北京大学出版社1997年版，第103页。

② 同上书，第98页。

国维虽然没有明确批判科学、政治、法律这些启蒙现代性所推许的知识，并在一定程度上肯定了它们的成功，但却否定了它们对于人类精神拯救的作用，认为它们让人类复归于生活之欲，也就是让人类复归生活之痛苦，如此，则解脱永不可得。

由此可以看出，王国维的文艺自主论受西方审美主义哲学、文学思想的影响，不是把艺术单纯地看作"为艺术而艺术"，也不是中国传统的性灵说、童心说，而是把它当作一条人生精神苦痛的"解脱之道"。在康德美学"无目的的合目的性"和叔本华、尼采悲观哲学思想的启迪下，他指出文学艺术有自己的任务和功能，它不同于政治伦理，它的任务是表达哲学揭示的真理，其功能是让人们洞察人生的真相，以便摆脱日常欲望之执而从痛苦中超脱出来。但是它的这种功用是"无用之用"，他说：

> 世人喜言功用，吾姑以其功用言之。夫人之所以异于禽兽者，岂不以其有纯粹之知识与微妙之感情哉？至于生活之欲，人与禽兽无以或异。后者政治家及实业家之所供给，前者之慰藉满足非求诸哲学及美术不可。①

这个观点简直就是有点过分的，政治家、实业家供给的是人的基本动物欲念吗？现代政治制度和现代工商业体系在保障人的理性主体的确立上是功不可没的，而且纯粹之知识和微妙之感情是属于人的灵性世界的部分，是需要有超越品质的精神贵族才可以拥有的，岂是区别于动物就有的一般精神品质。但是我们不能对一个脱胎于专制体制与传统文化中的王国维做太苛刻的要求。只需看到他在功用方面把美术、哲学与政治、实用事业对立起来，从而论证了美术之价值的存在要超越人之"外面生活"的功利角度走向"内面生活"的精神慰藉。王国维的这种审美现代性思想在中国晚清虽然不免寂寞，但是他的这种寂寞是作为精神贵族必须承受的寂寞。

在晚清时，与王国维的思想可以产生共鸣的，并且在认识上的高度

---

① 姚淦铭、王燕编：《王国维文集》第3卷，中国文史出版社1997年版，第6页。

上也比较深刻的，要算 1906—1908 年的鲁迅。1907—1908 年，他以"令飞"为笔名发表了《摩罗诗力说》、《科学史教篇》与《文化偏至论》。在这三篇文章中，他提出这样一些观点：（1）文学与实利无关，其目的在于"所致人性于全，不使之偏倚"①；（2）掊物质而张灵明；②（3）任个人而排众数③。第一点所强调的是文学自律的问题，也就是和王国维一样把文学限定在"人性"范围之内，与实利主义的观念对立起来。第二点所说的掊物质而张灵明，这里的物质应该被理解为"物质文明"，在现代性的概念里，是启蒙现代性观念所肯定并为之付出努力的，也是晚清以梁启超、严复为首的改良派、启蒙派引进西方现代科学主义，所想要达到的一个重要目标。

1903 年的鲁迅受这些思想影响，想"导中国人群以进行"，也曾翻译儒勒·凡儿纳的科幻小说《月界旅行》，以期让国人"于不知不觉间，获一斑之智识，破遗传之迷信，改良思想，补助文明"。④ 但1907—1908 年的鲁迅，由于在留学期间接受了更多的现代外国文化思想的影响，在《文化偏至论》里却认为科学主义只偏向于人类物质的发展，会蒙蔽人性，所以提出要用文学、美学的事业来拯救人的性灵。这是一种以精神事业来对物质事业纠偏的思想。同样是在《文化偏至论》里，鲁迅还提出要反对"众数"，反对多数人的愚昧和暴力，他提倡文化中"个人"的身份，这些个人也就是如《摩罗诗力说》中所歌颂的"西方精神界之战士"，承认少数的、孤独的天才的力量。

鲁迅的上述观点，和王国维的思想一样，无不闪烁着精神贵族的光彩，但在那样一个时代，始终只能是一种孤寂的声音。但鲁迅，以及他的弟弟周作人（这个时期，他的思想基本受鲁迅影响，和鲁迅保持一致）和王国维不一样的是，他们有一种更强烈的时代责任感，有一种青年人对民族复兴的理想主义，这样，当五四新文化运动到来的时候，王

---

① 鲁迅：《科学史教篇》，见《鲁迅全集》第 1 卷，人民文学出版社 1981 年版，第 35 页。

② 鲁迅：《文化偏至论》，见《鲁迅全集》第 1 卷，人民文学出版社 1981 年版，第 46 页。

③ 同上。

④ 周树人：《〈月界旅行〉辨言》，见陈平原、夏晓虹编《二十世纪中国小说理论资料》第 1 卷，北京大学出版社 1997 年版，第 68 页。

国维选择了在精神领域的寂寞独行，而周氏兄弟却融合了他们的思想到新的启蒙主义思潮当中去，给五四新文学贯注了晚清启蒙文学所没有的"个人的觉醒"的具体内容。

晚清结束，民国建立，整个社会弥漫着乌烟瘴气的杂乱和颓废现象，文学新民、文学救国的观念已经被娱乐休闲的大众文学观念所取代。在这个时候，成之总结了晚清以来的小说理论成就，提出了倾向于王国维的"理想主义"说。在《〈红楼梦〉评论》中，王国维曾提出，文学是揭示生活本质的，而小说中的人物不过是作者虚构出来以代表他对人类之本质的思考的，其名字也只是某种代表符号而已。同样，成之也认为：

> 《红楼梦》中之人物，为十二金钗。所谓十二金钗者，乃作者取以代表世界上十二种人物者也；十二金钗所受之苦痛，则此十二种人物在世界上所受之苦痛也。①

不过，成之虽然也把人生理解为痛苦，但他没有王国维那种洞达本质的深邃，比较多的是停留在感性层面对人生痛苦的把握。他还说，小说人物不过是由作者描写他的句子和让他发表的言辞所塑造的，"吾有如何之理想，则造如何之人物以发明之"。在成之理想主义小说观种种关于审美理想的理解当中，尤为重要的是，他对审美理想的精神属性进行了界定，把小说世界锁定在人的内面生活——情感的世界。成之认为人类制作美的理想"此等作为，必非无意识之举动，必有其所薪向之目的。而其所薪向之目的，则感情是"。②

相比较之下，在以上所引述的这些人里，由于周氏兄弟五四时期的转向、成之的不甚深入，最纯粹的审美主义者还是王国维。他是真正地贯彻了文学领域的贵族精神，超越物我利害关系，始终把文学艺术看作是关于生命意义的存在，要求文学揭示生活的本质。在《奏定经学科大

---

① 成之：《小说丛话》，见陈平原、夏晓虹编《二十世纪中国小说理论资料》第1卷，北京大学出版社1997年版，第433页。

② 同上书，第414页。

学文学科大学章程书后》一文中王国维提出文学艺术"其所欲解释者皆宇宙人生之根本问题";在《教育家之希尔列尔》中王国维写道:"美术文学徒非慰藉人生之具,而宣布人生最深之意义之艺术也。一切学问,一切思想,皆以此为极点。人之感情惟由是而满足而超脱,人之行为惟由是而纯洁而高尚。"① 纵观王国维的这些言论,无不透露着西方浪漫主义哲学传统对他的影响。

三　高度肯定虚构与审美创造

"虚构"这个概念在晚清民初的理论家那里主要探讨的是小说与现实的关系问题。在梁启超、严复等以启蒙为主导的理论家那里,出于"启蒙""化民"的功利目的,提倡的是与现实利害关系紧密相连的"写实"文学,因为写实文学所营造的可靠性叙述可以增强读者对作者观念的信任感。但王国维、成之却站在纯文学的立场上,否认了"写实小说"的文学价值,转而倡导一种"虚构""想象""创造"的理想主义小说,并且在本体论上高度肯定小说的虚构本质②,在中国文论上首次提出中西结合的"审美创造论"。

王国维在《〈红楼梦〉评论》中说,文学描写的是人生,"美术中以诗歌、戏曲、小说为其顶点,以其描写人生故"。结合王国维对人生的理解,小说描写的是人生,也就是描写欲望,描写苦痛。表面上看来,这些言论具有一定的写实主义倾向,似乎强调了对现实关系的具体化描写。但是王国维又针对《红楼梦》研究中认为此书是"述他人之事"和"作者自写其生平"这两种具有写实倾向的观点提出批评,认为他们都没有理解小说的美术性质。他指出"夫美术之所写者,非个人之性质,而人类全体之性质也"。③ 可见,小说描写的人生不是现实的人生,而是对人生本质的理解。为了解释小说艺术的这一特点,他引用了叔本华原话:

---

① 王国维:《教育家之希尔列尔》,原载《教育世界》总第 118 号,见姚淦铭、王燕主编《王国维文集》第 3 卷,中国文史出版社 1997 年版,第 369 页。

② 王国维:《〈红楼梦〉评论》,见陈平原、夏晓虹编《二十世纪中国小说理论资料》第 1 卷,北京大学出版社 1997 年版,第 99 页。

③ 同上书,第 112 页。

> 然诗人由人性之预想而作戏曲小说，与美术家之由美之预想而作绘画及雕刻无以异。唯两者于其创造之途中，必须有经验以为之补助。[①]

所谓"人性之预想"，也就是从本质论的高度对人类全体之性质的思考，它是小说创作的本源，小说之所以要最后借助于经验，是因为在叔本华或者王国维看来，凡称得上"美术"的东西都是一种美的创造物，"现实"、"事实"只是"美之预想"的具体化，美的理念、美的理想是抽象的，"惟美术之性质，贵具体而不贵抽象"，于是在小说中必须虚构、结撰出某种事实与之配合才能最终实现。小说所描写的"事实"都是为了对人生"痛苦"本质进行具象化的需要，因为小说除了关怀人的精神痛苦这一"美术"目的之外不应该有别的目的。

这不但与写实主义"事本实有、不藉虚构"的写作方式是反向的，而且对于写实主义小说观所蕴含的那些启蒙要求和内涵来说也是完全对立的，当然，关于后面这一点，王国维认为这些社会功利方面的目的，应该把它留给政治家和实业家。在他看来，写实小说观所强调的东西恰恰正是引发人的实际欲望和功利态度的。他的小说世界要使人从这种客观存在的物欲关系中摆脱出来，远离实际的生活现状，达到"忘物我之关系"的审美境界。同样，成之也说纯文学的理想主义小说创造在于把：

> "凡号称美术者，决无专以摹拟为能事者也。……夫美术者，人类之美的性质之表现于实际者也"，"特其宗旨，不在描写当时之社会现状，而在发表自己所创造之境界。"[②]

反对摹仿，崇尚创造，是浪漫主义文学的鲜明特征。成之认为，艺术创造包括了四个不同的阶段：模仿、选择、想化、创造，在这四个阶

---

① 王国维：《〈红楼梦〉评论》，见陈平原、夏晓虹编《二十世纪中国小说理论资料》第1卷，北京大学出版社1997年版，第115页。

② 成之：《小说丛话》，见陈平原、夏晓虹编《二十世纪中国小说理论资料》第1卷，北京大学出版社1997年版，第421页。

段中起重要作用的是作者心灵的创造整合力量。他反对启蒙主义提倡的像写实小说那样"或欲借此以开启人之道德，或欲借此以输入智识，除美的方面外，又有特殊之目的者也"。[①]

可见，无论是王国维和成之，他们所肯定的虚构都不是一般意义上的胡编乱造，或者像通俗小说那样搜集奇谈怪论，诬谩失真，妖妄荧听，一味去引发读者的好奇心与阅读的快感。在他们看来，"虚构"是一种从某种美的预想、美的观念出发的审美创造。把"虚构"上升到"创造"，并和审美联系在一起，的确是一种全新的小说观点，这一点即使相对于后来几十年以内的小说理论都有着超前的现代性，是小说研究在艺术和审美领域迈出的具有决定性意义的一步。在西方的小说理论发展史上，"创造取代摹仿"是浪漫主义的功绩，在18世纪末才全面确立。而在中国，随着西方文学、美学思想的输入，在晚清小说理论里第一次出现了"审美创造"这样的字眼，有些学者认为这是浪漫主义小说观的特点，甚至标举梁启超在《论小说与群治之关系》中对"写实派"和"理想派"的引进，或者王国维在《人间词话》中所提出的"境界说"和"理想与写实"两派的划分来加以印证。本书认为虽然他们曾经接受过西方那种注重想象与创造的浪漫主义作品的影响，但是他们的美学定位主要并不是来自具体的作品，通观他们的言论，可以看出其与康德等德国现代文艺、美学思想存在着更多的内在关联。

且不说王国维的小说理论本身就存有对康德美学的引进运用，这里看成之在《小说丛话》中对"创造"的明确界定，他说："取天然之事物，而加之以选择变化，而别造成一新物，斯谓之创造矣。"[②] 理想主义小说作为表现美的艺术创造物，必须经过四个阶段才能完成：

> 一曰模仿。模仿者，见物之美而思效其美之谓也。……二曰选择。选择者，去物之不美之点而存其美点之谓也。……能模仿矣，能选择矣，则能进而为想化。想化者，不必与实物相触接，而吾脑

---

① 成之：《小说丛话》，见陈平原、夏晓虹编《二十世纪中国小说理论资料》第1卷，北京大学出版社1997年版，第424页。

② 同上书，第421页。

海中自能浮现一美的现象之谓也。……人既能离乎实物而为想象，则亦能综错增删实物而为想象。……能想化矣，而又能以吾脑海中之所想象者，表现之于实际，则所谓创造也。合是四者，而美的制作乃成。①

这是一个对美之形成过程的层级描述。成之认为凡人皆能有辨美恶之性，因此，模仿和选择只是一种人之常情，因此它们处在美之创造的初级阶段。在艺术创作的整个过程中，要别造成一新物，最重要的是"想化之力生，创造之能出焉"。② 想化和创造也就是指在想象中虚构并把虚构出的东西具体表现在某种实际的形象上，可见成之的创造论强调艺术形成过程中富有创造性的审美想象力。

康德曾把想象力分为两种：一为"只从事认识的想象力"，二为"往审美企图里的想象力"。这后一种想象力，康德认为它能"把那心意里不可名状的东西在某一表象里表现出来和普遍地传达着，这个表现方式可以建立于语言文字，或绘画，或雕塑"。③ 仔细推敲，成之所谓"能想化矣，而又能以吾脑海中之所想象者，表现之于实际"，其想象、创造和康德之说可谓有异曲同工之妙。其实，在成之发表《小说丛话》的时候，王国维介绍引进康德美学已经很多年了，成之在小说理论上综合晚清各派观点，对王国维之说最为投心，因此在王氏影响下接受康德美学的思想也是很有可能的。

由此可以看出，从"虚构"到"审美创造"，王国维、成之积极借鉴了康德、叔本华等人的西方审美主义美学观点，从而以一种哲学话语完成了小说理论之术语的现代转变。而鲁迅则是从英国浪漫主义诗人拜伦、雪莱等身上体会到虚构与想象的重要性，他说："然所见之物，非必圆满，华或槁谢，林或荒秽，再现之际，当加改造，俾其得宜，是曰美化，倘其无是，亦非美术。故美术者，有三要素：一曰无物，二曰思

---

① 成之：《小说丛话》，见陈平原、夏晓虹编《二十世纪中国小说理论资料》第1卷，北京大学出版社1997年版，第414页。

② 同上书，第414页。

③ 胡经之主编：《西方文艺理论名著教程》（上），北京大学出版社1988年版，第50页。

理，三曰美化。缘美术必有此三要素，故与他物之界域极严。"① 这里他强调了现实世界的不理想而要用精神世界的理想来补足。

四　经典意识与天才论

文学经典意识在中国古代就源远流长，古代文人有立人与立言一说，所谓立言也就是通过文字形式的作品流诸后世。如司马迁在《报任安书》中就标明自己劫后余生、发愤著作，是为了作品能"藏之名山，留之后世"。为了能达到"藏之名山，留之后世"，自然要求文章精益求精。曹丕说："盖文章，经国之大业，不朽之盛事。年寿有时而尽，荣乐止乎其身，二者必至之常期，未若文章之无穷。是以古之作者，寄身于翰墨，见意于篇籍，不假良史之辞，不托飞驰之势，而声名自传于后。"② 这样的文章能经受历史长河的洗礼，自然是经典。曹雪芹在《红楼梦》的序言当中，就说《红楼梦》这部作品经过十年删削，方乃成书，为什么要这样做，就是要写作一部经典。这些观念都对中国传统文人造成很大的影响。

在晚清新文学变革初期，为了导向一种以"启蒙"为使命的功利主义文学，1987 年梁启超在《湖南事务学堂学约》中称文章有"传世之文"与"觉世之文"的区别，所谓"传世之文"，当然指的是那种经典文本，梁启超对这种文学给予高度肯定，但同时从晚清急需社会变革的功利主义角度出发，这时期的梁启超却又更倾向于对"觉世之文"的认同，他为自己辩护说：

> 学者以觉天下为任，则文未能舍弃也。吾辈之为文，岂其欲藏之名山，俟诸一百世之后也。应于时势，发其胸中所欲言，然时势逝而不留者也，转瞬之间，悉为刍狗。③

---

① 鲁迅：《摩罗诗力说》，见鲁迅《鲁迅全集》第 1 卷，人民文学出版社 1981 年版，第 71 页。

② 曹丕：《典论·论文》，见韩湖初《古代文论名篇选读》，中国书籍出版社 1998 年版，第 103 页。

③ 梁启超：《饮冰室文集》乙己本自序，梁廷灿编纂，广智书局 1926 年版。

　　可见，梁启超认为国难当头，为了挽救国家与民族的危机，以天下为己任，就要宣扬"觉世之文"，尽管这样的文学在转瞬之间，可能就被时间所淘汰。也就是他认为历史并没有提供时人去创作"传世之文"的条件。

　　与启蒙阵营的"觉世"主张不同，《游戏世界》就很推崇小说的"传世"品格，《游戏世界》诸人对当时新小说热潮的创作态度相当不满，认为他们粗制滥造，虽然"十年前之世界为八股之世界，近则忽变为小说之世界"，小说之书日见其多，但"而求一良小说足与前小说媲美卒鲜"。[①] 故而寅半生提倡说：

　　　　昔之为小说者，抱才不遇，无所发见，借小说以自娱，息心静气，穷十年或数十年之力以成一巨册，几经锻炼，几经删削，藏之名山，不敢遽以问世，如《水浒》《红楼》等书是已。[②]

　　从寅半生这段评论来说，他虽然可能吸收了一点西方美学思想，但在更大程度上是继承了中国古代文论要求文章"传世"的经典意识，认为作品在美学上的完备一方面需要作者本身的修身养气，另一方面需要作者不停地反复锻炼，反复推敲。

　　同样是针对梁启超等启蒙论者提倡的"觉世之文"，王国维作了如下批评：

　　　　……观近数年之文学，亦不重文学自己之价值，而唯视为政治与教育之手段，与哲学无异，如此者其亵渎哲学与文学之神圣之罪，固不可逭，欲求其学术之价值，安可得也？[③]

　　很显然，王国维认为晚清以来启蒙阵营的文学主张把文学视为道德

　　① 寅半生：《小说闲评叙》，《游戏世界》1906 年 9 月第 1 期。另见陈平原、夏晓虹编《二十世纪中国小说理论资料》第 1 卷，北京大学出版社 1997 年版，第 182 页。
　　② 同上。
　　③ 王国维：《论近年之学术界》，见卢善庆《中国近代美学思想史》，华东师范大学出版社 1996 年版，第 391 页。

政治之手段，是损害了文学自身的价值的，因为真正的、有永久价值的文学在于"美"。而在王国维的思想里，"功利主义的文学态度"和"无功利追求美的态度"正好是相对立的。他说，哲学与美术是"天下有最神圣最尊贵而无与于当世之用者"；"若夫忘哲学、美术之神圣，而以为道德政治之手段者，正使其著作无价值者也"。① 可见，审美主义者对有永久价值的经典文学的维护，首先就要破除"功利主义"的文学态度，只有在非功利的前提下，才能创作出以"美"为特质的文学经典。这样，晚清审美主义者的经典意识就要落实到他们对"美"的特质的强调。

王国维认为"一切之美，皆形式之美也"，文学美术之美虽然"兼存于材质之意义者，亦以此等材质适于唤起美情故"②，也就是说，文学美术的美学特质并不是一种纯粹的形式，它还会兼而体现在所选用的思想内容或者题材上，但也要这种思想、题材具备"美"才可以。对于这样一种"美的特质"的强调，鲁迅、周作人也认为文学要"合乎美趣"、"寄之美形"③，晚清"觉世"之新文学"唯实利之是图"，不惜损害了文学的"天赋之性灵"。

除此之外，晚清审美主义者的经典意识还体现在对文学家的要求上。他们认为文学家是天才，文学是属于这些"天才"的少数人的事业。西方的文论早在柏拉图的时代就开始强调"天才"，而中国古代的正统思想，虽然在一定程度上肯定诗人的才气，但其更肯定的则是诗人敢于担当"修身齐家治国平天下"的大任，诗人的才华与艺术能力是可以通过修身养性来得以提高甚至日臻完善的，至于传世之文的创作，那都是源于作者"穷而后工"的发愤努力。韩愈的《答李翊书》可谓这种观点的代表。但晚清时期王国维、鲁迅在西方文学观念的影响下，却存有真正的文学家是天才的看法。

---

① 王国维：《论哲学家与美术家之天职》，见周锡山编《王国维文学美学论著集》，北岳文艺出版社1987年版，第35—36页。

② 王国维：《古雅之在美学上之位置》，见卢善庆编《中国近代美学思想史》，华东师范大学出版社1996年版，第389页。

③ 周作人（独应）：《论文章之意义暨其使命因及中国近时论文之失》，《河南》1908年第4期。

　　王国维的天才观受康德、叔本华的影响颇多，尤其是叔本华。王国维说，叔本华称天才为"知力上之贵族主义"，也即我们今天所说的精神贵族，他说，普通人的智慧只照亮自己的道路，而"天才"则照亮全人类的道路，可是在现实生活中，"天才"却是和普通人完全对立的，天才是反时代的和反传统的，因而是孤独的。继承叔本华等人的思想，王国维也认为天才是一种旷世的特殊的才能，"天才者，或数十年而一出，或数百年而一出"，像屈子、渊明、子美、子瞻这样的天才都是旷世而不一遇也。同时，王国维的天才说又保留了中国传统的看法，认为天才须与人格修养相结合，"须济之以学问，助之以德性，始能产真正之大文学家"。①

　　在对天才是"少数人""孤独的个人""精神领域的先知"等看法上，鲁迅《摩罗诗力说》也表达了类似的观点，不过他直接的理论来源是西方的浪漫主义文学思想，而不像王国维是审美主义的哲学思想。在《摩罗诗力说》里，鲁迅歌颂了一批西方的"精神界之战士"——浪漫主义的作家诗人，他们以孤独的个人的身份，在文学中与庸俗陈腐的社会作斗争，并在这斗争中证明自己的声音正是形成历史的先觉的声音。"斗争"观念的引入，表明了鲁迅的天才观里更明确地渗透着西方审美主义者对现实世界的对抗——对启蒙现代性所造就的世界的对抗。

　　徐志啸在《近代中日文学的影响与交流》中说："夏目漱石的文学理论也多少影响了周树人。此外，森鸥外等人在日本掀起的浪漫主义文学运动，尤其是他们所翻译的大量欧洲浪漫主义作品，如歌德、拜伦、卡莱尔、海涅等，以及随之出现的浪漫主义诗人的传记——《拜伦——文艺界之大魔王》《雪莱》《诗宗普希金》《莱蒙托夫》等，也深深吸引了周树人，使他情不自禁地欲向中国文坛翻译介绍欧洲浪漫主义诗人及其作品，以兴起中国文坛的浪漫主义运动。于是乎，上述浪漫主义作家（诗人）的传记便成了他撰写《摩罗诗力说》的原材料。"② 然而浪漫主义文学家那种对情感世界的深邃领悟鲁迅是没有的——从他对《红

---

　　① 王国维：《文学小言·七》，见舒芜、陈迩冬编选《中国近代文论选》下册，人民文学出版社 1962 年版，第 778 页。

　　② 徐志啸：《近代中日文学的影响与交流》，《中州学刊》1999 年第 4 期。

楼梦》之诗魂林黛玉的恶毒评判，以及在《我的失恋》中对徐志摩的刻薄嘲讽可以看出——鲁迅所长的始终是那深具批判意识的理性分析能力，因此他并不能很自然地体认到情感作为一种充满灵性的主体对现代理性的反抗。

最了解他这个本质特性的还是他弟弟周作人，在回忆鲁迅文学思想的形成过程时周作人曾说：

> 末了是梁任公所编的《新小说》《清议报》与《新民丛报》的确都读过也很受影响，但是《新小说》的影响总是只有更大不会更小。梁任公的《论小说与群治之关系》当初读了的确很有影响。虽然对于小说的性质与种类后来意见稍稍改变，大抵由科学或政治的小说渐到更纯粹的文艺作品中去了。不过这只是不看重文学之直接的教训作用，本意还没有什么变更（着重号为引者加），即仍主张以文学来感化社会振兴民族精神，用后来的熟语来说，可以说是属于为人生的艺术这一派的。①

这说明鲁迅在这个时期的浪漫主义倾向是暂时的，而且只是一个借助性的思想资源，在他的一生中，启蒙主义或者是现实主义那种理性主义的文学和他的气质是更为相投的。

第三节　浪漫主义文学作品在清末民初的微弱发声

在清末民初时期的文学创作中，周树人的《摩罗诗力说》《文化偏至论》《破恶声论》是具有浪漫主义倾向的散文，不过其倾向主要体现在文章观点中，本书在理论部分已经作过分析，这里不再重复。在作品部分，本节主要选取苏曼殊的几篇小说为浪漫主义的代表。

一　苏曼殊的浪漫主义气质及其诗作

上面我们在谈到鲁迅于1907—1909年短暂地青睐于浪漫主义时，

---

① 《鲁迅全集》第1卷，人民文学出版社1981年版，第887页。

已经分析过鲁迅本身的个性气质是理性主义的，并不适合追求诗性、灵性的浪漫主义文学，因此他只是将欧洲浪漫主义诗人作为他文学思想的一个支援思想，他终究还是转向"为人生"的、理性派的启蒙主义文学当中去了。而苏曼殊则是一个本质上的浪漫派，他的精神气质与浪漫主义文学是非常契合的。

林薇在《只是有情抛不了，袈裟赢得泪痕粗》中形容苏曼殊为近代文学史上的一位奇人，她写道：

> 他半僧半俗，亦僧亦俗，有时是身穿袈裟的和尚，有时又是西服革履、风度翩翩的名士。他通晓数国语言，法文、英文、日文、梵文，都很娴熟；又多才多艺，诗、画、小说、翻译，均超轶尘凡，精妙绝伦，时人叹为惊才绝艳，曾经"倾倒一时"，成为多少人崇拜的偶像，人人都以得到曼殊的一诗一画为荣。他有浪漫传奇的身世，人们对他的称号很多：诗僧、情僧、革命和尚、风流和尚……等等。他聪明绝顶，也痴憨绝顶。当20世纪初叶的中国，苏曼殊是个彗星式的人物，一时间光芒夺目，随即悄然陨没。①

从这段描写当中我们看到，苏曼殊的身世、身份、才华、成就、其在社会上的影响、昙花一现的生命轨迹无不充满着罗曼蒂克的传奇色彩。但这仅仅是浪漫主义的表面特征，假风流的假名士在社会上并不少见。苏曼殊之所以在精神气质上是个根本的浪漫主义者，是因为他是真性情，他契合浪漫主义者对内心灵魂世界的关注与留恋，他寻求在超越层面对诗性自我的追求。

章太炎在《曼殊遗画弁言》中称他："盖老氏所谓婴儿者也"，视名利如浮云，冥鸿物外，或以情痴目之。他一生陷入禅心与爱心的冲突中不能自拔。② 周瘦鹃在《紫罗兰外集》中说苏曼殊是"少年为情所累，祝发空门"。柳亚子在《〈绛纱记〉之考证》中说："学佛与恋爱，正是曼殊一生胸中交战的冰炭。"这些评价都说明苏曼殊一生都挣扎在

---

① 林薇：《文化启示与艺术灵犀》，北京广播学院出版社2000年版，第265页。
② 同上书，第267页。

"情"的世界里，在《燕子龛随笔》中他说自己是"以情求道"。"以情求道"，这真是振聋发聩的浪漫主义宣言。那么，他怎样以情求道呢？纵观他的一生，有这样四件事情与他所求之"道"紧密相关。

第一，寻母。曼殊几次到日本都是寻母，与名义上的母亲河合仙和真正生母若子相处过，但林薇认为：

> 他们并没有母子相认，"我究竟从何处来"，这始终是折磨曼殊的内心隐痛。他没有勇气跨出最后一步，揭开自己的生身秘密。寻找了一生，追求了一生，终于是带着这个疑团，离开了人世。①

林薇是从世俗常人的角度来看苏曼殊的，且把他看成是一个懦弱的人。其实苏曼殊的寻母非常地具有象征意味，他对"我究竟从何处来"的追问并不是在生育学的角度提出来的，而是从哲学的角度提出来的，换句话说，以他的聪明、母子天性相连的本能，他怎么可能还判断不出谁是他的亲生母亲；同时以河合仙和若子都对他慈爱有加的关照，又远处异国他乡不用受家乡世俗偏见的束缚，他怎么可能没有勇气去揭开自己的生身之谜。他之所以没有这样做，是因为没有必要，因为实际生活中的母子相认解决不了他对"生命意义"本身的追问，反而破坏他心中建构起来的神秘主义的生命幻境，他的痛苦来源于在精神哲学的层面不知"我从哪里来"的无根焦虑。

第二，出家。苏曼殊因为身份特殊在苏家遭到很多不公平待遇，为摆脱在家中的困境，他于 12 岁时离家出走，途中病困巧遇僧人将他带回广州长寿寺剃度出家，苏家知道后认为有失颜面把他领回。在他短暂的一生当中，他曾 3 次皈依佛门（12 岁、17 岁、20 岁）。他为了弄明白佛学真谛，只身一人前往圣地，到过暹罗、锡兰、爪哇、印度，期间经历无数艰险困境；他学习梵文，著有《梵文典》。通过皈依佛门、朝拜圣地、学习梵文，他其实还是在从生命哲学的意义上追问"我究竟从何处来？我要到哪里去？"渥德尔在《印度佛教史》中论及那些高僧时曾说：

---

① 林薇：《文化启示与艺术灵犀》，北京广播学院出版社 2000 年版，第 266 页。

为了保持自由，他们退出社会，他们放弃对财富和权力的欲望，而寻求心境的安宁和精神体验。只有从一种独立的优越地位，他们才能希望，他们也确实希望对他们已离开的社会施加影响，替他们注射比金钱和暴力更好的理想。①

佛教对苏曼殊的吸引，正是可以从这个角度去加以解释，章太炎说他就是老子所说的婴儿，视名利为浮云，心灵纯净，他的向佛不是跪求佛祖保佑，而是渴望从那些得道的高僧身上吸取到精神的力量，希望可以借此来缓解内心痛苦，然而精神的追问最可贵的地方就是答案只能出于自己的心中。因此浪漫主义者才坚称"我是这一个"。苏曼殊虽然从各个方向上去接近高僧，然而高僧之"道"对于他来说是一个外在的启示，没有真正安慰到他的独特的灵魂感受。或者说，这种心灵的痛苦对他正是必要的历练，解脱之道仍在自己。

第三，恋爱。苏曼殊一生留恋花丛，有很多红颜知己，但都是精神层面的恋爱。从他在别的方面的行为方式来看，他可以说是前卫先锋的，他被称之为奇人正是因为他做了很多惊世骇俗的事情，他是把世俗的礼仪规范等不放在眼里的，因此他和女性的精神恋爱不是出于什么"男女之大防"的礼教，也不是出于和尚的清规戒律，因为他经常"沉溺于非佛教徒的娱乐……几乎抛开了一切宗教义务"②，他也不守革命纪律，他所守的是他内心精神世界的感受，那样，他才感觉到生命是最真实的。他说："爱情者，灵魂之空气也。灵魂得爱情而永存，无异躯体恃空气而生活。……性欲，爱情之极也。吾等互爱而不及乱，庶能永守此情……我不欲图肉体之快乐，而伤精神之爱也。"③苏曼殊称拜伦的一生都纠缠在恋爱和自由之中，说雪莱是恋爱的信仰者，在恋爱中寻找涅槃，其实就是一种自况。

第四，革命。苏曼殊和革命派渊源深厚，他参加过革命组织，写过《讨袁宣言》，和众多革命领袖有密切交往，如孙中山、黄兴、宋教仁、

①　[英]渥德尔：《印度佛教史》，王世安译，商务印书馆 1987 年版，第 35 页。
②　柳无忌：《苏曼殊传》，王晶垚译，三联书店 1992 年版，第 131 页。
③　陈汝衡：《说苑珍闻》，转引自余杰《狂飙中的拜伦之歌——以梁启超、苏曼殊、鲁迅为中心探讨清末民初文人的拜伦观》，《鲁迅研究月刊》1999 年第 9 期。

汪精卫、蒋介石等，然而革命对于他来说并不具备社会学、政治学的意义，而是代表着个体生命对世俗世界的一种反抗。这可以从他对拜伦、雪莱等浪漫主义诗人的态度上看出来，他说：

> 拜伦足以贯灵均太白，师梨足以合义山长吉；而沙士比，弥尔顿，田尼孙，以及美之郎弗劳诸子，只可与杜甫争高下，此其所以为国家诗人，非所语灵界诗翁也。①

可见，他是把灵界诗人排在国家诗人之上的。在清末文坛梁启超、马君武、苏曼殊都翻译过拜伦的诗，鲁迅则在《摩罗诗力说》中阐述过拜伦，梁启超和马君武在译诗时就作了很多"民族主义""国家主义"的处理，以便其更好地成为改良派或革命派的英雄教材，鲁迅则是用一种潜在的民族启蒙主义来组织他的批评话语，只有苏曼殊译诗则全为了他所追求的审美主义和个体精神感受。在《潮音自序》中，苏曼殊认为拜伦的诗，"在每个爱好学问的人，为着欣赏诗的美丽，评赏恋爱和自由的高尊思想，都有一读的价值"。② 超功利性与非政治化，使得他的译诗在那个文学功利观甚嚣尘上的时代获得了一种寂寂却又圣洁的诗性光芒。

苏曼殊自己的诗歌创作和他的绘画，也都是这样一如既往地灌注着对生命意义的灵性追问，表述着自己的灵魂在茫茫宇宙中真切的孤独和痛苦，列几首诗来体会一下他的特点：

> 《题裴伦集》
> 丹顿裴伦是我师，才如江海命如丝。
> 朱弦休为佳人绝，孤愤酸情欲与谁？③

> 《本事诗》之一

---

① 柳亚子编：《苏曼殊全集》第 4 卷，中国书店 1985 年版，第 225 页。
② 同上书，第 37 页。
③ 同上书，第 145 页。

春雨楼头尺八箫，何时归看浙江潮。

芒鞋破钵无人识，踏过樱花第几桥？①

题《拜伦集》

秋风海上已黄昏，独向遗编吊拜轮。

词客飘蓬君与我，可能异域为招魂。②

《过若松汀有感示仲兄》（其二）

契阔生死君莫问，行云流水一孤僧。

无端狂笑无端哭，纵有欢肠已似冰。③

《本事诗》之一

碧玉莫愁身世贱，同乡仙子独销魂。

袈裟点点疑樱瓣，半是脂痕半泪痕。④

《次韵奉答怀宁邓公》

相逢天女赠天书，这住仙山莫问予。

曾遣素娥非别意，是空是色本无殊。⑤

苏曼殊所写全是个体生命对飘零身世的体悟。苏曼殊之奇，奇在他的不同流俗是自心底而出，率真天然，他对拜伦的感情、对拜伦那极端个性主义和自由主义的审美崇尚，就如王国维对叔本华的认同一样，是来源于生命深处的精神契合。

二　苏曼殊的浪漫主义小说

苏曼殊的小说有《断鸿零雁记》（1912）、《天涯红泪记》（1914，

---

① 柳亚子编：《苏曼殊全集》第4卷，中国书店1985年版，第147页。

② 平襟亚编：《苏曼殊诗文集》中央书店1936年版，第136页。

③ 同上书，第132页。

④ 同上书，第129页。

⑤ 同上书，第127页。

未完成）、《绛纱记》（1915）、《焚剑记》（1915）、《碎簪记》（1916）、《非梦记》（1917）。郁达夫曾说："我所说的他（苏曼殊）在文学史上不朽的成绩，是指他的浪漫气质，继承拜伦那一个时代的浪漫气质而言，并非是指他哪一首诗，或哪一篇小说。笼统讲起来，他的译诗，比他自作的诗好，他的诗比他的画好，他的画比他的小说好，而他的浪漫气质，由这一种浪漫气质而来的行动风度，比他的一切都好。"① 然而在本文看来，对于一个像苏曼殊这样创作类型纷呈的人来说，分析小说要比分析其他艺术类型更加重要。这是从小说这种文体的特殊性来讲的，米兰·昆德拉把小说的艺术和现代社会的确立等同起来，就是因为他看到了小说文体所具有的特殊叙述能力，小说文体与小说家心灵世界的同构关系。小说不像诗、画一样可以即兴而作，它不是骤然间的情绪宣泄，而是要经过更为长久的酝酿、构思，它的情绪是更成熟的，更显现出作家的创作整合能力的。

　　那么，在解读苏曼殊小说的时候，我们也应该注意到作者到底在整合什么？杨联芬在谈到苏曼殊的宗教信仰时说："苏曼殊只是一个以袈裟芒鞋为道具的浪漫主义者，其作品的宗教意象，更多是一种审美意象，并不代表苏曼殊人生价值与信仰的真正选择。"② 这里所说皈依宗教并不代表苏曼殊真正的人生价值与信仰选择，本书认为，对于一个性灵通透的人来说，信仰是灵魂上的一种认同，无须一定去拘那些小节，禅宗就是要破所有的执，包括这些宗教俗礼之执。

　　但杨联芬这段话指出了苏曼殊的宗教形象是他作为浪漫主义者的一个审美意象，是非常切合实际的，其实包括苏曼殊的寻母、恋爱、纵食、革命这些也都是审美意象。叔本华说当一个人拥有了将幻梦当作真实的本领，他就具备了做一个诗人的天赋，这里的幻梦真实，其实就是心灵情境的真实、审美意象的真实。苏曼殊就是这样一个生活在幻梦真实中的人物。

　　本文选取苏曼殊小说中"爱的意象"与"死的意象"来加以分析。

―――――――――

　　① 郁达夫：《杂评曼殊的作品》，见柳亚子编《苏曼殊全集》（五），中国书店1985年版，第115页。

　　② 杨联芬：《逃禅与脱俗：也谈苏曼殊的"宗教信仰"》，《中国文化研究》2004年第1期。

陈独秀在为《绛纱记》所作的序言中说："人生最难解之问题有二：曰死，曰爱。死与爱皆有生必然之事……而生人之善恶悲欢，遂纷然呈现。"① 我们先来看爱的意象，苏曼殊的六部小说全部都是哀情小说，以言情为主。《断鸿零雁记》讲述了三郎与未婚妻雪梅、表姐静子之间的感情纠葛。《绛纱记》写梦珠与秋云之间的生死爱恋。《焚剑记》里写了独孤璨与阿兰、眉娘的之间的情感故事。《碎簪记》写的是庄湜在杜灵芳、燕莲佩之间选择爱情的故事。《非梦记》写的是海琴在薇香、凤娴两女之间选择所爱的故事。

　　苏曼殊在小说中通过诸多"爱"的情境的塑造，建构出了他美的理想世界。在他的小说里，每一个女性都是非常美貌，《断鸿零雁记》中的雪梅是"新妆临眺，容华绝代"，静子"慧秀孤标、袅娜无伦"；《天涯红泪记》中的老人之女是"密发虚鬟，不同凡艳"；《绛纱记》中的秋云是"容仪绰约，出于世表"；《焚剑记》中的阿兰"盼倩淑丽"，而阿惠"亭亭似月也"；《碎簪记》中灵芳风致如仙人，莲佩"荣光靡艳，丰韵娟逸"；《非梦记》中薇香、芸香、凤娴也都是国色之姿。周作人在评价苏曼殊创作中的美人形象时说："他怀抱着一个永远的梦幻，见了百助静子等活人的时候，硬把这个梦幻罩在她们身上，对着她们出神，觉得很愉快，并不想戳破纸窗讨个便宜。"② 这是得其精髓的评判，苏曼殊就是一个一生活在幻梦当中的人，浪漫主义者通过引入超越现实的梦幻世界，试图建构的就是爱与美的图景，作为我们精神世界的烛照。因此这些爱与美是清澈、纯净、不落凡俗的；一旦沾染凡气，那就不美了，就不能爱了，比如《碎簪记》中的莲佩、《非梦记》中的凤娴。

　　有人读了《红楼梦》，十分青睐宝钗的知书达理、精巧圆融，而恨黛玉之清高孤傲；这就是世俗眼光的一种解读，殊不知，在《红楼梦》那样指引我们去思考"空空色色"之间哲理的小说文本，其立意正在于写出了黛玉不同流俗的纯净美质，而宝钗之美则局限在世俗色相里

---

① 陈独秀：《〈绛纱记〉序》，见柳亚子编《苏曼殊全集》（四），中国书店 1985 年版，第 46 页。

② 牛仰山编：《中国近代文学论文集·小说卷》，中国社会科学出版社 1988 年版，第 555 页。

面。杨鸿烈在《苏曼殊传》中说："虽《红楼梦》里贾宝玉所享的艳福，也不过如是，读了真令人羡煞！"① 这就是俗人，只配去读《金瓶梅》去艳羡西门庆。不像周作人看到了这是一个精心构筑的幻梦，这个幻梦的意义在于其精神上超越了世俗。以情求道，在恋爱中寻找涅槃，说明了爱情是通向灵魂拯救的一种精神之旅。

可是，"爱与美"的幻梦总是会破碎在无情的现实中，这是浪漫主义文学指涉与批判现实的一个维度。在苏曼殊的小说中，是通过死亡意象来表达的，而且往往是"死一个一般还不够，经常是恋爱的双方、三方全都死光"。② 那时受苏曼殊哀情小说的影响，鸳鸯蝴蝶派所写的哀情小说也常常是以死亡作为结局，以至于清末民初的小说里"一时间情场上尸横遍野，好不凄惨"。③ 周作人认为苏曼殊是鸳鸯蝴蝶派的祖师，不过他也说曼殊是大师，其他的则是末流了。鸳鸯蝴蝶派的哀情小说与苏曼殊只是形似，得其皮相而已，他们在小说中描写的"死亡"也仅仅停留在事实界的层面，是一个经验世界里的悲惨结局。苏曼殊小说的死亡意象却具有一种意义追问的能力。为什么要向死而生，就是要营构"死亡"的意象让人生的本质问题浮现出来，这个问题就是在浪漫主义文本中，爱与美的灵性世界与经验世俗世界的根本对立，"死亡"是一种夸父追日般的脱俗冲动。作者在写到雪梅之父、薇香之婶、庄湜的叔父等促成悲剧结局的人物时，并不表达明显的谴责意味，因为这些人物的所作所为不过是作者内心悲剧意识中的一个经验道具罢了。正如王国维和成之所说：

> 然诗人由人性之预想而作戏曲小说，与美术家之由美之预想而作绘画及雕刻无以异。唯两者于其创造之途中，必须有经验以为之补助。④

---

① 杨鸿烈：《苏曼殊传》，见柳亚子编《苏曼殊全集》（四），北新书局 1928 年版，第 161 页。

② 陈平原：《二十世纪中国小说史》，北京大学出版社 1989 年版，第 321 页。

③ 同上。

④ 王国维：《〈红楼梦〉评论》，见陈平原、夏晓虹编《二十世纪中国小说理论资料》，北京大学出版社 1997 年版，第 115 页。

特其宗旨，不在描写当时之社会现状，而在发表自己所创造之境界。①

因为精神贵族所关注的，不是鲁迅那种立足经验现实世界的理性主义者所强调的"战士"品格，而是要在具体的生命情境当中去聆听灵魂的呻吟，去体会行云流水的灵性世界与处处充满压制性规范的理性世界根本对立的无尽悲哀。苏曼殊对这些哀情故事的悲剧处理与王国维、成之他们所论述的悲剧理论在很大程度上是相通的。

本 章 小 结

清末民初的审美主义理念和浪漫主义文学思想是很零散微弱的，仅有屈指可数的几个代表人物的言论，如王国维、成之、黄人、徐念慈、1907—1909年的周树人、周作人，在作品方面，也仅有苏曼殊的作为其代表。

可是这股细流虽然微弱，其意义却非常深远，它为中国现代文学的发展开辟了一条审美反思之路——当然，在中国当时的情况下，现代性的引进是一种先进的选择，所以清末民初的审美主义理论并没有激烈地反对现代性，他们只是在西方反思现代性的哲学理论影响下对现代性中的工具理性所能达到的作用表示悲观，并坚守审美在精神领域的价值。

因为现实中启蒙与救亡的迫切任务压倒了一切，审美主义倾向的浪漫主义文学、现代主义文学在中国现代文学的发展史上始终都没有形成大的气候。从晚清到五四，占据文坛主流地位的始终是启蒙主义或革命古典主义，在本章中引述过的鲁迅，在五四期间就是启蒙主义文学的主将，审美主义在他成熟期的创作中仅仅是一个非常微弱的思想资源。但王国维、成之、苏曼殊等人所表达或展现的这种无功利的文学观、文学经典意识、超越的精神贵族气质、对经验世界的哲学反抗等，在后来的现代文学史上也有继承者，如沈从文、废名、后期的周作人、张爱玲，海派一些浪漫主义、唯美主义等现代主义的创作。

---

① 成之：《小说丛话》，见陈平原、夏晓虹编《二十世纪中国小说理论资料》第1卷，北京大学出版社1997年版，第421页。

第四章　清末民初大众文学思潮的兴起

　　到目前为止，人们在研究文学思潮时往往不把通俗文学当作一个正经的文学思潮，甚至不乐意把它归入正经文学的行列。在这种对通俗文学相当贬抑的情况下，通俗文学也不可能获得像古典主义、启蒙主义、浪漫主义、现实主义、现代主义那样的研究地位。

　　但是如果我们放下偏见，暂且不论通俗文学的那些负面价值因素，仅仅从符合思潮需要的那些条件出发，那么我们将会发现，通俗文学完全可以算得上是一种思潮。首先，文学思潮是在现代性条件下诞生的，而通俗文学所赖以存在和发展的条件正是现代性，它本身是对现代性感性层面的回应。其次，作为一个思潮，必须由理论和作品两部分来体现，通俗文学虽然没有系统性的理论条文（这与长期遭到贬抑的处境相关），但也往往有口号，有主张，作品更是蔚为大观。最后，凡能称得上思潮的文学现象必须有一定的规模和影响力，从这一点来说，通俗文学是当之无愧的，它在普通民众之中的影响用市场占有率就可以最好地证明。

　　基于以上三点，本书把清末民初的通俗文学也当成一个思潮并列于启蒙主义、革命古典主义、浪漫主义之间，把它确定为具有现代意义的大众文学思潮，大众文学是一种消费文化，它所崇尚的是现代大众的意识形态价值观念：商品化、模式化、世俗化、感性化、享乐主义。它和清末民初社会出现的那些画报、社会花边新闻、电影等一起构成中国最早的大众文化思潮。

第一节　"大众文学思潮"概念辨析

　　通俗文学、俗文学、民间文学、大众文学这些词汇似乎都在指涉同一种类型的文学作品，主要的共通性是：都广受普通民众喜欢、非常有群众基础，但在文艺等级秩序上处于下级地位，是一种主要在社会底层流行的文学作品。在文艺等级秩序格局中，我们往往将通俗文学与纯文学，俗文学与雅文学，民间文学与官方文学，大众文学与精英文学这样组合在一起进行对比，这时候我们又发现这几个概念似乎又不尽相同，而在这几个语义接近的词汇中，最容易混淆的是通俗文学与大众文学。本节下面就大众文学与通俗文学的概念进行辨析。

一　"大众文学"与"通俗文学"

近几年来，学界出现了关注"通俗文学"的转向，因此这方面的著作突然增加了很多，关于通俗文学的定义界定工作，也做了不少。如张赣生的《民国通俗小说论稿》、陈必祥的《通俗文学概论》、范伯群的《近现代通俗文学史》、李勇的《通俗文学理论》、刘秀美的《五十年来的台湾通俗小说》、郑明娳的《通俗文学与纯文学》、张元卿的《民国北派通俗小说论丛》，以及张颐武、孔庆东等对当代通俗文学与通俗文化的关注，等等。

对于何为"通俗"，张赣生在《民国通俗小说论稿》中对此做了语义学的考证。他认为：

> "俗"的观念在春秋时代尚未得到普遍确认。进入战国时代以后，"俗"成了人们经常谈论的话题……指的都是风俗或民俗，即某一民族或地区由习惯形成的特定生活方式。
>
> 在战国时代，还出现了"俗"与"雅"对立的观念。但这个"雅"原本是诸夏之夏，是指周王室所在地区……"风俗"的观念确立以后，人们认识到周王室所在地的风俗与四周其他地区的风俗不同，于是构成了雅与俗的关系问题，可见雅也是一种俗，只是由于儒家学派尊王，以雅（夏）为正统，所以才产生了雅、俗对立的观念。①

这个考证大约是不错的，与诗经里风、雅、颂体现的情况也可以对应

---

① 张赣生：《民国通俗小说论稿》，重庆出版社1991年版，第4—5页。

起来。至于通和俗为什么连在一起呢？张赣生认为是通晓风俗与沟通世俗之义，他并且认为小说的概念一确立，就与"通俗"是牢牢拴在一起的。这个观点从语义学上来讲是很通的，可以代表在中国传统文化当中对"通俗"观念的理解。

与张赣生的中国传统观点可以进行比较的，是董乐山在考察了美国通俗文学之后得出的结论。他认为通俗文学的划定界限必须根据以下几个特点：

> （一）通俗文学一般思想内容浅薄，缺乏深刻的内涵，而以流行的世俗社会价值观作为作家的创作意图，因此，对读者的精神世界不能提供丰富和充实的粮食，至多只能起一种无害的消遣作用；（二）通俗文学创作方法承袭某一样式的窠臼，成为一种固定的模式，甚至故事、场景、人物也都大同小异，没有任何创新。（三）通俗文学在语言上除了个别名家以外没有自己的风格和特色，它的唯一功能就是交代清楚一个公式化的故事而已。①

董乐山考察的是美国现代、当代的通俗文化，通过这三个特点的归纳，他实际上是界定了通俗文学的流行性、消遣性、模式化、没有思想和艺术形式的追求，而且他以一种精英文学的思想性和艺术性，以及严肃的追求作为参照对象。

刘半农对通俗文学的定义也是以西方文学为对象而作出的，他认为通俗小说就是 popular 的文学，什么样的文学是 popular 的呢？就是那些：

> 合乎普通人民的，容易理会的，为普通人民所喜悦所承受的小说。……通俗小说是上中下三等社会共有的小说，并不是哲学家科学家交换思想意志的小说，更不是文人学士发牢骚卖本领的小说。②

---

① 董乐山：《边缘人语》，辽宁教育出版社 1995 年版，第 258 页。
② 刘半农：《通俗小说之积极教训与消极教训》，见徐瑞岳编《刘半农文选》，人民文学出版社 1986 年版，第 74 页。

刘半农从 popular 的文学现象中发现了最重要的就是"流行性"，从接受角度来说通俗小说是在整个社会的各个阶层中都广受欢迎的，并没有认为通俗文学的接受群体是针对底层，这是在他那个时代比较独特的观点；除此之外，他又从文本角度来说通俗小说具有容易理会的内容，这个内容与精英化的思想文本、与私人化的情绪文本是不同的。

和刘半农同一时代的郑振铎在《中国俗文学史》一书中提出与刘半农不一样的观点，他认为：

> 何谓"俗文学"？"俗文学"就是通俗的文学，就是民间的文学，也就是大众的文学。换一句话说，所谓俗文学就是不登大雅之堂，不为学士大夫所重视，而流行于民间，成为大众所嗜好，所喜悦的东西。
>
> 中国的"俗文学"，包括的范围很广。因为正统的文学的范围太狭小了，于是"俗文学"的地盘便愈显其大。差不多除诗与散文之外，凡重要的文体，像小说、戏曲、变文、弹词之类，都要归到"俗文学"的范围里去。①

郑振铎的俗文学定义非常之宽泛，他把俗文学、通俗文学、民间文学、大众文学全部混为一谈，界定俗文学的标准在他看来就是不为学士大夫所重视，而被民间社会嗜好喜欢。这和刘半农认为通俗文学是不分阶层在全社会受到喜欢的观点是不一样的。两相对比起来，本书还是觉得刘半农的观点更为清晰和合理。其实造成他们俩判断不一样的除了他们自身的学术背景之外，还有一个很重要的原因是他们所针对的对象的不同：刘半农所针对的是美国通俗小说，属于现代通俗文学，属于工商业社会中大众文化的一种；而郑振铎所针对的是中国传统通俗文学，包括小说、戏曲、变文、弹词等，传统通俗文学是农业社会专制体制下的民间文化的一种。这两种通俗文学性质上有非常大的不同。

郑明娳对通俗文学的考察是在与"纯文学"的参照关系中进行的。她在《通俗文学与纯文学》一文中对这两种文学类型进行过详细的对比，

---

① 郑振铎：《中国俗文学史》，东方出版社 1996 年版，第 1 页。

并提出：

> 通俗文学意即大众文学，为社会大众所喜欢阅读的文学作品，通常也正是中下层文化的具体呈现。在中国旧社会，流行于民间而与士大夫间的词章相对的就是通俗文学。现代文学中的通俗与否不以文类、作者的阶级来区分，而藉由作品与读者反应来判断。①

她这里提到了旧社会的通俗文学与现代文学中的通俗文学，而且两种理解是不一样的，在旧社会通俗文学的概念强调的是流行于民间而与士大夫的词章相对，说的好像是民间文学。现代通俗文学借由作品与读者反应来判断的话，似乎是在讲畅销文学。而且与刘半农认为不分社会阶层的观点不同，她认为是社会中下层文化的体现。

刘秀美在《五十年来的台湾通俗文学》中认为通俗文学不是民间文学，其间的不同概括来说就是：

> 第一，通俗文学不是民间文学，它必须是由文人创作的或经过文人加工的，它的作者是文学之士；第二，作品须是以文字为传媒；第三，通俗文学的读者是工商社会里具有阅读能力的人；第四，这种文学产生于工商社会，是作为一种商品在生产/消费的供、需关系中发展起来的。总之，它含有文人创作、书面流传、民众需要、市场商品等特征。②

刘秀美的定义概括比较全面，实际上她从作者、文本、接受、传播四个角度分析了通俗文学不是民间文学的原因；显然她将通俗文学规定在工商社会里，是按照工商社会的逻辑来进行生产/消费的一种商品化文学，它的作者是有职业素养的文学志士。这些观点都说明她所谓的通俗文学指的是现代社会的通俗文学。

---

① 郑明娳：《通俗文学与纯文学》，《通俗文学评论》1994 年第 1 期。

② 参阅刘秀美《五十年来的台湾通俗文学》，文津出版社有限公司 2001 年版，第 13 页。刘秀美的这些结论是在引述了很多学者的观点之后，并作了比较总结后得出的，因此本书在这里直接转述。

以上所列定义让我们看到了中国古代的通俗小说、美国的通俗小说、西方的通俗小说、中国近现代的通俗小说、台湾现代工商社会里的通俗小说，等等，关于通俗小说的定义还有很多，本书这里就不再一一列举了。之所以列出上述几种观点作为代表，是要说明这几种观点各有角度，各有一定的道理，他们说明了通俗文学的概念并没有和"现代"社会牢牢地捆绑在一起，通俗文学并不是现代社会才有的。一般认为，中国的通俗文学在唐朝变文时期开始发生，宋朝开始发展壮大，到明朝已经有一定的成熟市场，像著名的《三言二拍》就是明朝时期通俗小说。通俗文学在民间社会有广泛的接受基础，但它确实不是民间文学，它的作者都是文学之士；它也不是社会精英交流思想或心灵的文本，而主要是交流趣味性和娱乐性的文本；它虽然不是专门为底层社会所写，但是文本通常非常符合社会绝大多数人的趣味要求。

从这几点来看，本书所研究的清末民初时期的通俗文学，比如鸳鸯蝴蝶派的创作理念和作品文本内容确实符合各位学者对通俗文学的界定，应该属于现代通俗文学的范畴。但本书的任务更在于要揭示这一派的文学运动所具有的现代特性，是从文学与现代性之关系的视角对其进行考察。经过大量的资料分析，本书认为清末民初时期的通俗文学若要放置在"现代性"问题的考核下，用"大众文学"的概念是更加契合其内在精神本质的。或者说，本书的观点就是认为现代通俗小说就是属于大众文学。

为什么"大众文学"的概念会更加合适用来概括现代通俗文学呢？我们也可以对这个概念进行一番梳理。尾崎秀树在《大众文学的历史》一文中说：

　　说起大众文学，一般是指能够大量生产、大量传播、大量消费的商业性文学。就内容而言，是为大众娱乐的文学，但不只是单纯的有趣，也起着通过具体化的方式给大众提供其所不知道的事物的作用……由于日报百万数的突破，新闻系统周刊的创刊……本来与小说无缘的阶层变成了接受者，这就期待适应不仅本来热衷文学，还有未经文学训练的读者要求的小说……大众文学是与大众一起产生，而又是大众意识的反映。①

　　把现代通俗文学归结为大众文学，是因为"大众"是一个现代的社会学概念，与"精英"相对。尾崎秀树认为大众文学是与大众一起产生，而又是大众意识的反映，这个观点非常正确。大众文学是现代工业文化的一部分，它的生产、传播、消费是按照工商社会的商品逻辑进行的，这种生产要求文学褪去它的精英意识、小众意识，能够大量化、规模化。其实刘秀美的定义里说的就是现代通俗文学，和尾崎秀树的观点是很接近的。

　　在《通俗文学理论》中，李勇通过对通俗文学之大众文化属性的辨析，认为通俗文学在西方马克思主义理论家眼中，属于大众文化（mass culture），并认为他们的大众文化理念是：

　　　　概括地说，大众文化就是借助大众传播媒介而流行于大众中的通俗文化。它在闲暇时间内操纵大众的心理并灌输、培植支持统治和维护现状的顺从意识，所以又被喻为巩固现存秩序的"社会水泥"。②

　　李勇在分析了西方马克思主义的大众文化理论后，认为他们的观点固然有其深刻之处，"从社会—文化角度来研究大众文化，抓住了文化工业中生产与消费以及背后的政治、经济等更具根本性的操纵要素，但一个明显的缺憾也就在此出现了。那就是对大众文化本身的分析明显不足。除了指责它的标准化、模式化、机械复制之外，似乎没有更具体的分析"。③

　　其实，西方大众文化研究有两个传统，一个是李勇所论的西方马克思主义理论传统，以法兰克福学派为主要代表；一个是英美文化研究传统，以英国的伯明翰学派为主要代表。与法兰克福学派对大众文化总是持一种批判的角度不同，由英国伯明翰学派所开启的大众文化研究则对大众文化持一种非常肯定的态度，提出非常多的建设性意见。

　　大众文化研究首先是抛弃传统人文主义的道德思想标准和启蒙时期的

---

　　① ［日］尾崎秀树：《大众文学的历史》，转引自范伯群编《鸳鸯蝴蝶——〈礼拜六〉派作品选》（上），人民文学出版社1991年版，第19页。

　　② 李勇：《通俗文学理论》，知识出版社2004年版，第19页。

　　③ 同上书，第21页。

精英人文主义思想标准，然后他们选取了一种后启蒙时代或者用康德的话来说是"启蒙了的时代"的、有解构主义特征的人文主义思想标准。格罗斯堡在说到文化研究学派的特点时认为：

> 它在方法上是典型的阐释型和评估型的，但是不同于传统的人文主义，它反对把文化和高雅文化画等号，而主张文化生产的所有形式都应当根据它们同其他文化实践的关系，以及同社会和历史结构的关系来加以研究。文化研究因此致力于研究一个社会的艺术、信仰、制度以及交流实践等一切对象。①

当研究者放弃了传统人文主义的立场和启蒙精英人文主义的立场，而采用了一种对精英中心的消解立场时，大众文化就从被歧视、被贬抑的状态中拯救出来，而获得了一种客观研究属性。

对比"通俗文学"研究和"大众文化"研究，可以发现，通俗文学的概念最早是从通俗文学之文本浅显易懂，在民间社会人们喜闻乐见等角度出发提出的，比如宋以来的通俗演义，《三国志》作为一个具有官方意识形态的专业性历史文本，它与普通社会之间存在巨大的鸿沟，一般人没有办法解读；《三国演义》却用一种白话的方式、叙事的方式把那些专业性的顶层文化转化为浅显易懂的文本，达到了广泛接受的效果。后来的"通俗文学"研究者因为受了很多现代"大众文化"研究理论的影响，在对通俗文学进行理论界定时已经用到了很多的现代思维。通俗文学与大众文化在浅显易懂、喜闻乐见、模式化等方面确实是呈现出高度的相似性。但是大众文化研究所着重的是如同格罗斯堡所说的把它放置到"历史和社会结构的关系"当中去进行研究，或者也如理查德·约翰生所提出的："对我来说，文化研究是关于意识形态或主体性的历史形态的，或者是我们借以生存的主体形态，甚或用一句危险的压缩或还原的话说，是社会关系的主观方面。"②

---

① Lawrence Grossberg etal（eds），*Cultural Studies*，New York. Routledge，1992，p. 4.

② ［英］理查德·约翰生：《究竟什么是文化研究》，陈永国译，罗钢校，见罗钢、刘象愚主编《文化研究读本》，中国社会科学出版社 2000 年版，第 10 页。

综合以上各个方面，因为本书属于文学思潮研究，而文学思潮研究正是一种把文学置于文学与其他文化实践的关联状态中，置于具体的历史和社会结构中去考察的研究范式，因此本书选择文化研究的观点，认为现代通俗文学就属于大众文化思潮的一个部分，大众文学思潮是比通俗文学思潮更为准确的概念——通俗文学研究更侧重于文体学研究。李勇在《通俗文学理论》中将古代通俗文学命名为世俗娱乐文学，而把现代通俗文学直接认定为通俗文学，与现代性关联在一起。本书在分类的意见上和李勇一致，但本书认为古代既有通俗演义、通俗话本等对通俗文学的界说，通俗并非是一个现代才有概念，因此就不如保留古人看法，以古人对文体特点的分析标准而把通俗文学分为古代通俗文学和现代通俗文学。现代通俗文学是符合现代性条件规约的，是符合法兰克福学派和英美文化研究学派的大众文化概念的，用大众文化、大众文学来对它进行命名是合适的。

二　大众文学的历史语境：市场·市民社会·感性现代性

通俗文学从古代演化到现代，其作者的社会身份、文本的内容题域、接受者的心性结构特点、传播媒介的技术条件等各方面都产生了巨大的变化。产生这些变化的深层原因，从社会—历史的角度来讲，有三个问题是至关重要的，那就是市场·市民社会·感性现代性。

（一）市场

市场是孕育通俗文学生产的必要条件。就像张赣生所指出的，语义学上的"通"、"俗"虽然是产生在很早的周代，用"俗"来指代周王室以外地方的人们的生活方式和风俗习惯，同时根据引申义也表示是社会中下层人们的生活方式和风俗习惯。但是很长时间，并没有这种反映社会中下层人们生活方式和风俗习惯的文学大批量地出现，通俗文学的出现被考证是唐代的事情，而通俗文学往往也不是、起码不局限于表现中下层社会的生活方式和风俗习惯。在很长的历史时期内，反映中下层人们生活方式的文本一类是官方指定部门收集的所谓稗官野史；一类是文人在严肃文学的创作中表现出所谓的关注社会民生的作品，比如杜甫、白居易等都有很多此方面的诗作；一类是所谓情动于中而发于言，就是所谓较为原生态的民间文学。这三类都不是通俗文学。

通俗文学是文学之士创作的产品，在没有市场之前，文学之士创作文学作品主要是出于参与政治生活的需要和宣泄自我情绪的需要，这就是文学为谁而作的问题，也就是现代接受美学所研究的每一个文本创作都有一个预设"潜在读者"的问题。对于古代文学之士而言，无论是参与政治生活还是要宣泄自我情绪，其潜在的读者都是具有一定文学修养、具备一定文化知识的，是属于社会文化等级格局中较为上层的人，就如我们今天所说的社会文化精英。这些人都非常熟悉本文化传统中的专业叙事规约。文人之士在创作时其实也会迎合潜在读者，只是因为作者与读者同处一个美学趣味圈，因此这种迎合就被巧妙地掩盖起来了。

市场出现之后，创作面临的"潜在读者"变成了主要由那些不专业的文化群体所构成，没有经过专业的训练，人们无法破解那套文化人士的专业美学规约；那么，要让这样的群体接受文本内容，只有放弃专业化的东西而改为一般社会交往中的表达规约。创作者为什么要这么做，那是因为这些不专业的文化群体是他的衣食父母，他既不能顺利地投身到政治生活当中去，当然在市场出现的时候他就投身到市场中以维持自己的生计。唐代的几个重要城市如长安和洛阳都已经有了繁荣的市场，在一些消遣场所就开始出现了最初的通俗文学的雏形。当然，如此卖文为生其社会地位是很低的，创作者也不愿暴露身份，因此在古代通俗文学史上也找不到什么名人。

唐代以来的中国社会，尽管在一些著名的城市里面也有了商业和市场，但是能够消费得起这些文化形式的人毕竟还是少数，消费的规模决定生产的规模，消费者的类型决定生产的产品类型，传播媒介的技术条件同时限制生产与消费。总之，宋元时代话本、戏曲、历史演绎等演来演去就这么几个，就说明市场的狭小、传播圈较小。

李向民认为："中国古代艺术市场从时间维度上大致呈现出三段历史主流，即三代至秦汉的寄生性艺术市场，以歌舞的皇家赞助为主；魏晋南北朝至五代的雇佣性艺术市场，以佛家雇佣艺术为主；宋元至明清的自由性艺术市场，各种艺术自由买卖全面开启。"① 从这三个阶段来看，前两个根本不能算作市场，只有宋元至明清时期中国才有较繁荣的交易型的所

---

① 李向民、成乔明：《中国古代艺术市场探幽》，《艺术探索》2007 年第 3 期。

谓市场，而且对于本文来说，通俗文学在古代根本就不是艺术，哪怕是有艺术市场，也不包括通俗文学的交易，通俗文学实际上是负载在消遣性场所瓦肆勾栏中的附属品，但不管怎么说，在消遣类市场出现之后一种为消遣需求而产生的文学类型就产生了。

（二）市民社会

市民社会的形成是现代的事情，也是通俗文学由古典转向现代的一个关键性因素。"实际上，市民社会的出现可以追溯到中世纪后期，是在城市和市场兴起的过程中得到认知的，同时也是被作为资本主义萌芽的标志而得到承认的。"① 关于市民社会的定义，有很多种，戈登·怀特（Gordon White）总结说：当代使用这个术语的大多数人所公认的市民社会的主要思想是：

> 它是国家和家庭之间的一个中介性的社团领域，这一领域由同国家相分离的组织所占据，这些组织在同国家的关系上享有自主权并由社会成员自愿结合而形成以保护或增进他们的利益或价值。②

从这个分析可以看出，市民社会是一个"组织"或"团体"组合的概念，这是必须在市场发展较为成熟时期才有可能出现的现象，而且这些"组织"和"团体"已经有相当的力量可以在不同程度上独立于国家组织，也就是说在整体的国家组织结构中获取了一种因为工商业市场的关系而形成的新的社会身份。

中国古代社会是纵向一体化结构的专制体制，政治权力通过宗族家庭渗透进每一个社会成员的生活之中，社会身份要么是官、要么是民。古代社会看起来有官市、军市、草市、庙市，可是这些微弱的市场并没有生发出一种新的社会组织结构和新的社会成员身份。商人和市场交易是存在的，但它受到国家政治权力的高度管制，并在政治权力结构中对它进行遮

---

① 张康之、张乾友：《对"市民社会"和"公民国家"的历史考察》，《中国社会科学》2008 年第 5 期。

② 转引自高峰《当代视野中的市民社会研究》，博士学位论文，苏州大学，2006 年 5 月，第 22 页。

蔽、压制。卢德之去考察丝绸之路，考察完之后大发感慨，说丝绸之路的历史上我们看见政客、僧侣、美人的传奇，但却看不到商人留下的足迹，可是丝绸之路本来就是商道啊，这个商道上主体是缺失的，这是因为政治权力及其政治话语的遮蔽。

在这种情况下，中国传统社会一直到清末租界建设之前，都没有出现有独立影响力的商品经济，也没有出现一种新的社会阶层——市民，自然也没有形成市民社会。而且市民社会的形成基础不仅仅是商品经济，而且是建立在工业体系上的商品经济，因此它有两个方面，即工厂和市场。我们说市民社会是现代通俗文学生发的场所，是因为伴随着市民社会的经济条件、生产条件、文化传播条件、文化消费条件都为通俗文学的兴盛发展提供了完备的机制。

通俗文学的生产是由消费需求来决定的，首先，市民社会意味着商品经济的繁荣，商品经济的繁荣可以保证市民可以具备一定的文化产品购买力。其次，市民社会形成也意味着比较成熟的城市社会生活的形成，这里包含配套的工业体系、商业体系、公共生活体系、文化教育体系、集中居住的市民、相对一致的闲暇时间、相对同质化的生活体验与趣味要求，等等，这些都为通俗文学的生产提供了便利的条件。再次，市民社会阶段，印刷技术、传媒技术等都较为发达，方便通俗文学的传播。最后，市民社会也意味着生活的世俗化，生活世俗化之后人们的宗教生活的趣味就会转移到世俗生活的趣味上，而通俗文学正是可以满足、迎合市民对世俗生活的趣味；而且，为了能够适应商品经济发展的要求，市民需要接受一定的文化教育，任何文化教育都会培育一定的文化消费兴趣。

这正如阿列克斯·英克尔斯所指出的，建立在现代工业基础和现代商业基础之上的市民社会的形成，会把一个传统的人变成一个现代的人：

> 我们相信，受雇于复杂的、合乎理性的、技术统治的甚至官僚的机构，具有改变人的特殊能力，以致他们在态度、价值和行为上从更传统的一端转向更现代的一端。在这样的机构中，人们首先强调工厂是培养现代性的学校。我们也认为，城市生活以及同大众传播媒介的

接触会产生可以同工厂相提并论的影响。①

那么，为了适应市民社会的世俗文化消费需求而大量生产的通俗文学，自然地要去迎合这些现代人的现代意识。

总之，从生产规模来说，在市民社会阶段，通俗文学不再是以微弱的附属品的样态存在，而是大规模、独立地发展，成为社会文化当中一股不可忽视的文化力量。与市民社会相伴生的这种通俗文学就是现代通俗文学，也就是本文研究的大众文学范畴。从文本的精神取向来说，它迎合的是现代人的世俗价值取向。

（三）感性现代性

现代通俗文学必须放置在现代性的题域中进行考察。它在根本上是现代性的产物，是在现代性的条件下产生的，而它们反过来又是对现代性的反应。只不过启蒙主义文学、现实主义文学是在理性层面上对现代性作出的反应，浪漫主义文学、现代主义文学是在超越层面上对现代性作出的反应，通俗文学是在感性层面上对现代性作出的反应。像金荣华、李勇、刘秀美等研究者把通俗文学定位为工商社会的产物，也就是承认通俗文学是现代社会的产物；因为传统社会是农耕社会，现代社会才是工商社会，它是在现代性思想的指导下得以建立的。在《通俗文学理论》中李勇也指出："我们应该把'通俗文学'放在现代社会的结构中进行考察。也就是说，在我们看来，'通俗文学'是一个现代产物。'现代性'（Mordernity）是'通俗文学'本体论的核心内容。"② 本书在这点上和李勇的看法是一致的，但分歧在于李勇所说的"通俗文学"在本书看来应该是现代通俗文学，应该被命名为大众文学，与古典主义、启蒙主义、浪漫主义、现实主义、现代主义等那些精英文学放置在同一个社会、文化结构当中去进行考察。

但是，有必要指出的是，现代性包含了感性、理性、超越性三个层

---

① ［美］阿列克斯·英克尔斯等：《从传统人到现代人——六个发展中国家的个人变化》，顾昕译，中国人民大学出版社1992年版，第7页。

② 李勇：《通俗文学理论》，知识出版社2004年版，第40页。

面，理性层面的现代性与超越层面的现代性及现代通俗文学并无多大的相关，本文认为现代性中的感性现代性才是通俗文学本体论的核心内容。所谓的现代通俗文学，就是指在现代社会中按照商品生产销售模式发展起来的、由作家创作的，符合大众审美需求的，迎合大众意识形态观念的、鼓吹肯定感性现代性的文学。

那么什么是感性现代性呢？杨春时在《现代性与中国文化》一书中分析到，现代性作为一个新型价值秩序体系，其"结构可分为三个层面，即：感性层面、理性层面和反思—超越层面，这与人类一般精神的三个层面是一致的，但也是在现代性产生之后才获得独立发展的（文艺复兴和启蒙运动以来，宗教统治瓦解，神圣与世俗分离，感性和理性也冲破宗教蒙昧而独立，同时也产生了对感性和理性的反思和超越）"。①

我们综合以上观点来探讨一下现代性的总体结构转变。现代性的感性层面，是现代社会的世俗化位移以及由此被激发释放出来的人类生存欲望和对感官享乐的生活追求。欲望是人自身的一种本能，并不是现代性所赋予人类的，是人与生俱来就有的，但在传统社会，对欲望的释放和对感官化生存的追求只在有限的社会群体与社会空间中被承认，这种有限的空间是被权贵阶层垄断的，杜甫诗中所写的"朱门酒肉臭，路有冻死骨"反映的就是权贵对享乐资源的垄断，而权贵阶层又对这种社会现象进行文化上的掩盖，以"圣化社会"为借口大倡禁欲主义的论调，主张什么存天理、灭人欲。文艺复兴时期的小说《十日谈》是西方文学对这一现象的揭露和鞭策，而通过中国古典小说《金瓶梅》《红楼梦》，我们也可以看到在贵族、富人阶层穷奢极欲的同时，社会民众的日常欲求是被普遍地压抑和压制的。达哥特·斯图亚特在《亚当·斯密传略》中指出：

> 就《国富论》中古代精神和现代政策形成的鲜明对照而论，前者的重要目的是要通过明确的规定抵制实际存在的贪爱钱财和喜欢奢侈，以在广大民众中维持节俭的习惯和纯朴的风气。希腊和罗马的哲学家、史学家都一致把国家的衰败归罪于富裕对民族性格的影响。……现代政治家的学说与此截然相反，他们根本不认为贫穷有益

---

① 参阅杨春时《现代性与中国文化》，国际文化出版公司2002年版，第2页。

于国家，他们的目的是开辟使国家繁荣昌盛的新途径，并以享受舒适和便利的生活设施来激励各阶级人民的积极性。①

这段话就可以从政治学的角度说明古代政治的禁欲目的和现代政治的反其道而行之。对于现代社会来说，对财富和享乐主义的追求不仅仅是停留在人的本能欲求上，而是上升到理性社会制度对它的肯定甚至是激励。

当然，现代社会由"圣化社会"转变为"世俗社会"，人们能在世俗的日常生活的层面，从最具个人色彩的感性领域方面建立新的、自由释放个人欲求的社会价值观念，这是因为在现代社会工商行业的快速发展可以保证社会普遍的消费，同时也需要社会普遍的消费，以消费来带动生产，禁欲主义已不适合这种新型的社会性质，这时感官欲望才普遍地被认为是合理的，因此西方自文艺复兴之后人的感性欲求得到肯定，并成为社会发展的推动力量。杨春时认为：

> 马克思和松巴特把资本主义的起源定位于感性欲望，只不过前者是物质欲望，后者是性的欲望；而舍勒也提出现代性是一种感性心态。总之，现代性不过是被解放的感性欲望。欧洲现代性发源于文艺复兴运动，而它最先是以感性、自然反抗宗教禁欲主义。而以后资本主义的发展，基本的动力仍然是物质消费和感官享乐欲望，这是社会发展的动力，也是一种感性的异化。②

随着很多后现代社会理论的理论分析，人们已经很清楚地意识到现代性在感性的层面就是人性欲望，叔本华在《作为意志和表象的世界》中悲观地指出：生存的本质是痛苦，因为人是被无穷无尽的欲望所控制的，不停地被满足的欲望与不停地新产生出来的欲望控制了人生的全部，因此人生就摇摆在痛苦与悲凉之中。叔本华是一个悲观主义哲学家，全身心浸润着精英主义的哲学思考，因此当他发现人本质上是个欲望动物这个真相

---

① ［美］达哥特·斯图亚特：《亚当·斯密传略》，转引自［美］本杰明·史华兹《寻求西方：严复与西方》，叶凤美译，江苏人民出版社 2005 年版，第 86 页。

② 杨春时：《现代性与中国文化》，国际文化出版公司 2002 年版，第 2—3 页。

的时候，他感到了一种虚无主义的悲哀。尼采在叔本华的哲学基础上提出了融合日神精神和酒神精神的悲剧理论，酒神原本是一个沉溺于感官享乐的形象，但是尼采很神奇地把他和一种内在生命力结合在一起。在尼采的悲剧理论里，人生存于这个痛苦的世界，须得有日神精神对内心幻梦的精神烛照并赋予它美丽的外观，须得酒神精神通过沉湎在自己的欲望世界里而瓦解掉经验世界对生命的束缚，这样，人变得有充足的理由可以活下去，生命才可以面临苦难而鼓荡向前。

当然，尼采讲的是艺术拯救。这种能进行自我拯救的悲剧是一种形而上的悲剧，酒神精神被形而上处理后，这些内心的幻梦、内心的欲念已经脱离我们的经验世界，而进入超越层面。这样的艺术只有那些具有超越追求的审美主义者才能有水平消受。

肯定感性现代性是形而下的态度，是置身于芸芸众生的态度，是在感官世界里享受这些欲望的态度。就像法兰克福学派在分析那些由文化工业批量生产的、由大众购买和消费的文化产品时所指出的，大众文化是一种感性文化，为了实现商业利润而尽其最大努力把人限制在片面的感性欲望和感官刺激的范围内。人在感性冲动的支配下，成了被欲望、享乐等生存感觉所控制的东西，人的追求仅仅就是感官满足。霍克海默说："文化工业对消费者的影响是通过娱乐确立起来的"[1]，"文化工业真是煞费了苦心，它将所有需要思考的逻辑联系都割断了。……相反，编剧需要考虑的是，下一步究竟要采取什么样的手段才能在特殊情景下产生最让人吃惊的效果"[2]。在法兰克福学派的批判眼光看来，那些制造大众文化、工业文化的人是违背了社会文化的良心的。

然而在以雷蒙德·威廉斯为代表的文化主义者看来，每一种文化都是：

> 既是产生于各种独特社会群体和阶级中的意义和价值，这些意义和价值建立在既定的历史条件或历史关系基础上，各群体和阶级通过

---

[1] ［德］马克斯·霍克海默、西奥多·阿道尔诺：《启蒙辩证法》，曹卫东译，上海人民出版社2006年版，第122—124页。

[2] 同上。

它们"把握"和应对各种生存条件；又是活生生的传统和实践，通过它们，那些（对生存的）"理解"被表现和显现出来。①

通过这个说法，我们可以推断出：大众文化是属于大众这个社会群体和阶级的文化，大众文化建立在大众社会生活的历史条件上、表达的是大众对自己生存条件的理解和体验。

雷蒙德·威廉斯指出，这些大众文化的生产不一定是统治者维持统治秩序的需要，商人追求利润的需要，没错，他们可能利用了这些；但大众文化的生产在深层的意义上，更多的是因为大众的"个人意向"（intentions）。"个人意向，汇整以后，形成了社会的要求，预期了某种科技文化的出现。在这一过程里，意向与需求固然会因为优势团体（如资本家）的塑造而变形，但也要在最小可以接受的范围内，得到其他人（如一般劳动者）的首肯。"② 本文这里并不是简单地认同存在就是合理，但雷蒙德·威廉斯的观点确实发人深省，大众需要这种文化，它并不是某一个人的需求，而是大众的个人意向汇整以后形成的这样一种文化潮流。所以，与法兰克福学派总是一味地否定和批评相比，研究在大众文化当中的各种"意向"、各种建立在他们历史条件上的意识形态价值观是更为重要的。

斯威夫特在他的《格列佛游记》中，讲了一个"飞岛国"的故事。大意是讲格列佛医生游历了小人国、大人国之后，来到了一个名为"拉普特"（Laputa）的飞岛国。拉普特飞岛上的男人们长得奇形怪状，然而全部很科学：他们整天忧虑天体要发生突变，地球可能被彗星撞得粉碎，要研究如何从黄瓜中提取阳光取暖，把粪便还原为食物，繁殖无毛的绵羊，软化大理石等课题。拉普特国王对格列佛所到过国家的法律、政府、历史、宗教或者风俗一点也不感兴趣，不想询问，他的问题只限于数学和科学。故事中有一个很离奇的情节是该文的文眼：

① ［英］斯图亚特·霍尔：《文化研究：两种范式》，孟登迎译，见罗钢、刘象愚主编《文化研究读本》，中国社会科学出版社 2000 年版，第 56 页。

② ［英］雷蒙德·威廉斯：《电视：科技与文化形式》，转引自易前良《西方"电视文化"研究的三种范式》，《现代传播》2006 年第 5 期。

这个岛上的妇女非常轻松欢快，她们瞧不起自己的丈夫，却格外喜欢陌生人。从下面大陆到岛上来的这样的生客总是很多，他们或是为了市镇和团体的事，或是为了个人的私事，上官里来朝觐；不过他们很受人轻视，因为他们缺少岛上人所共有的才能。女人们就从这些人中间挑选自己的情人。但令人气恼的是，他们干起来不急不慌，而且安全得很。因为做丈夫的永远在那里凝神沉思，只要给他提供纸和仪器，而拍手又不在身边的话，情妇情夫们就可以当他的面尽情调笑，肆意亲热。

尽管我认为这岛是世界上最美好的一个所在，可那些人的妻女却都哀叹自己被困在岛上了。她们住在这里，生活富裕，应有尽有，想做什么就做什么，可她们一点都不满足，还是渴望到下面的世界去看看，去享受一下各地的娱乐。不过如果皇帝不答应的话，她们是不准下去的。获得国王的特许很不容易，因为贵族们已有不少经验，到时候劝说自己的夫人从下面归来是多么困难。有人跟我说，一位朝廷重臣的妇人，已经都有几个孩子了，丈夫就是王国里最有钱的首相；首相人极优雅体面，对她相当恩爱；她住在岛上最漂亮的官里，却借口调养身体，到下面拉格多去了。她在那里躲了好几个月，后来国王签发了搜查令，才找到衣衫褴褛的她。原来她住在一家偏僻的饭馆里。为了养活一个年老而又丑陋的跟班，她将自己的衣服都当了。跟班天天都打她，即使这样，她被人抓回时，竟还舍不得离开他。她丈夫仁至义尽地接她回家，丝毫都没有责备她，但过了没多长时间，她竟带着她所有的珠宝又设法偷偷地跑到下面去了，还是去会她那老情人，从此一直没有下落。[①]

女人在这里是作为感性、欲望、世俗的符号而出现的，"拉普特飞岛"则是对社会片面发展"工具理性"的隐喻，而飞岛上的女人要"逃离拉普特飞岛"的冲动和执着，其实是用感性、欲望、世俗化生活来反抗无生趣的工具理性。我们可以把这些女性之行为思想称为感性现

---

① ［英］乔纳林·斯威夫特：《格列佛游记》，杨昊成译，译林出版社1995年版，第586页。

代性。对于这些女性来说，就是："感觉上升为生活的主导原则，追求感觉欲望的满足成了生活的意义界限。这种心理体验结构将一切固定的、永恒的或终极的神圣价值消解在流逝的感觉性的心理因素中，在这种只剩下'现在'、'瞬间'的感觉性的体验结构中，当下即是的心态必然以贝尔所描绘的感性的'及时行乐'为归宿"。① 总之，感性现代性就是在感觉层面的现代性，就是现代人可以自由合法地追求心灵秩序的感觉化。

感性现代性的作用在于，主体的现代性获得应该从三个层面共同完成，否则就会是个单面人。本雅明在《机械复制时代的艺术作品》中高度肯定大众文化的新形式——电影，他认为电影可以让观众置身历险旅行等模拟情境中，给观众提供消遣，而"艺术就是要提供消遣"②，在这种消遣中观众看起来是随心所欲的、心神涣散的，但正是这样的一系列体验使得世俗社会的大众成为一个"现代"人。

三　大众文学的主要特点

现代通俗文学属于大众文学，这是从现代性观念上对其作出的评判，而不是沿用传统雅、俗观念的标准。朱德发在《中国百年文学思潮研究的反观与拓展》一文中指出：

> 现代型大众文化或大众文学思潮并非只关注通俗性而拒斥高雅性，如果仅仅这样理解那恐怕是一种误读；雅与俗从学理上讲，只是具有相对意义的美学范畴，而且它们的内涵与外延也不是固定不变的，至于落实到文化实践和创作成果之中，雅与俗的界限就很难分清了，常常任人而异，不易确认公认的客观标准，是俗是雅往往由个人的审美感受做出品位高低的主观判断，当然也不能完全否认雅与俗应有要遵循的客观价值尺度。③

① 李佑新：《现代性问题与中国现代性的建构》，《北京大学学报》（哲学社会版）2005年第2期。

② ［德］瓦尔纳·本雅明：《机械复制时代的艺术作品》，胡不适译，浙江文艺出版社2005年版，第160页。

③ 朱德发：《中国百年文学思潮研究的反观与拓展》，《烟台大学学报》1999年第1期。

在雅与俗的问题上，朱德发的这个观点很有道理，林纾翻译外国小说时虽然已经使用的是他桐城古文的那种美学表达方式，但小说叙事曲折详尽的文体特点让他的作品有了俗的特点而大大流行，《玉梨魂》那种四六骈俪文体其实也是一种雅言，而包天笑等人用了洋句式的白话在中国人看来仍然是有隔阂，到底什么是雅什么是俗，用传统的模糊的雅俗美学标准来说根本就说不清楚。

在本书的界定里，俗是世俗的意思，现代通俗文学就是表达世俗社会大众心声的文学，是从其文化精神特质上的一种判定。从这个立场出发，本书认为现代通俗文学具有以下几个特点：

第一，从思想上说，大众文学也就是现代通俗文学往往具有一种强烈的感性精神，它高度融于世俗精神，赤裸裸地表达人的欲望，甚至是色欲和暴力倾向。因为现代通俗文学是感性现代性的产物，反过来也是对感性现代性的高度肯定。感性现代性是指被释放了的人的感性欲望。在古典社会，人的感性生存欲望是被理性所禁锢与控制的，在西方有中世纪的宗教理性，在中国有儒家的实用道德理性。在西方，通俗文学的发展与繁荣大约是在15世纪之后①，"事实上，在美国，以通俗小说吸引读者的《故事报刊》之类的杂志迟到19世纪50年代才大量涌现"。②这个时候西方社会经历了文艺复兴运动，中世纪宗教理性的禁锢已经被推翻，感性欲望也取得了合法化的地位。在这种情况下产生的现代通俗文学大胆地描写、宣泄这些人类的欲望，它是从古典状态中解放出来的现代人在文学上的必然要求；而现代通俗文学的价值也在于它正面地肯定了感性欲望，符合社会大部分大众的心理需求，从而受到普通人们的欢迎，成为一种繁荣的文学现象。

就像菲斯克在论述当代大众文化时所指出的，大众文化的意识形态就是要通过与时俱进的各种现代传媒技术，把组装好的大众梦想、身体快感、欲望诱惑等贩卖给观众，从这一点上来说，大众文化是对社会变革现象的紧密跟踪。和精英文化致力于以公共关怀的视角去生产意义、

① 参阅［美］托马斯·英奇编：《美国通俗文化简史》，任越等译，漓江出版社1988年版，第165页。

② 同上。

引发玄远的理性思考不同，大众文化始终是和人们的日常快感体验联系在一起的。大众话语系统的竞争特色是为芸芸众生打造一个亦真亦幻的快乐"梦"工场。

第二，从艺术形式上来说，现代通俗文学往往有类型化和程式化倾向。这是符合现代工商业的生产规律的。类型化就是市场细分、目标接受群体明确，类型化的文艺产品往往有相对固定的艺术模式、相对固定的艺术元素、相对固定的美学趣味，给文化消费者以明确的辨识度。这是商品的生产逻辑，这一点也因此遭到法兰克福学派的严厉批判，大众文化的这种类型化、批量化生产和精英文学的那种个性化、个人化生产是完全不一样的。大众文学作者为了去迎合普通大众的审美需求，往往运用一些浅显易懂的语言，打造一些曲折动人的情节，塑造一些大众喜闻乐见的人物形象。久而久之，这些写作方法就变成了一系列的写作套路，言情有言情的模式，武侠有武侠的模式，侦探有侦探的模式。这在艺术角度来说当然是不足取的，但是通俗文学的读者关注的并不是艺术，而是作品中所表达的内容与自己感性心理的契合，这是通俗文学遭到批评家的斥责却能在大众中普遍盛行的根本原因。

第三，从功能上来说，大众文学是一种娱乐性、趣味性、消遣性的文学。启蒙主义文学、现实主义文学通过作品的传播，希望唤醒人们对社会的责任感，号召人们参与到建设现代社会的进程当中来；浪漫主义、现代主义试图通过文学进行一些对现代性的批判思考，它们都具有非常严肃的文学精神。而大众文学往往标举它的娱乐消遣功能，宣称是为现代人在繁忙的工作之余消闲度日的。显然，理性层面的为社会担当责任与超越层面的思考意义都是很"累"的、不休闲的，为了达到消遣休闲的目的，大众文学只能贴近大众日常生活，停留在感性层面，描写情感、欲望等需求，而且要尽可能地充满趣味，使人娱乐。娱乐性、消遣性的文学作品不一定就不深刻，随着当代社会大众文化水平的提高，会有很多文化素养较高的作者加入大众文化的创作队伍。其实很多大众文学作品都有其深刻的内涵，比如好莱坞是全球最大的大众文化工厂，它每年都会生产出一些集商业性与思想性于一体的电影，比如当代香港通俗小说作家金庸、李碧华、倪匡等，也都在这方面做得较好。当然，这样的作品往往出现在较为成熟的现代社会里。

　　第四，从其文化立场来说，大众文学是一种商业文化。正如前面所说，大众文学是在现代社会中按照商品生产销售模式发展起来的文学，它的运营要符合市场经济的运行规则。在现实当中，为了尽可能地获利，一切商业行为都可能被运用到通俗文学的制作当中，比如捕捉商机、包装产品、行销广告，等等，可以说，通俗文学和普通商品一样，已经被纳入生产/消费的模式当中：一方面，它基于消费者的需要而被生产；但另一方面，也常由于生产者行销策略的成功，而刺激了群众的消费欲望。① 尹鸿在《为人文精神守望——当代中国大众文化批评导论》一文中说："中国的文化主流突然离开了五四以来近百年的思想、美学和文化传统，人文知识分子对文化的控制权拱手让给了金钱、资本，创造、风格、艺术被策划、工艺操作所替代，中国文化进入了一个大众文化的时代。"② 其实五四以来近百年并不全都是人文知识分子所控制的精英文学，只是历史话语的言说把这百年间的大众文学进行遮蔽和污化，以至于在正统的文学史当中作为大众文学代表的现代通俗文学竟然好像不存在了，其实范伯群、王晓明等的著作，已经替我们梳理了蔚然成河的现代通俗文学作品。

　　第五，从传播与影响来说，现代通俗文学具有流行性、即时性的特点，是一种快餐式的文化。因为现代通俗文学在其本质上是要肯定或者鼓吹普通大众的感性欲望，而普通大众的感性欲望与心理需求往往与赶流行、追时髦有关。这就使得通俗文学要提供一部分的流行资讯，以便与普通大众的普遍心理契合。现代社会变动不居，流行是转瞬即逝的，因此现代通俗文学追求流行与即时的同时，使得这种文学作品很少有持久的影响力，当时过境迁，普通的人们就很可能不再对过去时代的人情事理感兴趣。不过，尽管一部通俗文学作品经过了流行之后会被市场所抛弃，但从研究角度来说，正因为它的流行性与即时性，它才更好地提供了某个时代的生活信息。正如学者苏珊·埃勒里所说："这些畅销书是一种有用的工具，我们能够透过它们，看到任何特定时间人们普遍关

---

① 刘秀美：《五十年来的台湾通俗文学》，文津出版社有限公司2001年版，第19页。

② 尹鸿：《为人文精神守望——当代中国大众文化批评导论》，《天津社会科学》1996年第2期。

心的事情和某段时间内人们的思想变化。"① 我们研究清末民初大众文学思潮，其实也有这方面的意义。

第二节　清末民初大众文学思潮的兴起

对于清末民初是否有大众文学思潮的兴起，可以对照当时社会的历史、文化条件来进行总结归纳。从以租借、通商口岸为代表的地方区域性地形成市民社会，各种现代通俗读物、图像读物通过现代传媒与现代文化市场开始在市民中传播，传达各种各样的感性现代性体验来看，清末民初的中国社会已经出现了大众文化思潮。在以往的关于近代文学的研究中，学者往往把这些现代通俗文学视为当时传统文学在近代的延续，因为这些通俗文学含有大量古典通俗文学的特征。但是本书认为，传统与现代不是从那些文本表征上单独判断的，而是要结合文本的总体特征以及深层内核来综合判断的。

一　清末民初市民社会的初步形成与感性现代性体验

中国社会初步形成市民社会是在租界与通商口岸等地方。前面已经有过论述，市民社会是在工业体系和市场体系的双重作用下形成的，市民社会在一定意义上也可以被表述为工商业社会。中国是典型的农业文明国家，也有一定的交换市场，但商品基本是依靠农业文明的产出，或对农业产品进行简单的手工作坊的加工，中国重农抑商的传统，重视人文理性、政治理性而压抑科学理性的传统都阻碍了中国市民社会的生成。

周积明在《中国早期现代化的历史起点》中提道："前现代中国拥有辉煌的城市史，无论是城市人口、都城规模还是城镇数量、城镇人口比重，都长期居于世界前列。但是，这些辉煌仅仅属于中世纪，而不是属于面向未来的现代化进程。"② 传统城市所形成的并不是现代意义上的市民社会，它不是能够与国家这个政治结构相对独立的一个政治结构，而是被

---

① ［美］苏珊·埃勒里：《畅销书》，见［美］托马斯·英奇编《美国通俗文化简史》，任越等译，漓江出版社1988年版，第10页。

② 周积明：《中国早期现代化的历史起点》，《社会学研究》1995年第1期。

严格地控制在国家的行政结构当中，城市往往意味着是国家权力的中心，城市的格局与权力等级是严格配套的。吉尔伯特·罗兹曼在《中国的现代化》中对中国的前现代城市有过详细述评，根据他的研究：

> 19 世纪初，在大约拥有3000 或3000 以上人口的1400 个城市中，至少有80% 是县衙所在地，而在人数超过1 万的城市中，大致有一半是府或省治的所在地。这些城市的巍峨城墙，虽然在大多数的情况下已不完全将市场、商店或居民包围于其内，但却体现着政府权威的尊严。此种情形有力表明了前现代中国的城市主要是理性行政的产物，而不是商业和工业品输出中心。①

这个论述指出了中国传统社会有城市，在城市中也有用于交换的市场，但是它们不是作为经济力量的工商业中心，而是作为政治力量的行政中心。市民是无法从封建结构中独立出来形成相对自主的市民社会。无法作为一种权力单位在整个国家权力结构中发挥作用。

中国社会出现市民社会是因为在欧洲国家的强迫下，清政府被迫开放通商口岸、划出一定的租界区域以供洋人自治。正是这些区域结构的建设开始瓦解了大一统的、纵向结构的、严密的专制体制，渐渐地，很多国人也领会到了这些洋人自治区独立于朝廷的妙处，在这种情况下，通商口岸和租界的人口、居住情形也变得复杂起来，在具有现代意义的工业和商业的配套发展下，19 世纪末开始出现了市民社会的雏形，如上海、天津、广州等地，其中以上海的发展为最，上海虽然是在世界现代城市发展中起步较晚的，但其后来者居上，很快成为世界城市史上一颗闪耀的明珠。有很多历史资料可以帮助我们对近代上海的城市状况展开分析，比如同治元年，一个名叫名仓予何人的日本人，曾在《官船千岁丸海外日录》中记载过这样一段他亲历上海的往事：

> 吴淞至上海计英里十五六里云。港内者商舶军舰，大小辐辏，帆

---

① ［美］吉尔伯特·罗兹曼：《中国的现代化》，国家社会科学基金"比较现代化"课题组译，江苏人民出版社2010 年版，第191 页。

樯之多不知几千万云。就中英船最多，但支那船之多本不待言。右岸，西洋诸国之商船栉比，极为壮观，实为支那诸港中第一繁华之所，比之传闻犹有过之。同舟诸士之中有两人曾于前年赴美利坚，据其所云，比之美利坚之华盛顿、纽约，其繁华犹远胜之。[①]

与名仓予何人同游的成员中，有位名叫盐泽彦次郎的，就是他在1860年曾随万延使团访美。在他看来，上海港的繁华竟然"远胜"美国首都华盛顿和美国第一大城市纽约，在我们今天的人乍一听起来也是极其惊讶的，可是以当下国际城市相比，作为第三世界国家的中国各大新兴城市都是要"远胜"老牌国际大都市的，当然，这是表层和感性的印象，如果把我们的城市和西方那些国际化大都市深层比较，那么就会发现城市也是有精神的，我们在城市精神上要远远落后几百年。但不管怎样，表层和感性的表象建立起来了，在19世纪60年代，上海已经代表中国成为了一个可以屹立于世界城市排行榜中的繁荣港口城市，在东亚来说更是首屈一指。

这是通过一个外国人的眼光来评判当时的上海，其实在清末文学当中已经有对上海租界繁华景象的描述，如王韬的《沪游竹枝词》："万里通商海禁开，千年荒冢幻楼台。""遥指洋泾桥外路，过桥又是法兰西"，"不道通商夸靡丽，也拟身在泰西游"。[②] 除了王韬以外，现代作家的写作也几乎是离不开上海这个场景的。李欧梵在《上海摩登》一书中指出："上海无疑是30年代最确凿的一个世界主义的城市，西方旅行者给她的一个流行称谓是'东方巴黎'。撇开这个名称的'东方主义'含义，所谓'东方巴黎'还是证实了上海的国际意义。"[③] 其实上海的国际意义哪里需要30年代才有，上海作为一个由万国租界带动而建立起来的现代城市，其在晚清社会一开始建立便是世界主义的，也具国际意义啊。

在晚清上海所出现的那些与中国传统文化特质相异的租界生活，除了引起这些表层的惊讶与感性的艳羡外，还带来内在感知的一些改变。麦克

---

① ［日］名仓予何人：《官船千岁丸海外日录》，转引自冯天瑜《同治元年日本人对上海社情的观察》，《学术月刊》2002年第1期。

② 王韬：《瀛壖杂志》卷2、卷5，上海古籍出版社1989年版。

③ 李欧梵：《上海摩登》，北京大学出版社2001年版，第351页。

卢汉有个很重要的观点是："人的新延伸及其产生的环境是进化过程的核心体现。"① "媒介并非工具，技术的影响不是发生在意见和观念层面上，而是要坚定不移、不可抗拒地改变人的感觉比率和感知方式。"② 鲍德里亚在《消费社会》中也援引麦克卢汉的话说："铁路带来的'信息'，并非它运送的煤炭或旅客，而是一种世界观、一种新的结合状态，等等。电视带来的'信息'，并非它传送的画面，而是它造成的新的关系和感知模式、家庭和集团传统结构的改变。"③ 根据这些理论，我们可以反过来分析当时上海出现的各种新型环境和新型媒介，就能意识到这些东西并不是仅仅作为工具来延伸我们的工作能力，而是在深层次上开始改造我们的意识形态观念，改造我们的内在感知结构，外在的环境条件最终促成了现代对人的内在改变。

陈丹燕在《上海的风花雪月》中通过对一座老饭店——和平饭店的描写为我们呈现了这种内化了的现代历史意识，并且透过历史的岁月传承下来。转引如下：

> 好像什么东西都又回来了，饭店里的英式房间里生着壁炉，美式房间里有银烛台，西班牙式房间里放着老式的高柱子木床，侍者的黑发上擦着亮晶晶的发蜡，笑容矜持而殷勤。一句"到和平饭店喝咖啡去"，说出了上海年轻人一个怀旧的夜晚。坐在那里，他们想要是自己早生五十年，会有什么样的生活能有什么样的故事。那是比坐在他们邻桌的欧洲老人更梦幻的心情吧，也是只有上海孩子才能有的心情：对欧化的、富裕的生活的深深的迷恋。对自己生活的城市曾经有过的历史的深深的自珍。到那里去的上海年轻人，希望自己有更好的英文，更懂得怎样用刀叉吃饭，更喜欢西洋音乐，有一天，可以拿出来一张美国护照，指甲里没有一点点脏东西。这也是这个城市年轻人

---

① ［加］埃里克·麦克卢汉、弗兰克·史格龙编：《麦克卢汉精粹》，何道宽译，南京大学出版社2000年版，第362页。

② ［加］马歇尔·麦克卢汉：《理解媒介——论人的延伸》，何道宽译，商务印书馆2001年版，第49页。

③ ［法］让·鲍德里亚：《消费社会》，刘成富、全志钢译，南京大学出版社2006年版，第132页。

潜在的传统，从来没有被大声说出来过，也从来没有停止过。①

很显然，弥漫于文中的那种关于"现代"的历史意识并不是梁启超的启蒙理性意识，也不是革命派章太炎等人的民族国家理性意识，一点也不宏大、一点也不精英，而是一种对欧化的、富裕的生活的、来自感官世界的深深迷恋。对于这个感性的、表层化的上海所建构起来的现代性历史意识，是市民社会对于现代化来临后体验到的一种大众心态。

如李长莉在《晚清上海社会的变迁》中就明确指出：

> 在上海开埠二三十年后，随着商业的繁荣发展，货币流通量增大，消闲娱乐业发达，物质生活和消费生活内容的丰富以及新兴商人的炫耀行为，金钱在人际关系中地位上升而形成的崇富心理，在这种种因素的作用下，出现了追求享乐的消闲方式和崇奢逞富的消费方式，它首先由商人阶层兴起，而后向社会各个阶层广为蔓延，形成了弥漫于上海社会上下的享乐崇奢风气。人们的消闲消费观念也随之发生变化，出现了一些带有浓厚的商业化色彩的新观念。②

以上这段话作为理论陈述，实际上和陈丹燕的诗意描述一样，都充分地说明作为晚清市民社会的上海，普通大众的生活体验，这种体验不是某个个体的幻想，而是根生于当时的历史结构中的"个人意识"会聚而成的"众人意识"。正如王一川所指出的，"中国现代性体验在其发生过程中，从来不是仅仅以精英人物或理论家设计的理想或完善方式呈现的，而是以现实的或不完善的方式展示的"，"与此相应地，中国人对于现代性的向往，并不是仅仅从精英人物的谈论或其他书本知识得来的，而是靠了自己在日常生活中的切切实实的亲身体验"。③ 而这些感性现代性的体验同时也需要相应的文化形式来对它加以表达，这种相应的文化形式就是大众文化，而具体到文学的类别里则是现代通俗文学。

---

①　陈丹燕：《上海的风花雪月》，作家出版社 2002 年版，第 92 页。
②　李长莉：《晚清上海社会的变迁》，天津人民出版社 2002 年版，第 235 页。
③　王一川：《中国现代性体验的发生》，北京师范大学出版社 2001 年版，第 131 页。

二 传统通俗文学在"小说界革命"中转型

谈到中国通俗文学的起步，人们可能会想到晚明。认为在明朝中后叶，中国的通俗文学已经取得了很大的发展，那时候已经出现了冯梦龙的"三言"、凌濛初的"二拍"。《江西社会科学》发表了一篇题为《社会经济变迁与通俗文学的发展》的文章，就从明中后期商品经济的发展来梳理了那个时期通俗文学的情况。该文认为：

> 明嘉靖后随着商品经济的发展，城市及其市民阶层的扩大和文化消费欲求的膨胀，明清文化市场得以成熟，文学消费观念的形成与生产消费文学的文化人队伍的组成是当时文化市场的主要特征。文学进入市场，使文学从传统的文人自娱走向大众消费，从而发生变异，通俗文学因此崛起并获得空前的发展。①

确实，在明朝嘉靖年间及其后，中国文学出现了通俗文化的走向，究其原因，除了陈东有在文中提到的商品经济发展、文学进入市场外，还有就是当时社会上对应于商品经济的发展，人的感性心理出现了松动，并要求冲破封建道德理性的罗网，体现在思想言论上就是李贽等人的"左"派心学，他们激烈批判"存天理，灭人欲"的理学观念，高度肯定人对财富的欲望、对享乐的欲望、对性的欲望等，总之肯定人性的本能要求。这种情况与西方文艺复兴时期在商品经济冲击下感性现代性萌动是相似的。

但是，在明中后叶出现的这种现代性萌芽并没有持续很久，很快随着明王朝的覆没湮灭了，继之而起的清王朝重新巩固了封建统治，而且在其繁荣时期也把中国的封建文化发展到了一个巅峰。这样，中国自身发展现代性的契机被扼杀，当它在晚清再次遭遇现代性发展的机遇，所付出的却是丧权辱国的历史代价，所走的是被迫发展现代性的道路。但不管怎么说，清末民初，在西方文化冲击下，中国社会的部分地区如租界与通商口岸开始出现了一些具有现代特征的变化。在费正清的《剑桥中国晚清史》

---

① 陈东有：《社会经济变迁与通俗文学的发展》，《江西社会科学》2005 年第 6 期。

一书中，作者描述道：

> 首先，西方的扩张在那里引起了持续的累积的经济增长，结果，在那些和外部世界市场有密切关系的城市的经济中产生了程度不同的"现代"部分。和这种经济发展有关的是，社会发生了变化，产生了诸如买办、工资劳动者和城市无产阶级这样一些新的集团。而且，由于各种西方制度的"示范影响"，以及和外部世界交往的增长，社会变动的过程必然在本地居民中发生，它逐渐破坏了他们传统的态度和信仰，同时提出了新的价值观、新的希望和新的行动方式。①

这里所说的"新的价值观、新的希望和新的行动方式"，也就是与社会"现代变动"相关的现代观念。这种现代观念如果以一般市民为主体，则主要指感性现代性的观念。正是在这种社会的现代变动和人的观念的现代变动中，中国现代通俗文学迎来了一个比较繁荣的起步阶段。

王德威在《被压抑的现代性》里把叙述表达欲望现代性、感性现代性的文学创作提早到太平天国时期，个别文本或许会出现这种表征，但我们若以思潮来论的话，总要在大规模的文本中出现这种表征，才能说这个是具有时代性意义的。因此，本书认为作为现代意义上的、表征感性现代性的现代通俗文学是在小说界革命中开始真正萌芽的，正是在小说界革命的带动下，现代通俗文学获取了从传统走向现代的几个重要条件。

要研究晚清民初的通俗文学，就不得不联系当时的各种"现代变动"，其中对文学产生最重要影响的是现代文化消费市场的初步形成。这个文化消费市场的初步形成是和小说界革命的启蒙主义思潮有关的。在古典社会，文学、文化都是属于上层社会的特产，是小圈子里的精神财富。到了现代社会，在市场经济当中，文学开始与市场经济相结合，文化要求市场化，这以通俗文学、大众文化为最。可以说，相比其他文学，通俗文学的兴起与发展更依赖这个文化消费市场。

一个文化消费市场的组成，最起码要有生产者、流通者、消费者，这

---

① ［美］费正清等编：《剑桥中国晚清史》（上），中国社会科学院历史研究所编译室译，中国社会科学出版社 1985 年版，第 314 页。

三者都是社会现代变动的产物，在晚清民初，它们都是西方文明冲击下传统经济体制、文化体制破产的产物。首先来看生产者，也就是通俗文学作者。晚清民初通俗文学生产者，其前身是传统的士人、文人，这些人在传统社会文化体制当中，主要的安身立命之所就是通过科举考试，博取功名混迹官场，因为在传统的中国社会这几乎是知识阶层实现自身价值的唯一途径，在这种情况下，文学是其官场之路的一个手段，文学生活是政治生活的一个辅助。但是清末庞大而腐朽的官僚体制已经很难再容纳新的才学之士，到了1905年，在清政府被迫宣布的一系列以西方现代文明为参照的改革中，科举制度被废除，使得文人失去了参与政府体制的途径，也失去了获取自己生存资源的途径；为了谋生立命，他们中的一部分人来到租界和通商口岸寻找生计，现代稿费制度的建立使他们发现身上的文学才能可以转化为金钱。

　　不管有意还是无意，文学走向市场，作者从中获利的情况通过"小说界革命"在清末民初已经成为一个事实。成功者如林纾那样，小说频频畅销，其收入是非常丰厚的。至于一般的小说作者，觚庵也一针见血地指出："小说亦岁出百余种……彼此以市道相衡，而乃揭示假面具，号於众曰：'改良小说，改良社会'，呜呼，余欲无言"，其实这些人"不假思索，下笔成文，十日呈功，半月成册。货之书肆，囊金而归，从此醉眠市上，歌舞花丛，不须解金貂，不患乏缠头矣。"① 这还是在呼吁启蒙的新小说热潮中出现的现象，到了民初，这种现象可以说是风行海上。中国现代通俗文学的第一批生产者也就这样破土而出。

　　再看流通者或流通中介。它们指的是出版商及其刊物。在传统社会，刊印书籍一般都由官方来执行，虽然也有一些民间商人从事，但在整个书籍初版中是不占正统的。而晚清民初，传统政治、经济体制都遭到冲击并最终崩溃，加以造纸、印刷行业发展②，在西方出版行业与文化市场机制的示范作用下，各种报纸、杂志、游戏、成书纷纷出现，启蒙思想家和革命派政论代表都纷纷办报刊、出成书宣扬自己的理念，他们的这些行动共

---

① 《觚庵漫笔（选录）》，见陈平原、夏晓虹编《二十世纪中国小说理论资料》第1卷，北京大学出版社1997年版，第270页。

② 据范伯群在《中国近现代通俗文学史》中介绍，中国自1891年李鸿章创办伦章机械造纸厂于上海后，截至1924年，有大造纸厂共21家，其中10家是在上海及其周边市县。

同组构起了晚清社会的公共领域，形成了晚清社会最早的现代文化市场。现代通俗文学正是在这个空间中褪去传统的作者无名化、表达农业社会民间意识形态等的特征，而获取了现代工商业社会大众意识形态的一些特征。

据时萌在《晚清小说》中的统计，晚清的最后十年，至少曾有170家出版机构此起彼落[①]；而据刘增合统计，"1905年至民国初年，先后发行的报刊达600余种"。[②] 出版机构仅1906年上海书业公所挂号的就有119家。[③] 仅商务印书馆1902—1911年出版的图书就有1001种。[④] 从这样一些数据与资料里面，可以推测出，这种庞大的出版机构在读者群体间所能达到的影响能力，是传统文人雅士的交流圈根本无法与之相比的。而到民初，光上海一地，曾经创刊发行过的上海小报总数至少在1000种以上。[⑤] 小报是"一类数量很大、有广泛读者、内容以休闲趣味为主的小型报纸"[⑥]，正如袁进在《中国文学的近代变革》中所指出的："报刊和平装书作为新的文本制作材料，……容量大，可以用较小的字排印；出版快，出版周期最短在一天之内；价格低，普通老百姓也能够承受。这些优势使得它们的传播范围远远超过了线装书。它们实际上成为与中国传统线装书不同的传播媒介，并且使中国传统文学观念发生变革。"[⑦] 袁进这里所提的现代传播优势对于晚清任何一种文学思潮观念来说都是可以共享的，这一点在绪论中已有说明。但这里也有必要再次提出，在各种文学思潮对比竞争中，现代通俗文学在其中无疑是最得其中优势的，因为报刊和平装书所存身的这个现代传播机制是现代工业生产形式和现代市场化运营方式相结合的产物，这和通俗文学本身的市场化、商业化、模式化等特点是高度契合、高度共谋的。

除了生产者和流通者，市场结构的另一端就是消费者，他们就是通俗

---

① 时萌：《晚清小说》，台北国文天地1990年版，第11页，转引自王德威《想像中国的方法》，三联书店1998年版，第4页。

② 刘增合：《媒介形态与晚清公共领域研究的拓展》，《近代史研究》2000年第2期。

③ 潘建国：《档案所见1906年上海地区的书局与书庄》，《档案与历史》2001年第6期。

④ 庄俞等编：《最近三十五年是中国教育》，商务印书馆民国20年版，第273页。

⑤ 李楠：《晚清民国时期上海小报》，人民文学出版社2005年版，第17页。

⑥ 同上。

⑦ 袁进：《中国文学的近代变革》，广西师范大学出版社2006年版，第4页。

文学的读者。这些人主要为在城市中生活并具备一定阅读能力的人，在晚清民初他们也是中国社会出现"现代变动"的情况下产生的。正如费正清所说，晚清民初，中国社会在租界和通商口岸城市的现代变动使得现代工商业得到初步发展，这使得在城市中出现了买办、工资劳动者和无产阶级这样一些新的集团，他们构成了新型城市的市民主体。这些市民之所以成为通俗文学的主要消费者，是因为，他们生活在这个由传统向现代过渡的时代，需要通过通俗文学等大众文化去吸取生存信息。范伯群在《中国近现代通俗文学史·绪论》中提出了这样的解释：

> 在19世纪末与20世纪初，上海这个元代的渔村，明代的小镇，清代的县治，随着商埠的开辟，大规模的工业生产和频繁的商贸交易促使大都会的成型和人口的爆炸，造成城市的超常扩展和经济生活的千姿百态。这也必然会带来人际关系的错综复杂，多数市民在这个自己感到难于驾驭的复杂多变的新环境中，时时感到无所适从的晕眩。要治愈这种头晕目眩，就急需扩充自己的信息量，扩大自己的知识面，改变自己的知识结构，这才可以增加自己的判断能力，在自己神经中枢注入自主与自信的定力，以增强自己对新环境的适应性。那种在小农经济地域只靠一爿"咸亨酒店"作为权威的信息总汇，只靠航船七斤作为新闻发布人的时代已经一去不复返了。都市市民的这种新要求就是急需创办报章杂志的客观根据。①

现代社会和传统社会从运动节奏这个角度来对比的话，那么，传统社会几乎是以稳定来著称的，几千年来的传统社会在历史上可以总结为一句"合久必分、分久必合"，除了每隔几百年（有时或者是数十年）的改朝换代之外，人们不觉得这个社会结构有什么巨大的变化。在这样的情况下，当然靠一爿咸亨酒店就能把握住一个地区的信息总汇了。可是在现代社会，一切都在急剧变动当中，一切是那样的新奇和陌生，生活在其中的人经常会感到晕眩，尤其是在清末的上海，一个新旧混杂的国际性城市，人们需要了解自己的环境，要给自己的感觉找到某种共鸣，这就是现代通

---

① 范伯群：《中国近现代通俗文学史》，江苏教育出版社1999年版，第10—11页。

俗文学的社会意义和历史使命。

晚清科举废除后，全社会新办新式学堂的风气也使得城市市民的知识能力和普遍阅读水平得以提高。另一方面，"都市的紧张生活节奏使人感到疲劳和单调，也需要休息与娱乐，以便在高速的生活运转中得以片刻的喘息"。① 况且，"报刊和平装书以其可以大量生产和价廉为特征，它们的售价往往只有线装书的十分之一，甚至几十分之一。它们因此也就有条件拥有更多的读者，一些收入不丰的家庭也可以消费"②，而"民国初年，工资有了较大幅度的上涨，……普通市民对报刊的消费情况发生改观"③。于是，在上海、广州等大都市，尤其是上海，以消遣娱乐为主要功能的通俗文学也就应运而生且欣欣向荣。

从以上分析可以看出，在西方现代文化冲击下，晚清民初中国社会的传统政治体制趋于解体甚至崩溃。在租界和通商口岸城市，在西方扩张主义政策及其文化模式的示范影响下，这些地方出现了具有"现代特征"的变化。这些现代变化提供了通俗文学所赖以存在的文化市场，催生出通俗文学生产者、通俗文学出版销售者、通俗文学消费者，同时在"小说界革命"的带动下，中国现代通俗文学就红红火火地起步了。

三　大众文学在民初的兴盛

现代通俗文学的起步在晚清，繁荣时期主要是在民国初年。民初到五四新文化运动之前的这个阶段，通俗文学在数量上来讲是相当可观的，几乎占有了大部分的文化市场，主要刊物有《游戏报》《小说时报》《小说月报》《自由杂志》《妇女时报》《游戏杂志》《香艳小品》《中华小说界》《民权素》《消闲钟》《黄花旬报》《五铜圆》《快活世界》《眉语》《礼拜六》《小说丛报》《繁华杂志》《余兴》《白相朋友》《朔望》《上海滩》《七襄》《销魂语》《七天》《笑林杂志》《琴心报》《香烟杂志》《情杂志》《妇女杂志》《消遣的杂志——上海》《双星》《滑稽时报》《春声》《好白相》《女子世界》《小说海》《小说新报》《小说大观》《小说

① 范伯群：《中国近现代通俗文学史》，江苏教育出版社1999年版，第11页。
② 袁进：《中国文学的近代变革》，广西师范大学出版社2006年版，第7页。
③ 同上书，第19页。

画报》等，而以《礼拜六》最著名，故此派又称"礼拜六派"，几乎成为民初通俗文学的代名词。李楠在《洋场"世俗才子"：上海小报文人的精神走向》中说："晚清小报蓬蓬勃勃兴盛了十几年之后，于辛亥革命前后一度萧条了五六年，直到鸳鸯蝴蝶派文人加盟，才走出低谷，迎来小报历史上的一个高潮时期。"① 在此文后面，李楠评述说：

> 由以上资料可见，从晚清小报文人到海派小报文人，其内在的理路大致是：名士遗风逐渐隐匿，商业属性、世俗心态逐渐增强；鸳蝴文化精神为海派文化精神所取代；大众通俗文化姿态基本成型。②

这个结论指出了大众通俗文化发始于鸳鸯蝴蝶派，在精英与大众混杂的晚清小报中慢慢地蜕变出自身的核心要素是商业属性、世俗心态，与精英文化形成有明确差异的文化态度。大众通俗文化是现代市民社会的大众文化，李楠把源头放在这里是非常正确的。

可以归入现代通俗文学亦即大众文学思潮的主要成员有：王钝根、包天笑、江红蕉、周瘦鹃、徐枕亚、孙玉声、范烟桥、恽铁樵、吴双热、许啸天、郑逸梅、毕倚虹、陈碟仙、陈小碟、李涵秋、李定夷等。晚清民初的通俗文学也是由理论和作品两部分组成的。但是，相对于作品的可观数量，理论是相当薄弱的。先来看理论部分。

在这段时间涉及通俗文学的理论文章主要有《〈游戏杂志〉序》（爱楼序于上海，载1913年11月30日《游戏杂志》第1期）、《〈中华小说界〉发刊词》（瓶庵，载1914年1月1日《中华小说界》第1期）、《〈消闲钟〉发刊词》（李定夷，载1914年5月《消闲钟》第1集第1期）、《〈礼拜六〉出版赘言》（王钝根，载1914年6月6日《礼拜六》第1期）《〈眉语〉宣言》（载1914年10月《眉语》小说杂志第1卷第1号）、《〈香艳杂志〉发刊词》（均卿，载1914年《香艳杂志》第1期）《〈小说新报〉发刊词》（李定夷，载1915年3月《小说新报》第1期）、《〈小说大观〉宣言短引》（包天笑，载1915年《小说大观》第1集）、《〈小

---

① 李楠：《洋场"世俗才子"：上海小报文人的精神走向》，《上海文化》2005年第3期。

② 同上。

说画报〉短引》（包天笑，载 1917 年 1 月《小说画报》第 1 号）、《香艳杂志第一期内容披露》（载 1914 年 6 月 20 日《礼拜六》第 3 号）、程小青，1929 年 3 月《紫罗兰》第 3 卷 24 号。

从标题上也可以看出，这些文章多半都是宣言、发刊词，并不是什么系统性的通俗文学理论，但是它们反映出了起码的一些纲领性的条文，从中提供了这些通俗文学成员的文学宗旨与倾向。

从民国初年到五四新文化运动之前这段时间，中国的现代通俗文学到底出过哪些类型的作品呢？我们可以先来回顾平襟亚的一段描述：

> 上海出版潮流千变万化。这并不是书贾的喜欢变化，是阅者的眼光变化。书贾无非想赚几个钱，不得不随阅者眼光转移，迎合阅者心理，投其所好，利市十倍。像这种"恨""怨""悲""魂""哀史""泪史"的名目，还在光复初年，轰动过一时，以后潮流转移到武侠一类。有人说，武侠小说足以一扫萎靡不振之弊，因此大家争出武侠书，甚么《武侠丛谈》《武侠大全》《侠义全书》《勇侠大观》，没有一部书不出风头。后来越出越多闹翻了……看的人也没有兴味了。书籍潮流便转移到黑幕上去。大家说，黑幕不比武侠小说向壁虚构。这是揭破社会的秘密，实事求是，很有来历。因此坊间大家争出黑幕。说也奇怪，上海洋场十里，百千万言也揭它不尽。甚么《黑幕大观》《黑幕汇编》《黑幕里的黑幕》……后来潮流又转移到财运上面去，财是大家贪的，见报上登着广告说，看了这种书立刻可以发财，有哪一个阿木林不喜欢发财？因此甚么《财运预算法》《财运必得法》风行一时，上海地方，差不多瘪三叫化子手各一编，大家想发财。发了财之后，饱暖思淫是免不得的，所以现在的潮流大概要转移到财上面一个字上去了（按"酒色财气"四字，财字上面一个字乃"色"字——引者注）[1]

平襟亚熟悉通俗文学出版界，自己还做过"中央"书局的老板，他的话应该是有一定的史料价值的。按照他的这段描述，民初十几年的通俗

---

[1] 这段话引自平襟亚《人海潮》第 32 回，上海中央书局 1927 年版，第 281 页。

文学在"看官"的阅读兴趣作用之下，就已经门类众多，百花纷呈了。什么言情、武侠、社会（黑幕）、侦探也都各有千秋，互有建树。

鲁迅曾经说："当时提倡新文学的人看见西洋文学中小说地位甚高，和诗歌相仿佛；所以弄得象不看小说就不是人似的。"[①]清末民初通俗小说能够声势如此壮大，其合法性的取得是沾了"小说界革命"的光的，当然这其中很大一部分是因为拥护"小说界革命"的这些知识精英对西洋小说涉略实在不深，没办法全用西洋那些精英主义的小说一下子把传统小说的命给革掉，因此这些从自身传统中开始向现代转化、同时又保留着极大的传统特色的通俗小说才获得了一个巨大的发展空间，而到了五四新文学运动的那一代从国外留学回来，从国外不同的流派，不同的思潮中学回很多西洋精英文学的法子的时候，他们看待这些鸳鸯蝴蝶派的通俗小说，就采用了一种极端激烈的敌对态度，表现出精英意识与大众意识的对抗。

第三节　清末民初大众文学思潮的理论主张

清末民初的现代文学发展，总体上理论都是很弱的，而大众文学思潮的理论力量就更弱了，这一方面是因为大众文学本来就不注重理论，另一方面是别的文学思潮的理论主张总是与他们的社会变革方案、社会革命方案紧密结合在一起，文学是作为辅助工具而存在的，因此理论表述相对来说会多一点。

清末民初大众文学的理论主张主要体现为以下几个方面。

一　宣扬文艺的消遣功能

作为通俗文学，就要以消遣娱乐为目的。这在民初的作家、报人那里都有明确的表达。在他们看来，通过一些通俗易懂的作品给一般人们以精神上的休闲是合理的。民初通俗文学代表作家之一陈蝶衣在 1942 年总结说：

---

①　鲁迅：《帮忙文学与帮闲文学》，见《鲁迅全集·集外集拾遗》，新疆人民出版社 1995 年版，第 453 页。

    面临着当前这样的大时代，眼看着一般大众急切地要求着知识的供给，急切地要求着文学作品来安慰和鼓舞他们被日常忙碌的工作弄成了疲倦而枯燥的生活，但因知识所限，使他们不能接受那些陈旧又高深的古文和旧诗词，也不能接受那种欧化辞藻典丽的新文学作品，因此，我们要起来倡导通俗文学运动，因为通俗文学兼有新旧文学的优点，而又具备明白晓畅的特质，不但为人人所看懂，而且足以沟通新旧文学双方的壁垒。①

    这里，为了说明通俗文学存在的合理性和必要性，从大众需要和通俗文学本身的特点两方面来加以论证。从上面这段话来看，陈蝶衣认为人们需要通俗文学一方面是源于求知的欲望，另一方面是因为想摆脱日常生活的疲倦而枯燥。而这两方面的要求严肃的文学（他所举的都是严肃文学）都没有办法满足，只有通俗文学才能够提供——其实是只有通俗文学愿意去提供，而且是乐意去提供。

    其实陈蝶衣的这一观念，在民初的一份著名通俗刊物《礼拜六》上就已经被昭告于天下了，而且更为直白，直言"消遣""休闲"。由于《礼拜六》的观点在民初通俗文学中具有很高的代表性，故现摘录全文如下：

    或问子为小说周刊何以不名礼拜一礼拜二礼拜三礼拜四礼拜五而必名礼拜六也余曰礼拜一礼拜二礼拜三礼拜四礼拜五人皆从事于职业惟礼拜六与礼拜日乃得休暇而读小说也然则何以不名礼拜日而必名礼拜六也余曰礼拜日多停业交易故以礼拜六下午发行之使人先睹为快也或又曰礼拜六下午之乐事多矣人岂不欲往戏院顾曲往酒楼觅醉往平康买笑而宁寂寞寡欢踽踽然来购读汝之小说耶余曰不然买笑耗金钱觅醉碍卫生顾曲苦喧嚣不若读小说之省俭而安乐也且买笑觅醉顾曲其为乐转瞬即逝不能继续以至明日也读小说则以小银元一枚换得新奇小说数

① 魏绍昌编：《鸳鸯蝴蝶派文学资料》（上），福建人民出版社 1984 年版，第 151—152 页。
注：《通俗文学运动》这篇文章发表于 1942 年 10 月，《万象》第 2 卷第 4 期，是为了解说当时的通俗文学的合理性，但陈蝶衣为民初时就很有声誉的通俗文学作家，这里引他的话，把它理解为他的一贯主张。

十篇游倦归斋挑灯展卷或与良友抵掌评论或伴爱妻并肩互读意兴稍阑
则以其余留于明日读之晴曦照窗花香入坐一编在手万虑都忘劳瘁一周
安闲此日不亦快哉故人有不爱买笑不爱觅醉不爱顾曲而未有不爱读小
说者况小说之轻便有趣如礼拜六者乎礼拜六名作如林皆承诸小说家之
惠诸小说家夙负盛名于社会礼拜六之风行可操券也若余则滥竽编辑为
读者诸君传书递简而已①

可见，《礼拜六》非常明白通俗文学的市场所在：一需要有闲——礼
拜六就有闲；二需要娱乐——平时劳累。这样通俗文学就是要在这有闲之
日给人们提供娱乐，提供清闲，以忘却一周的疲劳，正所谓：一编在手，
万虑都忘，劳瘁一周，安闲此日。这就是通俗文学的功能。

在这种旨意下，民初那些通俗文学当然要注重作品的娱乐性、趣味性、
通俗性，以便能引起普通读者休闲阅读的兴趣。纵观民初将近十年的通俗
文学创作，其成功者确实是能做到娓娓动听地讲述一些曲折的故事，赚取
读者的同情和眼泪，但这种同情和眼泪都是一种情绪的表现，根本不在引
发人们的思考。也有一些作家不把这叫"休闲"，而是和上面的陈蝶衣一样
称其是"安慰"，如胡寄尘为鸳鸯蝴蝶派辩论时就作过这样的申述：

> 有人说："小说不当供人消遣"。这句话固然不错，但是我尚有
> 怀疑。
> 我以为专供他人消遣，除消遣之外，毫无他意存其间，甚且导人
> 为恶，固然不可。然所谓消遣，是不是作"安慰"解？以此去安慰
> 他人的苦恼，是不是应该？且有趣味的文学之中寓着很好的意思，是
> 不是应该？这样，便近于消遣了。倘然完全不要消遣，那末，只做很
> 呆板的文学便是了，何必做含有兴趣的小说。②

在胡寄光看来，小说本来就是要有兴趣的，本当就是供人消遣的。只

---

① 原载 1914 年 6 月 6 日《礼拜六》第 1 期，转引自魏绍昌《鸳鸯蝴蝶派研究资料》，福建
人民出版社 1984 年版，第 7 页。

② 原载《最小》第 3 号，见魏绍昌《鸳鸯蝴蝶派研究资料》，福建人民出版社 1984 年版，
第 178 页。

不过这种消遣是对人们的一种安慰。有人说："在中国传统文化秩序中，实际上存在两种来历不同的小说样式，一种是作为史传附庸的实录叙事，一种则是包含想象与虚构的娱人故事。前者一直可以追溯到史传文学的集大成者《史记》以至更早的《国语》《战国策》和《左传》，后者的真正发端应是唐传奇。"① 按照这个观点，鸳鸯蝴蝶派的小说创作属于唐传奇这个传统的，从娱人与趣味这方面来说，确实是这样的，这是传统通俗文学与现代通俗文学都遵循的美学目标。

二　注重对传统小说艺术的继承

五四新文学运动的内容其中有很重要的一项就是对清末民初以来现代通俗文学的批判，旷新年在《现代文学之现代性》中说："新文学正是通过对'礼拜六'派等现代性的文学发展的'不流血政变'而建立起来的。"② 比如创办于1910年的《小说月报》，原来是鸳鸯蝴蝶派的刊物，在1921年由茅盾和郑振铎接手，成为文学研究会的主要刊物，茅盾指出它的办刊方针是"兼收并蓄，不论观点、风格之各异，只是不收玩世不恭的鸳鸯蝴蝶派的作品"。③ 可以看出，所谓的兼收并蓄是有条件的，那就是必须是精英文学，是那种刘半农所说的交换思想观点的文学，而不是鸳鸯蝴蝶派那种交换趣味性的大众文学。郑振铎自己作过《中国俗文学史》，对中国旧通俗小说有详细而系统的了解，他在批判鸳鸯蝴蝶派的时候说："我们觉得中国的一般民众，现在仍旧未脱旧思想的支配……要想从根本上把中国改造，似乎非先把这一般通俗小说的最大多数人的脑筋先改造过不可。"④ 也就是说，郑振铎认为，旧通俗小说是旧思想的宣传载体，鸳鸯蝴蝶派正是那样的旧通俗小说，现在新文学健将们要做的就是要把被鸳鸯蝴蝶派所污染了的最大多数人的脑筋进行改造。

很显然，新文学运动的成员是把鸳鸯蝴蝶派当作旧文学、传统文学来

---

① 叶诚生：《现代叙事与文学想象》，人民文学出版社2009年版，第26页。

② 旷新年：《现代文学与现代性》，上海远东出版社1998年版，第23页。

③ 茅盾：《小说月报索引·序》，见《小说月报索引》，书目文献出版社1984年版，第2页。

④ 郑振铎：《〈民众文学的讨论〉前言》，见刘炎生《中国现代文学论争史》，广东人民出版社1999年版，第84页。

看待，并把新与旧置于完全对立的位置上。周作人在《答芸生先生》这篇文章里尽管持了一种可以容纳鸳鸯蝴蝶派、可以在文学史里面给它们一个位置的较为宽容的立场，然而也是把它归为传统文学的。周作人这样写道：

> 这也是在宣统洪宪之间的一种文学潮流，一半固然是由于传统的生长，一半则由于革命顿挫的反动，自然倾向于颓废，原无足怪的。只因旧思想太占优势，所以渐益堕落，变成《玉梨魂》这一类的东西。文学史如果不是个人爱读书目的提要，只选中意的诗文来评说一番，却是以叙述文学潮流之变迁为主，那么正如近代文学史不能无视八股文一样，现代中国文学史也就不能拒绝鸳鸯蝴蝶派，不给他一个正当的位置。①

这里，周作人是从一个"史家"的态度对"现象"的客观存在表示尊重，是一种受了现代史学观念影响的观点。但是其价值判断却仍然是和茅盾、郑振铎以及那些新文化运动诸人一样的，认为以鸳鸯蝴蝶派为代表的这些通俗小说是旧思想的载体，是一种思想上的堕落，是对现代文化的一种反动。这种观点与西方法兰克福学派的大众文化批评是一种思维模式，虽然五四新文化运动看起来针对的是中国旧通俗小说，而法兰克福学派针对的是西方当代通俗文化，其实质都是代表了现代精英话语对大众话语的否定和批判。

本书并不同意五四新文化运动的倡导者们把鸳鸯蝴蝶派当作是完全旧派的看法，但是也认同其指出来的鸳鸯蝴蝶派有明显"传统"的一面。首先是形式上对中国古典美文或章回小说的继承。陈小蝶在评论《玉梨魂》的四六骈俪体小说时说：

> 时林琴南用古文来译英国小说，一般读者都感觉艰深，对包天笑、黄摩西用白话来译小说，又感觉太洋化，对于徐枕亚的四六文

---

① 周作人：《答芸生先生》，转引自柳亚子编《苏曼殊全集》第5册，上海北新书局1929年版，第127—128页。

言，乃大起好感。尤其这种有妇之夫（此处有误，梦霞并非有妇之夫——引者）和一个寡妇热恋的故事，认为这是对旧礼教的宣战，于是《玉梨魂》便成了一种文派，效学他而后来著名的有吴双热、孙了青、程瞻庐、顾明道、程小青、李涵秋、周瘦鹃……所以有人替他们按上一个徽号叫"鸳鸯蝴蝶派"。①

陈小蝶这里指出四六文言骈俪体小说的流行是有市场基础的，读者对这种文体大有好感，如果说徐枕亚是出于自己的文风特长而选择了这种文体，代表了他自己从传统文学教育中成长起来的作者的一个印记，那么，后来的对这种文体的有意识的模仿和发挥便是说明了中国社会在由传统走向现代的过程中，由读者趣味所传递出来的绝大多数人的传统印记。

另一个后来的评论者杰克（黄天石）在谈到四六骈俪体小说时也从读者—社会心理的角度说道：

那时候小说的作风，不是桐城古文，便是章回体的演义，《玉梨魂》以半骈半散的文体出现，以词华胜，确能一新眼界。虽然我前面说过，文格不高，但在学校课本正盛行《古文评注》《秋水轩尺牍》的时代，《玉梨魂》恰好适合一般浅学青年的脾胃。时势造英雄，徐枕亚的成名，是有他的时代背景的。②

这段话说明了这样几个信息：那时候流行的小说文体是桐城古文体、章回演义体和四六骈俪体，四六骈俪体因为以词华胜故名噪一时。我们知道，在清末民初的那些精英主义文学运动里面，作者是有意地模仿西洋小说的种种新鲜叙事手法和结构方法的，而在通俗小说当中，则较为明显地体现出对这些传统文学表达手法的继承，因此《玉梨魂》四六骈俪体的取胜并不是用一种国外新的文体意识对中国传统的取胜，而是中国自身传统文体之间竞争的取胜。

①　陈定山：《春申旧闻》，转引自范伯群《中国现代通俗文学史》，北京大学出版社2007年版，第145页。

②　杰克：《状元女婿徐枕亚》，《万象》（香港）1975年7月1日第1期。

除了这种章回体或四六骈俪体的小说表述形式外，现代通俗小说在叙事传统包括情节结构、行动类型安排、行动的心理冲突等方面都吸收了大量传统通俗文学的手法。可以说，在整个现代文学史的发展进程中，那些精英主义文学是以"西化"作为路标的，而大众通俗文学则是在新与旧之间并未做彻底的决裂、对中国小说传统做了大量继承的小说，它因为更适合中国新旧混杂的心理土壤而获得了绝大多数的读者群。而那些精英主义的小说看起来非常平民化，以开民智、以教化民为他们的目标，然而却是远离广大市民文化心理的。

三　有明确的作者意识

作者意识的出现是一个现代事件。有无明确的作者意识也是区分现代通俗文学与古代通俗文学的一个重要标志。对于现代通俗文学作者来说，确立作者意识一方面是渊源于现代社会主体性独立的深层变革，而演化出的确认社会身份之标准的变化；另一方面则是因为现代大众文化是商品文化，作者意识就是版权意识，关系到现实的收益。

《由〈申报〉所刊三则小说征文启事看晚清小说观念的演进》的作者说："由于种种原因，古代通俗小说长期被视做'不登大雅'之物，其文学地位与社会地位十分低下，就连小说作者自己，也鄙称小说编撰为'雕虫小技'，是为了'糊口'不得已为之的工作，每当作品编成，他们常常羞于署上自己的真实姓名，而代之以各类隐晦的字号，古代小说编撰，遂成为明清社会的一种灰色职业，这与明清诗文炽盛的结社、征稿、联咏、酬赠、唱和之风，恰好构成鲜明的对比。"①

古代通俗小说确实很多都是出于无名的状态，现有的一些小说作者大都是我们现代学者经过大量考证工作补上去的。而清末民初的这些通俗作家的作品大多数都有明确的作者，虽然他们也会用名号等来署名，但作者并不是故意隐晦身份，而是一种名士遗风，别有一种古趣味，当时的人们是知道他们的真实名字的。因为这个时候，经过"小说界革命"的影响，社会上对小说作者的身份已经有了一种全新的肯定的眼光，而且现代稿酬

---

① 潘建国：《由〈申报〉所刊三则小说征文启事看晚清小说观念的演进》，《近代文学》2001年第8期。

制度的设立又让这些作者获得实际收益。

比如说徐枕亚，他写作《玉梨魂》，原本是作为义务为副刊写稿，因此小说轰动后他并未收到什么实际的收益，他几经交涉，终于收回了《玉梨魂》的版权。在那个还没有什么成熟的版权保护法的年代，徐枕亚想出了一个自救的办法，就是"托言发现了何梦霞的亲笔日记，实际上是由他执笔再撰写一部日记体的《雪鸿泪史》，加入了许多缠绵悱恻的诗词书札；出版单行本时，干脆将《玉梨魂》作为购买《雪鸿泪史》的赠品，以此法进行推销"。① 徐枕亚此法不仅获得了经济上的巨大收益，而且因为这个明确的作者身份而获得了一位女读者的明确的示爱，成为当时人们谈资中著名的"状元女婿"。我们不得不惊叹于徐枕亚文学才华之外的商业才华，非常符合现代通俗文化的运作逻辑。

总之，清末通俗文学的作者在写作时都有明确的署名，对作者身份都有一种明确的意识，也知道自己归于哪一个类别的文学队伍。这种明确的作者意识并不是突然间生发的，它也是清末以来社会现代变革与文学现代变革的一个结果。

四　肯定文学的商品化

通俗文学是在"生产—消费"的市场机制中生存的，它的生产是为了被消费，生产者的目的是为了赢利。通俗文学具有浓厚的商业色彩，它像一般商品一样，极其注重商业效应，为了极大可能地激起读者的消费欲望，生产者即通俗文学作家就会想方设法探究读者的审美兴趣所在。范伯群在《近现代通俗小说史》中谈到，在近现代的通俗文学发展中，商业效应"已经受到作家的'理直气壮'的关注。何海鸣在《半月》中的卖文的告白是最直率的坦诚。从陈森的挟书稿以自荐而'获资无算'；到韩邦庆的与传媒合作自办定期专业刊物，分期刊登自己的长篇；到《海上繁华梦》的畅销而一续再续；到毕倚虹的介入大报副刊，逐日连载，引起轰动效应；直到海派奇葩《亭子间嫂嫂》在小报上连载，使一张小报赖其长篇而得以生存……"② 民初通俗文学正是这近现代通俗文学中的一

---

① 范伯群：《中国现代通俗文学史》，北京大学出版社2007年版，第144页。

② 范伯群：《中国近现代通俗小说史》，江苏教育出版社1999年版，第268页。

段，其中对商业效应的关注也已经非常的直陈相告，毫不避讳通俗文学的商业运作。具体体现为以下几个方面。

首先，对"成功作品"的模仿。某一题材的作品如果取得成功，刊物编者就会在征稿中标明来稿要具有这些"成功作品"的特色，而当这一类作品失去了读者时，刊物便会拒绝此类投稿；相应地，由于这种作品能换回稿酬，作家们也纷纷群起效仿。比如，《玉梨魂》一书，轰动的时候，再版三版至无数版，竟销 30 万左右。[①]当时马上就有很多人效仿，刊物也很欢迎这类投稿，后人称之为"一对鸳鸯，一对蝴蝶"模式的鸳鸯蝴蝶派言情小说就是诸人仿效的结果。但是众人相互仿效，陈陈相因，也容易导致读者审美疲劳，既而产生厌倦，市场吸引力消失，刊物也会因此拒绝此种稿件，《玉梨魂》几年后影响消失便是这样的原因。其中的情形恰如铁樵所说："社会求之，文人供之，授受之间，若有无形之规律为之遵循。作者与读者不谋而合，无肯自外此规律者。"[②]一切以市场化的经济标准来把握创作方向。

其次，为了推销通俗文学作品，刺激读者的消费兴趣，一些通俗刊物使用了行销、包装等商业行为。比如说，在民初那些杂志、成书的封面上都会配以仕女图，或者现代女性形象，《玉梨魂》《雪鸿泪史》《半月》《礼拜六》等都有美人图，至于配什么形象的美人，则根据时人的兴趣，就像今天的刊物喜欢刊登明星照片。除了封面外，中间也会夹一些时人喜欢的山水画、人物画。这些手段都是为了吸引读者的购买欲望。为此，有些刊物甚至刊登当时的妓女排行榜，以及一些休闲娱乐场所的秘闻等。

最后，通俗文学是否成功的评判标准是商业指数，其评价体系不是来自文学的审美标准，而是主要地来自市场的销售份额，即大众的购买量。而大众的消遣量所包含的购买欲望一部分是由出版机构、媒体等的包装宣传所导引的，另一部分则是由他们自身的生活体验、兴趣、爱好决定的，往往和文学作品的艺术性毫不相干，这反过来也利于出版商的行销包装。如胡适在论及晚清两部写上海妓院众生相的小说《海上花列传》和《海

---

① 郑逸梅：《我所知道的徐枕亚》，《大成》1986 年第 154 期。转引自范伯群《中国近现代通俗小说史》，江苏教育出版社 1999 年版，第 270 页。

② 铁樵：《论言情小说撰不如译》，转引自陈平原、夏晓虹《二十世纪中国小说理论资料》第 1 卷，北京大学出版社 1997 年版，第 531 页。

上繁华梦》，谈到《海上花列传》滞销、《海上繁华梦》畅销时说："然而用苏白却不是《海上花》不风行的唯一原因。《海上花》是一部文学作品，富有文学的风格与文学的艺术，不是一般读者所能赏识的。《海上繁华梦》与《九尾龟》所以能风行一时，正因为他们都只刚刚够得上'嫖界指南'的资格，而都没有文学的价值，都没有深沉的见解与深刻的描写。这些书都只是供一般读者消遣的书，读时无所用心，读过毫无余味。"① 胡适这里主要指出了一般读者是没有艺术能力去欣赏真正的文学艺术的，他们所关心的只是和他们日常生活相关的指南性知识或他们平庸的心灵所能够体会的爱恨情愁。

　　总之，现代通俗文学的商业化运作，扩大了文学作品的销量和影响，也使文学社会化。古典时代的文学主要是靠私人之间传播的，说明它还没有社会化。而现代社会公共社会的形成以及商业的发达，使文学进入社会传播和商品流通。通俗文学最适应商品化，也最早社会化，这证明了通俗文学的强大的生命力。但文学的商业化也在一定程度上伤害着文学的艺术性，如寅半生当时就指出："操觚之始，视为利薮，苟成一书，售诸书贾，可博数十金，于愿已足，虽明知疵累百出，亦无暇修饰。"② 为商业利润而无视文学艺术本身的现象，历来都是通俗文学或通俗艺术屡屡遭到雅文学批评家质疑和驳斥的致命弱点。这不是说精英文学作者就完全无视经济收益，而是说区别在对待收益的态度，大众文学的作者和运营商是为利润而写作，而精英文学的作者是以思想表达为第一义，稿酬收入为第二义，当市场需求违背自己的创作理念的时候他们不会去迎合市场，大众文学作者则会尽量调整自己的创作个性与市场趣味之间的差异，以市场来规范自己。

五　关注社会变化的新与奇

　　从传统到现代的社会变革不是一蹴而就的，文学上的现代变革同样如此。尽管清末社会在现代化的道路上属于后发外迫型，从坏的一方面说是受到了侵略和欺辱，从好的一方面来说是激起了现代变革的急就章，但是

---

① 胡适：《海上花列传·序》，见《胡适文存》第 3 卷，黄山书社 1996 年版，第 367 页。
② 寅半生：《小说闲评·序》，《游戏世界》1906 年第 1 号。

激进只是表现在那些思想上容易接受外来事物、新鲜事物的知识分子身上，广大的社会民众还是会具体地置身于自身存在的历史结构中缓慢地感应着社会的变动。

在鲁道夫·瓦格纳的研究报告中，《点石斋画报》被认为是理解晚清时代"最具'现代'倾向的中国人的内心精神生活的无比珍贵的原始资料"。① 朱晓田对此评判说：

> 究竟"现代"到何种程度，则需要具体研究每一部分内容才能获得全面的认识和判断。聚焦其中的"时事"和"新知"，可以发现晚清"西学东渐"的清晰脚印；如果专注其中的"祥异事件"，则可以感觉到现代脚步之沉重以及传统文化的力量。②

《点石斋画报》作为那个时期的一个现代通俗刊物，无疑记载保存了一些非常原生态的社会生活活动印记，鲁道夫·瓦格纳认为那些印记可以表明当时中国人内心的精神生活是具有现代倾向的，朱晓田则认为问题应该要区分看待才更符合历史实际，其中谈到"时事"和"新知"，确实是反映了现代倾向，而"祥异事件"的部分则感觉到传统文化的力量。

其实清末民初的那些现代通俗小说和《点石斋画报》在这方面是极其的相似，一方面，他们大量地书写那些旧社会道德和心理习惯，比如点石斋画报里所表现的人们对祥异事件的关注和感受，比如普遍的人们对家庭道德、对夫妻道德的一些规范的遵守；但另一方面它们作为一种与时代大众紧密相连的文化形式，又开始展现在日常生活与大众意识中出现的新与奇。

那么，晚清民初通俗文学追逐时代的新与奇，其内容特点是什么呢？这还得从它的时代环境说起。产生通俗文学的环境是现代工商城市，在晚清民初，也就是指北京、上海、天津、广州、福州等这些被迫开辟了租界

---

① ［德］鲁道夫·G. 瓦格纳：《进入全球想象图景：上海的〈点石斋画报〉》，转引自中国社会科学院近代史研究所政治室研究室等编《晚清国家与社会》，社会科学文献出版社 2007 年版，第 153 页。

② 朱晓田：《晚清大众传媒的社会导向》，见中国社会科学院近代史研究所政治室研究室等编《晚清国家与社会》，社会科学文献出版社 2007 年版，第 153 页。

与通商口岸的城市。其时，这些地方也都还处在从传统向现代转型的过程当中，其中微弱的"现代"部分是在西方现代经济、文化的示范作用下产生的，人们生活在这样一个环境当中，所有的欲望都与这个具体的新旧杂陈的环境相关联，也与当时那个更大的环境——国难当头——相关联。在这种情况下，晚清民初通俗文学所观照到的个体生死爱欲、对社会国家的安危忧虑，以及要了解这个半旧半新社会的好奇心理，等等，也都与具体的社会现实紧紧相扣。

首先，在民初通俗小说中出现的最典型的感性现代性内容是，在从传统走向现代的社会过程中个体对生死爱欲的体验。这个主题不但出现在言情类小说中，也出现在社会类、武侠类、侦探类小说中，可以说当时的小说很少有不涉及"儿女之情"的，但是充斥在民初小说中的这种"儿女之情"多为苦情、哀情，最后的结局往往都是爱而不得，非死即散——民初小说中为情而死，因情而病，或者为情而出家的结局是司空见惯，作者们叙述这些恋情也多用一些非常灰暗的笔调，造成一片悲声。从艺术角度来考虑，这种陈陈相因的做法当然是不足取的，但是这种苦情、哀情的出现并不单单是作者"为赋新词强说愁"，而有其特定的历史背景：民国建立后，在城市生活中男女社交日益公开化，封建伦理道德遭到进一步冲击，受西方现代观念影响的青年男女迫切要求自由恋爱、自由结婚；他们渴望爱情，但又苦于"现代观念"的力量还很微弱，尚不能与传统思想习惯作决定性的较量，其情形正如范烟桥在《民国旧派小说史略》中所描述的：

> 忆初的言情小说，其背景是，辛亥革命以后，"父母之命，媒妁之言"的传统婚姻制度，渐起动摇，"门当户对"又有了新的概念，新的才子佳人，就有新的要求，有的已有了争取婚姻自由的勇气，但是"形隔势禁"，还不能如愿以偿，两性的恋爱问题，没有解决，青年男女为之苦闷异常。从这些现实和思想要求出发，小说作者就侧重描写哀情，引起共鸣。体裁是继承章回小说的传统，文字则着重辞藻

与典故。徐枕亚的《玉梨魂》就是当时的代表作。①

范烟桥这里虽然主要是评说鸳鸯蝴蝶派的言情小说，然而在其他类小说中出现的"儿女之情"，情况也大抵如此，并没有更乐观的表现。

其次，在民初通俗小说中占比较大的比重的还有对国家安危的忧虑。比较明显体现的有武侠类、侦探类、社会类小说，而在言情类小说中，也会有一些主人公因为爱情不得而献身沙场的，如经典言情小说《玉梨魂》的男主人公就选择了这样的收场。"国家""民族""革命"等，之所以在民初通俗文学中会成为一个普通话题，从读者这方面来说，"国泰民安"一直是普通老百姓的心愿，而在晚清民初这样国运风雨飘摇的时代，国家的命运与自身的生存命运就会更加切实地联系在一起。这样，关于革命、关于救国这些原本属于士大夫、读书人议论的话题，自然在这个特殊的时代会成为普通市民的一些基本感受，尽管他们可能并不具有一个很高的民族大义的立场。总之，乱世就会使人忧世。从作者这方面来说，他们作为乱世之中的一个，对这些心理是有深刻体会的，在作品中肯定会有所反映。再则，我们还要考虑到，民初的这些通俗文学作家，其实大多数都是"南社"诗人，这些人曾经在诗文里主张通过革命去建设一个现代民族国家。可是，辛亥革命胜利了，现代民族国家的形式建立了，却形同虚设，然后经历又一场场复辟、尊孔，民初的政治就像闹剧一样，使得曾经充满激情的革命人士对现实丧失了信心，他们转而写作通俗小说，成为与市场娱乐文学合流的一群。但是，曾经的对革命的理想主义，在这个时候促成他们在小说中关注到这个主题。有些研究者提出清末民初通俗文学中有隐性启蒙的性质，其实这种隐性启蒙不如说是为细民写心，是对大众心声的一个表达，是同感同乐的一种共鸣；而不是那种站在启蒙者角度的启蒙主义思维。

最后，在民初通俗小说中频频出现的还有对剧变中的周围环境的求知欲与好奇心。主要体现在社会类与侦探类小说当中。关于这个时期的社会小说，张爱玲有段评价，她说：

---

① 范烟桥：《民国旧派小说史略》，载魏绍昌编《鸳鸯蝴蝶派研究资料》，上海文艺出版社1962年版，第158页。

　　　　社会小说在全盛时代，各地大小报每一个副刊刊登几个连载，不出单行本的算在内，是一股洪流。是否因为过渡时代变动太剧烈，虚构的小说跟不上事实，大众对周围的事感到好奇？也难说，题材没有选择性，不一定反映社会的变迁。小说化的笔记成为最方便自由的形式，人物改名换姓，下笔便更少顾忌，不像西方动不动有人控诉诽谤。……小说内容是作者见闻或者是熟人的事，"拉在篮里便是菜"，来不及琢磨，倒比较存真，不像美国内幕小说有那么多种讲究，由俗手加工炮制，调入罐头的防腐剂、维他命、染色，反而原味全失。①

　　张爱玲的这个评价可以说是贴近民初社会小说的实际的，人们生活于这种急剧变动的过渡时代，新事物的出现比普通人们的想象要快，于是要了解这个快速变化的环境，渴望得到更多身边世界的经验知识，便成为一种普遍愿望。于是社会通俗小说在这种情况下应声而出。它不像晚清的谴责小说那样有一个启蒙的意图，有一个为中国寻求出路的严肃使命感，它的目标仅仅是寻求满足人们的好奇。而侦探小说则从一个比较陌生的角度给人们提供一些西方现代社会的知识，比如逻辑思维、实证主义、法制与善恶有报等。

　　范伯群在《中国近现代通俗文学史》中说："任何一种文学作品能够在一个民族内在生根发展，并不在于它的表现形式有多么大的变化，这只是一些外在的表现形态而已，真正的成熟在于它能否和一个民族的文化精神糅合在一起。如果不能糅合，外在力量再强大有力，它也要萎缩下去；反之，以民族的文化精神作为文学发生发展的土壤，它就会生机勃勃地发展下去。"② 这倒确实说到了现代通俗文学的强处，现代通俗文学从清末以来发展到现代，虽然屡屡遭到社会精英知识分子的否定和批判，在很长时间内不能得到文学史的官方肯定，但是它始终没有采纳中国现代精英知识分子那种激进西化、反传统的路子，而是始终把对"新"与"奇"的现代元素一步步糅进传统的文化精神中，它始终在大众之中取得最强的地位，就像当代通俗小说作家金庸的作品，其精神内核不乏现代的自由、平

---

① 张爱玲：《谈读书》，见《张爱玲散文》，浙江文艺出版社 2000 年版，第 327 页。

② 范伯群：《中国近现代通俗文学史》（上册），江苏教育出版社 2010 年版，第 658 页。

等、民主等理念，然整体上仍然展现出浓郁的民族文化气息，深受大众喜爱。

第四节　清末民初大众文学思潮的创作成果

从艺术上来说，由于通俗文学是面向市场的，它以市场需要作为艺术定位的标准，自身并不积极主动地去追求艺术创新；而市场的消费主体——普通大众是不关心艺术问题的，因此通俗文学在总体上艺术独创性不高，但是总体而言可读性比那些精英文本要强。

清末民初通俗小说的美学追求与艺术手法基本上沿袭了传统话本小说的特点，比如：使用章回体的写作框架，追求题材广阔，要求语言通俗、情节生动、人物形象完美而命运曲折等；但同时，由于晚清民初通俗文学的出现正处于一个西学引进的热潮之中，西方文学的大量翻译引进，对中国新文学的诞生产生很大的影响，通俗文学在一定程度上也吸收了西方文学（通俗文学与严肃文学兼而有之，以通俗文学为多）的美学与艺术特色，形成一定的创作模式和创作类型。

一　哀情小说

"民初上海发行之小说，今极盛矣，然按其内容，则十有八九为言情之作。"[1] 哀情小说是言情小说中的一种，之所以将清末民初这些言情小说称为哀情小说，是因为这些小说中所叙之情很是悲凉和哀伤，结局都很让人沉痛。完全没有了古代戏曲那种大团圆结局的乐观精神，也没有我们今天流行的言情小说中那种昂扬的女性精神。赵孝萱在《鸳鸯蝴蝶派新论》中对民初这些通俗小说美学风格的分析，归纳总结出以下几个特点：

　　一、感伤的叙述文字。民初通俗小说惯以哀凄的字词，刻意造成作品低抑的气氛。小说中大量充斥：忧愁、疾病、哭泣、愁苦、失望、死亡、恨、梦、魂、哀、愁、寂、怜、冷、孽、泪、痴、悲、咽、惨、痛、郁、怨、泣、丧、亡、离、悼、憔悴、断肠、阴晦、冷

---

① 姚公鹤：《上海闲话》，上海古籍出版社1989年版，第24页。

清等灰色调的词汇。

二、萧瑟阴森的意象。民初小说中所出现的意象，多予人不幸的联想。出现的器物非残即破，如破镜、残花（周瘦鹃《花开花落》，载《礼拜六》第八期），即使是发簪也是碎的（苏曼殊《碎簪记》）；除此之外，喜欢"血""血书"，悲秋。

三、情节的极端不幸。民初小说是以人物"离奇"的遭遇，作为吸引读者的"法门"，因此情节的大幅震荡，人物遭遇的大死大离，都是常态。总之，全是极端不幸的情节。若以最大宗的言情与社会小说而论，人物自小必定身世飘零，之后命运乖舛（如父母双亡，卖之妓院，所嫁非人，自己病重，受冤入狱等），最后几乎篇篇相似，有个死亡结局。

四、人物极度的多愁善感。民初小说中的才子佳人，真是"看花落泪，见月伤心"，十分多愁善感。那是一个没有英雄豪杰的时代，男女都深具"阴柔特质"，总以两眼发黑、苍白、多病、贫穷、多愁的形象出现，更重要的，都是"多情善感"之人。而人物所经历的困境，作者只作一般情绪层面上的发抒，宣泄的是一种"无节制的哀伤"，无助于提升情感的深度。[①]

哀情小说的出现是当时社会大众心理的一种普遍反映，在那样一个新旧夹杂的时代，伦理解放的新意识萌动在心头，可是却始终没有办法那么容易地挣脱旧道德旧秩序的牢笼。新旧之争的压力笼罩在心头，人始终是要在具体的历史情境中去形成自我的心理感受的，这些"苦闷的心灵"与当时的时代文化是相互印证的，只不过通俗文化关注这些感受，摹写这些感受，是在感性的层面、大众的立场上去进行书写的，而到了五四新文学当中，那些作者则站在精英主义的立场上对这些苦闷的心灵进行精英眼光的剖析，比如鲁迅《伤逝》、郁达夫《沉沦》、丁玲《莎菲女士的日记》等，把这些苦闷的心灵严肃化、社会化、深度化、宏大化。大众通俗文学并不作这种拔高，它是大众心态的一种展现和宣泄，与大众心理是直接对接的，小说当中的那些感伤、悲痛、犹豫、消沉的故事书写的是作

---

① 此处参考赵孝萱《鸳鸯蝴蝶派新论》，兰州大学出版社 2004 年版，第 64—78 页。

为个人意识的大众在体验和咀嚼这新旧转型时期的人生。

哀情小说在民初的几年曾经轰动一时，主要代表作品有：徐枕亚《玉梨魂》、徐枕亚《雪鸿泪史》、陈蝶仙《泪珠缘》、孙玉声《海上繁华梦》、何诹《碎琴楼》、吴趼人《恨海》、吴双热《孽冤镜》、李定夷《贾玉怨》、李定夷《鸳湖潮》、周瘦鹃《花开花落》、周瘦鹃《真假爱情》、李涵秋《广陵潮》等，这类被鲁迅在《中国小说史略》中总结为"梦""魂""痕""影""泪"的小说，刚开始的时候，因为其所宣扬的突破封建道德理性的男女情爱，把父母之命看成是专制之魔，把男女之大防的礼仪规范视为孟子对人性的戕害，青年男女渴望婚姻自由却处处遭遇伦理道德的枷锁，想挣脱却又最终失败，其中所遭遇的刻骨之"痛"符合民初新旧混杂的时代心理，因而受到人们的欢迎，但是，几年之后，类似《玉梨魂》这样的小说就在文化市场上从走红而逐渐趋于下坡，甚而至于变得不受欢迎了。

其中的原因，《小说月报》主编恽铁樵1915年有过表态："爱情小说所以不为识者所欢迎，因出版太多，陈陈相因，遂无足观也，去年敝报上几摒弃不用，即是此意。"① 总之，与社会大众保持感受上的一致是大众文化的忠实追求，然现代社会生活变动不居，新鲜事物层出不穷，大众趣味会随着这些变动而变动，哀情小说终于引不起大家的兴趣，也是正常不过的事情。因为大众文化一定是要跟随大众的时代趣味的——在今天的大众言情小说中，无论情节故事多么苦情、煽情，无论时间、地点是现代还是穿越时空，其主人公的情感追求之路始终贯彻着一种决绝的强者意志，这是我们这个时代的大众精神状态，从鸳鸯蝴蝶派的那种悲凉格调的无力感到当代言情小说中可以应对一切苦难的强力意志，正好说明了这一百多年中国大众的情感成长之路。

二 武侠小说

武侠小说是渊源于中国侠客传统的一种类型小说，其实侠客在汉朝建立之后就已经被朝廷禁绝了，因为侠以武犯禁；从此之后武侠文化成了一种补情文化。武侠的世界也因此成了和朝廷社会相对的江湖世界，另成一

① 恽铁樵：《答刘幼新论言情小说书》，《小说月报》1915年第6卷第4号。

个体制。清末民初武侠小说的主要代表作品有海上剑痴（孙玉声）《仙侠五花剑》、陈景韩（陈冷、冷血）《侠客谈》、李亮丞《热血痕》、叶小凤《古戍寒笳记》、李定夷《尘海英雄传》、指严《虎儿复仇记》、苏曼殊《焚剑记》、冷风（编）《武侠丛谈》、鱼郎《粉域公主》、林纾《技击余闻》、林纾《傅眉史》、陆士鄂《八大剑侠》等。

韩云波在《论清末民初的武侠小说》中对现代武侠小说的起源作过考证，他认为：

> 古典文化对侠的描述，或是义侠、节侠、轻侠等道德评价，或是豪侠、剑侠、游侠等行为描述，并无"武侠"一词。"武侠"一词系外来语，源于日本武士道之侠，在汉语中的使用，始于1905年梁启超在日本横滨刊行的《新小说》月报第十五号《小说丛话》专栏，称《水浒》"以雄大笔，作壮伟文，鼓吹武德，提振侠风"，"遗武侠之模范"。①

韩云波对"武侠"一词的考证，说明了武侠与日本武士道精神的一种关联，其实古典文化当中的那些侠文化也是现代武侠小说要继承的民族记忆。

但直接刺激清末民初武侠类通俗小说盛行的，确实是这样一个社会背景：庚子之乱后，梁启超、蒋智由、杨度等人鉴于"屡挫于外敌"的教训，为了"恢复、张扬中华民族久已失去的'尚武'精神"，在全社会呼唤重振中华民族战国时代的"武侠"精神。革命派人士则更是激赏那种热血喷洒的武侠精神。在晚清民初，这几乎成为一股时代潮流：1904年，梁启超编著《中国之武士道》，赋予武侠以新的时代内容；而军国民教育会把"养成尚武精神，实行爱国主义教育"当作它们的宗旨，其提倡者蔡锷认为"军国民""武士道""武侠""尚武"是医治中国目前病态的药方，就连鲁迅在当时也写过《斯巴达之魂》。而在社会上，"从清末至民国，中华武术获得了迅猛发展和广泛传播。天津、上海等地成立了'精武会'，北京、南京、湖南等地也成立了'国术馆'，武术专著公开出

版发行……"① 可见，晚清民初武侠小说的盛行是与一个时代的历史背景和心理背景相契合的。

比如陈冷血写的短篇武侠小说《侠客谈·刀余生传》，该小说以一旅客被强盗劫持开场，旅客破口大骂强盗，而盗首不怒反笑却大谈一番强盗逻辑，说：

> 汝以我为恶，汝自以为不恶否？汝以我为强盗，汝以彼煦煦汲汲者为非强盗否？②

这个强盗逻辑真正是强盗逻辑，支持他这个逻辑成立的便是他那爱国主义的理想，他自我分析道：

> 我每怪我国人，无论何事，何业，何团体，必有一种牵累，制其死命，以使之不能活动。以启发其思想，以伸展其事业，因而常思觅一无此牵累之团体，以验我理想之是否。早夕以思，因计与其相累者，惟有盗贼。③

这个文本可以算作革命古典主义的文本，但是他并没有建立一种民族主义和国家主义的理性观照，而是以李逵的方式畅谈要杀尽中国 28 种不合格人，这些人正是梁启超等要启蒙的对象，其宗旨是要教会他们去做一个合格的现代国民，而在这个武侠小说中，挥刀尽灭之何其畅快也。这说明通俗小说文本在面对同一个社会问题时固然会出现一些和精英文本相类似的文本表征，然而其内在的创作倾向是不一样的，像这个类型的武侠小说针对的读者群体就是那些李逵式的、有尚武精神的大众，是替他们喊出了心中的那种鲁莽的所谓爱国气概。

李亮丞的《热血痕》一开篇也是以慷慨激昂的《满江红》来表达爱国救国思想，并在第一回开篇说明自己的创作动机是："受辱不报，身不

---

① 张登林：《上海市民文化与现代通俗小说》，上海文化出版社 2012 年版，第 131 页。

② 于润琦编：《清末民初小说书系·武侠卷》，吴洁点校，中国文联出版公司 1997 年版，第 125 页。

③ 同上书，第 127 页。

能立，有身者耻；家不能立，有家者耻；国不能立，有国者耻。此《热血痕》以书所由作也。"① 看起来是一篇具有国家话语特色的小说，有些学者说清末民初的那些通俗小说中出现了很多革命、国家、民族等词汇，就认定他们具有启蒙思想或革命思想，其实不然。就像王德威所说："作家在概述其意向时所说的，可能与他们实际在作品中所写的，根本是两码子事。"② 新批评派就主张文本意图比作者意图更为可靠。

因此，判定文学作品到底归属于什么样的文学思潮，其根据只能是潜行于文本中的核心精神观念，而不是作者宣言或文本表面特征。对于清末民初的武侠小说来说，在当时的环境下，革命、救国、朝廷无能等是一个客观存在的历史环境，每一个身处这种历史条件的个体不可能意识不到。关键是精英文学比如启蒙主义文学、浪漫主义文学、革命古典主义文学中潜行的是严肃的思考，是与读者在思想和意义的层面的交流；而作为大众文学的武侠小说只是停留在这些现象的表面，停留在叙事快感本身，而不对其进行深度挖掘。因此为了加强叙事快感，作者吸收了传统仙侠传的叙事模式，让他的人物卫茜手持仙剑、胯坐仙驴、动不动就一阵神风，无比神异。

宣樊的《剑绮缘》是一部涉洋的武侠小说，作品中动辄出现自由、平等、博爱等现代观念，然而和其他清末民初武侠小说一样，作品的真正精神观念仍然是世俗心态和叙事快感。小说主人公"余"加入了去美国的淘金潮，前往美国帮助自己的朋友周生经营矿业，"余"用自己的智慧帮助周生的矿业迅速发展，达到了上百万美金的资产，因此惹来了葛兰脱的嫉恨，遂演出了一系列阴谋与反阴谋的对决，最后"余"用武功制服了围困他的人，帮助周生抓住葛兰脱的证据，并通过美国的法律打赢了官司。虽然这个武侠小说中没有出现那种神异的武功，用的是一些较有现实根据的搏击术，然而其整个展现的仍然是市民心态，重点仍然在现象的叙述，一切顺利通关的叙事其实只是作者包装出来的一个幻梦，而这个梦是经验化、零碎化的，不具备意义指向能力和总体象征能力——因为作者并未朝这个方向去努力。

---

① 李亮丞：《热血痕·序》，华夏出版社 2013 年版，第 1 页。
② 王德威：《被压抑的现代性——晚清小说新论》，北京大学出版社 2005 年版，第 26 页。

总体而言，清末民初武侠小说对中国传统的奇侠文化、仙侠文化有很大的继承，但是它们也在丝丝缕缕地开始接受现代事物，武侠小说就是围绕着爱、恨、情、仇这几个基本主题而展开的梦幻叙事。不过无论哪一个主题的开拓，在清末民初阶段都是较为稚嫩的，都为短篇体制，影响也不大，"直到二十年代初期平江不肖生的《江湖奇侠传》在《红杂志》《红玫瑰》上刊载后，武侠小说才迅速兴起、并风靡一时"。① 时至今日，台、港新派武侠小说的发展已经独树一帜，富有成果。

三　狭邪小说

狭邪小说是鲁迅命名的，其实就是狎妓小说。他认为此类小说是在清人的人情小说《教坊记》《北里志》《红楼梦》等基础上发展起来的，其中影响最大的尤其是《红楼梦》，他认为：

> 《红楼梦》方板行，续作乃翻案者即奋起，各竭智巧，使之团圆，久之，乃渐兴尽，盖至道光末而始不甚作此书。然其余波，则所被尚广远，惟常人之家，人数鲜少，事故无多，纵有波澜，亦不适于《红楼梦》笔意，故遂一变，即由叙男女杂沓之狭邪以发泄之。……虽意度有高下，文笔有妍媸，而皆摹绘柔情，敷陈艳迹，精神所在，实无不同，特以谈钗黛而生厌，因改求佳人于倡优，知大观园者已多，乃别辟情场于北里。②

从年代最近的文学史关系来看，鲁迅的判断是对的，然而中国古代言妓小说、言妓戏曲实在是有更久远的历史，比如说《李娃传》、《霍小玉传》、《卖油郎独得花魁》、《杜十娘怒沉百宝箱》，等等，而说到与《红楼梦》的关系，为什么不觉得狭邪小说与《金瓶梅》的关系更大呢？但鲁迅总体上对《红楼梦》并无好感，因此影响了他对人类情感深度的体验和探测，他所擅长的是对社会进行理性批判。《红楼梦》与

---

① 陈平原：《中国现代小说的起点——清末民初小说研究》，北京大学出版社 2005 年版，第 121 页。

② 鲁迅：《近代小说史略》，齐鲁书社 1997 年版，第 212 页。

狭邪小说，虽都摹绘柔情，然而《红楼梦》格调甚高，处处充满了意义的追问，是精英化的小说文本，和狭邪小说的通俗化、市民化根本是两个概念。

清末民初时期狭邪小说盛行，除了这种文化上的渊源外，还有一个更强大的社会现实基础，那就是上海、北京等城市妓院、妓馆特别繁荣，"以致出现妓馆多于米铺的奇特景观。"① 袁进在《试论晚清小说读者的变化》中也有说过，"上海城市发展，导致性别比例的失调，促使妓院畸形发展，也促使'狭邪小说'不断问世"。② 也就是说，清末民初狭邪小说产生的现实土壤是现代市民社会中的妓院行业的发展。

清末民初的狭邪小说代表作有：《海上花列传》（1892 年），《海天鸿雪记》（1899 年）、《海上名妓四大金刚传奇》（1900 年）、《海上繁花梦》（1903 年）、《海上尘影录》（1904 年）、《梼杌萃编》（1905 年）、《九尾龟》（1906—1910 年）、《九尾狐》（1908—1910 年）。这些都是较为著名的。至于说到狭邪小说的价值和意义，国内学者多数对此是持谨慎态度的，鲁迅是认为它极其低俗的，刘大杰认为狭邪小说："文格不高，并时杂秽语，有害人心；但通过这些作品，也可以看出当时城市有产者腐朽的生活状态和妓女艺人们的悲苦命运。"③ 这个观点认为从文学本身来看是不好的，但是从文学是一段社会历史的反映这个角度来看，那么它符合我们需要揭示的旧时代有产者的腐朽与无产者的悲苦之间的对立，从而加深我们对近代旧社会的批判和揭露。

张炯在《中华文学通史》中不是从文学反映论，而是从文本内容本身分析道：

> 言妓小说生当天崩地坼的封建末世，它一方面不忘道德救世，整饬风俗的责任，另一方面则要宣泄人生失意的牢愁，夸示狎妓纵酒的风流。道德感、末路惆怅和享乐情绪交织在言妓小说中，使它在以巨大热情编织婚姻、家庭生活之外情爱理想的同时，并不掩饰情意绵绵

① 侯运华：《晚清狭邪小说新论》，博士学位论文，河南大学，2003 年，第 16 页。
② 袁进：《试论晚清小说读者的变化》，《明清小说研究》2011 年第 1 期。
③ 刘大杰：《中国文学发展史》（第 3 册），上海古籍出版社 1997 年版，第 1411 页。

的人欲躁动，在对青楼风尘、狭邪游人性爱追逐的描写中又保持着不涉淫亵的优雅风度。①

其实张炯所论这三种心绪是从男性角度来看的，可以说明狭邪小说描写了那个时代一些失落了的名士转为市民身份，夹杂在新旧之间，感受到自己也不明所以的体验，借着些风流案发泄牢骚，还有对旧时代旧道德的些许留恋。

我们说大众文学的价值和意义是要在整个社会文化结构中，从世俗的角度去看的。狭邪小说是当时市民生活面相的一个侧影，对旧时代旧道德的挽留是人心中怀旧的一面，而这一面也是从作为叙述者、作为作者传声筒的男性身上表现出来。而更重要的是那个时期的狭邪小说已经没有了"美人沦落、名士飘零"那种惺惺相惜的情感，充分地体现出在工商业城市中人们更为市侩、更为物质的一面，比如在清末民初这些狭邪小说中：

> 妓女不再向往从良，《海上花列传》所写妓女 30 人，成为夫妻者仅 2 人，不到 10%，28 人无归宿，占 90% 以上；即便有情的三对（李漱玉和陶玉甫、周双玉和朱淑人、王莲生和沈小红）也未成功。《海上尘影录》里 16 位妓女 3 人从良，不到 20%，《海上名妓四大金刚传奇》中所有妓女无一真正从良，拒绝从良却与下流人物（仆、优、马夫）有勾当，凸显出妓风的转变和妓女的堕落。至《海上繁华梦》24 妓仅 2 人从良，90% 以上的妓女不言婚嫁，偶尔言嫁必是"脆浴"。此文本中巫楚云尚能写典雅的情书，也还有一位诗妓李金莲。《海天鸿雪记》所写 11 位妓女，已无一人能诗，从良者 2 人，却是匆匆论嫁难见真情；且妓女命名不再尚雅，或尽"宝"色，或以"寓"名，显然名号已无所谓，士商重的是色，妓女图的是利。《梼杌萃编》中 16 位妓女 5 人从良，占 30%，却无一对是长久交往而娶的。《九尾龟》里 23 个妓女 3 人从良，超过 10%；借嫁脆浴者 4 人，却占 20% 骗人钱财者 11 人，将近 50%。《九尾狐》干脆就没有从良之妓，胡宝玉、月舫皆是以自我需要为中心，前者交往十三士，

---

① 张炯等编：《中华文学通史》第 5 卷，华艺出版社 1997 年版，第 240 页。

后者交往八士，却没有一个有情者；此文本已经流露出玩弄男性的倾向。待到《续海上繁华梦》出现时，12 妓中 7 人借嫁脱浴，4 人曾多次嫁人，婚姻已成为招财游戏，妓女也沦为只论色相不讲技艺的色妓了。①

　　当大批量的文本都出现了同样的趋向，我们解读时就不可以仅仅把它看做作者的虚构和想象，而会认识到这是一个社会问题。妓女的市侩化、物质化是和当时整个城市成为一个物欲横流的世界相关的。这些小说频繁地描写上海的时尚新鲜事：电影、美酒、包车、时尚服饰等等。通过这些场景的描述以及妓女们乐在其中的心态的展现，说明"从良"这种期望获得一个正常的社会身份的行为在现代妓女看来已经是过时了，在工商业社会，妓女本身也可以是一个正常的社会身份，她不需要通过什么"从良"去获得，而至于所谓的"爱情"，那种虚幻不着边际的东西怎么能比得上物质享受那么直观和实在呢。张爱玲说男人喜欢讲兄弟如手足、女人如衣服；可是他们不知道在女人眼里，衣服是要比男人更加重要的。这当然是现代女性才有的观点。我们可以从妓女的行为方式、观念感觉上体会到这个时代再也不是《卖油郎独得花魁》、《杜十娘怒沉百宝箱》的时代。

四　黑幕小说

　　黑幕小说从内容上看可以归为社会类小说，但是作者立意不高，旨在揭露一些社会阴暗面以博人一乐，弄一些黑幕来满足人心灵当中的那种窥私癖。施晔认为，"黑幕小说是近代中国城市化进程中出现的一个通俗文学类别，盛行于 20 世纪初叶，以揭发、曝光当时社会各界的阴暗面为手段"② 的一种小说。黑幕小说萌芽于清末民初，自 1916 年 10 月 10 日《时事新报》上开辟"上海黑幕"专栏后，这类小说才开始全面风行，也因此遭到了五四新文学诸成员的激烈批判。

　　为什么说黑幕小说发端于清末民初呢？因为人们看到在清末民初已经出现了很多揭露社会弊端的小说，如著名的四大谴责小说，可以说是对当

---

①　侯运华：《晚清狭邪小说新论》，博士学位论文，河南大学，2003 年，第 23 页。

②　施晔：《近代城市黑幕小说的再审视》，《社会科学》2013 年第 3 期。

时中国官场丑态的纤毫毕现的展露。然谴责小说虽然暴露了很多社会阴暗面，其作者在文本结构中仍然灌注了一种启蒙主义的精神观念，有一个启蒙的向度在指引着读者去分析人物行动，就像批判现实主义的作品中也会有很多社会阴暗面的揭示，但作者的批判眼光是跟随着叙述而随行的。这一点鲁迅也有指出，认为黑幕小说是谴责小说的末流，所谓末流，就是那种高端的建构性的思维没有建立起来，只停留在对这些阴暗面的收集上，作者没有发挥意义整合的作用，而只起一个感觉化的情节编排的作用。周作人也指出，要做那样书的人"须得有极高深的人生观的文人才配，决非做'闲书'的人所能"。①

　　尽管有一些黑幕小说家也自称是为了社会改良的必要，但是其改良意识仅仅是停留在文本表面，主要目的却是把这个作品做成一个商品，顾客的需求心理才是他们要把握的主要方向。如包天笑在《黑幕》中曾说：

　　　　上海的黑幕，人家最喜欢看的是赌场里的黑幕，烟窟里的黑幕，堂子里的黑幕，姨太太的黑幕，拆白党的黑幕，台基上的黑幕，还有小姊妹咧，男堂子咧，咸肉庄咧，磨镜子咧……说也说不尽。要是就这几样，做出来要比大英百科全书还多。定价略贵些，还可以卖预约券咧。②

　　这就很清楚地表明了黑幕小说所遵循的是商品逻辑，所谓缘时事要求，合时人嗜好，一切是以购买者的消费兴趣来定做的。但也正因为如此，通过这些黑幕小说，我们可以反观到当时上海民众的世俗体验、世俗欲求，看到国民性的非常具体的一面。

　　清末民初黑幕小说的代表作品有：大桥式羽《胡雪岩外传》、包天笑《上海春秋》、吴趼人《发财秘诀》、新中国之废物《商界鬼蜮记》、姬文《市声》、云间天赘生《商界现行计》、天公《最近官场秘密史》、路滨生编《中国黑幕大观》、姚鹓雏《恨海孤舟记》、孙玉声《黑幕中之黑幕》

---

　　①　仲密：《论"黑幕"》，见魏绍昌编《鸳鸯蝴蝶派研究资料·史料部分》，福建人民出版社1984年版，第107页。
　　②　转引移自施晔：《近代城市黑幕小说的再审视》，《社会科学》2013年第3期。

等。这个时期的黑幕小说和 1916 年后的黑幕大潮比起来，无论是黑暗面的广度还是黑暗面的规模都是难以企及的。

五四开始，鲁迅、周作人、钱玄同、罗家伦等人对黑幕小说进行过激烈的批判，因此被定位为："情况最为复杂、声名最为狼藉，遭遇最为凄惨。"[①] 不过他们所针对的主要是 1916 年之后盛况空前的黑幕小说。对黑幕小说的批判未为不可，但是大多数人都是从精英文学的角度去批判黑幕小说的大众性、世俗性的，以精英文学之标准来衡量通俗的大众文学，自然是难以合格甚至是反动的。比如周作人的观点："我的意见，总括起来是这么几句话：'黑幕不是小说，在新文学上并无位置，无可改良，也不必改良'……黑幕是一种中国国民精神的出产物，很足为研究中国国民性、社会情状、变态心理者的资料，至于文学上的价值，却是'不值一文钱'。"[②]

志希（罗家伦）把黑幕小说与鸳鸯蝴蝶派的四六骈俪体小说一起统称为文化污染物，他在分析黑幕小说产生之缘由时说道：

> 推求近来黑幕小说派发达的原因，有最重要的两个。第一是因为近十几年来政局不好，官僚异常腐败。一般恨他们的人，故意把他们的生活，他们的家庭，描写得淋漓尽致，以舒作者心中的愤闷……第二个原因是为了近来时势不定，高下两类游民太多。那高等多占出身寒素，一旦得志，恣意荒淫。等到一下台，想起从前从事的淫乐，不胜感慨。于无聊之中，或是把从前'勾心斗角'的事情写出来做小说，来教会他人……那下等游民，因为生计维艰，天天在定谋设计，现在有了这种阴谋诡计的教科书，为什么还不看呢?[③]

可见罗家伦是根本不听信黑幕作家所宣称的，写作黑幕小说是以期达到"'幕中人知所惧，而幕外人知所防''令众生目骇心惊、见而自戒'

---

① 裴效维：《近代文学研究》，北京出版社 2001 年版，第 551 页。

② 周作人：《再论"黑幕"》，见魏绍昌编《鸳鸯蝴蝶派研究资料·史料部分》，福建人民出版社 1984 年版，第 112 页。

③ 志希：《今日中国之小说界》，见魏绍昌编《鸳鸯蝴蝶派研究资料·史料部分》，福建人民出版社 1984 年版，第 97—98 页。

之目的"。① 而是看到了其作者与读者之间对窥私欲的心理同构关系。

周作人认为黑幕小说在文学上不值一文钱，可能是比较符合当时大多数的黑幕小说的创作现实的。但是，大众通俗文学的价值和意义主要并不在艺术上，而是在它的文化表征上。而且是在那样一个现代通俗文学刚刚起步的阶段，艺术上的稚嫩是难以避免的，精英化的新文学创作不是也还没有一个艺术上成功的作品吗？如果用我们这个时代的很多通俗文学作品和清末民初的那些精英文学作品相比，艺术上也比那时的精英文学作品要好很多的。

第五节　本章小结

清末民初的这股现代通俗文学思潮，尽管它作者群体庞大、作品数量众多、在当时社会拥有最大量的读者群；但在过去的几种现代文学史版本中都是遭到批判和否定的，因为他们的消遣娱乐性、商业媚俗性等特点与中国现代文学主流所富有的民族国家责任感格格不入，它们甚至被视为逆流、反动文学。清末民初通俗文学在当时作品数量庞大，良莠不齐，其中确实也有一些值得称许的作品存在，而且作为一个时期曾经非常繁荣的文学现象，也不是仅仅用政治精英的眼光和文化精英的眼光来简单地解决对错的。

从文学本身的发展来看，朱自清曾经认为"鸳鸯蝴蝶派的小说意在供人们茶余酒后的消遣，倒是中国小说的正宗"。② 这是给鸳鸯蝴蝶派小说的一个正面的合法性说明。后来郑振铎受"大众文学"观念影响，在《中国俗文学史》中也说过："他们表现这另一个社会，另一个人生，另一方面的中国……只有在这里，才能看出真正的中国人民的发展、生活和情绪。"③ 这是较为符合现代通俗文学的文化定位的，对于后来人来说，人们确实可以从五花八门、庞大芜杂的民初通俗文学中阅读到当年那个社会的一些人生、关于当时中国社会的一些信息，作为研究当时社会史的别

---

① 转引自施晔《近代城市黑幕小说的再审视》，《社会科学》2013 年第 3 期。

② 朱自清：《论严肃》，《中国作家》创刊号，1947 年 10 月。

③ 郑振铎：《中国俗文学史》，东方出版社 1996 年版，第 3 页。

一种资料。

罗金说："鸳鸯蝴蝶派文学和'五四'文学一样，都是一种现代性的表意方式。'五四'新文学是一种启蒙的精英意识的现代性，它主要面对知识分子；鸳鸯蝴蝶派文学是一种世俗的现代性，它寻求的是与市场的结合，选择与当时的市民观众相结合的方向。'五四'新文学是一种激进与传统彻底决裂的现代性，对传统采取了彻底决裂的态度。鸳鸯蝴蝶派却代表了一种温和的渐进的改良的现代性，它需求的是一种现代和传统的结合与传统的转化，对于传统的不合理和不人道采取一种温和的否定的态度。它们可以说是现代性在不同方面、不同思路上的不同选择。"① 本书更把这种世俗现代性规定为感性现代性，它的主要功效是替读者表达时代急剧变动中的各种心理体验，引导当时读者在世俗层面适应现代变革，使之慢慢地转变为一个现代大众意义上的人。

而且从读者角度来说，民众也需要这样的文学。陈思和说："知识分子对民众的态度：一是抱有对苦难深重的民众具有近乎夸张的感情；二是表明作家关于社会理想和现实批评的证据，知识分子为其设计了种种方案，并希望对决策者产生影响。这两类都是对民众的隔膜。"② 这里的知识分子指的是那种精英化的知识分子，在清末民初是梁启超他们的启蒙派、章太炎他们的革命派、王国维他们的审美派，这些人虽然时刻以国家、国民为他们奋斗的目标，然而他们的那套精英主义话语模式根本上与大众是隔膜的，只有鸳鸯蝴蝶派的通俗类型，才是真正为大众写心。

因此林培瑞在评价一二十年代的通俗文学时说，这些通俗文学的产生"都是市民面临'现代化'的环境而产生的心理上的需要：它表明传统的、以宗法农村为基础的价值已转化为核心家庭广泛的社会交际，和被社会学家通称为是'社会'的文化。这些环境转化的一个早期特征，就是新的科学情报的潮流伴随着技术变革而来，并且引起了那些在城市里怀着繁荣发展欲望的市民的注意。这些东西方通俗性读物，最早不是小说，而是日报和杂志，它们提倡自学科学，实用知识，以及各种必备的常识，用

① 罗金：《鸳鸯蝴蝶派：另一种现代性》，《粤海风》2002 年第 5 期。

② 陈思和：《民间的还原——"文革"后文学史某种走向的解释》，《文艺争鸣》1994 年第 1 期。

以跟上不断扩大的知识面"。① 这也是从世俗现代性的角度，从大众现代性的合法性来肯定清末民初的现代通俗文学。

当然，从"现代性"角度看到通俗文学存在的合法性，并不等于说把"现代性"作为一个评判文学价值高低的标准，文学的价值必须依据的是文学的艺术尺度。通俗文学是一种不容忽视的文学存在，尤其是在现代商业社会中它显示出比纯文学、雅文学更旺盛的生命力，它在包装销售普通大众的情感、欲望、梦想、体验、追求时确实具有比纯文学和雅文学更大的煽动力，更受到大众的欢迎和青睐，这种状况从晚清中国文学发生现代变化的起始历经各个阶段直至现在都是如此。但其对于艺术方面的自觉追求却仅局限在少数几个的通俗文学大家中。

---

① 转引自李欧梵《现代性的追求》，三联书店 2000 年版，第 123 页。

结　语

　　文学思潮的研究方法就是将文学放置在文化、历史、社会的总体结构当中来加以研究的方法。

　　中国社会、历史、文化是一整体结构，其在传统王朝时期的基本组合是："在思想观念层面，是以儒学为主的思想文化体系；在政治制度方面，是以中央集权和官僚系统为主要构成的君主专制政治体制。在社会结构方面，是以自给自足的农耕生产形式为依托的，以亲缘关系为纽带的宗法社会组织形式；在精神信仰方面，是儒、释、道并存互融的多种崇拜信仰体系。"[1] 在漫长的帝制时代，中国社会文化的这一整套体系组合一直处于比较稳定的状态；但是到了清末，在1840年的鸦片战争之后，人们在被外来军事力量所震慑的同时，一部分人开始敏锐地觉察到问题似乎并不在局部的"机械兵工"，而是更为广阔的社会整体——不过在当时，这种"觉察"更多地是体现为一种"直觉判断"，因为国人对外夷的情况既缺乏理论上的了解，也缺乏经验上的深入接触。但在甲午中日战争之后，那些已经积累了一定的对"西夷"社会文明知识的文人志士们，通过"日本"这个古代从中、现在从夷的"媒介符号"的胜利，反观到大清的失败是"四千年未有之变局"，在这"四千年未有之变局"中，他们深切地感受到了中国整体社会文化结构摇摇欲坠的颓势与混乱。

　　清末民初的文学变革，正是在这样的形势下中国新锐士人、文人痛苦反思中国社会历史文化结构及其颓败的结果。那么，作为一个研究者，当我们要梳理与阐释晚清民初文学变革的深层动因及文学活动本身的表征特点时，自然首要的工作就是借助清末民初的历史资料和信息，尽可能地去

---

　　[1]　葛荃：《权力宰制理性——士人、传统政治文化与中国社会》，南开大学出版社2003年版，第58页。

返回到当时的社会与文明背景中去。这正如马克斯·韦伯所说："任何事业背后都存在某种决定该项事业发展方向和命运的无形的精神力量，而这种精神力量必有其特定的社会与文明背景。"① 当然，本文在梳理晚清民初文学变革与当时社会历史关联的时候，也始终认识到审美结构的内在性与社会实践的外在性，时刻注意到具体历史语境中精神的内化是多元而复杂的，并不能仅仅在经验表象的层面上把他们简单地关联在一起。

任何一套话语叙述都有其独特的理论指向。在本书中，引导我切入观察清末民初文学变革与社会历史关联并进行文学思潮研究的理论是"现代性"。黑格尔认为主体性原则确立了现代文化的各种形态，他的这一观念在本书的写作中自始至终一直在贯彻。文学思潮与现代性的关联，清末民初文学思潮与中国传统社会结构性坍塌、现代性变动之间的关联，本书在绪论总说与各章分论中已经多次论述，这里不再赘述。但再谈谈现代性主体原则与清末民初各种文学思潮之形态的关系，以便简要而突出地总结一下我的观点。

清末民初启蒙主义文学思潮，是在当时的社会危局下，借鉴西方和日本明治维新时期启蒙主义社会运动与文学运动的一个结果。启蒙主义文学的历史任务是要开民智、鼓民力，是要培养适合现代民族国家的国民资格，其精神理论依据的是启蒙现代性的理性主体原则。张光芒认为："这场启蒙运动与后来的'五四'启蒙运动相比，一个较为明显的区别在于它尚缺乏以现代个人主义为理性建构核心的精神内涵，尚囿于民族主义、国家主义及政治功利性，同时在传统文化与西方文化的碰撞中表现出新旧混杂的过渡性的特点，为此笔者姑且以'前启蒙主义'称之。"② 本书的研究结果却认为，这场启蒙运动并不缺乏以现代个人主义为理性建构核心的精神内涵，这在康有为、严复、谭嗣同、梁启超等人的主张中都有表述，他们都注意到西方自由的个体性，但是现代性在早期发展阶段也同样孕育着民族主义、国家主义的思想，在谈到这些问题时表现出自由的集体性，这是一种社群主义倾向，仍然是一种现代性思想，与专制体制下的顺

---

① ［德］马克斯·韦伯：《新教伦理与资本主义精神》，三联书店 1987 年版，第 15—16 页。

② 张光芒：《论清末民初中国"前启蒙主义"的内在矛盾——中国近现代启蒙主义文学思潮新论之一》，《中国文学研究》（*Chinese Culture Research*）2001 年第 1 期。

民教育是有本质的区别的。

现代个体的独立与现代集体的独立是紧密相关的，现代性发展初期西方市民社会强烈要求建立现代民族国家的愿望，正是说明人们需要通过一个独立集体的力量去保护个人权利，在政治结构上就体现为建立现代—民族国家以及各种社会团体。民族主义与国家主义所强调的新集体主义主体理性原则是革命古典主义文学思潮的精神核心。在清末民初，随着革命派思想家章太炎、邹容、高旭等在舆论界影响的扩大，很多接受新式教育的青年人加入了革命派的队伍，他们创办刊物、组织诗社，要求文学加入革命军的大潮发挥鲜明的政治作用。因为中国所处的内忧外患的历史困境，任何一种文学都不可能不关注到这个问题，因此民族主义与国家主义并不是只在革命古典主义文学思潮中出现，但革命古典主义文学思潮在这个问题的态度上最具鲜明的政治革命性，并且在借助古典人文主义精神资源来塑成现代新集体主义理性主体时持一种明确坚决的态度。

启蒙主义与革命古典主义是清末以来文学变革的主潮，但在这主潮的喧闹躁动之中，也缓缓流过一股审美主义、浪漫主义的细流。审美主义的浪漫主义文学思潮所要建构的是现代诗性主体、现代灵性主体，这是现代精神贵族的要求。西方浪漫主义文学思潮是在启蒙现代性确立的基础上对充满压迫感的、强制性的理性现实世界的反思，它追问人类的理想家园到底在哪里。清末民初的中国社会启蒙现代性还处在早期发展阶段，现代民族国家还没建立起来，因此总体上反思的声音就会比较微弱，但是王国维、成之、苏曼殊、徐念慈、黄人等还是注意到了西方浪漫主义文学的价值和意义，他们在一片文学功利主义的浪潮中坚持纯文学、经典意识、天才独创观念、想象和虚构的创造理念，为清末民初文学引入了超越的诗意品格。

现代通俗文学也是跟随着"小说界革命"的浪潮而起的，但其兴盛期主要在民国。现代通俗文学的本质是大众意识形态，它奉行的是世俗社会的感性主体原则，本书借鉴西方大众文化研究学派的理论观点，将清末民初的现代通俗文学称为大众文学思潮，在精英主义的主体理论看来，大众文化是媚俗文化、是充满了欺骗的梦幻商品；然而在大众文化研究学派看来，现代市民社会的这些感性世俗主体，其所包含的欲望追求、功利追求、享乐主义追求等都具有现代的合法性，他们在整个社会文化历史结构中也发挥着独特的推动性力量。清末民初的这些现代通俗文学，它的商品化、娱乐化、意识观念的市民性、体验感觉的通俗化等，与清末民初的租界与通商口岸的市民社会是相融于一体的，在这些将中国新旧交杂时代世俗感性主体形象化、具体化的文本中，教会了很多人如何做一个世俗的现代人。

清末民初的这四个文学思潮，正好指向现代主体原则的四个向度，让人忍不住感叹，如果没有这百年中国社会历史变迁的诸种危机与磨难经常改变了文学发展的轨迹的话，那么，这四个向度得以顺利进展，岂不是对中国现代人的精神建设将会产生层次感更好、更丰富多元、更立体、更深远的影响。但，历史没有如果，历史只有结果，于是，不免再次感叹。

此书已完，是为结语。

参考文献

一 文献史料类

［01］林志均编:《饮冰室合集·专集》第1—2册,中华书局1989年影印本。

［02］汤志钧编:《章太炎年谱长编》,中华书局1979年版。

［03］林志均编:《饮冰室合集·文集》第1—9卷,中华书局1989年影印本。

［04］吴其昌:《梁启超传》,百花文艺出版社2004年版。

［05］范文澜等编:《中国近代史资料丛刊·戊戌变法》第1册,上海人民出版社2000年版。

［06］蔡尚思、方行编:《谭嗣同全集》(增订本),中华书局1998年版。

［07］林志均编:《饮冰室合集·文集》第10—19卷,中华书局1989年影印本。

［08］林志均编:《饮冰室合集·文集》第20—26卷,中华书局1989年影印本。

［09］蒋廷黻:《中国近代史》,上海古籍出版社2001年版。

［10］徐雪筠等译编:《上海近代社会经济发展概况——海关十年报告译编》,上海社会科学院出版社1985年版。

［11］故宫博物院明清档案部编:《清末筹备立宪档案史料》,中华书局1979年版。

［12］［美］费正清等:《剑桥中国晚清史》,中国社会科学院历史研究所编译室译,中国社会科学出版社1985年版。

［13］何擎一编:《饮冰室合集·专集》卷35,中华书局1994年版。

［14］陈大康编:《中国近代小说编年》,华东师范大学出版社2002年版。

［15］中国史学会编：《中国近代史资料丛刊·戊戌变法》（四），上海人民出版社 1953 年版。

［16］郑大华编：《晚清思想史》，湖南师范大学出版社 2005 年版。

［17］汪林茂：《晚清文化史》，人民出版社 2005 年版。

［18］［美］斯塔夫里·阿诺斯：《全球通史》，董书慧等译，北京大学出版社 2005 年版。

［19］汤志钧编：《康有为政论集》，中华书局 1981 年版。

［20］王韬：《弢园文录》外编卷 1，弢园藏版刊，1897 年。

［21］丁文江、赵丰田编：《梁启超年谱长编》，上海人民出版社 1983 年版。

［22］梁启超：《饮冰室诗话》，人民文学出版社 1959 年版。

［23］陈平原、夏晓红主编：《二十世纪中国小说理论资料》，北京大学出版社 1997、1989 年版。

［24］傅军龙等著：《晚清文化地图》，团结出版社 2006 年版。

［25］张建伟编著：《温故戊戌年》，作家出版社 1999 年版。

［26］龚自珍：《龚自珍全集》，中华书局 1959 年版。

［27］魏源：《魏源集》，中华书局 1959 年版。

［28］张之洞：《张文襄公全集》第 99 卷，中国书店 1990 年影印本。

［29］近代日本思想史研究会编：《近代日本思想史》，商务印书馆 1965 年版。

［30］王栻编：《严复集》第 1、3 册，中华书局 1986 年版。

［31］葛懋春、蒋俊编选：《梁启超哲学论文选》，北京大学出版社 1984 年版。

［32］魏绍昌编：《吴趼人研究资料》，上海古籍出版社 1980 年版。

［33］李伯元著：《官场现形记》，凤凰出版社 2007 年版。

［34］陈盦著：《陈盦先生文集》，1914 年南社刊本。

［35］黄遵宪著：《日本国志·学术志二》卷 32，上海古籍出版社 2001 年版。

［36］姚淦铭编：《王国维文集》，中国文史出版社 2007 年版。

［37］觉我：《电冠·赘语》，《小说林》1908 年第 8 期。

［38］知新室主人：《毒蛇圈·译者识语》，《新小说》1903 年第 8 号。

［39］林纾：《歇洛克奇案开场》，上海商务印书馆 1908 年版。

［40］海天独啸子：《女娲石·凡例》，见《女娲石》，上海东亚编辑局 1904 年版。

［41］林志均编：《饮冰室合集·文集之四十四》，中华书局 1989 年影印本。

［42］吴振清编：《黄遵宪集》，天津人民出版社 2003 年版。

［43］程翔章等编：《中国近代文学》，华中师范大学出版社 2003 年版。

［44］胡适：《致高一涵等四人关于〈努力周刊〉的停刊信》，1923 年 10 月 9 日，见季羡林编《胡然全集》第 30 卷，安徽教育出版社 2003 年版。

［45］吴其昌编著：《梁启超传》，百花文艺出版社 2004 年版。

［46］黄遵宪：《日本国志·学术志二》卷 33，上海古籍出版社 2001 年版。

［47］陈寅恪：《陈寅恪先生文集（一）》，上海古籍出版社 1980 年版。

［48］阿英编：《晚清文学丛钞·传奇杂剧卷》，中华书局 1980 年版。

［49］徐念慈：《余之小说观》，《小说林》1908 年 2 月第 10 期。

［50］朱羲胄编著：《春觉斋著述记》卷 3，上海世界书局 1949 年版。

［51］寒光编：《林琴南》，中华书局 1935 年版。

［52］周作人：《知堂文集》，上海天马书店 1933 年版。

［53］阿英编著：《晚清小说史》，人民文学出版社 1980 年版。

［54］薛绥之等编：《林纾研究资料》，福建人民出版社 1982 年版。

［55］阿英编：《晚清文学丛钞》（小说戏曲研究卷），中华书局 1982 年版。

［56］李定夷等：《新茶花·十年梦·兰娘哀史》，百花洲文艺出版社 1996 年版。

［57］［美］斯塔夫里·阿诺斯：《全球通史：1500 年以后的世界》，吴象婴等译，上海社会科学院出版社 1992 年版。

［58］康有为：《琴南先生写〈万木草堂图〉，题诗见赠，赋谢》，《庸言》第 1 卷第 7 号。

［59］李伯元：《论〈游戏报〉之本意》，《游戏报》第 623 号，1897 年 8 月 25 日第 623 号。

［60］鲁迅:《中国小说史略》,上海古籍出版社 1998 年版。

［61］吴趼人:《两晋演义·序》,《月月小说》1906 年第 1 卷第 1 号。

［62］魏绍昌编:《〈孽海花〉资料》,上海古籍出版社 1982 年版。

［63］吉:《上海侦探案·引》,见《上海侦探案》,《月月小说》1907 年第 7 号。

［64］周桂笙:《歇洛克复生侦探案·弁言》,《新民丛报》1904 年第 55 号。

［65］肖金林编:《中国现代通俗小说选评·侦探卷》,上海文艺出版社 1992 年版。

［66］包天笑:《钏影楼回忆录》,香港大学出版社 1971 年版。

［67］李伯元:《文明小史》,百花洲文艺出版社 2010 年版。

［68］［美］爱德华·麦克诺·伯恩斯、菲利普·拉尔夫等:《世界文明史》第 2 卷,罗经国等译,商务印书馆 1995 年版。

［69］夏晓虹辑:《饮冰室合集集外文》下册,北京大学出版社 2005 年版。

［70］贾植芳、陈思和主编:《中外文学关系史资料汇编（1898—1937）》上册,广西师范大学出版社 2004 年版。

［71］广东省社会科学院历史研究室等合编:《孙中山全集》第 1 卷,中华书局 1986 年版。

［72］徐继畬:《瀛环志略》,上海书店出版社 2001 年版。

［73］吴松、卢云昆等点校:《饮冰室文集点校》第 2 集,云南教育出版社 2001 年版。

［74］［日］福泽谕吉:《福泽谕吉自传》,马斌译,商务印书馆 1980 年版。

［75］［日］福泽谕吉:《文明论概略》,北京编译社译,商务印书馆 1959 年版。

［76］［日］信夫清三郎:《日本政治史》第 3 卷,吕万和译,上海译文出版社 1988 年版。

［77］［日］藤村道生:《日清战争》,岩波书店 1974 年版。

［78］陈独秀:《为山东问题敬告各方面》,见《陈独秀文章选编》上册,三联书店 1984 年版。

［79］［日］井上清、铃木正四：《日本近代史》下册，杨辉译，商务印书馆香港分馆 1979 年版。

［80］姜义华、朱维铮编注：《章太炎选集（注释本)》，上海人民出版社1981 年版。

［81］阿英编：《晚清戏曲小说目·叙记》，上海文艺联合出版社 1954年版。

［82］管林、钟贤培主编：《中国近代文学作品选》，中国文联出版公司1991 年版。

［83］张枬、王忍之编：《辛亥革命前十年间时论选集》第 1—2 卷，北京三联书店 1960 年版。

［84］陆龙朔编：《瑞西独立警史》，译书汇编社 1903 年版。

［85］柳亚子：《二十世纪大舞台发刊辞》，《二十世纪大舞台》创刊号，1904 年 9 月。

［86］郭长海、金菊贞编：《高旭集》，社会科学文献出版社 2003 年版。

［87］黄人：《〈清文汇〉序》，见沈粹芬、黄人等辑《清文汇》，北京出版社 1996 年版。

［88］阿英编：《晚清文学丛抄》卷 1，中华书局 1960 年版。

［89］冯平：《梦罗浮馆词集序》，《南社丛刻》第 21 集，1916 年。

［90］章太炎：《章太炎全集》（四)，汤志钧等校点，上海人民出版社1985 年版。

［91］章太炎：《论承用维新二字之谬》，《国民日报》1903 年 8 月 9 日。

［92］王运熙主编：《中国文论选》（近代卷)，江苏文艺出版社 1996年版。

［93］章太炎：《章太炎来简》，《新民丛报》1902 年 8 月第 13 号。

［94］鲁迅：《关于太炎先生二三事》，见《鲁迅全集》第 6 卷，人民文学出版社 1981 年版。

［95］章太炎：《送印度钵逻罕、保什二君序》，《民报》1907 年 5 月 5 日第 13 号。

［96］胡朴安编：《南社丛选》，上海佛学书局 1924 年刊本。

［97］天缪生：《论剧场之教育》，《月月小说》1908 年第 2 卷第 1 期。

［98］高自立：《中国灭亡之大问题》，《童子世界》1903 年 5 月第 31 号。

［99］灵石（顾景渊）：《读〈黑奴吁天录〉》，《觉民》1904 年第 7 期。

［100］陈以益：《男尊女卑与贤妻良母》，《女报》1909 年 2 月第 1 卷第 2 号。

［101］周作人：《周作人文类编》第一卷，湖南文艺出版社 1998 年版。

［102］柳亚子：《天潮阁集序》，见《南社丛刻》，江苏广陵古籍刻印社 1996 年版。

［103］周实：《无尽庵诗话》，见何文焕辑《历代诗话选》，中华书局 1980 年版。

［104］郭绍虞、罗根泽主编：《中国近代文论选》，人民文学出版社 1959 年版。

［105］华南师范大学中文系编：《中国近代文学评林》第 6 辑，广东人民出版社 1999 年版。

［106］阿英：《辛亥革命文谈（三）》，见《中国近代文学论文集》（概论卷），中国社会科学出版社 1981 年版。

［107］柳亚子：《有怀章太炎邹威丹两先生狱中》，见刘斯翰注《柳亚子诗选》，广东人民出版社 1981 年版。

［108］李蔚：《苏曼殊评传》，社会科学文献出版社 1990 年版。

［109］刘清波、彭国兴编：《陈天华集》，湖南人民出版社 2011 年版。

［110］杨天石编：《陈去病全集》，上海古籍出版社 2009 年版。

［111］复旦大学编：《中国近代文学史稿》，上海中华书局 1960 年版。

［112］游国恩等编：《中国文学史》（四），人民文学出版社 1963 年版。

［113］郭延礼选注：《秋瑾诗文选》，人民文学出版社 1982 年版。

［114］王灿芝编：《秋瑾集》，上海古籍出版社 1979 年版。

［115］阿英编：《晚清文学丛钞》（说唱文学卷）上册，中华书局 1960 年版。

［116］丁守和编：《辛亥革命时期期刊介绍》，人民出版社 1983 年版。

［117］张雄西：《创立女界自立会之规则》，《云南》1 号，1906 年 10 月。

［118］痛国遗民编：《最新醒世歌谣》，群益书局光绪三十年版。

［119］阿英：《阿英全集·附卷》，安徽教育出版社 2006 年版。

［120］华航琛编：《新教育唱歌集》，上海教育实进会 1914 年版。

［121］黄世仲：《中国小说家向多托言鬼神而阻人群慧力之进步》，《中外

小说林》第 1 年第 9 期。

[122] 郑振铎编：《晚清戏剧小说目》，上海文艺联合出版社 1954 年版。

[123] 柳亚子：《二十世纪大舞台发刊辞》，《二十世纪大舞台》1904 年
第 1 期。

[124] 天僇生：《剧场之教育》，《月月小说》1908 年第 2 卷第 1 期。

[125] 寅半生：《游戏世界发刊词》，《游戏世界》1906 年 9 月第 1 期。

[126] 泉堂天虚我生：《游戏世界叙》，《游戏世界》1906 年 9 月第 1 期。

[127] 赵万里辑：《静庵文集续编》，上海古籍书店 1983 年版。

[128] 鲁迅：《摩罗诗力说》，见《鲁迅全集》第 1 卷，人民文学出版社
1981 年版。

[129] 陈鸿祥编著：《王国维年谱》，齐鲁书社 1991 年版。

[130] 鲁迅：《科学史教篇》，见《鲁迅全集》第 1 卷，人民文学出版社
1981 年版。

[131] 鲁迅：《文化偏至论》，见《鲁迅全集》第 1 卷，人民文学出版社
1981 年版。

[132] 韩湖初选编：《古代文论名篇选读》，中国书籍出版社 1998 年版。

[133] 梁启超：《饮冰室文集》乙己本自序，梁廷灿编纂，广智书局 1926
年版。

[134] 卢善庆编著：《中国近代美学思想史》，华东师范大学出版社 1996
年版。

[135] 周锡山编：《王国维文学美学论著集》，北岳文艺出版社 1987
年版。

[136] 周作人（独应）：《论文章之意义暨其使命因及中国近时论文之
失》，《河南》1908 年第 4 期。

[137] 舒芜、陈迩冬编选：《中国近代文论选》，人民文学出版社 1962
年版。

[138] ［英］渥德尔：《印度佛教史》，王世安译，商务印书馆 1987 年版。

[139] 柳无忌：《苏曼殊传》，王晶垚译，三联书店 1992 年版。

[140] 柳亚子编：《苏曼殊全集》，中国书店 1985 年版。

[141] 平襟亚编：《苏曼殊诗文集》，中央书店 1936 年版。

[142] 牛仰山编：《中国近代文学论文集》，中国社会科学出版社 1988

年版。

[143] 刘半农：《通俗小说之积极教训与消极教训》，见徐瑞岳编《刘半农文选》，人民文学出版社 1986 年版。

[144] 郑振铎：《中国俗文学史》，东方出版社 1996 年版。

[145] ［英］乔纳林·斯威夫特：《格列佛游记》，杨昊成译，译林出版社 1995 年版。

[146] 王韬：《瀛壖杂志》卷 2、卷 5，上海古籍出版社 1989 年版。

[147] 李欧梵：《上海摩登》，北京大学出版社 2001 年版。

[148] 陈丹燕：《上海的风花雪月》，作家出版社 2002 年版。

[149] 李长莉：《晚清上海社会的变迁》，天津人民出版社 2002 年版。

[150] 时萌：《晚清小说》，台北国文天地 1990 年版。

[151] 庄俞等编：《最近三十五年之中国教育》，商务印书馆民国 20 年版。

[152] 刘增合：《媒介形态与晚清公共领域研究的拓展》，《近代史研究》2000 年第 2 期。

[153] 潘建国：《档案所见 1906 年上海地区的书局与书庄》，《档案与历史》2001 年第 6 期。

[154] 范伯群编著：《中国近现代通俗文学史》，江苏教育出版社 1999 年版。

[155] 平襟亚：《人海潮》，上海中央书局 1927 年版。

[156] 鲁迅：《鲁迅全集·集外集拾遗》，新疆人民出版社 1995 年版。

[157] 魏绍昌编：《鸳鸯蝴蝶派研究资料》，福建人民出版社 1984 年版。

[158] 茅盾：《小说月报索引·序》，见《小说月报索引》，书目文献出版社 1984 年版。

[159] 刘炎生编：《中国现代文学论争史》，广东人民出版社 1999 年版。

[160] 范伯群：《中国现代通俗文学史》，北京大学出版社 2007 年版。

[161] 杰克：《状元女婿徐枕亚》，《万象》（香港）1975 年 7 月 1 日第 1 期。

[162] 胡适：《海上花列传·序》，见《胡适文存》第 3 卷，黄山书社 1996 年版。

[163] 白焦：《袁世凯与中华民国》，中华书局 2007 年版。

［164］陈独秀：《文学革命论》，见《独秀文存》，安徽人民出版社 1987 年版。

［165］许纪霖、陈达凯主编：《中国现代化史》，学林出版社 2006 年版。

［166］张爱玲：《谈读书》，见《张爱玲散文》，浙江文艺出版社 2000 年版。

［167］姚公鹤：《上海闲话》，古籍出版社 1989 年版。

［168］铁樵：《答刘幼新论言情小说书》，《小说月报》1915 年第 6 卷第 4 号。

［169］于润琦编：《清末民初小说书系·武侠卷》，中国文联出版公司 1997 年版。

［170］刘大杰：《中国文学发展史》，上海古籍出版社 1997 年版。

［171］张炯等编：《中华文学通史》第 5 卷，华艺出版社 1997 年版。

［172］阿英编：《晚清文学丛钞·小说一卷（上）》，中华书局 1960 年版

［173］阿英编：《晚清文学丛钞·小说一卷（下）》，中华书局 1960 年版。

［174］阿英编：《晚清文学丛钞·小说二卷（上）》，中华书局 1960 年版。

［175］阿英编：《晚清文学丛钞·小说二卷（下）》，中华书局 1960 年版。

［176］阿英编：《晚清文学丛钞·小说三卷（上）》，中华书局 1960 年版。

［177］阿英编：《晚清文学丛钞·小说三卷（下）》，中华书局 1960 年版。

［178］阿英编：《晚清文学丛钞·小说四卷（上）》，中华书局 1960 年版。

［179］阿英编：《晚清文学丛钞·小说四卷（下）》，中华书局 1960 年版。

［180］阿英编：《晚清文学丛钞·域外文学译文卷》，中华书局 1980 年版。

［181］刘志琴主编：《近代中国社会文化变迁录》第 1 卷，浙江人民出版社 1998 年版。

［182］德洵：《小额》序，和记排印书局 1908 年版。

［183］陈兼善：《进化论发达略史》，《民择杂志》1922 年第 3 卷第 5 号。

［184］丘逢甲：《岭云海日楼诗钞》，安徽人民出版社 1984 年版。

［185］梁启超：《饮冰室文集·教育》（上），中华书局 1994 年版。

［186］《六合丛谈小引》，刊于 1857 年 1 月 26 日《六合丛谈》。

［187］裘廷梁：《论白话为维新之本》，《中国官音白话报》1898 年第 19—20 期。

[188] 章培恒、骆玉明主编：《中国文学史》（下），复旦大学出版社 1996 年版。

[189] 石峻主编：《中国近代思想史参考资料简编》，三联书店 1957 年版。

[190] 程翔章等编：《中国近代文学》，华中师范大学出版社 2003 年版。

[191] 王锱尘：《国学讲话》，世界书局 1935 年版。

[192] 藏世俊：《福泽渝吉的中国观》，《日本学刊》1995 年第 1 期。

[193] 李亮丞：《热血痕》，华夏出版社 2013 年版。

[194] 黎业明：《福泽渝吉的文明论与启蒙思想》，《深圳大学学报》（社会科学版）2002 年第 2 期。

[195] 范伯群编：《鸳鸯蝴蝶——〈礼拜六〉派作品选》（上），人民文学出版社 1991 年版。

二 援引理论类

[01] 中国大百科全书出版社编：《中国大百科全书·中国文学》，中国大百科全书出版社 1986 年版。

[02] 上海辞书出版社编：《辞海》，上海辞书出版社 1979 年版。

[03] ［美］R. 韦勒克：《近代文学批评史》第 2 卷，杨自伍译，上海译文出版社 1989 年版。

[04] 卢铁澎：《文学思潮的系统构成》，《人文杂志》1999 年第 3 期。

[05] 陈剑晖：《文艺思潮：关于概念和范畴的界说——新时期文艺思潮漫论之一》，《批评家》1986 年第 1 期。

[06] 杨春时：《现代性与中国文学思潮》，三联书店 2009 年版。

[07] René Wellek, *Concepts of Criticism*, New Haven and London：Yale University Press, 1963.

[08] 席扬、温左琴：《"定义"歧异与"认知"溯源——关于"文学思潮"概念界说的几个问题》，《盐城师范学院学报》（人文社会科学版）2005 年第 1 期。

[09] ［美］韦勒克、沃伦合：《文学理论》，刘象愚等译，三联书店 1984 年版。

[10] ［苏］格·尼·波斯彼洛夫：《文学原理》，王忠琪等译，三联书店

1985 年版。

[11] 梁启超：《清代学术概论》，东方出版社 1996 年版。

[12] ［日］竹内敏雄：《文艺思潮论》，见河出孝雄编《新文学论全集》第 5 卷《文学思潮》，东京河出书房 1941 年版。

[13] ［美］R. 韦勒克：《文学思潮和文学运动的概念》，刘象愚选编，社会科学文献出版社 1989 年版。

[14] 刘增杰：《云起云飞——20 世纪中国文学思潮研究透视》，上海文艺出版社 1997 年版。

[15] 胡有清：《品格·角度·整合——现代文学思潮研究中的几个问题》，《文学评论》1996 年第 2 期。

[16] 邵伯周：《中国文学思潮研究》，学林出版社 1993 年版。

[17] 卢铁澎：《文学思潮与文学风格》，《国外文学》2000 年第 2 期。

[18] 朱德发：《中国百年文学思潮研究的反观与拓展》，《烟台大学学报》1999 年第 1 期。

[19] 陆贵山主编：《中国当代文学思潮》，中国人民大学出版社 2002 年版。

[20] 蔡仪：《文学概论》，人民文学出版社 1979 年版。

[21] 杨春时：《文学思潮：一种现代性反应》，《粤海风》2006 年第 4 期。

[22] 中共中央马克思恩格斯列宁斯大林著作编译局编：《马克思恩格斯选集》第 2 卷，人民出版社 1995 年版。

[23] ［美］吉尔伯特·罗兹曼主编：《中国的现代化》，国家社会科学基金"比较现代化"课题组译，江苏人民出版社 2010 年版。

[24] 林少雄：《影视鉴赏》，上海人民美术出版社 2012 年版。

[25] 尹鸿：《为人文精神守望——当代中国大众文化批评导论》，《天津社会科学》1996 年第 2 期。

[26] 陈东有：《社会经济变迁与通俗文学的发展》，《江西社会科学》，2005 年第 6 期。

[27] 朱自清：《论严肃》，《中国作家》创刊号，1947 年 10 月。

[28] 曹卫东：《交往理性与诗学话语》，《文学评论》1998 年第 4 期。

[29] Gerard Delanty, *Modernity and Postmodernity*：*Knowledge*，*Power and*

the self，SAGE Publictions Inc，2000.

[30]［美］詹明信：《马克思主义与理论的历史性》，见张旭东编《晚期资本主义的文化逻辑》，陈清桥等译，三联书店 1997 年版。

[31]［德］歌德：《论文学艺术》，范大灿等译，上海人民出版社 2005 年版。

[32]［法］米歇尔·福柯：《什么是启蒙》，见汪晖、陈燕谷主编《文化与公共性》，三联书店 1998 年版。

[33] *Longman Dictionary of Contemporary English*，Harlow and London：Longman Group Limited，1978.

[34] 刘小枫著：《现代性社会理论绪论》，上海三联书店 1998 年版。

[35] 陈思和：《民间的还原——"文革"后文学史某种走向的解释》，《文艺争鸣》1994 年第 1 期。

[36] 易前良：《西方"电视文化"研究的三种范式》，《现代传播》2006 年第 5 期。

[37] 胡适：《科学与人生观序》，见季羡林编《胡适文集》第 3 卷，北京大学出版社 1998 年版。

[38] 鲁迅：《热风·随感录五十四》，见《鲁迅全集》第 1 卷，人民文学出版社 1981 年版。

[39]［德］马克思、［英］恩格斯：《共产党宣言》，中共中央马克思恩格斯列宁斯大林著作编译局译，人民出版社 1971 年版。

[40]［德］于尔根·哈贝马斯：《现代性的哲学话语》，曹卫东等译，译林出版社 2004 年版。

[41]［美］阿历克斯·英格尔斯：《人的现代化》，四川人民出版社 1985 年版。

[42] 富扬：《人文主义、启蒙主义是一种文学思潮吗?》，《广西大学学报》1984 年第 4 期。

[43]［德］康德：《历史理性批判文集》，何兆武译，商务印书馆 1991 年版。

[44]［美］埃·弗洛姆：《为自己的人》，孙依依译，三联书店 1988 年版。

[45]［捷］米兰·昆德拉：《小说的艺术》，董强译，上海译文出版社

2004 年版。

[46]［美］大卫·雷·格里芬:《后现代精神》,王成兵译,中央编译出版社 1998 年版。

[47]陶东风:《从现代性的视角谈文艺的精神价值取向》,《文艺报》1999 年 10 月 19 日。

[48]［法］卢梭:《社会契约论》,何兆武译,商务印书馆 1980 年版。

[49]［美］乔治·霍兰·萨拜因:《西方政治学说史》,盛葵阳等译,商务印书馆 1986 年版。

[50]［美］波林·罗斯诺:《后现代主义与社会科学》,上海译文出版社 1998 年版。

[51]徐岱:《现代性话语与美学问题》,《社会科学战线》2002 年第 1 期。

[52]黎跃进:《十八世纪欧洲启蒙主义文学思潮辨析》,《衡阳师专学报》(社会科学)1990 年第 2 期。

[53]［德］恩格斯:《反杜林论》,中共中央编译局编译,人民出版社 1999 年版。

[54]汪晖著:《汪晖自选集》,广西师范大学出版社 1997 年版。

[55]［美］道格拉斯·凯尔纳、斯蒂文·贝斯特:《后现代理论》,张志斌译,中央编译出版社 1999 年版。

[56]［德］E. 卡西勒:《启蒙哲学》,顾伟铭译,山东人民出版社 1988 年版。

[57]Anderson, *The Limits of Realism: Chinese Fiction in the Revaluation*, University of California Press, 1990.

[58]伍蠡甫主编:《西方文论选》上卷,上海译文出版社 1979 年版。

[59]［法］布吕奈尔、比叔瓦、卢梭:《什么是比较文学》,葛雷、张连奎译,北京大学出版社 1987 年版。

[60]［法］达尼埃尔—亨利·巴柔(Daniel – Henri Pageaux)著:《从文化形象到集体想象物》,见孟华主编《比较文学形象学》,北京大学出版社 2001 年版。

[61]陈福巍:《中国译学理论史稿》,上海外语教育出版社 1992 年版。

[62]王力军:《关于名著重译问题》,《人民日报》1995 年 5 月 13 日。

［63］［法］阿兰·佩雷菲特：《停滞的帝国——两个世界的撞击》，王国卿等译，三联书店 1993 年版。

［64］［法］让·雅克·卢梭：《论人类不平等的起源》，吕卓译，九州出版社 2007 年版。

［65］Tom Sorell, *Scientism*：*Philosophy and the infatuation with science* , Firsr published by Routledge，New York：1991.

［66］［捷］多米尼克·塞克里坦：《古典主义》，艾晓明译，昆仑出版社 1989 年版。

［67］［美］R. 韦勒克：《近代文学批评史》第 1 卷，杨岂深、杨自伍译，上海译文出版社 1987 年版。

［68］［美］欧文·白璧德：《卢梭与浪漫主义》，孙宜学译，河北教育出版社 2003 年版。

［69］［英］阿伦·布洛克：《西方人文主义传统》，董乐山译，三联书店 2003 年版。

［70］徐讯：《民族主义》，中国社会科学出版社 2005 年版。

［71］杨春时：《中国现代性与现代民族国家的错位和复位》，《琼州大学学报》2000 年第 3 期。

［72］炳谷行人：《民族主义与书写语言》，见汪晖、陈平原、王守常主编《学人》第 9 辑，江苏文艺出版社 1996 年版。

［73］［英］安东尼·吉登斯著：《民族—国家与暴力》，胡宗泽译，北京三联书店 1998 年版。

［74］张明主编：《知识分子立场——民族主义与转型期中国的命运》，时代文艺出版社 2000 年版。

［75］人民文学出版社编：《苏联文学艺术问题》，曹葆华等译，人民文学出版社 1959 年版。

［76］［美］爱德华·麦克诺·伯恩斯、菲利普·拉尔夫等：《世界文明史》第 2 卷，罗经国等译，商务印书馆 1995 年版。

［77］钱穆：《中国文化史导论》，商务印书馆 1994 年修订版。

［78］冯友兰：《中国哲学简史》，北京大学出版社 1996 年版。

［79］［英］安东尼·D. 史密斯：《全球化时代的民族与民族主义》，龚维斌等译，中央编译出版社 2002 年版。

［80］［加］查尔斯·泰勒：《承认的政治》，见汪辉、陈燕谷编《文化与公共性》，北京三联书店1998年版。

［81］蒋承勇：《从上帝拯救转向人的自我拯救：古典主义文学"王权崇拜"的人性意蕴》，《浙江社会科学》2004年第4期。

［82］［美］马泰·卡林内斯库：《现代性的五副面孔》，顾爱彬、李瑞华译，商务印书馆2002年版。

［83］刘小枫：《诗化哲学》，山东文艺出版社1986年版。

［84］［法］让·雅克·卢梭：《忏悔录》，黎星、范希衡译，人民文学出版社1987年版。

［85］张旭春：《再论浪漫主义与现代性》，《文艺研究》2002年第2期。

［86］周宪：《现代性的张力》，《文学评论》1999年第1期。

［87］［美］梯利、伍德：《西方哲学史》，葛力译，商务印书馆1995年版。

［88］李伯杰：《德国浪漫派批评研究》，《外国文学评论》1994年第3期。

［89］张旭春：《现代性：浪漫主义研究的新视角》，《国外文学》1999年第4期。

［90］胡经之主编：《西方文艺理论名著教程》（上），北京大学出版社1988年版。

［91］董乐山：《边缘人语》，辽宁教育出版社1995年版。

［92］郑明娳：《通俗文学与纯文学》，《通俗文学评论》1994年第1期。

［93］李勇：《通俗文学理论》，知识出版社2004年版。

［94］Lawrence Grossberg et al. （eds），*Cultural Studies*，New York：Routledge，1992.

［95］［英］理查德·约翰生：《究竟什么是文化研究》，陈永国译，罗钢校，见罗钢、刘象愚主编《文化研究读本》，中国社会科学出版社2000年版。

［96］李向民、成乔明：《中国古代艺术市场探幽》，《艺术探索》2007年第3期。

［97］张康之、张乾友：《对"市民社会"和"公民国家"的历史考察》，

《中国社会科学》2008 年第 5 期。

[98] 高峰：《当代视野中的市民社会研究》，博士学位论文，苏州大学，2006 年 5 月。

[99] ［苏］阿·阿达莫夫：《侦探文学和我》，杨东华译，群众出版社 1988 年版。

[100] ［美］阿列克斯·英克尔斯等：《从传统人到现代人——六个发展中国家的个人变化》，顾昕译，中国人民大学出版社 1992 年版。

[101] 杨春时：《现代性与中国文化》，国际文化出版公司 2002 年版。

[102] ［德］马克斯·霍克海默、西奥多·阿道尔诺：《启蒙辩证法》，曹卫东译，上海人民出版社 2006 年版。

[103] 高瑞泉：《中国现代精神传统》，东方出版社 1999 年版。

[104] 朱维之、赵澧主编：《外国文学史》，南开大学出版社 1985 年版。

[105] 李佑新：《现代性问题与中国现代性的建构》，《北京大学学报》（哲学社会版）2005 年第 2 期。

[106] ［德］瓦尔纳·本雅明：《机械复制时代的艺术作品》，胡不适译，浙江文艺出版社 2005 年版。

[107] ［美］托马斯·英奇编：《美国通俗文化简史》，任越等译，漓江出版社 1988 年版。

[108] 刘秀美：《五十年来的台湾通俗文学》，文津出版社有限公司 2001 年版。

[109] ［加］埃里克·麦克卢汉、弗兰克·史格龙编：《麦克卢汉精粹》，何道宽译，南京大学出版社 2000 年版。

[110] ［加］马歇尔·麦克卢汉：《理解媒介——论人的延伸》，何道宽译，商务印书馆 2001 年版。

[111] ［法］让·鲍德里亚：《消费社会》，刘成富、全志钢译，南京大学出版社 2006 年版。

[112] ［德］马克斯·韦伯：《新教伦理与资本主义精神》，三联书店 1987 年版。

[113] 葛荃：《权力宰制理性——士人、传统政治文化与中国社会》，南开大学版社 2003 年版。

[114] 钱穆：《国史大纲》下册，商务印书馆 1996 年版。

［115］［匈］阿诺德·豪泽尔：《艺术社会学》，居延安译，台北雅典出版社 1990 年版。

三　研究清末民初文学、文化、社会的论著论文类

［01］马良春、张大明主编：《中国现代文学思潮史》，十月文艺出版社 1995 年版。

［02］朱寿桐：《19 与 20 世纪中国文学思潮比较论》，《南京大学学报》（哲学社会版）2000 年第 2 期。

［03］王飚、关爱和、袁进：《探寻中国文学从古典到现代的转型历程》，《文学遗产》2000 年第 4 期。

［04］［美］张灏：《梁启超与中国思想的过渡（1890—1907）》，崔志海等译，江苏人民出版社 1971 年版。

［05］李华川：《晚清知识界的卢梭幻象》，见孟华等《中国文学中的西方人形象》，安徽教育出版社 2006 年版。

［06］赵慎修：《旧民主主义革命时期文学思潮的变迁》，《中国社会科学》1984 年第 1 期。

［07］王汎森：《傅斯年：中国近代历史与政治中的个体生命》，三联书店 2012 年版。

［08］杨联芬：《晚清至五四：中国文学现代性的发生》，北京大学出版社 2003 年版。

［09］李扬帆：《走出晚清：涉外人物及中国的世界观念之研究》，北京大学出版社 2005 年版。

［10］王德威：《想象中国的方法》，三联书店 1998 年版。

［11］郭延礼：《传媒、稿酬与近代作家的职业化》，《齐鲁学刊》1999 年第 6 期。

［12］张宜雷：《报馆、学堂与天津近代文学》，《天津大学学报》2011 年第 5 期。

［13］方晓红：《晚清小说与报刊媒体发展之关系》，《江海学刊》1998 年第 5 期。

［14］郭延礼、武润婷：《中国文学精神·近代卷》，山东教育出版社 2003 年版。

［15］中国社会科学院近代史研究所政治史研究室、苏州大学社会学院编:《晚清国家与社会》,社会科学文献出版社 2007 年版。

［16］桑兵:《清末新知识界的社团与活动》,上海三联书店 1995 年版。

［17］王春南:《清末留日高潮与出版近代化》,《南京大学学报》(哲学社会版) 1992 年第 1 期。

［18］李喜所:《近代中国的留学生》,人民出版社 1987 年版。

［19］宋剑华、张冀:《"启蒙主义"与中国现代文学》,《贵州社会科学》2007 年第 1 期。

［20］方长安:《选择・接受・转化——晚清至二十世纪 30 年代初中国文学流变与日本文学关系》,武汉大学出版社 2003 年版。

［21］郑匡民:《梁启超启蒙思想的东学背景》,上海书店出版社 2003 年版。

［22］徐志啸:《近代中日文学的影响与交流》,《中州学刊》1999 年第 4 期。

［23］陈平原:《中国现代小说的起点》,北京大学出版社 2005 年版。

［24］李欧梵:《现代性的追求》,生活・读书・新知三联书店 2000 年版。

［25］叶易:《近代文艺思想论稿》,复旦大学出版社 1985 年版。

［26］管林、钟贤培、陈新璋:《龚自珍研究》,人民文学出版社 1984 年版。

［27］胡适、周作人:《论中国近世文学》,海南出版社 1994 年版。

［28］王一川:《晚清:中国文学现代性的发生时段》,《江苏社会科学》2003 年第 2 期。

［29］管林等:《岭南晚清文学研究》,广东人民出版社 2003 年版。

［30］刘川鄂:《自由观念与中国近代文学》,《社会科学战线》1999 年第 1 期。

［31］李淑珍:《私领域中的梁启超》,《东方文化》2003 年第 2 期。

［32］孔范今:《梁启超与中国文学的现代转型》,《文史哲》2000 年第 2 期。

［33］［美］约瑟夫・阿・勒文森:《梁启超与中国近代思想》,刘伟等译,四川人民出版社 1986 年版。

［34］傅斯年:《白话文学与心理改革》,《新潮》1919 年第 1 卷第 5 号。

［35］雁冰：《为新文学研究者进一解》，《改造》1920 年第 3 卷第 1 号。

［36］郭道平：《"诗界革命"的新阵地：清末〈大公报〉诗歌研究》，《现代文学研究丛刊》2010 年第 3 期。

［37］夏晓虹：《晚清社会与文化》，湖北教育出版社 2001 年版。

［38］王一川：《"望月"与回到全球性的地面——读黄遵宪诗〈八月十五日夜太平洋舟中望月作歌〉》，《社会科学辑刊》2002 年第 1 期。

［39］陈平原：《文学的周边》，新世界出版社 2004 年版。

［40］杨晓明：《梁启超文论的现代性阐释》，四川民族出版社 2002 年。

［41］郭沫若：《郭沫若全集》第 16 卷，人民文学出版社 1989 年版。

［42］中国社会科学院文学研究所编：《中国近代文学论文集》，中国社会科学出版社 1983 年版。

［43］郭延礼：《西方文化与近代小说的变革》，《阴山学刊》1999 年第 3 期。

［44］徐志啸：《近代中外文学关系（19 世纪中叶—20 世纪初叶）》，华东师范大学出版社 2000 年版。

［45］林薇：《文化启示与艺术灵犀》，北京广播学院出版社 2000 年版。

［46］郑振铎：《林琴南先生》，见《中国文学研究》，作家出版社 1957 年版。

［47］周积明：《中国早期现代化的历史起点》，《社会学研究》1995 年第 1 期。

［48］夏晓虹：《吴趼人与梁启超关系钩沉》，《安徽师范大学学报》（人文社会科学版）2002 年第 6 期。

［49］［韩］吴淳邦：《晚清讽刺小说的讽刺艺术》，复旦大学出版社 1994 年版。

［50］李欧梵：《中国现代文学与现代性十讲》，复旦大学出版社 2002 年版。

［51］任翔：《中国侦探小说的发生及其意义》，《中国社会科学》2011 年第 4 期。

［52］陈平原：《中国小说叙事模式的转变》，北京大学出版社 2010 年版。

［53］郭延礼：《中西文化碰撞与近代文学》，山东教育出版社 1999 年版。

［54］黄兴涛：《现代"中华民族"观念形成的历史考察》，人大复印资

料《中国近代史》2002 年第 4 期。

[55] 陶绪：《章太炎的早期民族观》，《湘潭大学学报》（哲学社会科学版）1995 年第 6 期。

[56] 单正平：《晚清民族主义与文学转型》，人民出版社 2006 年版。

[57] 李欧梵：《晚清文化、文学与现代性》，见《李欧梵自选集》，上海教育出版社 2002 年版。

[58] 刘学照：《日本的"脱亚入欧"和中国的"三甲纪念"》，见周彦主编《江桥抗战及近代中日关系研究》，吉林人民出版社 2005 年版。

[59] 魏朝勇：《民国时期文学的政治想象》，华夏出版社 2006 年版。

[60] 栾梅健：《民间的文人雅集：南社研究》，东方出版中心 2006 年版。

[61] 马积高：《清代学术思想的变迁与学术》，湖南人民出版社 2002 年版。

[62] 徐守微：《论国粹无阻于欧化》，转引自郑师渠《晚清国粹派——文化思想研究》，北京师范大学出版社 1997 年版。

[63] 陈少明、单世联、张永义：《近代中国思想史略论》，广东人民出版社 1999 年版。

[64] 陈雪虎：《从当代语境回望章太炎的"文学复古"》，《社会科学辑刊》2002 年第 1 期。

[65] 钱穆：《钱宾四先生论学书简》，见余英时《犹记风吹水上鳞——钱穆与现代中国学术》之"附录"，台北三民书局 1991 年版。

[66] 叶诚生：《现代叙事与文学想象》，人民文学出版社 2009 年版。

[67] 欧阳健：《晚清"翻新"小说综论》，《社会科学研究》1997 年第 5 期。

[68] 童庆炳：《中国文学理论的现代性转型的标志和维度》，《社会科学辑刊》2003 年第 2 期。

[69] 余虹：《革命·审美·解构》，广西师范大学出版社 2001 年版。

[70] 姚淦铭：《论王国维的近代学术时代特征之剖视》，《江西社会科学》1994 年第 11 期。

[71] 袁进：《中国文学观念的近代变革》，上海社会科学院出版社 1996 年版。

[72] 旷新年：《现代文学观的发生与形成》，《文学评论》2000 年第

4 期。

[73] 余杰：《狂飙中的拜伦之歌——以梁启超、苏曼殊、鲁迅为中心探讨清末民初文人的拜伦观》，《鲁迅研究月刊》1999 年第 9 期。

[74] 杨联芬：《逃禅与脱俗：也谈苏曼殊的"宗教信仰"》，《中国文化研究》2004 年第 1 期。

[75] 陈平原：《二十世纪中国小说史》，北京大学出版社 1989 年版。

[76] 张赣生：《民国通俗小说论稿》，重庆出版社 1991 年版。

[77] ［美］本杰明·史华兹：《寻求西方：严复与西方》，叶凤美译，江苏人民出版社 2005 年版。

[78] 冯天瑜：《同治元年日本人对上海社情的观察》，《学术月刊》2002 年第 1 期。

[79] 王一川：《中国现代性体验的发生》，北京师范大学出版社 2001 年版。

[80] 李楠：《晚清民国时期上海小报》，人民文学出版社 2005 年版。

[81] 李楠：《洋场"世俗才子"：上海小报文人的精神走向》，《上海文化》2005 年第 3 期。

[82] 袁进：《中国文学的近代变革》，广西师范大学出版社 2006 年版。

[83] 旷新年：《现代文学与现代性》，上海远东出版社 1998 年版。

[84] 潘建国：《由〈申报〉所刊三则小说征文启事看晚清小说观念的演进》，《近代文学》2001 年第 8 期。

[85] 赵孝萱：《鸳鸯蝴蝶派新论》，兰州大学出版社 2004 年版。

[86] 韩云波：《论清末民初的武侠小说》，《四川大学学报》（哲学社会版），1999 年第 4 期。

[87] 张登林：《上海市民文化与现代通俗小说》，上海文化出版社 2012 年版。

[88] 王德威：《被压抑的现代性——晚清小说新论》，北京大学出版社 2005 年版。

[89] 吴剑杰：《中国近代思潮及其演进》，武汉大学出版社 1989 年版。

[90] 侯运华：《晚清狭邪小说新论》，博士学位论文，河南大学，2003 年。

[91] 施晔：《近代城市黑幕小说的再审视》，《社会科学》2013 年第

3 期。

［92］裴效维：《近代文学研究》，北京出版社 2001 年版。

［93］罗金：《鸳鸯蝴蝶派：另一种现代性》，《粤海风》2002 年第 5 期。

［94］赖芳伶：《清末小说与社会政治变迁》，台北大安出版社 1990 年版。

［95］李欧梵：《现代性的追求》，三联书店 2000 年版。

［96］张光芒：《论清末民初中国"前启蒙主义"的内在矛盾——中国近现代启蒙主义文学思潮新论之一》，《中国文学研究》（*Chinese Culture Research*），2001 年第 1 期第 45—50 页。

［97］黄霖：《中国近代文学研究三十年回顾与前瞻》，《中国文学研究》（*Chinese Culture Research*）2012 年第 3 期。

［98］刘纳：《嬗变：辛亥革命时期至五四时期的中国文学》，中国社会科学出版社 1998 年版。

［99］良珍：《中国现代传统风格的都市通俗小说》，《齐鲁学刊》1990 年第 3 期。

［100］徐德明：《中国现代小说雅俗流变与整合》，社会科学文献出版社 2000 年版。

后　记

　　历史是一个布满交叉小径的花园，真理存在于方法之中，我们对任何历史触点的感悟看似偶然，实际上却又早就在我们选择的路径上深埋。终于写完了这本所谓的论著，不敢论道自己已经揭开这段文学史的面纱，只能说我沿着其中的一条路，摸摸索索，终于在迷路重重中走到了其中的一个出口。回想这一路的历程，不免有诸多感慨。

　　最初接触晚清文学，是在十年前的硕士阶段，当时面临毕业论文选题，非常困惑。导师俞兆平先生是从事现代文学研究的，尤其是在现代文学思潮研究方面有很多独特的发现，对中国现代文学史上的现实主义、浪漫主义、古典主义文学思潮都提出过突破性的研究观点，在学术界反响很大，他的研究既有理性的绵密又有敏锐的直觉感悟，而他对史料的挖掘和梳理又显示出长期从事现代文学研究的深厚功力。作为他的学生，我们的论文选题自然是要在现代文学的领域中选一个，可是现代文学的研究已经过于泛滥，选一个题目似乎并不容易。好在那时现代性研究在全国方兴未艾，厦门大学又是基地之一，因此接触了较多现代性理论著述和现代性文学研究论著，现代文学的研究也出现了新的曙光，一系列关于"20世纪文学"的讨论取得了实质性的进展。在这种学习背景下，俞老师推荐我去看王德威论著《被压抑的现代性：晚清小说新论》和李欧梵论著《现代性的追求》等研究晚清文学之现代动向的书，之后便商定选题为晚清民初文学的现代性研究。

　　这个选题对于当时的我来说，仅仅是为了完成硕士阶段的一个任务吧，因此一开始并没有十分的投入。好在面对我的被动作战状态，俞先生经常督促我的进展，给我指点思想上的认识方向，提出非常多关键性的理论建议，在俞先生的悉心帮助与指导下，我顺利地完成了硕士毕业论文的写作，且得到了评委老师与答辩老师的肯定。这个结果也催发了我对学术的发自内心的兴趣。我决定继续攻读博士学位。我的博士导师仍然是俞兆平先生，在博士学习期间俞老师对我们的指导更加细心，学习任务也更加繁重，在当时可以说有很多"苦不堪言"的过程，但这些过程的训练让我们日后受益匪浅。今天，回顾学生时代的这些往事，我要借此机会表达对恩师俞兆平先生的感激之情。

除了导师俞兆平先生外，在我的学生生涯中同样起到重要作用的老师是杨春时先生。俞先生和杨先生交往甚好，我们除了能在上课时聆听他们的授课外，还可以常常在其他场合聆听他们的观点交流。俞老师常说，他和杨老师治学属于不同的方法路子，我们做学生的要学习如何能把他们各自的长处和特点综合继承起来。这当然是段位非常高的困难，但我们专业的大部分学生确实是都很珍惜向这两位老师学习的机会。我与杨老师有较多接触是在博士阶段，那时杨老师主持"中国现代文学思潮史"的国家基金项目，需要一些课题组成员，我因为硕士毕业论文是写晚清至五四的小说理论研究的，便被杨老师邀请参加撰写这一段的文学思潮研究。这也是我这本书的正式的最初由来。

杨老师在美学上很有造诣，是中国后实践美学的发起者，是这个美学流派的主要代表理论家之一。杨老师给我们开设的都是理论类课程，这些课程一方面让我们普及了各家各派的美学知识点，另一方面也教会了我们如何建立起一种方法之眼去分析领悟这些观点。从现代性的角度来定义阐释"文学思潮"概念是杨老师的创造性观点，一开始我们对这个新颖的看法不明就里，那时候上课就老是在辨析这些概念，通过杨老师课堂内外的讲授，我们终于掌握了现代性的理论要点，对现代性与文学思潮之间的逻辑关系也理解得比较清晰。在这个基础上，我提出了在清末民初文学现代转型期，出现了启蒙主义文学、革命古典主义文学、审美主义文学、现代通俗文学四种文学思潮的早期萌芽，是为现代文学之文学思潮的源头。这个观点得到了杨老师的首肯，于是我就按照这个思路进行具体的论文写作，并顺利地完成了基金项目的组成部分。

　　因为要抽出时间准备博士论文的写作，所以在课题任务完成后，我就再也没有去继续关注这个问题的后续研究。博士毕业后，从一种单纯的学生生活突然转向工作、家庭、学习的多重生活中，有非常多的不适应，甚至我都觉得自己患上了焦虑症，认为目前的生活毫无意义。我思考自己的苦闷，觉得问题在于我与生活之间的距离，我有很强烈的个人主义冲动，然而我自己的生活却要我扮演一个依附者。我并不害怕痛苦，但我害怕那种"丧失了自我"的痛苦，我在西方现代哲学著作中寻求拯救，我看到那些现代性的主体宣言，就仿佛那些话是从我灵魂中偷跑出去的，现在又回到了我的灵魂里。

　　我的个人境域似乎和晚清社会的历史境域有相通之处："现代"是我们的曙光，渴望通过变革来摆脱自身的困局，然而困局始终难以摆脱。于是，我对晚清充满了"同情"，我也渐渐地利用闲暇时光重新开始整理晚清文学与历史的资料。

　　有一天，我看《牧羊少年奇幻之旅》，作者 Paulocoelho 在书的扉页上写了一个故事，是奥斯卡·王尔德改编的那喀索斯（Narcissism）神话。在古希腊神话故事中，英俊的少年那喀索斯因为对自己的外貌一无所知，有一天在一汪清澈的湖水映照下他疯狂地爱上了那美丽的倒影，他每天徘徊流连在这倒影之侧，最后竟溺水而亡，殉爱而去。王尔德说，这个英俊的水仙少年死后，那些爱慕他的山林女神怀着悲痛的心情来湖边悼念他，发现湖水变成了一潭咸咸的泪水，山林女神以为湖水和她们一样在沉痛追悼那个美丽的少年，却没想到湖泊沉默了一会，最后开口说："我是为水仙少年流泪，可我从来都没有注意过他的容貌，我为他流泪，是因为每次他面对我的时候，我都能从他的眼睛深处看见我自己的美丽映像。"看了这个故事，我联想到我对晚清的"同情"，竟然有和湖泊类似的思维逻辑，只不过我是想从历史深处看到我自己的痛苦映像，充满着个人的主观化色彩。

　　当然，文学研究不是文学创作，学术工作需要严谨的判断和严密的推理，而不是充满感觉色彩的审美移情，但也不可否认，我们和研究对象建立了深厚的情感关系之后，也有助于我们全身心地投入具体的研究工作。确实也是在这种情感推动下，我才有重拾晚清文学思潮研究的勇气和毅力，并最终完成了这部书稿。而从我接触这个题目到完成这本小书，前后大约有十年了。时间之飞快，让人心惊。我在感慨，为什么最美丽的时光总在过去！

在本书的最后，再次感谢两位恩师！

管雪莲

2013 年 12 月 30 日于厦门集美